TWO DARK REIGNS

Kendare Blake

ÉDITIONS LEHA young adult

Titre original :
Two Dark Reigns

Version française
Two Dark Reigns
par Kendare Blake

Traduction : Hermine Hémon
Illustration de couverture : John Dismukes
Carte : Virginia Allyn

Loi n°49-956 du 16 juillet 1949 sur les publications destinées à la jeunesse.

Dépôt légal : octobre 2022

ISBN : 978-2-493405-29-6

Éditions LEHA
18, avenue de la Madrague de Montredon, 13008 Marseille
www.editions-leha.com

PERSONNAGES ET LIEUX

INDRID-DOWN
Capitale, ville de la reine Katharine

LES ARRON
Natalia Arron
Matriarche de la famille Arron, à la tête du Conseil noir.
Geneviève Arron
Sœur cadette de Natalia.
Antonin Arron
Frère cadet de Natalia.
Pietyr Renard
Neveu de Natalia, fils de son frère Christophe.

ROLANTH
Ville de la reine Mirabella

LES WESTWOOD
Sara Westwood
Matriarche de la famille Westwood. Affinité : eau.
Bree Westwood
Fille de Sara Westwood, amie de la reine. Affinité : feu.

WOLF-SPRING
Ville de la reine Arsinoé

LES MILONE
Cait Milone
Matriarche de la famille Milone. Familier : Éva, corbeau.
Ellis Milone
Mari de Cait et père de ses enfants. Familier : Jake, épagneul blanc.
Caragh Milone
Fille aînée de Cait, exilée au Cottage noir. Familier : Juniper, limier brun.
Madrigal Milone
Fille cadette de Cait. Familier : Aria, corbeau.
Juillenne « Jules » Milone
Fille de Madrigal. Naturaliste la plus puissante depuis des décennies et amie de la reine. Familier : Camden, félin des montagnes.

LES SANDRIN

Matthew Sandrin
Fils aîné de la famille. Ex-promis de Caragh Milone.
Joseph Sandrin
Fils cadet des Sandrin. Ami d'Arsinoé. Exilé pendant cinq années sur le continent.

AUTRES
Luke Gillespie
Propriétaire de la librairie Gillespie. Ami d'Arsinoé. Familier : Hank, coq noir et vert.
William « Billy » Chatworth Jr.
Frère adoptif de Joseph Sandrin. Prétendant des reines.
Madame Chatworth
Jane

Émilia Vatros, une guerrière de Bastian
Mathilde, une oracle

LE TEMPLE
Grande prêtresse Luca
Prêtresse Rho Murtra
Elizabeth
Initiée et amie de la reine Mirabella.

LE CONSEIL NOIR
Natalia Arron, *empoisonneuse*
Geneviève Arron, *empoisonneuse*
Lucian Arron, *empoisonneur*
Antonin Arron, *empoisonneur*
Allegra Arron, *empoisonneuse*
Paola Vend, *empoisonneuse*
Lucian Marlowe, *empoisonneur*
Margaret Beaulin, *guerrière*
Renata Hargrove, *sans don*

Fennbirn
Bevellet
Valostra
N
O
E
S

les continents
Centra
Château de
Torrenside
Fennbirn
Baie de
Dowling
Salkade

LE COTTAGE NOIR

QUATRE CENTS ANS AVANT LA NAISSANCE DE MIRABELLA, ARSINOÉ ET KATHARINE

Quand le travail débuta, il fut difficile et ensanglanté. Personne n'en attendait moins de la part d'une reine guerrière, surtout une reine aussi chevronnée que la reine Philomène.

La sage-femme pressa un linge frais contre le front de la reine, mais celle-ci le repoussa.

— La douleur n'est rien, lança la reine Philomène. J'embrasse ce dernier affrontement.

— Pensez-vous que plus aucun combat ne vous attendra dans le pays de Louis ? demanda la sage-femme. Même si votre don vous quitte après votre départ de l'île, cela me paraît impensable.

La reine regarda en direction de la porte ouverte, où elle pouvait apercevoir Louis, son consort, effectuant les cent pas dans le couloir. Ses yeux noirs brillaient d'excitation à l'idée de cet accouchement. Ses cheveux noirs luisaient de sueur.

— Il veut que tout cela se termine. Il ne savait pas dans quelle affaire il s'embarquait quand il m'a prise pour épouse.

Personne d'autre non plus. Le règne entier de la reine Philomène avait été marqué du sceau du combat. Sous son égide, la capitale avait été envahie par les guerriers de Bastian. Elle avait construit des navires de combat et avait pillé les villages côtiers de chacun des États-nations, à l'exception de celui de son consort. Mais tout cela était désormais terminé. Huit années d'un règne belliqueux et brutal. C'était court, même selon les standards des reines guerrières, mais l'île en était épuisée. Les reines guerrières incarnaient la gloire et l'intimidation. La protection. Son mari ne fut pas le seul à être soulagé quand la Déesse envoya ses triplées à la reine.

Elle se contracta lorsqu'un nouvel accès de douleur s'empara d'elle, et elle déplaça sa jambe pour découvrir que davantage de sang encore maculait les draps.

— Vous vous en sortez bien, mentit la sage-femme.

Mais qu'en savait-elle réellement ? Elle était jeune et débutait son service au Cottage noir. Elle était empoisonneuse, et par conséquent une guérisseuse habile, mais même si elle avait assisté à bon nombre d'accouchements, il n'existait aucune véritable préparation pour celui des reines.

— C'est un fait, lui accorda Philomène d'un sourire. C'est normal qu'une reine guerrière saigne autant. Mais je pense tout de même que je vais en mourir.

La sage-femme plongea le linge dans l'eau fraîche et l'essora, prête au cas où Philomène lui permettrait finalement de l'employer. Peut-être qu'elle s'accorderait cette faiblesse. Après tout, qui pourrait en être témoin ? Aux yeux de l'île, une reine était morte une fois ses triplées nées. Les chevaux destinés à les transporter, Louis et elle, à leur barge puis à leur navire étaient sellés et les attendaient. Une fois partis, ils ne reviendraient plus jamais. Même cette petite sage-femme attentionnée l'oublierait rapidement une fois ses bébés venus au monde. Elle prétendait s'inquiéter de son sort, mais son seul objectif était de maintenir Philomène en vie assez longtemps pour qu'elle donne naissance à ses triplées.

Philomène posa le regard sur la table recouverte d'herbes, de tissus noirs propres et de fioles de potions permettant d'endormir la douleur. Tout cela avait été rejeté, bien évidemment. Il y avait également des couteaux. Afin de libérer les reines si leur mère s'avérait trop faible. Philomène sourit. La sage-femme était une petite chose frêle. La voir s'efforcer de les faire sortir de son ventre serait un véritable spectacle.

La douleur s'estompa, et Philomène soupira.

— Elles sont impatientes. Comme je l'étais. Pressée dès ma naissance de laisser ma marque. Peut-être que je savais déjà que j'aurais peu de temps. Ou peut-être est-ce cet empressement permanent qui a écourté ma vie. Vous venez du Temple, n'est-ce pas ? Avant de servir ici, dans la solitude ?

— J'y ai été formée, ma reine. Au temple de Prynn. Mais je n'ai jamais prêté serment.

— Évidemment que non. Je vois bien qu'aucun bracelet n'a été tatoué sur vos bras. Je ne suis pas aveugle.

Une nouvelle contraction la saisit, et davantage de sang s'écoula. Les douleurs se rapprochaient.

La sage-femme l'attrapa par le menton et lui remonta les paupières.

— Vous faiblissez.

— Non.

Philomène retomba sur le lit. Elle plaça les mains autour de son ventre distendu d'un geste maternel. Mais elle ne poserait aucune question sur les petites reines. Ce n'était pas à elle de s'en inquiéter. Toutes appartenaient à la Déesse et à la Déesse seule.

Philomène peina à se redresser sur ses coudes. Elle arborait une expression sombre et déterminée. Elle claqua des doigts pour que la sage-femme prenne place entre ses genoux.

— Vous êtes prête à pousser. Tout se passera bien ; vous êtes forte.

— Je croyais vous avoir entendu dire que je m'affaiblissais, grogna Philomène.

La première reine naquit sans émettre un son. Elle respirait, mais elle ne pleura pas, même quand la sage-femme lui donna une tape dans le dos. Elle était petite et bien formée, et très rose pour un accouchement si compliqué et chaotique. La sage-femme la tendit à Philomène pour qu'elle la voie, et pendant un instant, elles échangèrent leur sang royal au travers du cordon qui les liait.

— Léonine, affirma Philomène, en baptisant la reine. Une naturaliste.

La sage-femme répéta à haute voix et écarta le bébé pour le nettoyer et le placer dans un couffin, puis elle le recouvrit d'une couverture vert vif brodée de fleurs. Il ne fallut pas longtemps avant que le bébé suivant n'arrive, pleurant cette fois-ci, avec ses minuscules poings serrés.

— Isadora, dit la reine ; le bébé hurlait en clignant de ses petits yeux noirs. Une oracle.

— Isadora. Une oracle, répéta la sage-femme.

Puis elle l'emporta et la lova dans une couverture gris pâle et jaune, les couleurs des voyants.

La troisième reine sortit dans un nouveau flux de sang, comme si elle se trouvait sur une vague. Il y en avait tant et la scène était si horrible que la bouche de Philomène s'ouvrit pour annoncer l'arrivée d'une nouvelle reine guerrière. Mais ce ne furent finalement pas les mots qu'elle prononça :

— Roxane. Une élémentaire.

La sage-femme répéta le dernier prénom et se détourna, nettoyant le bébé et le drapant dans un linge bleu avant de le mettre dans le dernier couffin. Philomène respirait péniblement dans son lit d'accouchement. Elle avait eu raison. Elle le sentait. L'accouchement l'avait tuée. Forte comme elle l'était, elle survivrait peut-être assez longtemps pour être recousue et mise en selle, mais Louis reprendrait la mer avec un cadavre, à enterrer dans la crypte de sa famille ou peut-être simplement à jeter par-dessus bord. Son devoir envers l'île était terminé, et l'île ne prendrait plus aucune part à son sort.

— Sage-femme ! grogna Philomène alors qu'une nouvelle vague de douleur l'emportait.

— Oui, oui, répondit-elle avec douceur. Ce n'est que le placenta, cela va passer.

— Ce n'est pas ça. Ce n'est pas...

Elle grimaça et se mordit la lèvre pour pousser une nouvelle fois.

Un autre bébé fut expulsé du ventre de la reine guerrière. Avec aise, sans gémissement. Il ouvrit ses yeux noirs et inspira profondément. Un autre bébé. Une autre reine.

— Une reine bleue, murmura la sage-femme. Une quatrième-née.

— Donnez-la-moi.

La sage-femme se contenta de la fixer.

— Tout de suite !

Elle tendit le bébé et Philomène l'arracha de ses mains.

— Illiann. Une élémentaire.

Son visage éreinté et vidé se fendit d'un sourire. Toute déception liée à l'absence de nouvelle reine guerrière s'effaça. Car c'était un grand destin. Une bénédiction pour l'île tout entière. Et c'était elle, Philomène, qui en avait été à l'origine.

— Illiann, répéta la sage-femme, choquée. Une élémentaire. Une reine bleue.

Philomène rit. Elle leva l'enfant dans ses bras.

— Illiann ! cria-t-elle. La reine bleue !

Les jours passés à attendre que quelqu'un arrive au Cottage noir furent longs. Après la naissance de la reine bleue, les messagers retournèrent précipitamment dans leurs villes respectives avec la nouvelle. Ils avaient été présents au Cottage noir, leurs chevaux sellés, dès le moment où le travail de la reine avait débuté.

Une quatrième-née. C'était un évènement si rare que beaucoup considéraient qu'il ne s'agissait que d'une simple légende. À l'annonce de la sage-femme, aucun des jeunes messagers n'avait su comment se comporter. Elle avait finalement dû leur hurler dessus.

— Une reine bleue ! Bénie de la Déesse ! Tous doivent venir. Toutes les familles ! Sans oublier la grande prêtresse ! Allez-y, chevauchez !

Si des triplées étaient nées, seuls trois familles et un petit groupe de prêtresses se seraient présentés au Cottage noir. Les Traverse pour la reine naturaliste. Les Westwood, en plein essor, pour l'élémentaire. Mais aussi les Lermont pour la pauvre petite oracle, afin d'en superviser la noyade. Mais l'arrivée d'une reine bleue signifiait que les têtes de toutes les familles les plus puissantes de l'île et de tous les dons se manifesteraient. Le clan Vatros, qui occupait la capitale et la ville guerrière de Bastian, et même les Arron, les empoisonneurs de Prynn.

À l'intérieur du cottage, sous les poutres brun foncé qui soutenaient le plafond, quatre couffins reposaient contre le mur oriental, afin qu'ils profitent de la lumière du soleil matinal. Toutes étaient calmes, sauf celle dans la couverture gris clair. La petite oracle pleurait et s'agitait en permanence. Peut-être parce que, en tant qu'oracle, elle savait ce qui allait se produire.

Pauvre petite reine oracle. Son destin avait toujours été scellé. Depuis l'époque de la reine folle Elsabet, qui avait employé son don de voyance pour assassiner trois familles entières, affirmant qu'elles conspiraient contre elle, les reines oracles étaient immédiatement noyées. Le Conseil noir l'avait décrété après avoir arraché le pouvoir à Elsabet. Ils ne voulaient pas risquer qu'un massacre d'une telle injustice se reproduise.

Dans les jours qui suivirent l'accouchement, la sage-femme brûla la literie de l'ancienne reine, qui ne pouvait guère être nettoyée, si maculée de sang. Elle ne se demanda pas où se trouvait cette dernière, ni même comment elle se portait. À en juger par l'état des draps, elle ne pouvait que partir du principe que Philomène était morte.

Tout juste une semaine après l'accouchement, la première famille se montra. Les Lermont, les oracles de la ville de Sunpool au nord-ouest, les plus proches du Cottage noir, même s'ils affirmèrent avoir prédit la naissance de l'enfant et s'être préparés à partir. Ils observèrent rapidement les quatre couffins et fixèrent d'un air grave la petite oracle.

Un jour plus tard, les Westwood débarquèrent, endossant ainsi leur nouveau rôle de famille d'accueil élémentaire. Ils s'extasièrent devant la reine élémentaire et lui apportèrent en cadeau une couverture teinte d'un bleu vif.

— Nous l'avons commandée pour elle, expliqua Isabelle Westwood, la tête de la famille. Même si sa vie sera courte, ce n'est pas une raison pour qu'elle ne lui revienne pas.

Après eux, les Traverse arrivèrent de la Tête-de-Phoque, et le même soir, les Arron et les Vatros, venant de plus loin encore, à quelques minutes d'intervalle les uns des autres, pour être les témoins silencieux. Les Vatros, riches et bien dotés suite au règne de la reine guerrière, firent le voyage en compagnie de la grande prêtresse depuis la capitale.

La sage-femme s'agenouilla devant la grande prêtresse et lui donna les noms des reines. Quand elle prononça celui d'Illiann, la grande prêtresse joignit les mains.

— Une reine bleue, murmura-t-elle en s'approchant de l'enfant. J'ose à peine y croire. Je pensais que les messagers faisaient erreur.

Elle se pencha et saisit l'enfant, le berçant dans le creux de ses bras enrobés de blanc.

— Une reine bleue élémentaire, compléta Isabelle Westwood, mais la grande prêtresse l'enjoignit au silence d'un regard.

— La reine bleue nous appartient à tous. Elle ne grandira pas au sein d'une maison élémentaire. Elle grandira à la capitale, à Indrid-Down. Avec moi.

— Mais..., bafouilla la sage-femme.

Toutes les têtes de la pièce se tournèrent vers elle. Ils en avaient oublié jusqu'à sa présence.

— Vous, sage-femme, vous abattrez les sœurs de la reine. Puis vous viendrez avec nous.

La sage-femme baissa la tête.

La reine naturaliste fut abandonnée dans la forêt, pour la terre et les animaux. La petite oracle condamnée fut noyée dans le ruisseau. Quand la reine élémentaire fut placée dans un minuscule radeau, pour être poussée à la mer, autant elle que la sage-femme pleuraient. Léonine, Isadora et Roxane, rendues à la Déesse, qui leur avait confié Illiann pour qu'elle règne à leur place.

Illiann, bénie et bleue.

LE VOLROY

La reine Katharine pose pour que son portrait soit peint, dans l'une des chambres à haut plafond de la tour ouest, à l'étage au-dessous de ses appartements personnels. Dans sa main gauche, elle tient une bouteille vide, qui deviendra sur la toile un sublime poison. Enroulée autour de sa main droite se trouve une corde blanche qui se transformera, sous l'action du pinceau de l'artiste, en un serpent ressemblant à Sweetheart.

Elle tourne la tête vers la fenêtre exposée à l'ouest pour parcourir Indrid-Down du regard : les toits brun foncé des rangées de maisons du nord ainsi que les routes vont se perdre dans les collines, le ciel est parsemé de volutes de fumée de cheminée et découpé par les hautes structures en pierre finement construites du centre de la capitale. C'est une belle et calme journée. Les travailleurs travaillent. Les familles partagent des repas, des rires et des jeux. Et elle s'est réveillée ce matin dans les bras de Pietyr. Tout va bien. Même mieux encore, maintenant que ses pénibles sœurs sont mortes.

— Veuillez lever le menton, reine Katharine. Et redresser le dos.

Elle s'exécute, et l'artiste lui lance un sourire un peu inquiet. C'est le meilleur maître peintre de tout Indrid-Down, il est pour le moins habitué à peindre des empoisonneurs et leurs accessoires usuels. Mais cela n'a rien d'un simple portrait. C'est le portrait de la reine couronnée. Travailler ce sujet donnerait des sueurs froides même au maître le plus émérite.

Elle a été placée de telle sorte que la vue derrière son épaule droite montre le manoir Greavesdrake. C'était son idée, même si ce sont les Arron qui s'en attribueront le mérite. Cependant, elle ne l'a pas fait pour eux, mais pour Natalia, un bien piètre geste pour honorer la grande matriarche de la famille, la femme qui a élevé Katharine comme si elle avait été sa propre fille. Grâce à elle, Greavesdrake sera toujours présent. Une ombre d'influence sur son règne. Elle avait même voulu déposer l'urne contenant les cendres de Natalia sur ses genoux, mais Pietyr l'en a dissuadée.

— Reine Katharine.

Pietyr entre à grands pas dans la pièce, toujours aussi beau dans sa veste noire et sa chemise gris tourterelle, ses cheveux blond glacé rejetés en arrière. Il s'arrête derrière le peintre.

— Cela commence à prendre forme. Tu seras magnifique.

— Magnifique.

Elle ajuste la bouteille vide ainsi que la corde qui se trouvent dans ses mains.

— Je me sens ridicule.

Pietyr serre l'épaule du peintre :

— J'ai besoin de m'entretenir avec la reine, si vous le voulez bien. Peut-être désirez-vous prendre une courte pause ?

— Bien évidemment.

Il pose son pinceau, leur adresse une révérence et les quitte, ses yeux fixant rapidement la bouteille et la corde, afin de savoir comment les replacer à son retour.

— Le portrait est-il vraiment bon ? demande Katharine après le départ du peintre. Je n'arrive pas à regarder. Nous aurions peut-être dû faire venir un peintre de Rolanth. Cette ville m'appartient aussi désormais, et tu sais bien que c'est là que vivent les meilleurs artistes.

— Nous ne pourrions pas leur faire confiance, même au meilleur maître de Rolanth : ils ne rencontreraient aucune difficulté à saboter ce portrait si peu de temps après une Ascension controversée.

Pietyr la suit jusqu'à la fenêtre donnant sur l'ouest et glisse ses bras autour de sa taille.

— Il vaut mieux un peintre empoisonneur.

Ses bras la serrent, ses doigts coulent le long de son corset.

— Est-ce que tu te rappelles ces premiers jours à Greavesdrake ? Cela me semble désormais si loin.

— Tout me paraît si loin, souffle Katharine.

Elle se souvient de son lit au manoir, de toute cette soie à rayures et de ses oreillers molletonnés. De comment, lorsqu'elle était enfant, elle s'assoyait avec les coussins sur ses genoux, en écoutant Natalia lui raconter des histoires. Elle se souvient de la bibliothèque et des rideaux en velours allant du sol au plafond, dans les plis desquels elle avait l'habitude de se cacher lorsque Geneviève venait l'empoisonner.

— J'ai parfois l'impression que Natalia est toujours parmi nous, ce n'est pas ton cas, Pietyr ? Comme si, en regardant avec assez d'attention, nous pourrions la voir, les bras croisés devant la fenêtre de son bureau.

— Je partage ce sentiment, ma douce.

Il lui embrasse une tempe, une joue, lui mordille un lobe, jusqu'à ce qu'elle soit parcourue d'un léger frisson.

— Mais tu ne dois jamais parler ainsi à qui que ce soit d'autre que moi. Je sais que tu l'aimais. Mais tu es désormais une reine. Tu es *la* reine, et tu n'as plus le temps de t'attarder sur cette nostalgie enfantine. Viens donc regarder cela.

Il la conduit vers une table et y étend une liasse de papiers pour qu'elle les signe.

— Qu'est-ce que c'est ?

— Des ordres de mission. Pour les navires que nous offrirons à la famille du consort Nicolas. Six beaux bateaux pour les aider dans leur deuil.

— Il y a bien plus que des navires ici.

Mais peu importe ce qu'ils leur donneront, ce sera un bien maigre tribut. Les Martel avaient envoyé leur fils favori afin qu'il devienne roi de l'île de Fennbirn, et il n'aura finalement survécu qu'une semaine avant de mourir dans un accident de cheval. Une chute malheureuse, tombé au bas d'un ravin peu profond. Il aura fallu pratiquement une semaine pour retrouver son corps après que son cheval est revenu sans son cavalier, et alors, le pauvre Nicolas avait rendu son dernier souffle depuis longtemps.

Cette histoire de chute est un mensonge. Une invention échafaudée par Pietyr et Geneviève afin que personne ne découvre la vérité : Nicolas est mort après avoir consommé son mariage avec Katharine. Qui est une empoisonneuse au sens le plus littéral du terme ; son corps tout entier est toxique au toucher. Personne ne doit deviner cette vérité. Pas même l'île, ou tous comprendraient alors également qu'elle ne peut porter aucun enfant provenant d'un père du continent, qu'elle ne peut pas enfanter la prochaine génération de reines triplées de Fennbirn.

Quand elle pense à tout cela, l'effroi manque toujours de la figer.

— Que sommes-nous en train de faire, Pietyr ?

Sa main se suspend au-dessus d'une signature à demi terminée.

— Quel est le but, si, en fin de compte, je ne peux finalement pas donner de nouvelles reines au peuple ?

Pietyr soupire.

— Viens voir ce tableau avec moi, Kat.

Il la prend par la main et ils retournent au portrait. Ils ne peuvent pas encore y discerner grand-chose. Des formes et des esquisses. L'ombre de sa robe. Mais le peintre a du talent, et même à un stade aussi précoce, elle peut imaginer à quoi ressemblera la peinture terminée.

— « Katharine, quatrième reine empoisonneuse. » Voilà comment ce portrait s'appellera. Katharine, de la dynastie des empoisonneuses. Qui s'inscrit dans la lignée des trois dernières reines empoisonneuses : Nicola, Sandrine et Camille. Voilà qui tu es, et nous avons bien assez de temps pour mettre en place ce qu'il faut pour assurer l'avenir de l'île.

— L'intégralité de mon long règne.

— Oui. Trente, peut-être même quarante ans.

— Pietyr, rit-elle. Les reines ne règnent plus aussi longtemps maintenant.

Elle soupire et penche la tête pour observer son image inachevée. Elle est à peine commencée et indéterminée, elle lui ressemble finalement beaucoup. Qui sait ce qu'elle pourrait faire durant son règne ? Qui sait quels changements elle pourrait introduire ? Pietyr a raison. Le peuple saura ce qu'il aura besoin de savoir. Il ignore déjà qu'elle a été jetée au fond du domaine Breccia, sauvée de la mort par les esprits des sœurs mortes qui ont elles aussi été jetées au fond de ce gouffre, une fois leur Ascension échouée. Le peuple ignore qu'elle n'a pas de don propre, et que la force qu'elle possède, elle l'emprunte à ces mêmes reines, qui, y compris à l'instant, courent à travers son sang en un flux corrompu.

— Je me demande parfois à qui appartient cette couronne, Pietyr. Est-ce la mienne, souffle-t-elle, ou la leur ? Je n'y serais pas parvenue sans elles.

— Peut-être. Mais tu n'as plus besoin d'elles. Je pensais…, commence-t-il avant de s'éclaircir la voix. Je pensais qu'elles étaient peut-être parties. Qu'elles te quitteraient maintenant qu'elles ont obtenu ce qu'elles voulaient.

L'estomac de Katharine s'agite. Sa faim de poison et sa soif de sang se sont atténuées quand ses sœurs ont vogué en direction du brouillard où elles se sont noyées. Pietyr a peut-être raison. Peut-être que les reines l'ont quittée. Peut-être qu'elles deviendront plus silencieuses et satisfaites de leur sort désormais.

Elle termine de signer les ordres que Pietyr lui a apportés et reprend la bouteille vide ainsi que la corde lorsque le peintre revient.

Ce dernier enroule et enroule à nouveau la corde autour de son poignet jusqu'à ce qu'elle retrouve exactement sa position initiale.

— Nous devons nous dépêcher, avant de perdre la lumière.

Il soulève son menton d'un doigt et positionne doucement sa tête, osant plonger ses yeux dans les siens pendant un temps.

— Combien de paires d'yeux voyez-vous ? demande-t-elle, et ceux du peintre clignent, incertains.

— Seulement les vôtres, ma reine.

Le lendemain matin, Geneviève se présente à la porte de la chambre de Katharine pour l'escorter au Conseil noir.

— Ah, Geneviève, l'accueille Pietyr. Entrez donc ! Avez-vous petit-déjeuné ? Nous terminons tout juste.

Sa voix est claire et suffisante ; le sourire de Geneviève est forcé et ressemble plus à une grimace. Mais Katharine fait mine de ne pas le remarquer. Le meurtre de Natalia a laissé un vide qui doit être comblé, et tous les Arron vont se chamailler pour cette place. De plus, malgré la haine qu'elle voue toujours à Geneviève, Katharine a décidé de la juger sous un nouveau jour. C'est la sœur cadette de Natalia, après tout, et désormais la matriarche Arron.

— J'ai déjà mangé.

Geneviève étudie l'assiette vide de la reine : un amas de croûtes de fromage et de morceaux d'œufs durs. Des taches de confiture de fruits empoisonnés.

— Je croyais que nous avions décidé de limiter sa consommation de poison après ce qui est arrivé au consort.

— Ce n'est qu'un peu de confiture.

— Il y a deux jours, je l'ai vue engloutir des baies de belladone et des scorpions plus vite qu'elle n'arrivait à les mâcher.

Pietyr fixe Katharine, qui rougit. Les guerrières mortes lui donnaient envie de saisir des armes, les naturalistes la poussaient à déambuler dans le jardin. Parfois, les empoisonneuses aussi avaient leurs envies irrépressibles.

— Eh bien, limiter sa consommation n'influera peut-être pas sur son état.

— Mais comme nous avons le temps, cela vaut la peine d'essayer. Et c'est bien la seule chose que nous ayons, non ?

Katharine se faufile pour aller nourrir Sweetheart alors qu'ils se disputent. Le serpent corail a mué et grandi, il jouit désormais d'un bel et nouvel espace rempli de feuilles sous lesquelles se cacher et de rochers sur lesquels prendre des bains de soleil. Katharine plonge la main dans une autre cage et en ressort un petit rongeur. Elle adore observer Sweetheart le pourchasser sur le sable chaud de son vivarium.

— Existe-t-il une raison en particulier pour que vous m'escortiez ce matin, Geneviève ?

— Oui. La grande prêtresse Luca est revenue.

— Si tôt ?

Pietyr s'essuie les lèvres dans sa serviette et se relève.

Cela ne fait que deux semaines que la grande prêtresse est partie pour Rolanth afin de déménager son personnel du temple et regagner les appartements qu'elle occupait à Indrid-Down.

— Kat, nous devrions y aller.

De part et d'autre de la reine, Pietyr et Geneviève l'accompagnent dans les escaliers de la tour ouest, les descendant jusqu'à atteindre le niveau principal du Volroy et la chambre du Conseil. Les autres membres sont déjà présents, ils échangent doucement autour d'une tasse de thé. La grande prêtresse Luca se tient à distance, elle ne boit rien et ne parle à personne.

— Grande prêtresse Luca, la salue Katharine.

Elle saisit la main de la vieille femme.

— Vous êtes de retour.

— Et si vite, ajoute Geneviève en fronçant les sourcils.

— Mes domestiques me suivent plus lentement en carrosse. Je suis arrivée un jour ou deux avant eux.

— Vous devriez installer certaines de vos affaires ici, dans la tour ouest, sourit Katharine. Ce serait agréable qu'un autre niveau devienne résidentiel. De loin, c'est tellement imposant ; imaginez ma surprise quand j'ai découvert combien de niveaux étaient occupés par des cuisines et du stockage.

La grande prêtresse et elle ignorent les regards amers qui se lisent sur les visages des autres membres du Conseil, ainsi que leur malaise. Katharine ne peut pas affirmer qu'elle aime cette vieille femme, et à la façon dont les yeux de Luca la suivent, elle sait que la grande prêtresse ne l'apprécie pas et qu'elle ne lui fait guère confiance non plus. Mais Natalia a passé ce marché. Son dernier. Katharine l'honorera donc.

Elle esquisse un geste en direction de la grande table sombre, et le Conseil noir prend place tandis que les serviteurs y déposent deux théières fraîchement préparées, dont l'une est empoisonnée au palétuvier, l'un des thés préférés de Natalia, et ils remplissent également à nouveau les bols de sucre et de citron. Ils débarrassent les tasses utilisées et les petites soucoupes recouvertes de miettes de biscuits et augmentent l'intensité des lampes avant de refermer les lourdes portes. Un siège de plus a été ajouté pour Luca. Pietyr s'installe dans l'ancien siège de Natalia, même s'il ne la remplace pas à la tête du Conseil.

Alors que le cousin Lucian revient sur les rapports de la journée – les taxes des marchands pour le duel des reines étaient plus élevées qu'escompté, et l'on craint un manque de récoltes à Wolf-Spring –, Katharine fait de son mieux pour y prêter attention. Mais les affaires quotidiennes de l'île ne sont pas ce qui préoccupe l'assemblée.

— Oh, mais combien de temps allez-vous nous obliger à attendre ? lance Renata Hargrove.

— Renata, calme-toi, ordonne Geneviève.

— Je refuse de me calmer ! Natalia a promis trois sièges du Conseil au Temple. Et tu sais à qui appartiennent ces sièges.

Elle regarde Lucian Marlowe, Paola Vend et Margaret Beaulin. Ce sont les seuls autres membres du Conseil à ne pas être des Arron. Marlowe et Vend au moins sont des empoisonneurs, mais Margaret est guerrière, et cette pauvre Renata n'a strictement aucun don.

— Comment pouvez-vous savoir à qui appartiennent ces sièges, interroge avec douceur Katharine, alors que moi-même je n'en sais rien ?

Elle étudie Renata depuis sa place, et cette dernière se recule dans sa chaise. C'est agréable, d'être à l'origine d'une telle réaction. Katharine n'est pas très imposante, condamnée à une petite taille par tant d'années d'empoisonnements, à jamais marquée et pâle. Mais elle vaut bien plus que tout cela. Bien plus que la somme de milliers d'années de reines défaites, et l'île tout entière apprendra à le savoir.

— Toutefois, Renata a raison sur un point.

Katharine se tourne vers Luca et lui adresse un large sourire.

— Vous êtes revenue, et vous avez certainement réfléchi à vos choix durant votre périple.

Elle avait espéré que la grande prêtresse ne pourrait tolérer de regarder dans les yeux de la reine qui avait vaincu sa très chère Mirabella. Que Luca ne serait pas en mesure de se soumettre à elle et qu'elle ne reviendrait jamais. Mais elle a été bien naïve. Avant même que Mirabella et Arsinoé ne mettent le cap sur le brouillard, Luca avait donné son accord pour présider à l'exécution de Mirabella.

— En effet. Mes choix se portent sur moi-même, la prêtresse Rho Murtra – elle lève le menton –, ainsi que Bree Westwood.

Les cousins, Lucian et Allegra, lancent de petits bruits peinés.

Pietyr ricane :

— Jamais.

Katharine fronce les sourcils. La seule véritable surprise est la nomination de Bree Westwood. Elle s'était attendue à ce que Luca lui préfère Sara, la tête de la famille élémentaire. Pas Bree, cette fille volage qui jouait avec le feu. Et bien sûr, la meilleure amie de Mirabella.

— La grande prêtresse ne peut pas servir auprès du Conseil noir, crache Geneviève.

— Ce n'est certes pas commun, mais dans l'ancien temps, ce n'était pas inédit.

— Le Temple se doit d'être neutre !

— Neutre envers les reines, mais pas envers ce qui concerne les affaires de l'île.

Le regard de Luca parcourt Geneviève avec dédain, et les lèvres de cette dernière tremblent de rage.

— Reine Katharine, reprend la grande prêtresse. Voici mes choix, quels sont les vôtres, à remplacer ?

Katharine observe les visages de son Conseil. Cependant, ce n'est pas vraiment le sien, c'est celui de Natalia, et même en partie celui de la reine Camille. Elle perçoit l'hostilité qui émane de ses membres, et sous sa peau, elle sent les reines mortes se hérisser.

Les Arron s'attendent à ce qu'elle remercie trois membres qui ne sont pas de la famille ; les autres lui diraient qu'elle ferait mieux de les garder, afin de représenter au mieux les intérêts de chacun. Même ceux des sans-dons. Geneviève lui conseillerait de recracher sa sélection au visage de la grande prêtresse. Et il ne fait aucun doute que tous pensent que Pietyr devrait être remplacé. Elle a vu les regards qu'ils lui portent, la façon dont leurs yeux se froncent à chaque fois qu'il la touche.

Mais ils peuvent bien penser ce qu'ils veulent. Ce Conseil noir sera le sien, il n'appartiendra à personne d'autre.

— Lucian Marlowe et Margaret Beaulin, vous pouvez disposer. Vous avez tous deux été de loyaux serviteurs de la Couronne, mais Lucian, nous ne manquons pas d'empoisonneurs ici. Et Margaret, je suis certaine que vous comprenez mon sentiment envers le don de la guerre, en sachant ce que j'ai subi des mains de Juillenne Milone. En outre, nous aurons une prêtresse guerrière à notre Conseil, qui s'inquiètera des intérêts de la ville de Bastian.

Margaret se redresse en repoussant sa chaise de la table. Elle n'emploie pas ses mains, mais le mouvement est trop rapide pour que Katharine sache si elle a fait appel à son esprit ou à ses talons.

— Une prêtresse n'a aucun don, grogne-t-elle. La voix de Rho Murtra sera celle du Temple et uniquement du Temple.

— En effet, renchérit Lucian Marlowe. Souhaitez-vous avoir un Conseil uniquement constitué de Arron et de prêtresses ?

— Non, répond Katharine d'un ton sec. Renata et Paola Vend resteront. Allegra Arron cèdera le dernier siège.

Allegra ouvre la bouche. Elle fixe son frère, Lucian Arron, mais il refuse de lui rendre son regard, elle finit donc par se lever et incliner la tête, si bas que Katharine peut voir la totalité de son chignon blond glacé sur le sommet de son crâne. Elle ressemble tant à Natalia. Et c'est pour cette raison, autant que pour d'autres, qu'Allegra doit s'en aller.

— Voulez-vous bien rester, leur demande Katharine, jusqu'à ce que mes nouveaux membres du Conseil arrivent ?

Lucian Marlowe et Allegra opinent. Mais Margaret frappe la table du poing :

— Voulez-vous également que je brique la chaise pour la prêtresse ? Que je lui fasse visiter le Volroy ? Ce n'est pas ainsi qu'il faut gouverner. Permettre au Temple d'envahir l'espace du Conseil, garder votre garçon à vos côtés comme si c'était son avis qui vous intéressait le plus !

Katharine se penche pour saisir quelque chose dans sa botte.

— Gardes ! appelle Geneviève.

Mais Katharine se met rapidement debout et lance de toutes ses forces un couteau empoisonné en direction de Margaret, avec tant de violence qu'il s'enfonce dans la table.

— Je n'ai besoin d'aucun garde, rétorque-t-elle doucement, en laissant glisser une autre lame entre ses doigts. Le premier était un avertissement, Margaret. Le prochain plongera droit dans votre cœur.

BASTIAN

Jules Milone pose les mains sur les pierres du mur de la ville. Sous ses paumes, le mortier est rugueux, chauffé par le soleil, mais il commence à refroidir dans les premières heures du crépuscule. Devant elle se trouvent la mer et la plage, arborant une teinte grise à cause des ombres qui s'étirent. Le son des vagues et l'odeur d'iode lui rappellent sa ville natale, mais c'est bien tout. Le vent de Bastian est moins sauvage, et la plage n'est pas constituée d'un sable foncé et de pierres plates noires où les phoques peuvent s'allonger, ici, tout est pâle et se fond en une plage de petites pierres rouges et blanches polies par les vagues. C'est joli, mais ce n'est pas Wolf-Spring.

Camden, son familier couguar, se frotte dans son dos, assez fort pour la pousser contre le mur, et Jules enfonce profondément ses doigts dans la fourrure douce et dorée du grand félin.

Leur compagne de balade est Émilia Vatros, la fille aînée du clan Vatros, les guerriers qui dirigent Bastian depuis des temps immémoriaux. Émilia regarde Camden et fronce les sourcils. Elle aurait préféré que l'animal ne soit pas avec elles, qu'il reste dissimulé. Mais Jules est naturaliste, elle a le don de faire mûrir les fruits et de faire sauter les poissons directement dans ses filets. Et elle n'aime aller nulle part sans son couguar.

Camden se campe sur ses pattes arrière et pose sa patte avant valide sur les pierres pour regarder les vagues au-delà du mur, comme Jules. Cette dernière se dépêche de la faire redescendre, en prenant garde de ne pas toucher l'épaule invalide du félin, blessée par l'attaque d'un ours l'hiver précédent.

— Ce n'est rien, réagit Émilia. Il n'y a personne, et tant que le soleil sera dans son dos, elle pourrait facilement être prise pour un gros chien.

Camden penche la tête sur le côté, l'air de dire *un gros chien, mon œil*, en faisant mollement mine de donner un coup de patte à Émilia, tandis que celle-ci s'élance sur le sommet du mur. Jules s'exclame de surprise. Le mur est haut, et le fossé en contrebas est rempli de rochers peu accueillants.

— Mais ne fais pas ça, lance Jules.

— Quoi donc ?

— Sauter en haut du mur comme ça. Tu me rends nerveuse.

Émilia lève les sourcils et sautille d'une pierre à l'autre. Elle pivote sur un seul pied.

— Tu peux être aussi nerveuse que tu le voudras. Je cours sur ces murs depuis que j'ai neuf ans. Le don de la guerre nous fournit l'équilibre. Tu pourrais le faire tout aussi facilement que moi, peut-être même mieux, ou plus rapidement.

Elle sourit face au visage incertain de Jules.

— Ou peut-être que tu aurais pu, si ta naturaliste de mère n'avait pas lié ton don de la guerre à l'aide de magie basse.

Émilia s'écarte en tournoyant, prétendant donner de grands coups d'épée et de dague dans le vide. Elle est aussi gracieuse qu'un oiseau. Ou un chat.

Peut-être que Jules pourrait faire la même chose qu'Émilia. Elle est touchée par la malédiction de la légion, après tout. Elle est maudite par deux dons : naturaliste et guerrier.

— Si Madrigal n'avait pas lié la malédiction, je serais devenue folle et j'aurais été noyée il y a bien longtemps.

— Mais tu as pourtant le don de la guerre, maintenant. Il est faible, mais il est bien présent. Alors, peut-être que tu n'aurais pas souffert du tout.

Émilia tournoie à nouveau et projette une épée imaginaire en direction de la gorge de Jules.

— Peut-être que la folie attribuée à la malédiction de la légion n'est rien d'autre qu'un mensonge colporté par le Temple.

— Pourquoi mentirait-il ?

— Pour empêcher quiconque d'être aussi puissant que tu pourrais l'être.

Jules plisse les yeux et Émilia hausse les épaules.

— Je vois bien que tu penses que le jeu n'en vaut pas la chandelle.

Elle lève à nouveau les épaules.

— Très bien. Tu es une guerrière, même si ton don ne s'exprime pas entièrement. Je te cacherai donc le temps qu'il faudra. Jusqu'à ce que tu ne veuilles plus te dissimuler.

Désormais sur la pointe des pieds, Émilia saute d'une pierre à l'autre. Mais la pierre sur laquelle elle atterrit vacille de façon précaire.

— Émilia !

Émilia lance un large sourire et baisse les bras.

— Je savais qu'elle était branlante, affirme-t-elle, et elle ricane en croisant le regard noir de Jules. Je connais toutes les pierres de ce mur. Toutes les fissures dans son mortier. Chaque fendillement dans ses portes. Et je déteste tout ça.

— Pourquoi est-ce que tu la détestes ?

Jules se retourne vers Bastian, la lumière et l'ombre jouent au travers de la ville alors que le soleil se couche. Pour elle, c'est une véritable merveille, fortifiée et ordonnée, avec ces bâtiments de briques grises et de bois. Les étals du marché sont recouverts de tissu rouge, et alors que la teinture se décolore avec l'âge, elle offre une palette de couleurs aussi diversifiée que les produits proposés.

— J'aime Bastian, répond Émilia.

Elle redescend du mur.

— C'est la muraille que je déteste. Nous l'entretenons à cause du don, nous devons toujours être prêts. Mais ce mur n'a plus d'utilité maintenant que nous avons ce brouillard. Il ne fait que nous isoler encore plus.

Elle forme un poing et frappe violemment la pierre.

— Jusqu'à ce qu'on en vienne à oublier le reste de l'île. Le mur pousse les autres à tourner le dos, ils deviennent paresseux, ils sont trop sûrs de leur sécurité, puis le don s'affaiblit, et alors ? Qui se préoccupe de savoir qu'une autre empoisonneuse porte la couronne ?

Elle observe Jules parcourir les lignes de mortier de ses doigts.

— J'imagine qu'il n'y a pas du tout de mur à Wolf-Spring ?

— Pas comme celui-ci.

Uniquement des palissades en bois ou de jolis murets en pierre construits pour délimiter les fermes, pouvant facilement être sautés à cheval, ou même par une personne disposant d'assez d'élan.

— Quand nous sommes arrivés à Indrid-Down pour sauver Mirabella de Katharine lors du duel, nous sommes passés devant ce qui reste du mur qui protégeait la capitale. De la végétation poussait dessus, il était à moitié enseveli. Il n'y a plus rien d'autre sur l'île qui y ressemble. Pas même les remparts qui protègent la forteresse du Volroy.

— J'ai entendu dire qu'ils ont encore un beau mur d'enceinte à Sunpool, soupire Émilia. Les oracles sont très paranoïaques. Est-ce que tu vas faire ce pour quoi tu es venue ou bien ?

— Est-ce qu'on peut aller à la plage ?

— Pas aujourd'hui. Je n'ai pas envoyé d'éclaireurs. Il pourrait y avoir d'autres personnes dans les dunes, qui pourraient te reconnaître et ton chat aussi, et rapporter cette information au Volroy. Plus longtemps la reine empoisonneuse pensera que tu es partie à bord du bateau avec ses sœurs, mieux ce sera.

— Le plus longtemps possible.

Jules sort une paire de cisailles argentées de sa poche arrière.

— Et si elle le croit pour toujours ?

— Rien ne dure aussi longtemps. Pourquoi est-ce que tu veux aller à la plage ?

Jules passe sa longue tresse châtain par-dessus son épaule.

— Je ne sais pas. Pour la jeter à l'eau, j'imagine.

Émilia rit.

— Est-ce que tous les naturalistes sont aussi sentimentaux ?

Elle a un geste en direction de la côte recouverte de pierres rouges et blanches.

— Jette-la où tu voudras. Les sternes en tireront des fibres pour leurs nids. Cela devrait te plaire. Même si tu n'as pas besoin de le faire du tout. Cette tresse est bien la dernière chose qui fera que l'on te reconnaîtra. Je parierais plutôt sur tes yeux vairons.

Elle hoche la tête vers Camden.

— Ou sur cette bête.

— Je ne repousserai jamais Camden, tu peux garder tes petites allusions pour toi, s'emporte Jules.

— Je ne fais aucune allusion. Je l'apprécie. Seule une naturaliste guerrière peut avoir un familier aussi féroce. Maintenant, allons-y.

Jules touche l'extrémité de sa tresse. Elle se demande de quelle longueur sont les cheveux foncés d'Émilia. Ils sont toujours coiffés en deux petits chignons plaqués contre sa nuque.

Elle place la tresse entre les lames ouvertes des cisailles, juste au-dessous de son menton. Arsinoé avait l'habitude de faire ça. Chaque saison, elle coupait ce qui avait poussé, tout pour éviter la beauté soignée qui est attendue des reines. Une année, elle avait coupé ses cheveux tellement de travers qu'elle donnait l'impression d'avoir la tête perpétuellement penchée. Son Arsinoé. Elle serait si fière.

Jules prend une grande inspiration, puis coupe sa tresse. Elle la lance aussi loin que possible, en direction de cette eau sur laquelle ses amis ont pris la mer.

* * *

La maison familiale du clan Vatros a été bâtie contre le mur, dans le secteur sud-ouest de la ville. C'est une vaste demeure, composée de nombreux étages et de rangées de fenêtres aux volets marron. Les bardeaux du toit en pente sont rouge sombre. Elle est vieille, certaines sections sont plus anciennes que d'autres, et elle est constituée de la même pierre grise que le mur. Les dernières adjonctions ont été construites en blanc. C'est l'une des plus belles maisons de Bastian, mais elles semblent toutes belles aux yeux de Jules, qui est habituée aux planches disjointes et à la peinture décolorée par l'humidité et l'iode. Le don de la guerre s'est peut-être affaibli au fil des siècles, mais ils ont fait de leur mieux pour ne pas le montrer ; ce déclin n'est visible que lorsqu'on inspecte la question de près, dans la maçonnerie réparée du mur et les nombreux points de reprise qui parsèment leurs vêtements.

— Attaque lentement.

Émilia fait tourner le bâton d'entraînement entre ses mains. C'est une arme bien faite : du bois robuste et huilé joint au centre, formant une longue perche qui peut être rapidement séparée pour se transformer en deux courts bâtons pour des attaques doubles.

Jules s'exécute, même si son bâton d'exercice lui paraît lourd et mal conçu. Elle se baisse deux fois pour viser les jambes, puis bloque les attaques d'Émilia avant d'esquiver une tentative de frappe au torse. Émilia hoche la tête, le seul encouragement dont elle est capable.

— Tu ne me demandes jamais d'employer mon don de la guerre. Tu ne me dis jamais quand l'utiliser.

— Tu l'utiliseras quand tu l'utiliseras.

Émilia dévisse sa perche pour en faire deux bâtons distincts.

— Et tu sauras quand y faire appel.

Elle s'approche à vitesse réduite, mais même ainsi, les bras de Jules ne parviennent pas à suivre le rythme. Les bâtons résonnent les uns contre les autres.

— Mais il te viendrait plus facilement si nous pouvions convaincre ta mère de te délier.

Jules abaisse son bâton. Elle plie les doigts et passe ses cheveux derrière son oreille. Elle les a coupés trop court, et elle n'arrive plus à les maintenir dans son ruban. Cela ne lui plaît pas. À Camden non plus. Le félin des montagnes les lèche tous les soirs, comme si elle tentait de les lisser en une tresse.

— Arrête de me demander ça, grogne Jules.

— Je ne fais que te taquiner.

Sauf que ce n'est pas vraiment le cas. Enfin, pas entièrement. Jules masse ses jambes endolories par le poison. Que son don soit lié ou non, cet empoisonnement l'empêchera peut-être de devenir la guerrière qu'Émilia espère.

— Allez, lance Émilia. Nous n'avons pas toute la journée.

Elles se remettent en garde. Elles n'ont pas toute la journée, mais tout de même la majorité de celle-ci ; le soleil de l'après-midi brille de tous ses feux et tape fort sur le crâne de Jules. Les cheveux sombres d'Émilia luisent comme un miroir, et connaissant ses capacités martiales, elle parviendra certainement à trouver un moyen d'éblouir Jules avec sa chevelure.

Alors qu'elles forment des cercles, les yeux de Jules se dirigent vers l'arbre. Un seul arbre solitaire se dresse dans cette cour privée entourée d'un mur aux briques inégales, il n'est pas aussi fourni qu'il pourrait l'être, qu'il *devrait* l'être, au plus fort de l'été. Elle pourrait s'en occuper. Y faire pousser de nouvelles feuilles, immédiatement. Ainsi, elles seraient à l'ombre, et Émilia serait peut-être suffisamment distraite pour que Jules lui porte un coup décent.

— Je ne te demande jamais d'employer ton don de la guerre, dit Émilia, et Jules détourne son attention de l'arbre. Mais tu n'emploies pas ton don de naturaliste non plus. Pourquoi donc ? Est-ce que tu penses que les autres dons nous dérangent ?

Elle assène deux attaques, parées par Jules.

— Peut-être pas.

— Peut-être pas, répète Émilia. D'ordinaire, peut-être pas, tu veux dire. Mais ce serait le cas pour toi, à cause de la malédiction de la légion.

Elle se déplace rapidement et, sans le moindre effort, donne une tape à Jules pile entre les yeux. Derrière elle, Camden se met à grogner.

— Est-ce que tu peux vraiment me blâmer ? s'énerve Jules. Ma propre famille craint cette malédiction. Ma propre ville m'a tourné le dos à cause de ça. Je ne comprends pas pourquoi toi et les guerriers ne m'avez toujours pas rejetée.

— Nous voyons au-delà de cette malédiction grâce à tes actes. Les grandes choses que tu accompliras. C'est toi qui as apporté sa force à la reine faible. Arsinoé, ajoute Émilia alors que Jules plisse les yeux. Et même lié, ton don de la guerre est aussi puissant que le mien. Tu pourrais l'employer maintenant. Dévier la trajectoire de mes bâtons. Si tu le voulais, bien sûr.

Quelque chose dans les yeux d'Émilia devient plus acéré, et elle s'approche de Jules avec frénésie. Elle ne se bat plus à vitesse ou force réduites, elle oblige Jules à reculer, se servant de l'expérience qu'elle a dans son art pour repousser Jules jusqu'à ce qu'elle plie les genoux. Et tandis que ses talons glissent sur le chemin en gravier, Jules ressent une pointe de colère familière.

Elle esquive et pivote alors qu'Émilia prolonge son assaut. Jules attend qu'elle soit juste dans la bonne position, afin que Camden se place dans l'angle mort d'Émilia.

Jules attaque violemment avec son bâton, et Camden bondit. Elle était accroupie, à attendre l'occasion de sauter sur Émilia pour l'immobiliser dans l'herbe.

— Ouf ! lance Émilia, avant de rouler sur son dos alors que Jules et le couguar l'observent.

Pendant un instant, ses mâchoires sont serrées et son visage est écarlate, malgré son teint hâlé. Puis elle rit :

— Très bien.

Elle agrippe la fourrure de Camden avec tendresse et lui flatte les côtes.

— Tu n'as pas besoin du don de la guerre quand tu l'as elle.

* * *

Émilia lance une cape rouge légère à Jules, semblable à celles que portent les serviteurs.

— Où allons-nous ? demande Jules.

Après une longue après-midi d'entraînement, elle ne veut aller nulle part ; elle ne désire qu'une chose : un bol de ragoût chaud et son oreiller douillet.

— Il y a une barde à l'auberge. Père m'a indiqué qu'elle connaît la chanson de la reine Aethiel, et j'aimerais l'entendre.

— Tu ne peux pas y aller sans nous ? Je m'endormirai certainement dans ma bière, et je n'ai aucune envie d'insulter la barde.

— Non, je ne peux pas y aller sans toi. Camden doit rester ici, évidemment. Il y a trop de personnes à qui nous ne faisons pas confiance. Nous lui ramènerons un bon gros gigot d'agneau.

Camden lève la tête de ses pattes, mais juste le temps qu'il faut pour bâiller. Un gigot d'agneau et une chambre au calme lui conviennent parfaitement.

Tandis que Jules marche au côté d'Émilia à travers la ville, elle tire sur la capuche de sa cape pour qu'elle lui recouvre les yeux. Pratiquement tous ceux qu'elles croisent saluent Émilia d'une façon ou d'une autre, d'un mouvement de la tête ou en baissant les yeux. La ville tout entière reconnaît la fille aînée des Vatros à la courbure de son menton et à sa démarche volontaire. Ils la respectent, un peu à la manière dont les habitants de Wolf-Spring respectaient Jules avant qu'ils n'apprennent l'existence de la malédiction. Si elle y retournait aujourd'hui, ils l'accompagneraient à Indrid-Down les mains liées dans le dos.

Quand elles arrivent à l'auberge, une foule est déjà présente et la barde a entamé son spectacle. Émilia fronce légèrement les sourcils, mais les longues chansons parlées durent jusqu'à très tard dans la nuit, et le public va et vient pour écouter les passages qu'il préfère.

— Ce n'est même pas la chanson d'Aethiel, affirme Émilia. C'est le chant d'armement de la chanson de la reine Philomène. Et il est *interminable*. Je vais nous chercher de la bière et à manger.

Jules laisse son capuchon retomber dans la chaleur de l'auberge. Personne ne lui prête une quelconque attention. Tous les yeux sont rivés sur la barde debout près de l'âtre, vêtue d'une belle tunique bordée de fils d'or. C'est l'une des plus jeunes bardes qu'il ait été donné à Jules de voir, même si elle n'a pas une grande expérience en la matière. Ils sont si rares à passer par Wolf-Spring, lassés certainement de chanter nuit après nuit au sujet de la reine Bernadine et de son loup. Cette femme porte une capuche légère, elle n'est pas si différente de la cape rouge de Jules, et sa voix est mélodieuse alors qu'elle récite les passages d'armement : grèves, couteaux, cuir à boucler, et ainsi de suite, habillant cette reine guerrière d'antan de tous ses atours de combat.

Jules trouve une table vide le long du mur du fond de l'auberge et y prend place. Quand Émilia revient enfin avec deux chopes, la barde entame les vers contant la férocité de l'armée de la reine.

— Qu'est-ce qu'il y a à manger ? s'enquiert Jules.

— Du gigot d'agneau, comme je te l'ai dit, et des légumes verts bouillis. Nous mangerons ce que nous pourrons et apporterons le reste au chat.

Les yeux d'Émilia parcourent l'auberge avant de se poser sur la barde.

— Elle n'arrivera jamais à Aethiel à ce rythme. Nous pourrons peut-être l'inviter à notre table quand elle s'arrêtera pour manger et écouter quelques vers à cette occasion.

— Ou tu peux te montrer patiente. Elle sera là aussi longtemps que les gens pourront la payer. Et puis, je ne veux pas qu'elle soit si près de nous. Les bardes parcourent toute l'île, elle pourrait me reconnaître.

— Même si c'était le cas, elle n'en dirait rien. Pour un ordre qui parle tant, les bardes savent tenir leurs langues.

— Comment est-ce que tu peux en être si certaine ?

Émilia hausse les sourcils.

— Eh bien, je n'ai jamais eu à en découper une, pour commencer.

Le repas leur parvient sur un gigantesque plateau, un gigot d'agneau entier sur un lit de légumes et de pommes de terre rôties.

— Merci, Benji, lance Émilia au serveur, un garçon aux cheveux blonds qui gèrera un jour l'auberge.

— Un gigot entier pour deux, note Benji. Je n'aurais jamais cru qu'une si petite chose mangerait autant.

Jules lève les yeux et remarque qu'il lui sourit. Elle baisse rapidement le regard.

— Mon estomac n'a rien de petit.

— Eh bien, j'espère que vous apprécierez le repas. Je vous apporte un autre pichet de bière.

— Tu le rends curieux, commente Émilia.

Jules ne répond rien. Elle est de mauvaise compagnie, à faire ainsi mine d'écouter la barde, en ne parlant que lorsqu'elle le doit. Elle suppose qu'elle est de mauvaise compagnie depuis qu'elle est arrivée à Bastian. Mais il peut difficilement en être autrement, quand chaque plat lui fait penser à Arsinoé et à son appétit à toute épreuve, et que chaque garçon avec un sourire en biais pourrait, l'espace d'un instant, être Joseph, avant qu'elle ne se rappelle qu'il est mort.

Elle se force à observer la barde et remarque que celle-ci la fixe ; ses yeux ne bougent pas tandis que ses lèvres forment les mots du raid de la cité incendiée. Jules lui rend son regard soutenu, en colère, même si elle ne peut dire pourquoi, et la fille tourne la tête, juste assez pour que Jules aperçoive une marque blanche dans sa chevelure. Les mèches blanches ont été jointes pour former une tresse qui se déverse dans l'or de ses cheveux comme une stalactite. Ces mèches blanches sont courantes parmi les voyants.

— Ce n'est pas une simple barde, souffle Jules. Émilia, qu'est-ce que tu fabriques ?

Émilia ne nie pas. Elle ne semble même pas se sentir coupable.

— Les guerriers et les oracles ont toujours partagé un lien fort. C'est grâce à ce lien que nous avons su que nous devions te venir en aide lors du duel des reines. Et maintenant, nous souhaitons savoir ce que la Déesse te réserve. Enfin, est-ce que tu pensais que nous allions te cacher ici indéfiniment, comme une prisonnière ?

Jules regarde la barde saluer son public, prenant une pause pour manger et boire un peu de vin.

— Vous m'aviez dit que j'étais la bienvenue aussi longtemps que nécessaire, murmure-t-elle.

La barde s'arrête devant leur table :

— Émilia Vatros. C'est bon de te revoir.

— Ce sentiment est partagé, Mathilde. Je t'en prie, assois-toi. Prends un peu de bière et restaure-toi. Nous avons amplement de quoi faire, comme tu peux le constater.

— Vous vous connaissez même déjà, note Jules alors que Mathilde s'installe.

De près, elle est saisissante. Elle n'a certainement pas plus de vingt ans, et sa tresse de cheveux blancs forme un tel contraste par rapport à ses boucles blond clair qu'il est surprenant que Jules ne l'ait pas remarquée immédiatement.

Émilia saisit son couteau à sa ceinture et découpe une épaisse tranche de gigot qu'elle dépose sur une assiette de légumes et de pommes de terre. Benji arrive avec un pichet de bière fraîche et une troisième chope.

— J'aimerais également du vin, demande Mathilde, et le serveur opine du chef avant de repartir. C'est un honneur de te rencontrer, Juillenne Milone.

— Vraiment ? interroge Jules avec méfiance.

— Vraiment, oui. Mais pourquoi me regardes-tu comme si tu me détestais ? Nous n'avons même pas encore parlé.

— J'accorde difficilement ma confiance ces jours-ci. L'année a été mouvementée.

Elle regarde Émilia.

— Et elle prononce mon nom bien trop fort.

Émilia et Mathilde partagent un regard se voulant apaisant. Si seulement Camden était là pour leur frapper le visage à toutes les deux.

— J'ai conscience de ton besoin de discrétion, affirme Mathilde. Tout comme je suis consciente que ton aversion pour les oracles provient de la prophétie qui entoure ta naissance. Prophétie qui dit que tu étais touchée par la malédiction de la légion. Mais c'est quelque chose qui s'est avéré juste, n'est-ce pas ?

— Que j'étais maudite, oui. Même si j'ai entendu dire que l'oracle avait également précisé que je devais être noyée. *Cela* ne s'est pas produit.

Mathilde lève les sourcils et penche la tête comme pour dire *peut-être pas*. Ou pas encore.

— Et est-ce là tout ce que tu as entendu ?

— Est-ce qu'il y a autre chose à entendre ?

— Nous n'avons jamais eu les détails de ce présage. Nous ne percevons cette malédiction mal définie qu'au travers des yeux d'une autre voyante.

— Tu ne la connaissais donc pas ? demande Émilia. L'oracle ayant jeté ses osselets à la naissance de Jules ?

— Je n'étais qu'une enfant quand Jules est née. Si je l'ai rencontrée à Sunpool, je ne m'en souviens pas. Et ce ne serait plus le cas de grand monde, car cette oracle n'est jamais revenue.

— Qu'est-ce que cela veut dire exactement ? s'emporte Jules.

— Que ta famille a très bien dissimulé la vérité te concernant.

Qu'ils ont tué l'oracle, voilà ce que Mathilde cherche à expliquer. Voyante ou non, elle n'en sait rien. Ce n'est qu'une hypothèse, une accusation. Et Jules ne peut s'imaginer grand-mère Cait, Ellis ou même Madrigal frapper le crâne d'une vieille oracle à l'aide d'une pierre.

— Et quelle est donc ma vérité maintenant ? N'est-ce pas pour nous le dire que tu es là ?

Mathilde arrache un morceau de viande dans son assiette. L'agneau est succulent ; il est inutile de le couper. Même ainsi, elle prend un temps infini pour le mâcher. En attendant, Jules se jure de ne jamais croire le moindre mot sortant de la bouche de cette voyante. Et en même temps, elle espère entendre une autre vision, des nouvelles concernant Arsinoé et Billy, comment ils se portent sur le continent. Est-ce qu'Arsinoé y est heureuse ? Est-elle en sécurité ? Ont-ils donné de belles funérailles à Joseph ? Le jour où elle les a quittés lui semble déjà si lointain, ballottée par les flots devant le continent. Ce jour-là, le brouillard de Fennbirn les a ravalées, Camden et elle, pour les ramener chez elles.

Elle serait même heureuse de recevoir des nouvelles de Mirabella.

— Ta vérité est encore à venir, prononce enfin Mathilde. Je sais seulement que tu as un jour été une reine et que tu le redeviendras peut-être. Ces mots sont apparus comme un chant dans mon esprit au moment où j'ai posé les yeux sur toi.

LE CONTINENT

Quand la cloche sonne, les chevaux s'élancent à toute vitesse de la ligne de départ, leurs queues comme leurs sabots battent l'air. Arsinoé agrippe la rambarde devant son siège et se hisse pratiquement par-dessus pour les regarder passer dans un fracas assourdissant ; chacun des chevaux est brillant et magnifique, et tous sont montés par un petit homme qui s'accroche coûte que coûte.

— Voilà qu'ils partent ! crie-t-elle. Ils prennent le... le virage dont tu as parlé...

— Le virage du club-house.

Billy la saisit par le dos de sa robe en riant.

— Maintenant, descends de là avant de tomber sur le rang du dessous.

Avec un soupir, elle repose les pieds sur la terre ferme. Mais ce n'est pas la seule à s'être levée de son siège ; beaucoup d'autres spectateurs sont debout pour applaudir, ou tenant d'astucieux petits verres grossissants devant leurs yeux. Même Mirabella s'est redressée de l'autre côté de Billy, se pressant si près de lui dans son excitation qu'il parvient à peine à respirer entre les deux sœurs.

— Aussi amusant que cela puisse être, lance Arsinoé, ça le serait encore plus si on se trouvait à côté de la piste.

Elle inspire profondément, sent l'odeur de noix grillées, et son estomac se met à grogner.

— La vue ne serait peut-être pas aussi bonne que celle-ci, commente Mirabella, et Billy opine.

Son père paie très cher chaque année pour obtenir ces sièges bien placés, enfin, c'est ce que Billy a affirmé alors qu'ils étaient en chemin.

— Et depuis le dos d'un cheval, alors ?

— Les filles n'ont pas le droit de monter, répond Billy, et Arsinoé fronce les sourcils.

Ils changeraient d'avis bien assez vite, si seulement ils pouvaient voir Jules. Jules, petite et nerveuse, capable d'extirper un cheval de son troupeau comme s'ils ne formaient qu'un seul corps.

Sur la piste, les chevaux passent la ligne d'arrivée dans un concert de vivats et de grognements. C'est la dernière course de la journée, et aucun des chevaux sur lesquels ils avaient parié n'a gagné, mais les trois sont debout tout sourire. Arsinoé prend la main de Billy dans sa gauche, tout en tirant Mirabella de sa droite alors qu'ils quittent leurs sièges, sa robe grise mal ajustée frottant contre les jambes du pantalon qu'elle insiste pour toujours porter dessous. Par contraste, Mirabella est ravissante en blanc, avec ses grandes manches et sa dentelle sur la gorge. Avant de quitter l'île, aucune des deux n'avait porté d'autre couleur que le noir, et Mirabella, quelques bijoux colorés. Mais cette dernière, avec sa beauté, semble à l'aise dans tout.

Arsinoé inspire profondément. Il est plaisant de sortir, même si l'air chaud estival draine l'odeur de la ville plutôt que celle de la mer. Parfois, la maison de famille en briques de Billy, aussi agréable soit-elle, peut paraître si étouffante. Alors qu'ils tournent dans l'avenue au milieu de la foule, elle donne un coup d'épaule accidentel à un passant. Avant même qu'elle puisse s'excuser, il se recule à la vue de ses cicatrices, toujours rose vif et recouvrant la partie droite de son visage. Billy serre un poing, et Mirabella ouvre la bouche, mais Arsinoé les attire en arrière.

— Ne vous en faites pas. Allons-nous-en.

C'est exactement ce qu'ils font, mais ils se rapprochent et passent devant elle, leurs épaules la protègent, leurs regards noirs forment une barrière contre quiconque lui manquerait de respect.

— Oh, ma Déesse, rit-elle. Vous êtes aussi féroces que Jules.

Ils progressent, naviguant dans la foule en observant les calèches et les carrosses leur passer devant. Arsinoé n'a jamais vu autant de trafic, même dans la rue principale d'Indrid-Down, et il ne semble jamais ralentir. Une calèche traverse à tombeau ouvert, tractée par un pauvre cheval rachitique dont le dos est couvert de traces de fouet.

— Oh hé, faites attention à cette pauvre bête ! hurle Arsinoé, mais le conducteur se contente de ricaner.

— Si seulement je pouvais faire appel à tout le pouvoir de mes éclairs, ajoute Mirabella. Ou de mon feu. Je démarrerais une jolie petite flamme dans la poche de son pantalon.

Mais c'est impossible. Si loin de l'île, leurs dons s'affaiblissent et s'effacent. Même si Arsinoé avait été une vraie naturaliste au lieu d'une empoisonneuse, elle n'aurait peut-être pas eu assez de pouvoir ne serait-ce que pour réconforter ce cheval.

Billy secoue la tête :

— N'essayez pas de me faire croire que personne ne maltraite son cheval sur Fennbirn.

Mais ses yeux se perdent dans le vide alors qu'il tente de trouver un seul exemple. Même à la capitale, le respect envers le don naturaliste empêchait toute forme d'abus.

Arsinoé lance un juron lorsque quelqu'un lui rentre dedans par-derrière. Elle ne sait pas si elle s'habituera un jour à toute cette foule. De plus, elle ignore comment, c'est toujours elle qui se retrouve bousculée. Quelque chose chez Mirabella reste royal, et personne ne l'approche à moins d'un mètre.

— Oh non, se plaint Billy.

Ils sont arrivés au bout de leur rue, abritant la rangée de grandes maisons aux briques rouges, aux grilles en fer forgé et aux marches en pierre blanc brillant. Mais agglutinées devant leur porte se trouve un troupeau de jeunes femmes portant des robes roses, vertes et jaune pâle. Ce ne peut être que Christine Hollen, la fille du gouverneur, et son entourage qui la suit à la trace.

Arsinoé lève les yeux vers la fenêtre de la chambre au deuxième étage, qu'elle partage avec Mirabella. Avec trois étages remplis de chambres dans une maison de ville, elles n'avaient pas vraiment besoin de partager. Mais quand Mirabella et elle ont débarqué sur le continent, les jambes tremblantes et les vêtements encore détrempés après la tempête, elles sont restées accrochées l'une à l'autre, refusant de se séparer. La mère de Billy, Mme Chatworth, les a donc dirigées, les lèvres tremblotantes, vers l'une des chambres d'invité les plus grandes.

— Je ne sais pas si j'ai la patience pour ce genre de bêtises aujourd'hui, souffle Arsinoé.

Christine Hollen avait apparemment « jeté son dévolu » sur Billy durant le temps où il était sur l'île, et peu importe la présence d'Arsinoé, rien ne semble la décourager. Si Arsinoé doit endurer un autre thé à observer Christine se pâmer devant Billy, elle serait susceptible d'adopter un comportement que Mme Chatworth jugerait indigne d'une dame. Ou encore davantage qu'à son habitude.

— Nous ne pouvons pas grimper le long des briques et nous faufiler par la fenêtre ?

— Pas sans être vus, note Mirabella avec un grand sourire.

Elle touche l'épaule d'Arsinoé.

— File. Va faire un tour jusqu'à ce qu'elles s'en aillent.

— Pardon ?

— Oui, pardon ? reprend Billy. Je n'ai aucune envie de me retrouver seul là-dedans en compagnie de ma mère et de Christine. Si tu t'en vas, Arsinoé, tu me retrouveras peut-être pieds et poings liés et promis.

— File, répète Mirabella. Peut-être… peut-être que tu devrais rendre visite à Joseph.

— Tu le penses vraiment ? demande Arsinoé.

— Bien sûr. Pourquoi gâcher une si belle journée ?

— Et qu'en est-il de Miss Hollen et des filles du gouverneur ?

Mirabella s'approche de Billy et glisse sa main dans le creux de son bras. Par ce simple geste et un changement de posture – un subtil mouvement des hanches, une légère inclinaison de la tête –, quiconque les regarderait penserait que Billy et elle sont follement amoureux l'un de l'autre. Enfin, sans compter le regard choqué de Billy.

— Laisse-moi m'occuper de Christine Hollen.

Arsinoé jette un regard aux filles dans la rue. Ce sont toutes des filles que Mme Chatworth accueillera avec grand plaisir chez elle et fiancerait avec joie à son fils. Des filles qui n'ont rien à voir avec celles, singulières et étrangères, qu'elle a fait entrer dans son foyer. Elles portent de vraies jupes et n'ont pas de profondes cicatrices sur le visage. Christine Hollen, en particulier, est l'une des personnes les plus ravissantes qu'il ait été donné de rencontrer à Arsinoé. Des cheveux dorés et des joues couleur pêche, un sourire à tomber. Le fait qu'elle soit également riche semble pour le moins injuste.

Arsinoé adresse un sourire reconnaissant à Mirabella.

— Cette pauvre Christine n'a pas la moindre chance.

* * *

Arsinoé se fond dans la ville, longeant les rangées de maisons au travers des ruelles et des rues secondaires. Elle est soulagée de ne pas avoir à affronter une autre rencontre pénible avec Christine. Celle-ci la toise toujours comme une sorte d'insecte, quand elle se donne la peine de reconnaître sa présence ; mais plus elle s'éloigne, plus son soulagement est remplacé par du ressentiment. Dans le sac gris qui lui sert de robe, sans amis ni famille à l'exception de Billy et Mirabella, et sans fortune ni perspective d'avenir, elle n'est rien face à Christine Hollen. Ce serait le cas, si les choses étaient différentes.

Si elle était encore elle-même dans son pantalon noir et sa veste, les cicatrices de son visage recouvertes de son masque noir rayé de rouge. Si elle était toujours reine.

Ses jambes accélèrent tandis qu'elle se fraie un chemin dans les rues, en direction de Joseph, ignorant les regards appuyés des passants. Des regards qu'elle attire par le simple fait de courir, par le simple fait d'être une fille seule sans escorte ni même ombrelle.

Elle n'aurait jamais dû partir seule. Elle aurait dû rester et s'étouffer sur son thé. Il n'y a que lorsqu'elle est seule que le doute s'immisce en elle, ce sentiment qu'elle n'a pas sa place ici et que ce ne sera jamais le cas.

Quand elles sont arrivées, autant Mirabella qu'elle avaient tenté de plaire à Mme Chatworth. Arsinoé en particulier s'était préparée à l'apprécier, voire à l'aimer. Elle était la mère de Billy, après tout. Elle avait élevé un garçon qui soutenait ses amis. Quand elles se sont rencontrées, elle s'attendait donc à trouver quelqu'un comme Cait Milone : une femme au visage austère et au cœur généreux, aux bras forts pouvant tenir ses enfants. Ou même quelqu'un comme Ellis : jamais sérieux, mais toujours prêt à donner un avis. Au lieu de cela, la mère de Billy est en quelque sorte pire encore que son père. Elle manque de substance, et ses expressions oscillent entre l'irritation et l'horreur.

Quand elle atteint les grilles du cimetière, les jambes d'Arsinoé la brûlent suite à l'effort, mais sa frustration n'a pas été éliminée pour autant. Elle ralentit sa cadence pour marcher, par respect pour ceux qui reposent ici, et pourtant, elle ne peut s'empêcher de donner de petits coups de pied dans les cailloux sur son chemin.

— Des ombrelles, murmure-t-elle. Des robes à fanfreluches et des jeux idiots. Il n'existe rien de plus pour une fille ici. Boire du thé et faire tournoyer une ombrelle jusqu'au mariage.

De plus, se marier sur le continent signifie qu'il faut obéir. S'il existe un seul mot dans le monde entier capable de hérisser le poil d'Arsinoé, c'est bien celui-là.

La Déesse merci, ce n'est pas ce que cherche Billy. Son Billy, qui veut simplement qu'elle soit comme elle est et que Mirabella et elle soient heureuses. Ce qui est bien le cas, la plupart du temps. C'est uniquement quand elle est seule qu'elle se rappelle qu'elle n'est pas l'une des leurs. Pas même Mirabella ne sera acceptée auprès d'elles, et Mirabella se plie pourtant à toutes leurs règles.

Arsinoé s'arrête et inspire. Le cimetière où est enterré Joseph se trouve aux abords de la ville et il est entouré de murs en pierre. Il est calme et baigné de soleil, agrémenté de douces collines et de bosquets d'arbres, et il donne sur les eaux bleu profond de la baie. C'est un endroit que Jules aurait apprécié. Arsinoé l'affectionne également, car il est pratiquement toujours désert.

Elle suit le chemin qui la mène par l'entrée nord et passe devant les briques lâches près des plaques de la famille Richmond, puis elle coupe à travers l'herbe vers le bosquet d'ormes. Leur ombre atteint tout juste Joseph, là où il repose en haut de la colline. Avant d'y parvenir, elle se glisse dans l'ombre du plus grand arbre et retire le sac gris qui lui sert de robe. Puis elle secoue ses cheveux coupés à la va-vite et tire sur sa chemise, une chemise qui est maintenant trop petite pour Billy, avant de s'éclaircir la voix et de dire :

— Salut, Joseph.

Salut, Arsinoé, répond Joseph dans son esprit, et l'espace d'un instant, ses yeux se brouillent. Sa pierre tombale est simple, sans ornements. Pas de lierre sculpté ou de sculpture en marbre. Ce n'est pas un mausolée chic avec ses vitraux en verre teinté et sa grille privative. C'est un simple carré de terre avec une pierre arrondie et sombre. Elle cligne fort des paupières et fait courir ses doigts le long de l'inscription.

Ci-gît
Joseph Sandrin
Aimé de Jules
Frère de Billy
Ami de reines et de couguars

C'est ce qu'elle leur a demandé d'inscrire. Cela n'a aucune importance qu'aucun continental ne comprenne ce que cela signifie et que, dans les années à venir, des visiteurs de ce cimetière s'interrogent face à cette épitaphe et y voient une plaisanterie. La gravure a pris un peu de temps, quand ils l'ont enterré, la tombe était nue à l'exception d'un morceau de bois blanc. Quand la pierre a enfin été prête, ils sont revenus ici et ont repris leur deuil.

Sur l'île, il aurait été brûlé sur un bûcher, et ses cendres auraient été dispersées dans l'anse de la Tête-de-Phoque. Ils se seraient retrouvés sur le pont du *Whistler* tandis que les habitants de Wolf-Spring auraient jeté des pétales et du grain depuis les quais. Au lieu de cela, le voici sous terre et loin de chez lui. Mais Arsinoé est heureuse de ce dénouement, maintenant. Au moins, tant qu'il est enterré, il existe un endroit où elle peut se rendre pour lui parler.

— Nous sommes allés aux courses aujourd'hui. Nous n'avons pas gagné.

Elle se baisse vers le sol et fait gonfler sa robe grise pour s'asseoir dessus.

— Et puis j'ai dû me sauver quand Christine Hollen s'est présentée à notre porte. Non pas que je ne serais pas venue te voir de toute façon. Christine Hollen. La fille du gouverneur. Tu l'as connue ?

Arsinoé tourne la tête.

— Je suis certaine que tu l'as connue. Tu lui as même plu, je suis sûre, non ? Elle a dû manquer de tomber à la renverse rien qu'en te voyant ; il lui en faut peu. Mais tu n'étais pas d'ici, et tu ne restais pas. Et Billy est riche et – elle s'éclaircit à nouveau la voix – pas franchement *vilain à regarder*.

Dans son esprit, elle entend Joseph rire. Puis un léger coup de tonnerre roule tandis que des nuages commencent à arriver du large.

— Il va pleuvoir. Je me demande si ça veut dire que Mirabella n'est pas contente à propos de quelque chose. Elle jure que son don l'a pratiquement quittée, mais je l'ai déjà vue fermer les yeux avant de sentir une brise fraîche. Et puis, dès qu'elle est mélancolique, le ciel se couvre.

Elle renifle.

— Un don comme le sien est trop puissant pour être étouffé, même sur le continent.

Elle lève les yeux vers le ciel. Il ne lui reste plus rien que du temps. Du temps à attendre que Billy leur construise une vie, et devoir faire ça la rend mal à l'aise. Qui est-elle ici ? Elle n'est plus la reine Arsinoé, élevée en tant que naturaliste et découverte empoisonneuse. Elle n'est plus rien désormais. Une reine en fuite sans couronne.

Elle se tourne vers la pierre tombale de Joseph.

— Christine est bien plus belle que moi.

Beaucoup de filles sont plus belles que toi, lui répond Joseph dans son esprit. *Mais aucune d'entre elles n'est toi.*

Arsinoé sourit. Enfin, c'est ce qu'il dirait s'il était présent. S'il pouvait passer un bras sur ses épaules et la serrer. S'il ne se trouvait pas dans une boîte sous terre.

— Tu me manques, Joseph, avoue-t-elle, sa tête posée sur la boule formée par sa robe. Tu me manques tellement.

Puis elle s'endort.

Qui peut affirmer combien de temps après Arsinoé se réveille en sursaut ? Ses bras se tendent le long de ses flancs, persuadée pendant un instant qu'elle ne trouvera pas le sol au-dessous d'elle, mais l'eau d'une baie.

— Quel étrange rêve.

Elle était une fille, habillée comme un garçon, et se trouvait dans un bateau. Le songe était précis, aussi vrai que la réalité, mais alors qu'elle s'allonge en tentant de se le rappeler, il s'efface, repoussé par la lumière orangée diffuse et la douleur dans son dos après avoir dormi dans l'herbe. Elle se redresse sur son coude avec un grognement et regarde la pierre tombale de Joseph.

Une femme vêtue d'une longue robe noire se tient juste derrière.

Arsinoé se relève sur ses genoux et se frotte les yeux, pensant qu'elle est encore en plein rêve. Mais sa vision ne se dissipe pas. Cette femme en noir est encore plus sombre qu'une ombre. Arsinoé ne distingue pas son visage ni même les détails de ses vêtements, seulement sa silhouette et ses longs cheveux noirs.

— Qui êtes-vous ?

La silhouette lève un bras squelettique et étire un seul long doigt pour pointer quelque chose.

Arsinoé se tourne pour regarder par-dessus la colline, vers le port. Rien d'autre que des bateaux en cette soirée. Tout du moins, il n'y a rien dans cette direction qu'un continental pourrait connaître.

— Non, lance Arsinoé, et le doigt de la femme se tend encore davantage. Non !

Elle ferme les yeux de toutes ses forces. Quand elle les rouvre, la femme est partie. Si tant est qu'elle ait vraiment été là.

LE VOLROY

— Cette réunion n'aurait de toute façon jamais rien eu d'amical, commente Pietyr, assis sur le canapé de Katharine. Personne n'aime que le pouvoir lui soit retiré. Et les choix de Luca étaient… inattendus.

— Inattendus ! ricane Geneviève alors qu'elle effectue des cents pas colériques, les bras croisés. Ils étaient intentionnellement hostiles.

Katharine soupire. Pietyr lui a préparé une tasse de thé, y ajoutant même un nuage de lait de laurier-rose, mais elle n'en veut pas. Elle l'écoute se disputer avec Geneviève depuis qu'ils sont revenus dans les appartements de la reine après la réunion avec le Conseil noir.

— Que ce soit intentionnel ou non, reprend Pietyr, vous avez piaillé comme un oiseau effarouché. Est-ce ainsi que Natalia aurait réagi ? Vous n'avez rien du sang-froid de votre sœur, Geneviève. Absolument rien.

Geneviève pivote :

— Comment oses-tu me parler ainsi ? Je suis sa sœur. Sa sœur, et non pas un vulgaire neveu égaré. Et je suis désormais à la tête de la famille. Pas ton père.

— Je n'ai jamais dit que mon père devait reprendre ce rôle.

— Oh, mais cela va suffire.

Katharine se lève avec un soupir et se dirige vers la fenêtre pour en ouvrir les volets et laisser l'air chaud estival entrer. Elle inspire et baisse le regard. Toute cette mer et ce ciel, les cimes des arbres et les espaces verdoyants, tous ces braves gens. Tout cela lui appartient.

— Ne percevez-vous donc pas la beauté de ces jours ? La teinte dorée des rayons du soleil ? La couronne gravée sur mon front ?

Elle se tourne vers eux et leur lance un large sourire.

— Nous l'avons remportée ! Vous êtes encore bien trop ancrés dans le chaos de l'Ascension pour vous en apercevoir, mais nous avons gagné. Et mon règne ne sera pas marqué par l'amertume et les disputes.

Elle s'approche d'eux en leur tendant les mains. Pietyr hausse les sourcils ; Geneviève pâlit comme si elle se demandait si Katharine n'allait pas lui jeter un couteau au visage.

— Ce sera un règne d'aisance et de prospérité.

Elle saisit la main de Geneviève, doucement, afin de ne pas l'effrayer.

— Et de nouveaux départs.

— Es-tu si pressée d'oublier le passé ? interroge Geneviève.

— Je suis prête à mettre les anciennes rancunes de côté. Et vous devriez en faire autant. J'ai besoin que vous travailliez tous les deux en harmonie, afin de nous assurer que Bree Westwood ne cause aucune difficulté.

Pietyr se lève et tire sur ses manches. Il envisage un instant de serrer la main de Geneviève, mais au dernier moment il se ravise, et ils s'accordent sur un léger mouvement de la tête.

— L'optimisme de la reine est louable. J'espère qu'elle a raison.

— Moi de même, répond Geneviève.

— Vous verrez.

Katharine se soulève sur la pointe des pieds pour embrasser Pietyr à pleine bouche, son humeur s'égayant en même temps que ses mots, comme si sa simple volonté pouvait changer son état d'esprit.

— Afin de donner le ton, nous organiserons un banquet de bienvenue sur la place. Un geste chaleureux destiné à la grande prêtresse et aux Westwood. Pour signaler au peuple que la couronne n'est pas remise en question.

Pietyr lève un sourcil :

— Si tant est que Luca et les autres acceptent.

— Bien évidemment qu'ils accepteront, rétorque Katharine d'un rire. Je suis la reine.

Katharine convie la grande prêtresse Luca à une visite de la capitale, afin qu'elle se refamiliarise avec les lieux après être partie si longtemps. Cette invitation pourrait être considérée comme du sarcasme, imagine-t-elle. Cette grande prêtresse dépassée, dont le cœur est resté à Rolanth. Mais ce n'est pas le message qu'elle souhaite transmettre.

Quand elle parvient au temple d'Indrid-Down sur le dos de son bel étalon noir, ses gardes et elle retrouvent Luca déjà montée sur son cheval et accompagnée de trois prêtresses qui patientent à ses côtés. Les yeux de Katharine s'attardent sur l'éclat des lames exposées à la taille de chaque prêtresse.

— Est-ce une nouvelle coutume, que chaque prêtresse soit désormais armée ?

— Pas toutes, répond Luca. Mais celles qui escortent la grande prêtresse et la reine couronnée se doivent de l'être. Rho a insisté.

— Vraiment ? déglutit Katharine.

Rho la guerrière. D'une façon ou d'une autre, Katharine sait que, si le projet de lui couper les bras et la tête après la Révélation était advenu, ce serait Rho qui se serait chargée de la majorité de la découpe.

Cette femme fait désormais partie du Conseil noir.

Katharine détourne le regard des couteaux pour le reposer sur Luca :

— Vous semblez bien à l'aise en selle, grande prêtresse.

Luca opine du chef, et son cheval exécute une petite danse comme s'il avait compris.

— Ils ont essayé de me mettre sur une mule blanche, grogne-t-elle. Mais je ne suis pas encore si vieille.

Au lieu d'une mule, elle monte un grand étalon blanc. Katharine va devoir maintenir leurs chevaux à distance afin que les deux étalons ne se battent pas. C'est d'ailleurs peut-être exactement l'objectif de Luca.

— Que pensez-vous d'Indrid-Down ? demande Katharine alors qu'elles avancent, passant par la rue principale devant son fromager préféré et le couturier favori de Geneviève.

— Plus chaude que dans mon souvenir. Et quand l'hiver viendra, je suis certaine qu'il y fera plus froid que dans mon souvenir.

— Mais elle n'est pas plus exposée aux vents que Rolanth, j'en suis certaine, avec son temple ouvert et les brises montant des falaises ?

Combien de fois Natalia avait-elle espéré, au travers de ses mâchoires serrées, que l'humidité et les courants d'air aient enfin raison de cette vieille Luca ?

— Il y a moins de courants d'air, en effet.

Luca penche la tête.

— Elle n'est pas non plus aussi lumineuse. Ni aussi belle. La capitale a désespérément besoin de luminosité et de beauté. C'est une bonne chose que j'ai nommé Bree au Conseil, car elle représente ces deux aspects.

Elles longent le marché Dowling, dans lequel elles ne peuvent pas pénétrer à cheval, et Katharine pointe du doigt des étals de qualité, tandis que Luca sourit et salue la foule. Ils sont heureux de retrouver la grande prêtresse dans la capitale, là où est sa place. Les plus proches tendent la main pour toucher le bord de sa robe et lui demander une bénédiction. Ils ne demandent rien à Katharine. Ils se contentent d'incliner la tête.

— Ils vous craignent, murmure Luca.

— Évidemment, mais ils finiront également par m'aimer. Natalia disait toujours que l'île aimait les Ascensions sanguinaires. Je suis la seule ayant tenté de lui donner ce qu'elle désirait.

Elles s'arrêtent au sommet de la colline, un endroit où les rues de la ville sont au plus haut avant de doucement redescendre vers le port, et les membres du groupe s'appuient sur leurs pommeaux en admirant la vue de la mer dans la lumière de l'après-midi. Loin au nord, au-delà de la courbe du port, les premiers squelettes en bois des navires s'élèvent sur la terre ferme. Ce sont les vaisseaux dont Pietyr et le Conseil ont ordonné la construction pour les Martel en compensation de la mort de Nicolas, mais Katharine n'en fait aucune mention.

— J'aimerais organiser un banquet de bienvenue en votre honneur.

Katharine se tourne dans sa selle, alors que Luca hausse les sourcils.

— Pour vous accueillir, ainsi que Bree Westwood et Rho Murtra, dans notre ville. Afin que le peuple puisse voir son nouveau Conseil noir uni. Il se tiendra sur la place.

— Comme cela est aimable de votre part.

Luca reporte son regard sur le port.

— Cette attention plaira à Bree. Elle finit toujours par se laisser emporter par la danse durant les fêtes.

— Grande prêtresse, lance un membre de son escorte. Regardez, le brouillard.

Elles suivent du regard la direction indiquée par la prêtresse, jusqu'à la surface de l'eau.

Il se lève au-dessus de la mer. Ce n'est vraiment pas grand-chose, et cela pourrait être facilement ignoré par un œil moins perçant. C'est à peine assez important pour que Katharine le remarque tourbillonner, mais quelque chose au fond d'elle se tend en observant la scène.

— Ce n'est pas un événement que nous voyons souvent, s'entend-elle dire. Pas ici quoi qu'il en soit. Voit-on souvent cela à Rolanth ?

— Non. Rarement, soupire Luca. Ce n'est que la Déesse.

— Oui.

Et cette tension dans son corps n'est rien d'autre que les reines mortes, qui n'ont plus aucun amour pour Elle.

— Ce n'est que la Déesse, dit à nouveau Luca. Elle s'assure que quelque chose reste en dehors ou à l'intérieur de l'île.

BASTIAN

Une nuit et une journée après avoir rencontré l'oracle à l'auberge, Jules ne parvient pas à penser à autre chose que la prophétie.

Si c'est ainsi qu'on peut appeler cela. C'était un sentiment, avait dit l'oracle. Des mots qui lui apparaissaient à l'esprit. *Je sais que tu as un jour été une reine et que tu le redeviendras peut-être.* Quel vague tas de demi-vérités. Si ainsi va la vie lorsque l'on a le don de voyance, Jules ne les envie pas.

— Je n'échangerais même pas ma malédiction de la légion contre ça, souffle-t-elle à Camden, dont les oreilles se tendent.

Le félin des montagnes se redresse sur ses pattes arrière, ses pattes avant se posent sur la bordure de la fenêtre solitaire de la chambre, tellement recouverte de boue qu'elle parvient à peine à déterminer l'heure de la journée. Jules lui tapote l'épaule.

— Nous aurions peut-être dû aller sur le continent avec Arsinoé, après tout.

— Comment peux-tu dire une chose pareille après avoir écouté Mathilde ?

Jules se retourne. Émilia se tient dans l'embrasure de la porte. Jules ne l'a pas entendue descendre les marches, ni même ouvrir la porte. Plus impressionnant encore, Camden non plus.

— Je n'ai rien entendu de plus sortir de la bouche de Mathilde que des sottises. Mais j'ai remarqué que tu n'avais pas l'air surprise.

— C'est parce qu'elle a dit ce à quoi je m'attendais.

Émilia lance un geste en direction du plafond bas, de l'unique fenêtre.

— Ce ne sont pas les plus beaux quartiers pour une reine. Mais pour quelqu'un devant rester caché, il n'y a rien de mieux.

Jules ricane.

— Je n'ai rien d'une reine.

Elle tire sur les pointes de ses courts cheveux châtains.

— Regarde, tout est châtain. Et ça…

Elle pointe ses yeux du doigt.

— Deux couleurs différentes, et pas un seul n'est noir. Tu as rencontré ma mère, Madrigal. Pas la moindre goutte de sang sacré dans ce corps-là, je peux te le garantir.

— Je n'ai pas dit que tu descendais de la lignée des reines.

Émilia baisse la tête, dévoilant ainsi les chignons sur sa nuque. Même dans sa propre maison, elle revêt une apparence formelle, dans ses bottes marron et sa jupe aux plis profonds qui tombe au niveau de ses genoux. Les vêtements portés par les Vatros ressemblent toujours à un uniforme, peu importe la coupe ou la matière.

— Dans ce cas, où veux-tu en venir ?

— Je dis que le temps de ces reines-là est révolu.

Jules cligne des yeux. La lignée des reines est en place sur Fennbirn depuis le début de l'histoire de l'île.

— Vraiment ? murmure-t-elle. Et que fais-tu de la reine Katharine, alors ? Celle qui siège sur le trône, avec une couronne tatouée à même le front ?

— Une autre marionnette des empoisonneurs.

— Empoisonneuse ou non, elle est la reine couronnée. Ainsi vont les traditions de cette île.

Émilia croise les bras :

— Et si je te disais qu'il existe un mouvement grandissant de gens qui se sentent trahis par cette lignée ? Qui refusent d'accepter qu'une autre empoisonneuse règne encore sur un autre Conseil d'empoisonneurs ?

— Je te répondrais alors que tu mens.

Jules donne une tape à Camden sur la croupe, et le couguar saute sur le lit. Elle s'allonge en faisant face à Émilia, les pattes croisées comme le ferait un enfant attendant une bonne histoire.

— Les reines ont toujours tué les reines, et l'île en accepte le résultat.

— Mais cette reine n'a tué personne.

— Elle a bien essayé. J'y étais.

— Elle a échoué. Ce n'est pas la reine élue, et l'île le sait bien. C'est ce que disent les rumeurs. Même parmi certaines des prêtresses du Nord.

Émilia s'avance vers la fenêtre et regarde à travers la boue.

— Ce simulacre d'Ascension était un signe. La débâcle de la Révélation aussi. Tu es toi-même un signe. Il y en a trop pour qu'ils soient ignorés, et aujourd'hui, même les plus pieux sont de notre avis.

— Nous ? Qui est ce « nous » ? Est-ce que tu crois en ces « signes » ou plutôt en la volonté de la Déesse ?

— Je crois qu'il est temps qu'il y ait du changement. Et que la volonté de la Déesse est que nous participions à ce changement.

LE CONTINENT

Mirabella boit son thé à petites gorgées alors que son regard se dirige vers l'horloge. La nuit est entièrement tombée, et Arsinoé n'est pas encore rentrée de sa visite à Joseph au cimetière. Le pied de Mme Chatworth commence à taper le sol, et la sœur de Billy, Jane, a déjà haussé les sourcils et soupiré deux fois. Même Billy s'est levé pour regarder à travers les rideaux.

— J'aurais dû l'accompagner, dit-il avec regret.

— Ce n'est pas non plus comme si tu pouvais abandonner Miss Hollen, commente Jane, et Mirabella prend une autre gorgée de thé.

Arsinoé pense que Mirabella s'est tellement bien habituée aux continentaux qu'elle a changé de camp pour les rejoindre. En vérité, il lui est parfois tellement compliqué de ne pas hurler qu'elle manque de se briser les dents tellement ses mâchoires sont serrées.

— Arsinoé est bien trop libre. Je sais que cela n'a pas été facile pour vous, les filles, d'arriver dans un nouvel endroit, commence enfin Mme Chatworth, même si ses yeux restent fixés sur la nappe.

Elle ne regarde jamais Mirabella en face quand elle parle de l'île ou de leur passé. Mirabella ne sait même pas ce que Mme Chatworth connaît exactement de ces deux choses. Billy affirme qu'elle n'ignore rien, mais si c'est vraiment le cas, elle semble avoir bien travaillé à tout oublier.

— Oui, vraiment, ça a dû être très compliqué, reprend-elle. Mais nous ne pouvons pas… la surveiller en permanence.

— La surveiller ? s'irrite Mirabella.

— Peut-être le terme est-il injuste. Mais le fait est que mon fils ne pourra pas s'occuper d'elle en permanence. Il ira bientôt à l'université. Puis il devra former un mariage profitable et ainsi fonder sa propre famille.

Billy grimace. Surtout au mot « mariage ».

— L'université, note Mirabella en haussant les sourcils. Tu n'en as pas parlé à Arsinoé.

— Elle n'est pas loin. Quelques heures en carrosse. Je serai à la maison tous les samedis et entre chaque semestre.

Mirabella se lève de table, et les autres femmes l'observent par-dessus le bord de leurs tasses.

— Veuillez nous excuser un instant. J'aimerais m'entretenir seule avec Billy.

— Non, je vous en prie, répond Mme Chatworth, vraisemblablement irritée. Pourquoi est-ce que mon invitée devrait quitter la pièce alors que je le peux ? Viens, Jane, retirons-nous. Je suis pour le moins lasse de la monotonie qu'occasionne cette attente.

Mirabella s'écarte alors que Jane et sa mère sortent et remontent les escaliers avec raideur.

— Je sais ce que tu vas dire, commence Billy dès qu'il entend les portes de leurs chambres se refermer.

— Vraiment ?

— C'est simplement que je ne savais pas comment le lui dire, ou même à toi.

Il lui lance un regard coupable en ébouriffant ses cheveux couleur sable.

— Je me sens vraiment idiot de vous abandonner comme ça. Mais je dois y aller. Si nous devons vivre ici, il me faut une éducation.

Nous sommes riches, mais pas suffisamment pour que je sois un homme oisif.

Il se dirige vers la fenêtre pour guetter l'arrivée d'Arsinoé.

— Si seulement mon père pouvait daigner rentrer.

— Est-ce que cela te surprend qu'il ne soit pas encore de retour ?

Il hausse les épaules :

— Après l'avoir défié de cette manière sur Fennbirn, je ne serais pas surpris qu'il fasse le tour du monde en bateau avant de rentrer. Avec une escale dans chaque port amical. Ou alors, il pourrait bien rentrer demain. Et quand il vous verra, Arsinoé et toi… Voilà bien une conversation que je n'ai pas hâte d'entamer.

— Il semblerait qu'il y ait plusieurs conversations que tu n'es pas pressé d'entamer.

— Mira, est-ce que tu es en colère contre moi ? Je n'ai pas revu cette expression sur ton visage depuis ce premier jour où nous nous sommes rencontrés à Rolanth et où j'ai menacé de t'embrocher le cou.

— Ne joue pas l'idiot.

Elle se radoucit en pensant à ce souvenir.

— J'ai également été en colère contre toi à chaque fois que tu m'as préparé à manger, ou presque.

— Ça t'aura empêchée d'être empoisonnée, non ?

Il fait un grand sourire, vite effacé.

— Enfin, sauf la toute dernière fois.

— Ce n'était la faute de personne. Mais ne change pas de sujet.

— Quel sujet ? Je croyais qu'on attendait simplement ta sœur.

Mirabella s'approche de la fenêtre et lui retire les rideaux des doigts.

— À propos de ma sœur. Combien de fois est-ce que j'ai entendu ta mère suggérer qu'Arsinoé serait bien plus heureuse dans votre résidence de campagne ? Dissimulée hors de ta vue et de celle de tous ceux qui pourraient la considérer comme une honte. Combien de fois est-ce que Christine Hollen a été mise en avant comme ton épouse potentielle ?

— De nombreuses fois, j'imagine.

— Dans ce cas, quand vas-tu leur parler d'Arsinoé et toi ? Leur dire qu'elle n'ira nulle part et que personne ne t'obligera à épouser quelqu'un d'autre.

Billy baisse la tête. C'est un beau jeune homme. C'est une réflexion que s'est souvent faite Mirabella. Il a une allure moins dramatique que celle de Joseph ; il semble moins tempétueux. Il est authentique, plus proche de la terre. C'est exactement ce dont sa sœur a besoin. Ou c'était le cas. Mais ici, sur le continent, il n'a plus rien de ce prétendant audacieux qui a tout risqué pour elles. Sur l'île, il était courageux, avec cette bravade d'étranger. Ici, quand les filles le taxent de voyou, cela veut simplement dire qu'il essaie de se glisser sous plusieurs jupes à la fois.

— Si tu regrettes de nous avoir amenées ici, reprend-elle prudemment, si tu ne veux plus être avec Arsinoé, alors je l'amènerai ailleurs. Je ne suis pas dépourvue d'intelligence ou de savoir-faire. Je peux nous construire une vie à toutes les deux.

Billy la fixe, presque comme s'il ne la croyait pas. Puis il lui prend la main.

— C'est la dernière chose que je souhaite. Je leur en parlerai, je te le promets. Je ne la laisserai pas sans garantie.

Mais avant même que Mirabella puisse ajouter quoi que ce soit, il perçoit du mouvement derrière les rideaux et s'exclame :

— La voilà !

Il ouvre la porte sur Arsinoé, tremblante et détrempée, tenant ce qui ressemble à une fourrure sale enroulée sous le bras. Puis Billy l'enlace et la fourrure aboie.

— Je l'ai trouvé dans une allée après que des garçons lui ont couru dessus avec des bâtons.

Arsinoé serre fort le chien qui s'agite contre sa poitrine.

— Pauvre bête, lance Billy. Mais il est dégoûtant, Arsinoé ; ma mère va faire une crise si tu le fais entrer.

— Non, regarde, fait-elle en passant une main sur le dos du petit chien. Au-dessous de toute cette saleté, il a une jolie fourrure marron et blanche. Je pensais qu'on pourrait le nettoyer, lui mettre un ruban autour du cou et l'offrir à ta mère et à Jane en gage de paix.

Elle entre encore davantage dans le foyer tandis que Billy se masse le front en ricanant. Distrait par le chien, il ne remarque pas l'expression tourmentée sur le visage d'Arsinoé. Il ne repère pas non plus à quel point elle frissonne, bien trop fort pour quelqu'un qui vient juste de rentrer après une chaude pluie estivale.

— Emmenons-le dans la salle de bains, alors, propose Mirabella. En silence.

Une fois dans la pièce, Mirabella demande à Billy d'aller faire chauffer de l'eau pour un bain et de récupérer des lampes en plus. Durant son absence, elle saisit une serviette sur une étagère et enveloppe sa sœur dedans.

— Bon. Qu'est-ce qu'il se passe vraiment ?

— Rien. J'ai vu ce chien se faire pourchasser, et j'ai voulu le sauver. C'est comme ça que j'ai été élevée.

— Oui, oui.

Mirabella sourit doucement.

— Née empoisonneuse, mais naturaliste à cœur. Mais il n'y a pas que ça. Pourquoi est-ce que tu es restée dehors si longtemps ?

— Je me suis endormie, répond Arsinoé, les sourcils baissés, et Mirabella sait donc qu'elle lui cache quelque chose.

Mais cela devra attendre.

Billy revient avec l'eau chaude et les lampes. Ils placent le chien dans la vasque, et Mirabella se penche pour attraper le savon.

— C'est une bonne chose que Mme Chatworth et Jane soient déjà couchées, soupire Mirabella. Elles seraient hors d'elles si elles découvraient que tu avais retiré ta robe en public.

— Ce n'était pas en public. C'était dans un cimetière, derrière un arbre. En plus, je portais tous ces vêtements dessous !

Ils terminent de nettoyer le chien, qui est réellement adorable sous toute cette saleté, et ils le sèchent à l'aide d'une serviette avant qu'Arsinoé le transporte dans leur chambre. Billy ne la quitte pas d'une semelle avant qu'ils se trouvent à la porte, puis il se penche pour lui embrasser la joue.

— Ne me redonne plus de telles frayeurs, lui souffle-t-il.

— Dans ce cas, ne t'inquiète pas si facilement de tout, lui répond Arsinoé.

— Bonne nuit, Billy, ajoute Mirabella avant de fermer la porte.

Elle se dirige vers la commode d'Arsinoé pour lui sortir des vêtements secs, alors que celle-ci installe le chien sur le lit.

— Tiens. Enlève cette chemise et passe quelque chose de sec.

— Je n'en ai pas besoin.

— Je suis l'aînée.

Mirabella lui tend une chemise de nuit.

— Fais ce que je te dis.

— Sinon, quoi ? Nous ne sommes plus sur l'île ; tu n'as plus d'éclairs.

Mais Arsinoé déboutonne sa chemise et la retire, puis elle tire la couverture du lit pour s'enrouler dedans.

— Cet endroit va nous ramollir. Tout est si précieux et si chic. Regarde ce revêtement de mur.

Elle tapote du doigt le motif de velours vert en relief.

— On dirait une tapisserie, mais si tu utilises tes ongles, ce n'est que du papier ! Il s'arrache !

— Arsinoé, arrête. Mme Chatworth va te couper les mains. Sans oublier que selon toi j'ai toujours été quelqu'un de mou et de précieux. Élevée à Rolanth sur un lit bien moelleux de prêtresses.

Elle regarde les épaules toujours tremblantes de sa sœur.

— Maintenant, dis-moi ce qu'il s'est vraiment passé aujourd'hui.

— Rien. Je me suis endormie et j'ai secouru un chien. Comment était le thé avec Christine et les filles du gouverneur ? Est-ce que tu as réussi à la décourager de Billy ?

Arsinoé cligne des yeux innocemment et prend le chien dans ses bras. Il s'est passé quelque chose. Mirabella en aurait été convaincue rien que par l'électricité qu'il y a dans l'air, même si ce n'était pas écrit sur le visage épouvanté d'Arsinoé. Mais elle sait également, à la mâchoire de sa sœur, qu'elle n'en saura pas plus ce soir.

CENTRA

Quand Arsinoé s'endort, elle rêve de la même chose que lorsqu'elle s'est assoupie près de la tombe de Joseph. Ce qui est étrange, car elle ne se rappelle pas avoir déjà fait deux fois le même rêve auparavant. Dans celui-ci, elle se retrouve à nouveau sur un navire, non pas l'un de ces bateaux dont elle a l'habitude, mais un vieux bâtiment, avec un seul mât, ceux que les marchands employaient et qui sont passés de mode depuis au moins un siècle. Et une nouvelle fois, elle n'est pas elle-même, mais quelqu'un d'autre : une fille habillée comme un garçon.

De plus, elle se trouve très haut dans le gréement, elle regarde au loin ces vagues qui se déplacent rapidement et lui retournent l'estomac.

— David ! Descends du gréement !

Oui, oui, descendons de ce gréement, se dit Arsinoé ; ses jambes sont faibles alors que celles de son corps rêvé parcourent les cordages sans la moindre difficulté.

— Richard. Tu ne me laisses jamais m'amuser.

La fille dont Arsinoé partage le corps, dont le nom est en fait Daphné, et non pas David, pose les pieds sur le pont et rentre sa tunique dans son caleçon long. Des vêtements démodés, qui ne ressemblent en rien à ce qu'Arsinoé a déjà revêtu, et ils ne sont pas non plus outrancièrement agréables.

— Tu ne devrais même pas être ici tout court, rétorque Richard. Tu sais que les femmes portent malheur sur un bateau.

— Pas si fort, le reprend Daphné en jetant un regard aux autres marins. Et ce n'est pas non plus comme si tu aurais eu le courage de voler ce bateau sans moi.

— Emprunté. Nous l'avons seulement emprunté.

Le vent faiblit dans la voile, tandis que le bateau remet le cap sur le port. Daphné, et par extension, Arsinoé dans le corps de Daphné, regarde vers la poupe, où un garçon abandonne la barre. C'est Henry Redville, *Lord* Henry Redville du pays de Centra, et il s'approche de Richard et elle avant de les prendre dans ses bras.

— Comment vont mes deux pupilles préférés ? demande Henry.

— Elle n'a rien d'une pupille, réplique Richard. C'est une enfant trouvée, repêchée en mer, la seule survivante d'un naufrage, et elle sera également la maudite cause d'un autre à en juger par son penchant pour naviguer déguisée.

— Tu sais, Richard, jette Daphné, quand tu étais petit, tes nourrices te disaient maladif et prêt à mourir.

Arsinoé sent ses côtes se serrer alors qu'Henry les enlace l'un et l'autre, comme s'il cherchait à forcer leur réconciliation. Et cela suffit, Richard et Daphné se mettent à rire.

— J'imagine qu'elle n'a rien d'une malédiction, admet Richard. Comment le pourrait-elle, quand elle est déjà un monstre marin dans la peau d'un bébé ?

— Et ne t'avise pas de l'oublier. Maintenant, arrête de parler de moi au féminin. Je reste David, dans ma tunique et mes collants. Plus de « elle » jusqu'à ce que nous ayons retrouvé le château.

Le rêve continue de se dérouler, elle dépasse l'instant où elle s'est réveillée la dernière fois. Pourtant, l'étrangeté de la situation ne se dissipe pas entièrement ; Arsinoé est toujours désorientée et émerveillée, elle regarde d'en bas les falaises qui surplombent la baie, dans un pays continental où elle n'a jamais mis les pieds avant, et à une époque qu'elle ne connaît pas. Mais ce n'est qu'un rêve, et elle ne semble pas être en mesure de réussir à se réveiller.

Daphné, accompagnée d'Henry (ils semblent avoir laissé Richard au port), entre dans le château par un passage dissimulé dans les falaises ; la voie est tracée par des lanternes jusqu'à leur destination, et Daphné se glisse derrière un rideau pour repasser ses vêtements de femme. Elle s'extirpe de la tunique et de ses collants qui grattent, et elle enfile une robe rouge à la taille haute.

Beurk. J'ai changé d'avis. Cette robe est encore plus désagréable que la tunique.

Mais il y a pire encore, la longue perruque noire.

— Daphné. Ta perruque est de travers.

Henry tend une lanterne et tire la perruque afin de la remettre droite. Puis il y rajoute une coiffe voilée horrible. Piégée à l'intérieur de Daphné, Arsinoé grimace.

Tandis que Daphné recommence à jouer avec la perruque, Arsinoé tente de regarder autour d'elle. Ce qui lui est impossible, évidemment ; la situation est tout à fait frustrante. Mais elle est endormie, et ce n'est finalement qu'un rêve, elle ne ressent donc pas plus d'irritation que cela.

— Je suis désolé, Daph, reprend Henry. La garde-robe de la gent féminine constitue un vrai mystère pour moi.

— Ce n'est pas ce que les filles de la taverne racontent, grogne-t-elle en lui donnant un coup dans les côtes.

J'aimerais bien entendre cette histoire. Ce garçon, Henry, est presque aussi beau que Joseph. Grand et svelte, avec des cheveux châtains raides et épais, de la même couleur qu'une coquille de noix huilée. C'est bien dommage que ce ne soit pas lui qui ait changé de vêtements derrière le drap.

Dans le rêve, Daphné et Henry quittent le passage. Du coin de l'œil, Arsinoé voit qu'ils sont passés par une porte dissimulée derrière une tapisserie représentant des chiens de chasse. Daphné lisse la taille de sa robe rouge sombre, et Henry ajuste le tomber de son voile blanc. Il retire rapidement ses mains au son d'une voix.

— Mon seigneur, dame votre mère souhaite vous voir. Elle souhaite vous voir tous les deux.

— Très bien. Où se trouve-t-elle ?

— Elle vous attend dans son cabinet privé, mon seigneur.

Son cabinet privé. Mais qu'est-ce qu'un cabinet privé, exactement ? Arsinoé observe son environnement, se laissant aisément transporter par le corps de Daphné alors qu'ils avancent vers la chambre. Elle étudie la femme devant laquelle ils s'inclinent (*ce doit être dame la mère d'Henry*) ainsi que la simplicité relative de la pièce. Cette femme est à l'évidence de haute naissance, vêtue d'une belle robe en tissu argent, mais le tapis sous leurs pieds est plus fin que ceux dont Arsinoé a l'habitude et les murs de pierre semblent bien grossiers.

— Mère, que se passe-t-il ? Vous semblez tout à fait heureuse !

— Et c'est bien le cas, confirme-t-elle alors qu'Henry se penche pour lui baiser la main.

— De bonnes nouvelles, donc, reprend Daphné. Quel soulagement.

— Nous avons reçu une lettre du roi. Henry doit se rendre sur l'île de Fennbirn. Il sera le prétendant à la couronne de cette génération, le seul envoyé de tout Centra.

— Fennbirn ! *Fennbirn !*

Henry regarde Daphné avec enthousiasme.

C'est un prétendant. Mais pourquoi est-ce que je rêverais d'un prétendant et de sa sœur ? Elle sent quelque chose dans la façon qu'a Henry de saisir la main de Daphné. *Ou ce n'est peut-être PAS sa sœur.*

— Mais pourquoi moi, mère ? En êtes-vous certaine ? N'y a-t-il pas erreur ?

— Nous n'avons aucune raison d'en douter, affirme sa mère. La lettre a été signée de la main du roi lui-même et scellée de son sceau. Et nous figurons toujours parmi ses favoris à la cour. C'est une faveur envers votre père, une récompense pour sa loyauté.

Des rois. Des cours centriennes. Je ne connais rien à Centra. C'est Mirabella qui devrait faire ce rêve. Elle sait tout sur tout.

— Quand est-ce que je dois partir ? demande Henry.

— Bientôt, répond sa mère. Très bientôt. Notre jeune pupille Richard vous accompagnera sur l'île et restera à vos côtés le temps de votre cour, en qualité d'allié, mais aussi pour votre protection.

— Et Daphné ?

— Daphné restera ici.

Henry et Daphné se fixent l'un l'autre avec de grands yeux, et le cœur d'Arsinoé lui fait mal. Elle a regardé Jules et Camden de la même façon quand elles sont reparties.

— Mais, mère…

— Non.

Sa mère prend une inspiration et son visage s'illumine.

— Maintenant, allez vous préparer pour le dîner. Le seigneur votre père est désolé de manquer la célébration de ce soir, mais il reviendra dans une semaine de la cour pour vous faire ses adieux et assister à votre départ.

Ils se relèvent, et sa mère embrasse Henry sur les deux joues. Daphné commence à le suivre vers la sortie, mais sa mère lui saisit le bras.

— J'aimerais vous retenir un instant, Daphné.

Daphné et Arsinoé se rassoient lourdement dans la chaise, même si les yeux d'Arsinoé suivent Henry aussi longtemps que possible.

— Vous saviez que ce jour viendrait. Qu'un jour Henry formerait un grand mariage et contribuerait à l'expansion de nos terres et de notre fortune.

— Je le savais, oui.

Même si elle lui est étrangère, Arsinoé peut entendre la tension dans la voix de Daphné.

— Mais je pensais qu'il resterait ici. Que sa femme viendrait, avec ses terres et ses titres, et qu'Henry et elle vivraient ici.

— Et ce sera bien le cas, s'il réussit. Il nous reviendra roi ! Avec une reine, dès que son règne sur Fennbirn sera terminé.

À l'intérieur de Daphné, Arsinoé ricane.

— Et que dois-je faire, *Lady* Redville ? Sans Henry ? Sans Richard ?

— Vous ferez ce que toutes les femmes font. Vous attendrez que les hommes se fraient leur chemin dans le monde.

Argh.

— Ne désespérez pas. Vous êtes une enfant trouvée, sans ascendance noble, il n'y a donc aucun grand mariage dans votre avenir. Mais vous aurez toujours votre place au sein de mon foyer en tant que dame de compagnie. Et je suis certaine que la reine d'Henry vous acceptera elle aussi au même titre.

J'imagine que c'est une issue plus enviable que d'être jetée à la rue. Ce qui serait exactement notre destin à ma sœur et moi sans Billy.

Heureusement, cette conversation désagréable avec la mère d'Henry, Lady Redville, ne dure pas longtemps, et Daphné est rapidement en mesure de faire sortir Arsinoé dans le couloir, où Henry les prend en embuscade.

— Alors ? Tu lui as fait changer d'avis ?

— Moi ? Et pourquoi tu ne le ferais pas, toi ? Tu es son fils ! Et tu n'as même pas dit un seul mot.

Ses cheveux sont battus par le vent, et même si les garçons semblent plus vieux qu'ils ne le sont réellement dans cette période d'antan, aux yeux d'Arsinoé il paraît toujours très jeune. Trop jeune pour être consort. Et si ignorant des traditions de l'île. Elle peut imaginer Billy se tenant de la même façon, en pleine conversation avec sa sœur Jane, arborant la même expression pensive.

— Je ne savais pas quoi dire, reprend Henry. Elle n'a jamais essayé de nous séparer avant.

— C'est idiot de commencer maintenant. Quand tu es envoyé si loin, sous les toutes nouvelles faveurs du roi. Et l'île de Fennbirn…

Qui sait quoi que ce soit à son propos ? On raconte qu'elle est habitée par des sorcières et de la magie…

Fais attention à ce que tu dis, la trouvée…

— Je n'y crois pas.

— Mais qu'est-ce que tu en sais ? Centra n'a pas eu de prétendant gagnant depuis des générations. Pourquoi est-ce que le roi t'envoie, toi ? Il a plein de fils !

— Fennbirn est la récompense des nobles, Daph. Tu le sais.

— Je connais ce regard malin sur ton visage. Tu veux devenir roi, c'est ça ? Tu veux devenir le roi de l'île de Fennbirn.

— Daphné, se met-il à rire. Qui ne le voudrait pas ? Ce sera une grande aventure. J'aimerais que tu puisses m'accompagner. Mais je te raconterai tout à mon retour.

Ils ne disent rien pendant un temps, et la douleur de la séparation s'affiche dans les yeux d'Henry.

Il l'aime. Il l'aime, mais il va tout de même s'en aller.

— Je ne veux pas que tu y ailles, lâche-t-elle soudain.

— Ah bon ? Daph…

Il tend un bras vers elle, mais elle se détourne rapidement.

— Pourquoi est-ce que tu ne veux pas que j'y aille ?

— Tu sais très bien pourquoi !

— Je le sais ?

Vraiment ? Allez, crache le morceau, Daphné. Arsinoé essaie de la sonder, de scruter son esprit. Mais elle a uniquement le rôle de la rêveuse, et tout cela s'est déroulé il y a très, très longtemps. Peu importe ce qu'il s'est passé, rien ne pourra plus changer.

— Tu sais que je peux aussi bien te protéger que Richard, lance Daphné, et Arsinoé grogne. Je devrais t'accompagner. Qui te protégera ? Qui s'assurera de ta sécurité ?

Henry place ses mains sur les côtés :

— J'aurais préféré que tu dises autre chose.

— Quoi donc ?

— Tu me vois encore comme un enfant. Comment ne peux-tu pas voir ce que je suis devenu ? Voir que je ne suis pas un petit garçon titubant.

— Henry…

— Eh bien, je ne suis pas un garçonnet, mais un homme. Je deviendrai roi, et je serai un seigneur. Ton seigneur, ajoute-t-il, et Arsinoé l'apprécie un peu moins après cette sortie. Daph. Pardonne-moi. Ce n'est pas ce que je voulais dire.

— Mais c'est ainsi, tempête Daphné. Merci, *Lord* Henry, de me l'avoir rappelé.

Il la quitte en furie, et elle tourne si vite sur ses talons qu'Arsinoé en a pratiquement la nausée. Mais quand elle s'arrête, elle se retrouve devant un miroir, et Arsinoé comprend pourquoi elle rêve au sein de ce corps.

Les cheveux et les yeux de Daphné sont noirs comme les ténèbres. C'est le cas également de ses cheveux naturels coupés court qui se devinent à peine sous sa perruque. Daphné est peut-être une enfant trouvée, mais c'est surtout une reine trouvée de Fennbirn.

TEMPLE D'INDRID-DOWN

Des papillons anxieux batifolent dans l'estomac de Bree Westwood alors que son carrosse s'arrête devant le temple d'Indrid-Down. Les portières s'ouvrent, et elle lève les yeux, s'imprégnant de tout ce qu'elle voit : la splendeur de la façade, si intensément noire, avec ses gargouilles sculptées la bouche ouverte vers le bas. Il n'est pas aussi beau que le temple de Rolanth ; il lui manque ses fines touches artistiques, mais elle doit bien admettre qu'il est imposant. Il est planté en plein centre de la capitale, comme une grande épée noire dans la terre.

— Avez-vous besoin que quelqu'un vous accompagne, miss ? lui demande le conducteur. Pour vous annoncer ?

— Non.

Bree sort du véhicule et roule des épaules.

— Je suis attendue.

Ses jambes se déploient en de grandes enjambées. Il est facile de feindre une certaine confiance après des années d'entraînement. Mais elle déteste ce chancellement dans ses genoux et ces papillons voletant encore dans son ventre. Elle déteste aussi que la grande prêtresse Luca l'ait convoquée, mais surtout, elle déteste ce sentiment de s'être sentie obligée de se présenter.

Quand les lourdes portes du temple se referment derrière elle, la coupant des bruits de la ville et l'emprisonnant à l'intérieur en même temps que la brise, elle manque de partir à toutes jambes. Elle n'aurait pas dû venir. Luca aurait dû venir à eux, elle aurait dû se présenter à la maison des Westwood à genoux, après ce qu'elle a fait à Mirabella. Mais au lieu de cela, elle a nommé Bree au Conseil noir, ainsi qu'elle-même et son monstre de compagnie, Rho, évidemment, et elle a annoncé que Bree devait la rejoindre pour un thé au temple avant de se montrer au Volroy.

— Par ici, Miss Westwood, lui dit une grande prêtresse fluette avec une longue tresse blond clair dépassant de sous sa capuche.

Des cheveux blond glacé dans la capitale : probablement une Arron. Le temple d'Indrid-Down doit en être rempli. Bree regarde les prêtresses qui balaient ou qui s'occupent de l'autel, priant devant le grand pan d'obsidienne au sol, qu'elles appellent la Pierre de la Déesse. Leurs capuches blanches et leurs bracelets noirs sont censés leur retirer leurs noms et leurs dons. Mais Bree a le sentiment de marcher dans un nid de vipères.

Elle suit la prêtresse au travers des pièces intérieures du temple ; elles passent devant un petit cloître ouvert et descendent des marches pour atteindre une chambre seulement illuminée par des torches.

— Les appartements de la grande prêtresse ne sont plus très loin.

Bree s'arrête :

— Je l'attendrai ici.

— Mais…

— Contentez-vous de la faire venir à moi.

Elle retire sa cape d'un coup d'épaule et la lance sur le dos d'une chaise.

— Et dites-lui de ne pas tarder.

Elle ne regarde pas la prêtresse s'en aller, elle ne sait donc pas si la bouche de cette fille s'est ouverte en grand. Mais c'est certainement le cas. Peut-être que de demander que la grande prêtresse se dépêche était un peu excessif.

Bree imagine s'asseoir, affecter une position ennuyée alors qu'elle attend. Mais le siège fait face à la porte et au couloir par lesquels Luca s'approchera, et malgré sa colère, Bree sait que si Luca et elle devaient se dévisager sur toute la longueur du corridor, c'est bien elle qui détournerait le regard la première. Alors, elle préfère parcourir la petite chambre mal aérée, occupée à détailler les fragments d'anciennes mosaïques au sol et les tentures au mur : des représentations de mises à mort par furoncles, et un serpent lové dans des fleurs vénéneuses. Il y a aussi des tapisseries de familiers et de batailles, mais elles sont beaucoup, beaucoup plus petites.

— Bree Westwood. Je suis heureuse que tu sois là.

Bree se retourne. La grande prêtresse se tient debout dans l'embrasure de la porte avec une expression tendre sur le visage, les bras croisés.

— Évidemment que je suis venue. Vous m'avez nommée au Conseil noir. Ma mère était ravie. Elle m'a installée dans une maison dans le nord de la ville.

— Très bien. Est-elle confortable ?

Luca s'écarte pour laisser la prêtresse passer, elle apporte un plateau de thé et des biscuits. Elle pose le tout sur la table.

— Souhaitez-vous que je fasse le service ? s'enquiert la fille.

— Non.

Luca lui fait signe de s'en aller.

— Je m'en chargerai. Si tu veux bien t'asseoir, Bree ?

— Je ne m'assoirai pas.

Elle lève le menton. Ce n'est pas chose aisée que de refuser quoi que ce soit à Luca, une femme qu'elle a connue et appréciée durant la majeure partie de sa vie. Une femme qu'on lui a appris à révérer si longtemps.

— Une théière et un siège au Conseil noir n'arrangeront pas tout.

— Je vois.

— Vous vous êtes jointe à eux et avez ordonné son exécution !

Luca hoche la tête. Elle leur sert deux tasses et sucre la sienne avec du miel.

— Cependant, elle ne l'a pas été.

— Mais ce n'est pas grâce à vous. Vous auriez été présente lors de l'exécution. Vous vous seriez contentée de regarder pendant que la reine Katharine la tuait !

— Je sais. Et elle l'aurait su. C'est bien ce qui m'empêche de dormir la nuit, par-dessus tout le reste. Qu'elle ait péri en mer tout en sachant que je l'avais abandonnée.

— Péri en mer ? Vous pensez donc qu'elle est morte ?

— Une tempête s'est levée pour s'en prendre au navire.

— Jamais une tempête ne pourrait tuer Mira.

— Cela dépendrait de qui était à l'origine de cette tempête.

Bree serre les dents. Évidemment. La tempête de la Déesse. Voilà ce qui s'en est pris aux reines, selon ce que l'on raconte. Et Luca est la principale servante de la Déesse. Elle n'a de loyauté qu'envers Elle, et Son désir.

— Vous êtes une vieille femme bien misérable.

Les yeux de Luca se fixent soudain sur ceux de Bree et cette dernière se tait. Ils sont loin d'être vieux.

— Tu es en colère, Bree. Je le comprends. Mais qu'elle soit morte ou non, Mira n'est plus avec nous, et nous devons construire quelque chose à partir de ce qu'elle a laissé derrière elle. Avec nous trois au Conseil, ce sera pratiquement comme si c'était elle qui portait la couronne.

— Je devrais m'opposer à vous, lance Bree avec amertume. Je devrais le faire pour elle.

— Ce n'est pas ce qu'elle souhaiterait.

— Vous n'en savez rien.

Luca soupire :

— Dans ce cas, qu'est-ce que tu veux ? Qu'est-ce que je dois faire ? Comment est-ce que je peux me faire pardonner ?

Elle sourit.

— Ou devrais-je te remplacer par ta mère ?

Bree sait parfaitement que Luca l'a nommée au Conseil noir uniquement par contrition. Et peut-être également parce qu'elle pourrait s'avérer être une épine bien plus pénible dans le pied de la reine Katharine que sa mère. Si elle coopère.

— Elizabeth restera toujours avec nous, lance Bree. Le Temple n'exigera plus rien d'elle. Et vous lui permettrez de rappeler son familier.

— Les prêtresses n'ont pas de familiers. Nous n'avons pas de don. Elle a fait son choix.

Mais l'expression de Luca est douce. Elle se fiche d'un petit pic duveteux.

— Rho l'a forcée à choisir entre prononcer ses vœux de prêtresse sur-le-champ ou voir son oiseau se faire écraser. Ce n'était pas un vrai choix. Pepper est petit. Elle l'a déjà caché, elle peut recommencer.

— Très bien.

— Parfait.

Bree se penche pour saisir sa cape.

— Tu sais pourquoi j'ai pris cette décision, Bree, n'est-ce pas ? demande Luca.

— Oui, je le sais.

Elle lance un regard empli de ressentiment au vieux temple renfermé dans lequel elle se trouve.

— C'est le destin de l'île qui importe.

* * *

Au moment, ou presque, où Bree quitte le temple, Elizabeth la saisit et l'attire dans l'ombre à l'aide de sa main valide, un bracelet noir dépassant de sa manche.

— Elizabeth ! Je croyais que tu attendrais à la maison en ville. Qu'est-ce que tu fabriques ici ?

— J'écoutais, réplique la prêtresse avant de sourire, creusant ainsi des fossettes dans ses joues. Et je me mêlais aux autres. Aucune de ces prêtresses ne me connaît assez bien pour me reconnaître si je reste calme et la tête baissée.

Elle fait une démonstration : elle baisse le menton et ouvre les yeux jusqu'à ce qu'ils soient assez grands et vides pour lui donner l'air d'être simple. Puis elle se reprend :

— Alors, qu'a dit la grande prêtresse ?

— Aucune surprise. Elle veut que nous redevenions amies, afin que je fasse ce qu'on me dit.

— Et qu'est-ce que tu as répondu ?

— Je lui ai dit que je le ferai, tant que tu resteras avec nous. Et tant que tu peux récupérer Pepper.

Bree lui lance un grand sourire, et Elizabeth pousse un cri aigu avant de la prendre dans ses bras.

— Oh, Bree, merci ! Mais tu vas vraiment faire ce que Luca te dira ? Même après… même après le sort qu'elle réservait à Mirabella ?

Bree regarde aux alentours, mais personne à proximité ne peut les entendre faire référence à Mirabella par son prénom.

— Peut-être, pendant un temps, au moins jusqu'à ce que je trouve mes marques dans la capitale. Mais je compte toujours bien faire souffrir tous les empoisonneurs. Surtout *elle*.

— Tu dois faire attention. C'est la reine couronnée. Et elle ne sera peut-être pas si terrible. J'ai entendu dire qu'elle compte t'accueillir en ville avec un banquet.

— Un banquet ?

— Qui aura lieu plus tard dans la semaine, sur la place surplombant le port.

Bree regarde par-dessus l'épaule de son amie, en direction de la mer, imaginant déjà tous les soucis qu'elle pourrait causer lors d'une fête en son honneur.

— Tu es une fille bien plus gentille que je ne le suis, Elizabeth, si tu penses que ces attentions sont sincères.

Elle soupire.

— Retournons à la maison.

— Je t'y retrouverai plus tard.

Elizabeth lui tapote hâtivement l'épaule et court dans un tourbillon de robes blanches.

— Je vais d'abord dans les bois pour Pepper !

LE VOLROY

Pietyr parcourt de ses doigts le dos nu de Katharine alors qu'elle est allongée contre son torse.

— Ne t'arrête surtout pas, souffle-t-elle.

Ses caresses sont apaisantes, douces. Au contact de ses mains, elle pourrait peut-être bien réussir à s'assoupir à nouveau, malgré la vive lumière qui baigne sa chambre. Elle a très peu dormi la nuit précédente, incapable de calmer son esprit, même si Pietyr lui procurait une certaine fatigue physique.

C'est aujourd'hui que Bree Westwood vient prendre sa place à la table.

— Si je continue, cela ne va que nous mener à davantage de ce qui suit.

Il se déplace au-dessus d'elle et lui embrasse la gorge.

— Qu'est-ce que tu sais de Bree Westwood ?

Il arrête de l'embrasser et soupire :

— Pas beaucoup plus de choses que toi. Elle porte toujours des vêtements à la mode. Il ne fait aucun doute qu'elle est belle et elle n'est jamais sérieuse. Elle voletait dans le sillage de ta morne sœur aînée comme un papillon écervelé.

Il roule sur lui-même pour s'écarter d'elle et sort du lit ; il traverse fièrement la chambre nu avant de passer un peignoir.

— Peut-être que quelqu'un d'aussi sérieux que ma sœur avait besoin de cette légèreté, commente Katharine, en se redressant sur un coude. Peut-être que j'en ai également besoin, et que Bree deviendra mon amie.

— Ou peut-être est-elle vraiment un papillon écervelé, qui n'a jamais conscience du poids des événements qui se déroulent autour d'elle, et que maintenant nous devons la supporter au Conseil noir.

Pietyr nourrit le feu qui se meurt avec un peu de bois et place une bouilloire d'eau dessus pour faire un thé.

Les yeux de Katharine se vident et sa voix prend un timbre neutre :

— Ne lui fais jamais confiance. Elle nous détestera et nous en voudra toujours.

— De qui proviennent ces mots ? demande Pietyr. Est-ce que ce sont les tiens ou ceux de Natalia ? Les miens ?

Il ricane mais cela sonne faux.

— Ou est-ce qu'ils viennent de quelqu'un d'autre ?

Elle sait à qui il fait allusion. Aux reines mortes qui réclament avec nervosité et avidité dans son sang. Ces mots sont venus et sont partis si rapidement que même Katharine n'a aucune certitude quant à leur provenance.

Pietyr retourne près du lit et s'agenouille à côté. Il lui prend le visage d'une main et touche son cou et sa clavicule du bout des doigts :

— Est-ce que tu as encore besoin d'elles ?

— Qu'est-ce que tu veux dire ?

— Tu es la reine couronnée. Tu as obtenu ce que nous voulions. Ce qu'elles voulaient. Maintenant, elles peuvent commencer à se taire et disparaître.

Disparaître. Dans son esprit, elle voit le cou de Pietyr craquer, sa tête pivoter à un angle loin d'être naturel. Elle peut pratiquement en entendre le son, le craquement des os. *Chut, chut, anciennes sœurs. Je sais que vous en avez assez de disparaître.*

Elle saisit sa main et l'embrasse, avant de lui passer devant pour sortir du lit.

— Ce n'est que grâce à elles que j'ai obtenu la couronne.

Elle noue sa robe de chambre et s'assoit à sa coiffeuse pour masser une crème apaisante sur ses mains sèches et meurtries.

— Ce sont elles qui m'ont ramenée. Ce sont elles qui m'ont rendue forte.

— Je suis heureux qu'elles t'aient sauvée. Mais c'est à toi de régner désormais, Kat, et tu as toujours été une reine, bénie et capable.

Katharine lui sourit par son reflet dans le miroir. La jeune reine qu'il dévoile est toujours pâle, mais plus si émaciée, et les cheveux qui tombent autour de son visage en boucles lâches brillent d'un noir intense.

— Mais que suis-je sans elles ? Sans les reines mortes et les bribes de leurs dons, je ne suis plus rien. Je n'ai aucun don à moi. Les reines guerrières trépassées me permettent de lancer leurs couteaux. Les empoisonneuses me laissent dévorer du poison. Les naturalistes s'assurent que ma nouvelle Sweetheart ne se retourne pas contre moi pour me mordre.

— La nouvelle Sweetheart, répète-t-il doucement.

— Oui. J'ai aussi compris cela. Donc peut-être m'ont-elles également rendue plus intelligente.

— Tu as toujours été intelligente, Kat. Tout aussi intelligente que douce.

Il s'approche derrière elle et lui serre les épaules.

— Je vais te laisser te préparer.

— En effet, nous ne voulons pas être en retard pour le premier jour de Bree.

Katharine ordonne que des roses fraîches égaient la chambre du Conseil et que l'on apporte beaucoup de pichets argentés remplis d'eau. La desserte à thé est remplie de baies, de meringues et d'autres choses dont elle a entendu que les élémentaires aimaient les manger, et rien de tout cela ne contient la moindre trace de poison.

— Nous n'aurions guère pu en espérer autant, si les choses s'étaient passées dans l'autre sens, lance Pietyr quand il aperçoit ses préparatifs.

Il lui embrasse la main et lui mordille les phalanges, ce qui envoie des fourmillements de plaisir dans son bras. Il sera compliqué de revenir à la discrétion quand Pietyr lui aura trouvé un autre mari.

Les aiguilles de l'horloge avancent, et les autres membres du Conseil noir commencent à arriver. Geneviève s'approche en une révérence et lui embrasse la joue, elle se montre si douce et gentille envers Katharine depuis le couronnement. Le cousin Lucian s'incline franchement, craignant peut-être que son siège soit remis à tout moment à la cousine Allegra. Renata, la prêtresse Rho Murtra et la grande prêtresse Luca entrent ensemble et s'assoient sans prononcer un mot, même si les vieux yeux de Luca brillent comme des étoiles.

Antonin renifle les mets qui ornent la desserte.

— Pas de poison ? demande-t-il. Si c'est ainsi que seront désormais les choses, je vais devoir commencer à prendre des déjeuners plus copieux.

Ensemble, ils attendent, certains échangent calmement debout, d'autres sont assis et semblent s'ennuyer. La tête de Pietyr est appuyée entre son index et son pouce, les yeux fixés sur la chaise vide destinée à Bree.

— Peut-être que sa calèche a été retardée ? propose Renata en jetant un regard autour d'elle. Devrions-nous envoyer quelqu'un la chercher ?

— Elle va arriver.

Tout le monde se redresse dans l'assemblée quand Rho parle. Sa voix est presque trop forte pour que la chambre puisse la contenir :

— Sa maison de ville n'est pas loin. Si c'est une question de véhicule, Elizabeth et elle arriveront à pied.

— Elizabeth ? interroge Geneviève. Qui est donc Elizabeth ? Les Westwood savent certainement qu'ils n'ont pas le droit à un entourage. Elle aura le courage de se présenter seule, n'est-ce pas ?

— Évidemment que j'en ai le courage ! lance Bree Westwood, et son entrée est si sensationnelle que Katharine se demande si elle n'attendait pas de l'autre côté de la porte.

Les talons de ses bottes claquent contre la pierre, et Katharine aperçoit quelqu'un derrière elle, s'attardant dans le couloir dans une robe de prêtresse blanche. Ce doit être la prêtresse Elizabeth. L'autre meilleure amie de Mirabella.

— Parfait, murmure Katharine en serrant fort les mains pour faire taire les reines mortes qui s'agitent alors que Bree Westwood entre comme un courant d'air au sein du Conseil noir.

Elle a eu des semaines pour se préparer à sa grande entrée. Et il ne reste rien d'autre à faire à Katharine que se montrer courtoise. Bree exécute une demi-révérence à l'intention de Katharine et s'incline profondément devant la grande prêtresse Luca, avant de se laisser tomber dans son siège. Son menton est relevé, ses yeux sont pleins de défi, et ses cheveux forment une cascade de vagues châtain clair, retenues par des peignes en argent.

Katharine lui adresse un hochement de tête.

— Bienvenue à mon Conseil, Bree Westwood. J'espère que votre voyage vers la capitale n'a pas été trop difficile ? Si je peux faire quoi que ce soit pour faciliter votre transition vers votre nouvelle demeure, n'hésitez pas à solliciter mon aide.

Bree ne répondant rien, elle continue donc.

— J'ai fait préparer un thé tout spécialement pour vous accueillir.

Elle a un geste vers la desserte.

— Non merci, décline Bree. Et je vous prie de ne plus vous donner tant de mal. Je doute d'avoir un jour assez confiance en ce Conseil pour manger quoi que ce soit dans cette pièce.

La chambre tout entière se tait, à l'exception d'Antonin qui émet un son de dégoût.

— Alors, comment parviendrons-nous à gouverner ?

— Réconcilier le nouveau Conseil avec l'ancien a toujours été délicat, affirme la grande prêtresse.

— Ou c'est ce que vous avez entendu dire, rétorque Rho. Les empoisonneurs ont la main dessus depuis si longtemps, qui peut encore se le rappeler ?

L'espace d'un instant, Katharine souhaiterait ne pas avoir remercié Margaret Beaulin, afin qu'elle puisse employer son don de la guerre contre celui de Rho, pour lui écraser le visage contre la table.

— Il fait si sombre ici.

Bree a un mouvement du poignet, et les flammes de chacun des candélabres flamboient et montent si haut que Geneviève doit déplacer un vase de roses afin qu'elles ne prennent pas feu.

— Et c'est si étouffant sans fenêtre.

— Mais il y a une fenêtre.

Katharine lève la tête vers les ombres du haut plafond, où des fenêtres ont été découpées dans la pierre pour laisser l'air circuler, au cas où les portes seraient fermées.

— Eh bien, elle est si haute qu'elle ne change pas grand-chose.

Bree se sépare de son étole. Sa robe est bleu marine brodée de noir, et très élémentaire, sa jupe suit le moindre de ses mouvements. Le V de son corsage est si plongeant que Pietyr doit faire bien attention à ne pas le regarder.

— Si quelqu'un d'autre…, commence-t-elle, quelqu'un avec un don pour les éléments et le temps était présent, peut-être… pourrions-nous bénéficier d'une bonne brise.

Katharine remarque le pouls délicat dans la gorge de Bree. Elle note la grandeur de ses yeux. Le V de son vêtement exposant son cœur comme une cible. Tant d'endroits où plonger un couteau. Bree Westwood est effectivement idiote de s'exprimer ainsi alors que les reines mortes peuvent l'entendre. La voir. Elles bouillent tellement en elle qu'elle peut pratiquement sentir leur peau décomposée au fond de sa gorge.

Du calme, du calme. Tuer une autre reine est une chose. Tuer un membre du Conseil… Eh bien, il faut vraiment qu'elle mérite une telle punition.

— Pouvons-nous nous intéresser aux affaires courantes du Conseil, maintenant ?

Pietyr lève un sourcil.

— De l'agitation au sein du peuple a été rapportée concernant les dépouilles des reines traîtresses. Nous continuons à attendre qu'elles s'échouent sur le rivage, bien que j'aie également entendu des prêtresses dire qu'il était plus probable que la Déesse les garde auprès d'elle.

Il regarde Luca, dont la bouche forme une fine ligne.

— Cela est peut-être vrai, reprend Geneviève, bien trop enthousiaste à l'idée d'aborder ce sujet de conversation. Cependant, serait-ce trop demander que le corps de la naturaliste touchée par la légion nous revienne ? Ou celui du prétendant du continent ? Je me satisferais même de quelques morceaux du garçon de Wolf-Spring.

— Moi, je me satisferais du couguar, renchérit Antonin, et le Conseil noir s'esclaffe.

— Cela suffit, s'impose Katharine.

Mais elle ne peut s'empêcher de sourire.

— Si cela peut apaiser le peuple, que des bateaux et de petits équipages quittent le port à leur recherche. Payez-les généreusement, et offrez une récompense supplémentaire à qui rapportera une preuve. Entière ou partielle.

Elle se tourne vers Luca et Bree.

— Et maintenant, ne devrions-nous pas planifier votre banquet d'accueil ?

BASTIAN

Ce soir-là, Émilia invite Jules dans un pub, lui promettant qu'il lui rappellera ceux de Wolf-Spring et qu'elle pourrait même tenter d'y amener Camden, comme les propriétaires sont loyaux au clan Vatros. Mais dès que Jules entre par une porte dans une allée, ses poils se hérissent. Cet endroit ressemble moins à un pub qu'à une salle souterraine en pierre avec un sol partiellement en terre. Émilia ne l'a jamais mentionné malgré les nombreuses semaines que Jules a déjà passées à Bastian, mais de toute évidence, elle vient régulièrement ici, touchant l'épaule de presque toutes les personnes qu'elle croise et lançant des signes de la tête aux deux hommes qui tiennent le bar.

— Quel est cet endroit ?

— On l'appelle « *Le Sifflet de Bronze* », répond Émilia. Goûte le poulet et le vin. Mais reste bien à l'écart de la bière, sauf si c'est Berkley qui te la sert.

Jules jette un regard aux hommes derrière le comptoir. Elle ne pourrait pas deviner lequel des deux est Berkley, même s'ils ont tous les deux l'air assez agréables, un peu en nage et très occupés. Le plus grand avec sa barbe légèrement rousse la voit le regarder et lui envoie un clin d'œil.

— Il y a de la nourriture ici ?

— Bien sûr ! Il faut un certain temps pour la recevoir. Nous sommes sous un manoir. Ils nous laissent gambader dans leurs couloirs et utiliser leurs cuisines, contre un peu d'argent.

— C'est donc un club, en quelque sorte ?

— En quelque sorte.

Émilia les guide à travers la pièce, éclairée par une lampe à la lueur jaune vif. La salle est plus calme depuis qu'elles sont entrées, les occupants se sont arrêtés de parler pour fixer le couguar et murmurer à son sujet. Camden miaule de joie à l'odeur du poulet et saute sur une table. Les filles qui y sont assises crient « Hé » et déplacent leurs chopes à l'écart de sa queue qui bat l'air.

— Excusez-moi, marmonne Jules, et elles haussent les sourcils.

Elle fait descendre Camden, et elles suivent Émilia jusqu'à une table dans un coin. Jules enlève ses cheveux de derrière son oreille pour qu'ils lui recouvrent le visage. Elle n'a pas senti autant d'yeux posés sur elle depuis ce jour dans l'arène lors du duel des reines.

— Qu'est-ce que tu prendras ? demande Émilia. Enfin, à part le poulet ?

— De la bonne bière, j'imagine.

Émilia tape le haut de la table de ses paumes et se tourne vers un serveur :

— Trois assiettes de poulet et deux chopes de la bière de Berkley. Et un bol d'eau pour le chat.

Camden, n'ayant jamais été le genre de félin à rôder par terre, saute sur le banc mural et attend son dîner. Tant d'yeux sont encore fixés sur elles, et ils scrutent autant Jules que le couguar.

— Quand arrêteront-ils de nous regarder ?

Émilia paie le garçon qui apporte leurs bières.

— Peut-être quand tu danseras avec eux. Tu es une jolie fille, Jules Milone. Tu ne peux quand même pas imaginer que seul ton beau continental l'avait remarqué.

— Joseph n'était pas un continental. C'était l'un des nôtres.

Et il réside toujours dans son cœur. Quiconque l'observe ainsi est idiot s'il ne peut pas voir que le fantôme de Joseph se trouve à ses côtés.

Émilia hoche la tête d'avant en arrière. Elle a clairement fait comprendre qu'elle n'avait pas beaucoup d'estime pour Joseph, après tant de temps passé sur le continent avec Billy, mais elle n'a jamais rien dit contre lui. Mais pourquoi dirait-elle quoi que ce soit ? Il est mort, et cela n'a plus aucune importance.

Jules tente de se mettre à son aise sur sa chaise et pose les coudes sur la table. L'air dans cet espace confiné sent le renfermé, mais il n'est pas étouffant, la fraîcheur de l'atmosphère est probablement aidée par la distance des cuisines.

— Oh non, grogne Jules.

— Quoi ?

Elle tend le menton en direction de la porte, où l'oracle Mathilde s'assoit en les gardant à l'œil, ses cheveux blonds mettant en avant une épaisse tresse blanche.

— Ah, Mathilde !

Émilia lui fait signe.

— Bien. Je vais peut-être enfin entendre la chanson d'Aethiel.

— Est-elle vraiment barde ? demande Jules.

— Bien sûr. Elle est voyante et barde. Il est possible d'être plusieurs choses à la fois, Jules Milone. Toi plus que quiconque, tu devrais bien le savoir.

Jules fronce les sourcils alors que le poulet arrive, mais sa grimace s'efface quand elle en hume l'odeur. Il a été cuit dans une sauce à la viande et il est servi avec une épaisse tranche de pain d'avoine. Elle doit écarter l'assiette de Camden pour l'empêcher de mordre dedans alors qu'il est trop chaud. Elle souffle sur les deux plats et en retire un petit morceau sur sa fourchette, tendre et délicieux. Camden, lasse d'attendre, attrape son plat de sa patte avant et en éclabousse la table. Puis elle se lèche la fourrure et ses coussinets brûlés.

Émilia rit en secouant la tête.

— Passer du temps avec elle est vraiment dangereux.

— Pourquoi ?

— Je vais commencer à croire que je peux traiter tous les félins des montagnes de cette façon. Je vais rapidement me retrouver avec dix belles griffures dans le dos.

Jules ricane. Ce serait bien étonnant. Ce sont des espèces rares aux environs de Bastian, si loin dans le Sud. Camden était la seule à se trouver dans les forêts de Wolf-Spring, pour ce qu'elle en sait.

— Jules, fais attention !

Le couteau qui se dirige vers elle est un couteau de cuisine, épais et aiguisé. Elle se recule alors qu'Émilia lève les mains, employant son don de la guerre pour détourner la lame. Camden se baisse, mais pas assez rapidement, et le couteau s'enfonce dans son dos.

Quand le couguar gémit, Jules voit rouge. Elle jette sa chaise en arrière et se retourne. Ce n'est pas difficile de deviner qui a jeté le couteau : l'homme derrière le comptoir, celui qui lui a fait un clin d'œil. Mais ils sont désormais tellement ronds qu'ils pourraient quitter leur orbite.

— Toi ! crie-t-elle.

Son don de la guerre afflue subitement, spontanément, et envoie l'homme voler contre le mur. Des bouteilles et des verres tombent au sol et éclatent. Camden, qui n'est pas grièvement blessée, saute par-dessus les tables jusqu'au bar, grognant et donnant des coups de sa patte valide. La coupure dans son dos fait goutter du sang dans la bière répandue au sol.

— Arrêtez ! s'interpose Émilia. Berkley, espèce d'idiot. Tu étais censé attendre qu'elle ait fini de manger, et tu ne devais pas faire de mal au chat.

— C'est toi qui as blessé le fauve. C'est toi qui as détourné le couteau dans sa direction.

Berkley se relève et passe la main sur son pantalon. Il jure quand il s'aperçoit que ses doigts sont couverts de sang.

— Je venais juste de le rapiécer.

Jules pivote vers Émilia.

— Tu le savais ? C'était prévu ?

— Ils avaient besoin de voir ton don. Ne t'énerve pas. Tu manques de maîtrise.

— Je vais t'en donner, de la maîtrise, grogne Jules, et tous les verres du bar se mettent à vibrer.

Personne ne réagit. Peut-être parce qu'ils se trouvent dans la ville des guerriers. Puis les murmures reprennent, Jules se calme, et Camden redescend du bar pour se lover contre ses jambes. Près de la porte, de l'autre côté de la pièce, l'oracle Mathilde se lève.

— C'est exactement comme je l'ai dit. Juillenne Milone a un jour été une reine et elle en redeviendra peut-être une.

Jules gémit :

— Ne va pas répandre ce genre d'idioties !

Mais, au moins pour *Le Sifflet de Bronze*, il est déjà trop tard, et elle sait désormais pourquoi ils la fixent tous depuis qu'elle est entrée.

— Émilia. Qui sont ces gens ?

Émilia a un large sourire.

— Nous formons la révolte de la reine. Et toi, Jules, une naturaliste talentueuse également douée pour la guerre, tu seras celle qui nous unira et prendra la place de l'empoisonneuse.

Elle saisit Émilia par la manche.

— Depuis combien de temps est-ce que tu prépares ça ?

— Les voyants prédisent ton arrivée depuis longtemps.

— Les voyants sont des idiots. Ils ont dit que j'aurais dû être noyée à la naissance. Ils disent aujourd'hui que je suis une reine. Ou que je vais en devenir une. Ou que j'en ai été une jadis.

Mais les mots de Jules ne font naître aucun doute sur les visages présents dans le pub. Ils sont bien trop emplis d'espoir. Ils voient une opportunité en elle qu'ils n'ont pas eue depuis des générations. Et Jules a entendu dire qu'un guerrier n'aime rien de plus que foncer tête baissée dans une bataille dont la victoire est loin d'être assurée.

Ils affirment que c'est là que se trouve la gloire, là que les héros sont forgés.

Jules n'a jamais rien entendu de plus stupide.

— Une prophétie peut être interprétée de bien des façons, explique Mathilde tandis qu'elle traverse la pièce pour se tenir devant elles. Malheureusement, il est souvent difficile d'en connaître la signification avant qu'elle se produise.

— Mais elle affirme que j'ai été une reine. Ça n'a jamais été le cas.

— Dans une autre vie peut-être, répond Mathilde. Ou il existe peut-être une interprétation moins littérale.

Comme lorsqu'elle a brièvement été une « reine », en utilisant son don pour faire croire à l'emprise d'Arsinoé sur l'ours durant la cérémonie de la Révélation. Mais évidemment, Jules ne le mentionne pas. Les flammes de cette folie ont déjà été bien assez attisées.

— Les prophéties ont été évidentes fut un temps, lance Berkley en évitant de regarder Jules dans les yeux. Avant que ce fichu Conseil noir ne se mette à noyer toutes les reines oracles.

Des murmures d'acquiescement amers se diffusent dans la salle. Que ce soit un ancien Conseil qui ait voté ce décret n'a aucune importance. Ou que ce Conseil ait peut-être accueilli des guerriers. Les mots « Conseil noir » sont désormais synonymes d'empoisonneurs, et ce sont des gens faciles à blâmer.

— Je ne suis pas…, commence Jules, puis elle reprend plus fort : je ne suis pas votre cheffe. C'est impossible, je suis maudite par la légion. Et on appelle cela une malédiction pour une raison.

— Une raison idiote. Tu n'es pas devenue folle.

Émilia attire Jules à elle.

— Pourquoi est-ce que tu crois que tu es ici ? Tu pensais qu'après suffisamment de temps on te déménagerait à l'étage en cachant ton œil vert derrière un bandeau ? Qu'on dirait de toi que tu es une cousine éloignée et que Camden est une vache d'élevage ?

— Je ne sais pas ce que j'ai cru.

Le cœur de Jules martèle sa poitrine alors qu'elle regarde tous les visages du Sifflet de Bronze. Toute cette anticipation, cette foi. Émilia touche les cheveux de Jules avant de doucement les glisser derrière son oreille.

— Je sais que tu as le cœur brisé. Je sais que tu as perdu ta reine Arsinoé et ce garçon, et que tu as le sentiment de ne rien être sans eux. Mais tu as tort. Et quand bien même tu aurais raison, ton destin saura se rappeler à toi. Nos espions nous disent déjà que le peuple n'a aucune foi en cette empoisonneuse et que les Arron se déchirent les uns les autres, comme s'ils cherchaient à se disputer les os de Natalia Arron. Quand nous prendrons d'assaut les portes du Volroy, ton histoire sera connue par toute l'île, celle de notre reine de la légion. Le peuple criera ton nom, et nous mettrons Katharine aux fers.

INDRID-DOWN

Katharine supervise la mise en place du banquet de bienvenue elle-même. Tout doit être parfait. La nourriture, les fleurs, la musique, et pour autant qu'elle ait la main sur la question, la compagnie.

— Nous aurions dû l'organiser en intérieur, marmonne Geneviève. Au Highbern, comme Lucian et moi l'avons suggéré. Ces nuages… Et s'il pleut ?

— Alors, les élémentaires passeront un moment encore plus agréable, réplique Pietyr.

Il donne ses ordres à un serviteur quant au placement des chaises et l'arrangement des fleurs sur la table principale.

— Et cessez de grimacer, Geneviève, on nous regarde.

Katharine lève les yeux et découvre des visages curieux à moitié dissimulés derrière leurs volets et leurs rideaux. Elle serre ses poignets et ses articulations meurtries dans ses légers gants d'été. Aujourd'hui, ses cicatrices la font souffrir, comme elles ne l'ont pas fait souffrir depuis longtemps. Comme elles le font parfois quand les reines mortes sont endormies. Elle demande qu'on lui apporte un verre d'eau, et en attendant, elle touche la bande d'encre noire cicatrisée sur son front. Sa couronne permanente, tatouée comme c'était le cas jadis.

Pietyr s'approche pour lui murmurer :

— Tout va bien se passer, Kat. Tu fais ce qu'il faut. Tu ne dois pas laisser des personnes telles que Bree Westwood t'atteindre.

— Ce n'est pas vraiment d'elle qu'il faut se méfier.

Geneviève débarrasse le serviteur du verre d'eau et l'apporte à la reine.

— Mais de la grande prêtresse. Luca est rusée. Se nommer elle-même au Conseil. Choisir la fille Westwood simplement pour causer des soucis.

— Si Natalia était encore en vie, répond doucement Pietyr, elle n'aurait jamais osé.

Katharine lève le menton :

— C'est Luca qui m'a tatoué cette couronne. Elle a enfoncé encore et encore des aiguilles dans ma peau. Elle ne peut pas vouloir détrôner ce qu'elle vient seulement d'accorder. Elle cherche simplement à fanfaronner et à noyer notre voix dans la masse.

— Elle veut aussi voir jusqu'où elle peut te pousser, reprend Pietyr.

— Enfin, j'imagine que…, soupire Geneviève, c'est toujours ainsi après une Ascension. Après chaque nouvelle nomination au Conseil. Si nous restons fermes, elle finira par renoncer.

— Reine Katharine.

Un serviteur, dont les cheveux sont recouverts de farine, s'approche en mettant rapidement un genou au sol.

— Veuillez excuser mon interruption, ma reine.

— Ce n'est rien, parle.

— Le festin est prêt. Et on m'a demandé de vous dire… de vous informer que la grande prêtresse est en chemin. Je ne sais pas pourquoi elles ont envoyé un serviteur des cuisines. Nous sommes tous très occupés et…

Katharine pose une main sur la tête de l'homme :

— Ce n'est rien. Une fois le festin en place, prenez vos aises, mangez.

Elle lève les yeux sur le bâtiment devant elle et fait signe aux visages dissimulés derrière les fenêtres :

— Vous êtes tous les bienvenus, autant de monde que pourra en contenir la place.

Elle gravit les marches de la plateforme et se place devant la table principale, en débarrassant la farine qui se trouve sur la paume de ses gants. Geneviève et Pietyr se dispersent rapidement pour superviser les détails de dernière minute : les derniers rubans pâles à accrocher aux lampes, les dernières gerbes de fleurs roses et violettes. Son Conseil noir attend aux abords de la place et accueille le premier badaud qui se présente. Ce n'est pas quelque chose dont ils ont l'habitude, et les expressions aimables forcées qui se lisent sur les visages de Lucian et d'Antonin font rire Katharine. Bientôt, les tables sont pleines, et tant de personnes se trouvent entre elles qu'il est difficile pour la grande prêtresse, Rho et Bree Westwood de traverser la masse quand leur carrosse arrive.

Dans tous les cas, elles ne semblent pas pressées de rejoindre la table d'honneur. Luca s'arrête pour bénir la moindre personne qu'elle croise. Rho aussi tente d'amadouer les invités, même si rares sont ceux qui s'approchent assez pour lui serrer la main, et elle est pratiquement méconnaissable lorsqu'elle sourit. Heureusement pour elle, Bree a du charme à revendre. Elle est encore plus belle qu'à son habitude avec ses cheveux parsemés d'opales. Et sa robe légère vert vif ne fait qu'accentuer le fait que Katharine ne peut porter que du noir.

— Attendez.

Katharine accoste un serviteur qui lui passe devant avec une soupière remplie. Elle plonge une cuillère dedans. Cette petite morveuse a intérêt à manger quelque chose aujourd'hui. Cette soupe est trop bonne pour être ignorée.

Le banquet suit le cours de n'importe quel autre banquet jusqu'à ce que quelqu'un remarque de l'agitation à proximité du port.

Katharine s'est assez détendue pour commencer à goûter les desserts quand des cris d'alarme se font entendre.

Pietyr lance un signe de la tête en direction de la garde de la reine, et plusieurs soldats se fraient un chemin au travers de la foule. Tout le monde s'est tourné vers le port Bardon. Même les gardes.

— Pietyr, que se passe-t-il ? demande Katharine en se redressant.

Un épais brouillard s'est levé sur l'eau. Il est si dense que ça pourrait bien être un nuage, si les nuages avaient tendance à se faufiler rapidement et délibérément vers la côte. À la vue de cette avancée, les personnes les plus proches des quais reculent, puis fuient, remontant la colline pour se mettre à l'abri dans les hauteurs. Katharine parcourt la place du regard avec nervosité. Tant de personnes sont amassées là. S'ils ne font pas attention, il y aura un mouvement de panique.

Elle tend un bras et claque des doigts à l'intention de la grande prêtresse Luca.

— Vous et moi devons nous y rendre immédiatement.

Elle contourne la table, Luca a déjà quitté sa chaise pour la suivre.

— Apportez des chevaux pour la grande prêtresse et moi-même, lance-t-elle fort. Et dégagez-nous un chemin jusqu'au port.

— Faites place à la reine ! Dégagez le passage !

En quelques instants, sa garde leur a ouvert la route. L'étalon noir de Katharine est à sa disposition, toujours à proximité et sellé en cas d'urgence. Elle saute sur son dos autant qu'elle y est propulsée.

— Belle initiative, approuve Luca une fois en selle et à ses côtés. Rien ne jugule une panique comme le courage d'une reine. Natalia serait fière.

— Je suis trop perturbée actuellement pour me demander si vous le pensez vraiment.

Ses yeux sont braqués sur son chemin, sur ce brouillard qui s'approche. Elle entend, derrière elles, sur la place, Pietyr et le Conseil noir monter sur leurs montures pour les suivre. Alors qu'ils s'avancent vers les quais, elle maintient son étalon au petit galop afin d'éviter d'écraser quiconque se trouverait près de l'eau, mais il est inutile de nourrir de telles craintes. Sa silhouette à dos de cheval est assez impressionnante pour lui dégager l'espace nécessaire ; devant ses cheveux qui forment un étendard noir et sa robe claquant au vent, la foule amassée s'écarte comme du beurre sous l'effet d'une lame chaude.

— Non, ne descendez pas de votre selle.

Luca pose une main sur les rênes de Katharine.

— Le brouillard ne se déplace pas ainsi. Je ne sais pas ce que cela veut dire.

— Je suis la reine couronnée.

Katharine inspire et passe une jambe par-dessus la selle pour retomber au sol.

— Je n'ai rien à craindre. Ceci est mon brouillard.

Le sien. Le leur. Le brouillard protège l'île depuis qu'il a été créé par la dernière et la plus grande reine bleue. Il ne lui fera aucun mal. Il ne le peut pas. C'est sa lignée qui en est à l'origine.

— Aidez-moi, anciennes sœurs.

Elle se tend intérieurement vers elles et ressent cet afflux familier dans ses veines. Katharine progresse vers la côte tandis que les reines mortes remplissent ses oreilles de hurlements. Elle chemine jusqu'à ce que le sable sous ses pieds soit mouillé par les vagues, puis elles ne lui permettent plus d'avancer.

Un mur blanc avec des volutes grises s'étire sur l'intégralité du port du nord au sud. Il a recouvert les eaux peu profondes, il est plus proche qu'elle ne l'a jamais vu avant et il continue de se mouvoir. Il se déplace à la manière des créatures marines : sans à-coups et rapidement. Cette façon qu'il a parfois d'accélérer lui rappelle un requin qui attaque.

Katharine ne désire qu'une chose : prendre ses jambes à son cou. Le brouillard est tellement épais. S'il prend la grève d'assaut, elle est certaine qu'il la renversera et l'étouffera. L'étranglera. Elle mourra et retrouvera les fantômes de Mirabella et d'Arsinoé l'attendant dans l'obscurité.

— Non, souffle-t-elle. Tu dois t'arrêter.

Le brouillard ne cesse sa progression, et les gens derrière elle crient. La grande prêtresse elle-même peut-être. Et certainement Geneviève. Mais avant que le nuage n'atteigne la terre ferme, il se fige et se retire, il retourne en mer pour se lever et se dissiper, il disparaît si vite qu'il est difficile de croire qu'il se trouvait effectivement là un instant auparavant.

Katharine entend des pas derrière elle, tandis que Rho s'arrête au niveau de son épaule, ainsi que Pietyr, accompagné d'une dizaine de gardes.

— Reine Katharine, est-ce que tu vas bien ?

Il l'examine, mais elle rejette sa main et le repousse sur le côté. Elle n'a pas été touchée.

— Qu'est-ce que c'est ?

Rho tend sa lame dentelée vers les vagues.

Quelque chose de sombre et de lourd roule dans l'eau. Une forme noire, bientôt rejointe par d'autres, remontant à la surface des vagues en direction de la côte.

Des cris et des gémissements émanent de tous côtés tandis que Katharine s'approche de l'eau pour observer ce que le brouillard leur a apporté.

— Faites-les taire, ordonne-t-elle. Faites-les reculer !

Ses sœurs mortes sifflent et crachent ; elles griffent ses entrailles avant de se retirer dans les recoins les plus obscurs de son esprit. Elle ne s'en inquiète pas. Elle ne s'inquiète pas non plus de pénétrer dans l'eau jusqu'aux chevilles, les vagues viennent lui lécher les genoux.

Le brouillard lui a ramené des corps. Des cadavres en guenilles, gorgés d'eau et jetés lourdement dans les eaux peu profondes.

Katharine s'avance plus dans l'eau. La Déesse a répondu à sa prière. Elle lui a apporté les cadavres de ses sœurs et de cette maudite naturaliste. Celui du prétendant continental et du garçon de Wolf-Spring. Elle désire tant voir ce qu'il reste de Mirabella et Arsinoé qu'elle se convainc que ce sont elles, même s'il y a bien trop de cadavres. Bien plus que ce qu'elle voulait. Elle demeure cependant certaine jusqu'à ce qu'elle retourne le premier corps et que les yeux aqueux d'un étranger lui rendent son regard.

Alors que les corps s'échouent sur la plage, Katharine effectue des va-et-vient sur la plage, elle observe ces visages morts les uns après les autres, à la recherche de traits familiers. Mais aucun n'est une reine.

— Sortez-les de l'eau.

Elle pointe la mer du doigt. Elle hurle quand elle constate que ses gardes hésitent à s'avancer :

— Sortez-les tout de suite et alignez-les sur le sable !

Il faut compter plusieurs minutes pour que cette tâche soit achevée. Ses soldats grimacent, et certains refusent de toucher les corps ou même d'entrer dans l'eau avant que Rho ne les y force à la pointe de son couteau.

— Mes prêtresses ont plus de cran que vous, aboie Rho, avant que plusieurs prêtresses ne se pressent vers les vagues pour aider, mouillant leurs robes blanches jusqu'à la taille.

Katharine et Rho détaillent les corps alignés sur la plage. Des morceaux de leurs embarcations sont également remontés, des sections arrondies de coques et des planches, ou des rames. Certains sur la grève et d'autres flottant toujours dans les vagues. Des débris éparpillés.

— Qu'est-ce que c'est ? demande Katharine. Amenez-moi quelqu'un pouvant répondre à cette question.

Rho hurle sur la foule, et un homme se présente, tordant son chapeau entre ses mains. Face à tant de morts, il en oublie pratiquement de s'agenouiller.

— Connaissez-vous le port ?

— Oui, ma reine.

— Pouvez-vous alors me dire qui sont ces personnes ?

— Ce sont…

Il hésite, relève la tête pour regarder les formes détrempées étendues.

— Ce sont ceux qui sont partis ce matin sur vos ordres, à la recherche des restes des reines traîtresses.

Katharine serre les mâchoires.

— Sont-ils tous là ?

— Je ne sais pas, ma reine. On… on dirait bien.

Il essuie la sueur de sa tête chauve à l'aide d'un mouchoir, avant de l'appliquer à nouveau sur sa bouche et son nez. La puanteur de la chair en décomposition est très présente dans la chaleur. Mais s'ils sont partis seulement ce matin, ils ne devraient dégager aucune odeur. Katharine remercie l'homme et s'approche des corps avec Rho.

— Selon lui, ils ont tous pris la mer aujourd'hui, dit Rho à voix basse. Mais certains de ces corps sont bien plus vieux, comme si…

— Comme s'ils s'étaient noyés il y a des semaines de cela.

Katharine parcourt du regard cette rangée de cadavres mouillés et gonflés ; certains sont gros, d'autres petits, certains enfin ne sont pas entiers. Autant de femmes que d'hommes. Des pêcheurs et des marins exécutant ses ordres. Ils avaient espéré trouver Arsinoé et Mirabella flottant sur le ventre en mer afin d'obtenir une belle récompense.

Ils rappellent désormais des phoques à Katharine, étalés pour se prélasser sur le sable chaud. Une courageuse mouette se pose sur le corps le plus distant et se met à lui donner des coups de bec, comme un voleur en quête de pièces. Puis elle relève la tête et reprend son envol. Quelqu'un possédant le don de naturaliste a dû lui intimer d'attendre.

— Qu'est-ce qui aurait pu causer cela ?

Pietyr se tourne vers l'homme chauve.

— Sont-ils partis en groupe ? Ont-ils formé une flotte ?

— Non, maître Arron. Les sœurs Carroway et leur frère – il fait un geste en direction des trois corps –, ils sont partis dans deux petits vaisseaux avec un équipage.

Il en pointe plusieurs autres :

— Mary Howe et son équipage, elle est élémentaire et aime bien les tempêtes. Jamais elle ne s'est retrouvée prise dans du gros temps.

Mary Howe est étendue visage vers le haut, son corps est encore frais, sa chemise bleue boutonnée jusqu'à sa gorge. Ce qu'elle portait en bas est un mystère. La moitié inférieure de son corps a disparu, déchiquetée. Katharine s'approche et se penche au-dessus d'elle, remontant les pans de sa chemise et redressant son torse pour mieux voir la blessure. Elle est irrégulière et il y a quelques marques de dents. Un requin. Le reste de son corps est en parfait état.

— Étonnant qu'un requin laisse un corps ainsi. C'est même étrange qu'un requin l'ait tuée dans ces eaux.

Les corps allongés sur cette plage racontent une histoire bien singulière. Certains se sont de toute évidence noyés, leurs lèvres sont violacées et leurs visages sont gonflés, alors que d'autres ont été mutilés : le visage d'un garçon est enfoncé comme s'il avait reçu un coup d'un objet lourd et contondant, un autre semble avoir été blessé au cœur à l'arme blanche. Certains corps paraissent être morts depuis si longtemps que leur peau tombe en lambeaux blanchâtres gorgés d'eau. Mais d'autres, comme celui de Mary Howe, ont l'air si frais qu'ils auraient très bien pu mourir à peine quelques heures plus tôt.

Katharine s'agenouille et enfonce ses mains gantées au plus profond de la pourriture d'une pauvre fille, son visage est méconnaissable.

— Reine Katharine, l'interpelle Pietyr.

— Qu'y a-t-il ?

Elle se déplace vers le cadavre suivant, puis le suivant, tournant leurs têtes à gauche et à droite, les auscultant. *C'est un message*, pense-t-elle. Ils ont quelque chose à lui dire, encore faut-il qu'elle regarde avec assez d'attention.

— Comment… comment êtes-vous morts ? murmure-t-elle, et Pietyr pose une main sur son épaule :

— Kat.

Elle s'arrête et relève la tête, elle aperçoit tous ces visages rassemblés qui la fixent. Ils l'ont observée en train de manipuler les corps, accroupie comme un crabe. Ses gants en soie noire sont maculés de sang jusqu'aux coudes.

Avec réticence, Katharine se redresse.

— Je suis une empoisonneuse, Pietyr. Qui a suivi les enseignements de Natalia pendant tant d'années. Que croient-ils ? Que voir ce que la mort réserve à la chair m'intimide ? Que je n'ai jamais vu des entrailles s'ouvrir ?

La bouche de Pietyr forme une ligne fine. Même lui, un Arron, semble légèrement malade.

Katharine projette son regard vers la mer. Elle est désormais dégagée, calme et scintillante sous les rayons d'un soleil d'après-midi. Plus haut sur la plage, les personnes attroupées chuchotent. Il y a trop de voix et de murmures pour que quiconque les identifie, mais elle parvient à entendre un mot par-dessus tous les autres.

— Revenante.

LE CONTINENT

Tout d'abord, quand Mirabella entend Arsinoé marmonner dans son sommeil, elle s'imagine qu'elle fait un rêve scandaleux impliquant Billy. Mirabella est restée éveillée, allongée dans le noir à écouter le souffle d'Arsinoé ralentir, à l'écouter s'abandonner. Elle la surveille comme une grande sœur surveillerait sa cadette effrayée dans un cimetière. Ainsi, quand elle entend Arsinoé se mettre à lancer des murmures joyeux, elle sourit, se demandant si elle devrait prêter attention aux détails ou au contraire se boucher les oreilles dans son oreiller. Elle est en train de se pencher vers son coussin quand Arsinoé dit :

— Centra.

Mirabella se redresse et se tourne vers sa sœur. Elle connaît ce terme. Elle écoute encore plus attentivement le rêve se dérouler, Arsinoé chuchote de plus en plus vite, ses mots deviennent de plus en plus difficiles à comprendre. Parfois, ce ne sont que des grognements. Il y a en vérité beaucoup de grognements, et Mirabella se mord les lèvres pour s'empêcher de rire.

Soudain, après un moment de calme, Arsinoé se relève sur son oreiller, son dos est aussi raide qu'une planche. Puis ses épaules s'affaissent et elle se frotte le visage de ses deux mains.

— Quel rêve, souffle-t-elle.

— Arsinoé.

Elle sursaute quand Mirabella prononce son nom.

— Qu'est-ce que c'était que ça ?

— C'était... Pourquoi est-ce que tu es réveillée ? C'est de ma faute ?

— Je ne dormais pas.

Leur chambre est si obscure qu'Arsinoé n'est qu'une silhouette. Ses bras nus ressortent de sa chemise de nuit pâle. Mirabella quitte ses draps et s'assoit à l'extrémité du lit d'Arsinoé. Elle prend également la bougie de sa table de chevet.

Elle ressent le feu tout proche. Elle peut pratiquement en percevoir la chaleur, se lovant autour de ses chevilles comme un animal de compagnie des plus loyaux. Mais c'est maintenant un tout petit animal, après plusieurs semaines sur le continent. Mirabella fixe la mèche de la bougie et appelle la flamme. Rien ne se produit. C'est si lent, si timide. À chaque fois, il lui faut un peu plus de temps, et le muscle dans son esprit devient de plus en plus flasque.

— Tu peux toujours utiliser une allumette, propose Arsinoé.

— Les élémentaires avec le don du feu n'utilisent pas d'allumettes.

Mais elle pose la bougie.

— De quoi est-ce que tu rêvais ?

— Rien.

— Est-ce que tu me caches des choses ?

— Non. Je ne suis simplement pas encore prête à te dire que je perds la raison.

Mirabella touche le bout de la mèche. Elle n'est même pas chaude, et un sentiment de honte remonte le long de sa nuque.

— Tu as dit « Centra ». C'est de ça que tu rêvais ?

— Tu en sais quelque chose ? demande Arsinoé. Bien sûr que oui. Bon, qu'est-ce que tu en sais ?

— Pas grand-chose.

— La plupart des habitants de l'île ne reconnaîtraient même pas ce nom.

Mirabella repense à tout ce qui lui a été enseigné. À ces après-midis passés avec Luca au temple, entourées de piles de livres. Elle remonte même jusqu'à Willa et au Cottage noir.

— Je sais que Centra est le nom de l'allié de Fennbirn au nord. Avant que le brouillard n'apparaisse. C'est tout.

— C'est tout ?

— Qu'est-ce qu'il y a d'autre à savoir ? Toutes les nations ne faisant pas partie de Fennbirn sont désormais le continent.

— Est-ce que tu sais quelque chose de son histoire ?

— Non, rien.

— Réfléchis bien. Rien concernant une reine de Fennbirn disparue appelée Daphné ?

— Une reine de Fennbirn disparue ? Mais bien sûr que non. Arsinoé, mais de quoi est-ce que tu rêves ?

— Et Henry Redville ?

— Arsinoé…

Elle se tourne vers elle dans la pénombre pour exiger des réponses. Mais ce nom-là, Henry Redville.

— Redville de Centra. Je crois qu'il était le consort de la reine Illiann. La reine Illiann, la dernière reine bleue.

— La reine Illiann.

— Oui, affirme Mirabella.

Elle en dirait davantage, mais tout le monde sait qui est Illiann, la dernière et la plus grande reine bleue, qui a remporté une grande guerre contre le continent et dont le don était si puissant qu'elle a créé ce brouillard qui enveloppe et protège l'île encore aujourd'hui. Tout le monde connaît cette légende. Même ceux qui se rebellent face aux études avec autant de férocité qu'Arsinoé.

Celle-ci sort du lit et commence à faire le tour de la chambre, bousculant ainsi le petit chien au pied du lit, que Mirabella avait pratiquement oublié.

— Son consort. Mais il aime Daphné. Et si Daphné ne se trouve nulle part dans les livres d'histoire… Est-elle alors restée sur Centra ou est-elle allée sur l'île où elle s'est fait tuer ? Et si Henry Redville était une vraie personne…

Elle s'arrête et se tourne vers Mirabella dans la pénombre.

— Alors je rêve au travers de ses yeux.

— Tu rêves au travers des yeux de qui ?

— Ceux de Daphné.

— Daphné, reprend Mirabella d'une voix incertaine. La reine de Fennbirn perdue ?

Arsinoé se calme, et Mirabella finit par craquer une allumette pour la bougie, lasse de tenter de déchiffrer les expressions de sa sœur dans l'obscurité. Une lumière jaune orangé vacille dans la pièce ; elle met sa bougie en contact avec la lampe sur la table de chevet d'Arsinoé, et la pièce s'illumine davantage encore.

Les yeux d'Arsinoé semblent hantés. Mais même ainsi, le coin de sa bouche est relevé comme si quelque chose l'amusait.

— Dis-moi ce dont tu as rêvé.

— J'ai rêvé que j'étais à l'intérieur de quelqu'un d'autre.

Arsinoé touche les pointes de ses cheveux, qui tombent maintenant jusqu'à ses épaules. Elle passe ensuite la main sur son torse et son visage, comme pour s'assurer qu'ils sont toujours à elle.

— Quelqu'un qui naviguait aux environs de Centra avec Henry Redville et qui avait des yeux et des cheveux noirs comme les nôtres.

— Centra. Avec Henry Redville. Arsinoé, c'était il y a plus de quatre cents ans.

— Quatre cents…

Elle s'assoit près de Mirabella sur le lit, prenant le chien dans ses bras quand il se réveille et se met à gémir.

— Mais qu'est-ce que ça veut dire ? Pourquoi est-ce que j'en rêve ?

— Ça ne peut pas être réel. C'est impossible. Ce n'est peut-être qu'un souvenir, d'un livre que tu as oublié avoir lu.

— Peut-être, murmure Arsinoé, mais Mirabella voit bien qu'elle n'y croit pas. Sauf que j'ai vu autre chose… Au cimetière.

— Quoi ?

Mirabella retient son souffle.

Enfin, sa sœur est prête à lui raconter ce qui lui est arrivé. Elle s'est montrée patiente, mais sa patience commençait à s'émousser.

— Une silhouette sombre, comme une ombre. Elle portait une couronne en argent avec des pierres bleu vif.

Arsinoé retourne à son bureau pour y chercher du papier et de l'encre. Le grattement du crayon sur le papier dans la pénombre envoie des frissons désagréables le long de la colonne de Mirabella. Arsinoé lui tend le papier, et Mirabella l'examine ensuite à la lumière de la bougie.

— La couronne de la reine bleue.

— J'ai vu l'ombre de la reine bleue, affirme Arsinoé. Et elle pointait en direction de Fennbirn.

Tout au long du petit déjeuner, Mirabella tente de manger comme si de rien n'était. Elle beurre ses toasts et sucre son thé. Elle fait semblant d'écouter Mme Chatworth et Jane cancaner au sujet de la fête d'anniversaire de la femme du gouverneur ou s'extasier devant le petit chien et le ruban sur son collier. Seul Billy paraît remarquer que quelque chose ne va pas, son regard fait des allers-retours entre les cercles noirs sous les yeux d'Arsinoé et les doigts crispés de Mirabella.

Elles ont à peine dormi. Elles se sont contentées de rester assises l'une à côté de l'autre sur le lit d'Arsinoé jusqu'à ce que les bougies aient entièrement fondu. Enfin, dans les heures grises et très matinales qui annoncent l'aube, Arsinoé s'est allongée et a laissé ses paupières se refermer. Mais à l'instant où ses yeux se sont clos, les murmures ont repris. Mirabella l'a alors réveillée en la secouant, mais dès qu'elle se rendormait, le rêve recommençait.

Mirabella ne sait pas ce que ces rêves signifient, ou si ce sont de véritables visions ou de simples cauchemars. Elle ne sait pas si Arsinoé a réellement vu l'ombre de la reine bleue, même si ses mains la font souffrir après avoir tenu si longtemps le dessin chiffonné d'Arsinoé. Elle n'est certaine que d'une chose, ce qu'elle ressent : que l'île se rappelle à elles.

— Une soirée à la grande propriété du gouverneur ! s'exclame Jane comme si cela ne faisait pas déjà une demi-heure qu'elles en parlaient.

— En effet, répond Mme Chatworth en tapotant sur un œuf dur pour en donner un morceau à son nouvel animal de compagnie.

Au moins, cette idée-là d'Arsinoé semble ne pas déplaire.

— Il te faudra une nouvelle veste, Billy ; j'en ai repéré une en ville qui conviendra. Et Jane, il te faudra porter ta nouvelle soie lilas. Il y aura beaucoup de beaux partis ; peut-être pourrai-je marier mes deux enfants en une seule après-midi !

À la mention du mariage de Billy, Arsinoé cesse de manger, et Mirabella se tourne vers Billy avec un sourcil haussé.

Il s'éclaircit la voix :

— Je ne cherche pas de femme, mère.

— Christine Hollen est un bon parti. Tout le monde en ville sait qu'elle t'a choisi.

— Mère, n'avez-vous pas entendu ce que j'ai dit ?

— Et toi, ne m'as-tu pas entendue ? réplique Mme Chatworth. Ton père, semble-t-il, n'est en rien pressé de rentrer de… – elle jette un regard de biais à Mirabella et Arsinoé – cet *endroit*, et en son absence, nos créanciers vont se rappeler à notre bon souvenir. Les partenaires commerciaux vont nous exclure, et avant même que nous ne nous en rendions compte, la demeure de Hartford disparaîtra, ainsi que cette maison de ville, ainsi que l'entreprise, et nous serons ruinés ! Et tout ce que tu as à faire pour nous sauver est de demander la main de Christine Hollen.

— Et si je lui demande son pied, pensez-vous qu'ils nous feront un prêt ? demande Billy, et Arsinoé lance un rire surpris dans sa serviette de table.

— Pouvons-nous sortir de table ? demande Mirabella en lui saisissant le bras. J'ai bien peur que ma sœur et moi ayons mal dormi. Peut-être qu'un peu d'air frais…

— Je vais me joindre à vous, intervient Billy en commençant à se lever.

— Certainement pas. Tu vas rester ici et tu te rendras aux magasins avec Jane et moi pour que nous te trouvions une veste. Quant à vous – Mme Chatworth fixe Mirabella –, votre sœur et vous êtes mes invitées, et votre comportement se reflète sur mon foyer. Assurez-vous de prendre vos ombrelles. Et assurez-vous qu'elle porte une robe.

Mirabella lui promet qu'il en sera ainsi, même si cela sera plus simple à dire qu'à faire, et elle pousse doucement Arsinoé dans l'escalier. Pas plus de dix minutes plus tard, Billy frappe à leur porte et passe la tête :

— Je suis parvenu à convaincre ma mère de reporter les achats de veste, dit-il, avant de regarder Arsinoé, qui est toujours habillée de son pantalon et de l'une de ses vieilles chemises.

Mirabella a un geste désarmé vers sa sœur :

— Elle a dans l'idée de se faire passer pour un garçon.

— J'imagine que c'est ma faute.

Il ferme doucement la porte.

— Je lui ai prêté tellement de mes vêtements.

— Ne parlez pas de moi comme si je n'étais pas là, réplique Arsinoé depuis sa commode, dont elle fouille les tiroirs. Billy, est-ce que tu veux bien me prêter une paire de chaussettes ? Je sais à quel point elles te sont chères, mais tu en as plusieurs douzaines de paires.

— Et je t'en ai prêté au moins cinq paires déjà. Qu'est-ce que tu en as fait ?

— Est-ce que j'ai l'air d'en avoir la moindre idée ?

Elle jette de longs collants blancs au sol ainsi que d'autres sous-vêtements à fanfreluches qu'elle a trouvés dans le tiroir.

— Contente-toi de me donner les chaussettes, s'il te plaît, Henry !

Elle se fige.

— Qui est Henry ? demande Billy.

Arsinoé se retourne et lui passe rapidement devant pour fouiller sous le lit de Mirabella.

— Personne. Ce n'est pas ton deuxième prénom ? William Henry Chatworth Junior ?

Elle se relève en brandissant des chaussettes noires.

— Tu sais très bien que ce n'est pas le cas. Qui est ce Henry ?

— Elle s'expliquera plus tard.

Mirabella attrape l'épaule d'Arsinoé et la tire vers la porte, alors même qu'elle peine à passer sa deuxième chaussure.

— Si je ne la fais pas sortir vite de cette maison, ta mère changera d'avis et nous confinera dans notre chambre.

— C'était moins une, souffle Arsinoé alors qu'elles descendent les marches de l'entrée de la maison.

Mirabella la saisit par le coude :

— Tu es en bien meilleure forme que je l'aurais cru, tout bien considéré.

— Eh bien, j'ai plus dormi que toi.

Arsinoé s'essaie à un sourire, mais il s'efface quand elle s'aperçoit que Mirabella reste de marbre.

— Je ne peux pas l'expliquer. Les rêves ne sont pas désagréables. Je m'y sens en sécurité.

— C'est la même chose pour l'ombre de la reine bleue ? Tu t'y sentais en sécurité ?

Arsinoé déglutit.

— Non. Je me suis sentie menacée.

— Bon, qu'est-ce que nous allons faire ?

— Je ne sais pas. Rien, peut-être. Peut-être que cela ne se reproduira pas.

Mirabella agrippe le bras de sa sœur :

— Ni toi ni moi n'y croyons. Donc, tu ferais mieux de me ramener là où tout a commencé. Retournons à la tombe de Joseph.

— Tu n'es encore jamais revenue ici, si ? demande Arsinoé en guidant Mirabella sur le chemin délicatement entretenu du cimetière.

— Non.

Pas depuis qu'ils ont érigé la pierre tombale. Mirabella y a réfléchi et a pensé à lui, souvent, mais elle n'est jamais venue.

— Je n'ai pas le sentiment d'en avoir le droit, si elle ne le peut pas.

— Je ne pense pas que Jules lui refuserait des visites.

— Peut-être. Mais ce n'est pas la seule raison. Je n'aime pas l'idée qu'il pourrisse sous terre alors qu'il devrait être des cendres dans le vent. Des cendres dans l'eau.

— Alors qu'il devrait être encore vivant.

— Oui, lui accorde Mirabella. Alors qu'il devrait encore être vivant.

Elles atteignent la tombe de Joseph et se placent à l'ombre de l'orme. Il est difficile de croire qu'il se trouve réellement là, sous cette terre, sous ce carré d'herbe verte. Mirabella ne parvient pas à ressentir sa présence. Mais ils n'ont finalement passé que très peu de temps ensemble. Elle n'arrive parfois même pas à se fier à ses propres souvenirs de ses yeux, de son sourire, ou encore du son de sa voix. Mais elle l'a aimé. Lui a aimé Jules, mais Mirabella l'a aimé durant ces quelques brefs jours.

— Pourquoi ici ? interroge Mirabella alors qu'Arsinoé s'accroupit à côté de la pierre tombale. Pourquoi sur la tombe de Joseph ?

— Je crois que ça a commencé ici parce qu'il fait partie de l'île.

Arsinoé pose une main sur la terre.

— Je pense que, comme nous étions ensemble, elle est parvenue à me trouver. Et peut-être parce que…

Elle forme un poing.

— Quoi ?

— Madrigal a un jour dit que la magie basse était la seule qui fonctionnait en dehors de l'île. Et comme je l'ai tant pratiquée, l'île est peut-être en mesure de me trouver.

Elle remonte ses manches pour étudier ses cicatrices.

— Peut-être que je brille comme un phare.

Les yeux de Mirabella parcourent les entailles de chair rose bombées sur le bras de sa sœur, sur ses mains grêlées. Elles n'ont rien à voir avec les traces de griffes d'ours sur son visage. Ces cicatrices ont quelque chose... Quelque chose d'étrangement utile.

— Si c'est vrai, cette histoire me plaît encore moins, marmonne Mirabella. Personne n'a jamais pu se fier à la magie basse.

— Elle m'a souvent sauvée, affirme Arsinoé.

— Pas sans exiger un prix. Et pas seulement de toi.

Les yeux de Mirabella se dirigent vers la terre qui recouvre la tombe de Joseph. C'était un mouvement inconscient, mais Arsinoé l'aperçoit et grimace.

— Je ne voulais pas parler de ça, Arsinoé. Seulement..., espérons que ces rêves ne sont que des rêves.

— Et la reine d'ombre, qu'est-ce que c'est ?

— Un autre rêve.

— Mira, j'étais éveillée.

— À peine.

Arsinoé se renfrogne et le ton de Mirabella s'adoucit.

— Dis-moi ce dont tu as rêvé ce matin, quand tu t'es endormie.

Arsinoé se montre hésitante, comme si elle voulait garder le secret. Quand elle le lui avoue enfin, elle garde les yeux sur la terre :

— J'ai encore rêvé que j'étais elle.

— Qui ?

— Daphné.

Arsinoé penche la tête et hausse les épaules, un geste qu'elle a pris des continentaux.

— La reine perdue de Fennbirn.

— Il n'existe aucune reine perdue de Fennbirn.

— Est-ce que tu veux que je te raconte ou pas ?

Mirabella soupire et lui fait signe de continuer.

— J'ai rêvé que nous étions parties en catimini en bateau pour Fennbirn. Pour aider Henry Redville à faire sa cour.

Elle ferme les yeux comme si elle se plongeait dans ses souvenirs et elle renifle, recherchant des bribes de son rêve comme s'ils pouvaient l'aider à mieux se rappeler.

— Son plan est de se lier d'amitié avec la reine. D'en devenir la confidente afin de pouvoir la diriger vers Henry. Mais je crois qu'elle voudra garder Henry pour elle…

— Et ensuite ? l'interrompt Mirabella. Après être parties, qu'est-ce qu'il s'est passé ?

— Nous étions de retour sur Fennbirn. Nous sommes descendues du bateau habillées en garçon et nous avons recherché la reine.

— Tu as rencontré la reine Illiann ? Tu as rencontré la reine bleue ?

Arsinoé acquiesce d'un air grave.

— J'y suis retournée, sur l'île. J'ai reposé le pied sur les quais du port Bardon. Dans le Volroy.

Mirabella se détourne en secouant la tête. Rien de tout cela ne peut être réel. Plus Arsinoé parle, plus l'île semble proche, comme si en regardant au-delà de la baie elle pourrait la voir, les observant en retour.

Elle ferme les yeux.

— Bon, cette… reine perdue… Elle a rencontré la reine bleue sans être reconnue ? Mais comment ? Pensait-elle vraiment que Daphné était un garçon ?

— Non. Illiann a vu clair dans son jeu d'emblée. Mais Daphné se déplace comme une continentale, et elle parle comme eux. Et il est communément admis sur l'île que les sœurs d'Illiann sont mortes depuis très longtemps. Elle n'a jamais eu besoin de surveiller ses arrières et de protéger sa couronne. Elle était la reine couronnée dès sa naissance, contrairement à nous.

— Et cette Daphné…, elle ne sait rien ?

— Rien, répond Arsinoé avec tristesse. Elle ne sait même pas qu'elle est élémentaire. Son don a longtemps été dormant. Mais j'ai constaté que ses humeurs affectent le temps, c'est subtil. Son don est endormi après tant d'années loin de l'île, mais il est toujours bien présent.

— Attends. Si Daphné est, enfin était, réellement une reine élémentaire disparue, pourquoi est-ce que c'est à toi qu'elle parle et pas à moi ?

Une vague d'irritation passe sur le visage d'Arsinoé.

— Je ne dis pas ça parce que ça devrait être moi, s'explique Mirabella, parce que je devrais être l'élue. Seulement parce que les semblables s'attirent. Élémentaire à élémentaire.

Arsinoé acquiesce.

— Je ne sais pas. Elle me ressemble peut-être plus qu'à toi. Elle a quitté Centra en douce en s'habillant en garçon et en montant à bord d'un bateau en partance pour Fennbirn avec les chevaux d'Henry. Je n'ai jamais senti autant de fumier et de crottin à un seul endroit. Et puis, il y a aussi le fait qu'elle soit une orpheline à la merci de la famille d'Henry.

— Elle est donc comme nous deux, objecte Mirabella en fronçant les sourcils.

— C'est peut-être autre chose, alors.

Arsinoé se lève et passe une main sur la pierre tombale de Joseph. Elle s'arrête sur l'inscription, sur cette ligne bien précise : « Ami de reines et de couguars. » Puis elle serre le poing.

— La magie basse. C'est forcément la magie basse, j'en suis plus que marquée.

Elle se tourne vers Mirabella avec une lueur rusée dans les yeux.

— Peut-être que si on t'en marquait aussi…

— Certainement pas.

— Bon, et qu'est-ce que tu veux que je fasse, alors ? Que je cesse de rêver ? De dormir ?

Mirabella soupire. Elle ne peut pas vraiment lui demander cela. De plus, elle connaît sa sœur. Arsinoé suivra cette reine jusqu'à obtenir une réponse, quelle qu'elle soit, jusqu'au bout. Peu importe le risque.

— Promets-moi simplement que tu ne garderas pas de secrets. Que tu me diras tout, peu importe ce que ce sera.

LE VOLROY

Katharine déambule dans la roseraie à l'est du château. Un petit espace reclus, très secret, avec des rosiers en fleur de toutes les couleurs. Il lui a été difficile de trouver un moment calme ces jours-ci, depuis que le brouillard a ramené les corps. Tout le monde est effrayé. Et personne n'a de réponse. Les autopsies en elles-mêmes n'ont apporté aucune explication, et le brouillard continue d'avoir un comportement étrange, se levant quand il ne le devrait pas, plus épais et plus proche de la côte qu'à l'accoutumée.

Katharine s'étire pour prendre une grande fleur rouge au creux de sa paume. Ce sont les reines naturalistes mortes qui l'ont attirée vers le jardin, par soif de soleil et d'odeurs végétales, de choses vivantes.

Mais Katharine ne peut pas faire fleurir la rose. Elle ne peut pas la faire pousser, elle ne peut pas non plus la faire faner ou mourir. Ces dons empruntés ne sont finalement pas réels. Ce don naturaliste limité lui fournit une main assurée avec les chevaux royaux et les limiers, mais elle ne peut rien leur ordonner. Le don de la guerre lui octroie de l'habileté aux couteaux, mais il ne lui permet pas de les déplacer. Les empoisonneuses défuntes lui permettent d'ingérer du poison, mais elles ne peuvent pas l'empêcher de la corrompre.

— Reine Katharine.

Katharine lâche la fleur et se retourne. La grande prêtresse Luca est en compagnie de Geneviève, d'entre toutes les personnes possibles.

— Un duo bien improbable, dit-elle alors qu'elles s'inclinent.

— Improbable est le mot, en convient Luca. Geneviève me suit comme une ombre depuis que je suis sortie du château. Comme si elle ne me faisait pas assez confiance pour me laisser seule avec la reine.

Geneviève soupire sans rien ajouter. Cela ne vaut pas la peine de le nier.

— Nous avons décidé de libérer les corps pour les brûler, annonce Luca.

— Mais, commence Katharine, nous ne savons toujours pas pourquoi ou comment…

— Et nous ne le saurons peut-être même jamais. Mais ces corps ne nous révèleront plus aucun secret. Et les familles les attendent depuis assez longtemps. Plus elles patienteront, plus le peuple aura le temps de souffler des hypothèses farfelues et d'inciter à la panique.

Katharine fronce les sourcils, son esprit pullule soudain d'images du jour de ce banquet. Tant de corps échoués sur le sable : mordus, mutilés ou en parfait état, mais pâles. Alors qu'elle réfléchit à la question, une abeille se pose sur le dos de sa main, et les yeux de Luca se fixent dessus. Katharine la laisse ramper un temps avant de la faire partir.

— Il demeure des questions sans réponse, des questions que le peuple n'oubliera simplement pas.

— Le peuple acceptera l'explication du Temple. Que ces groupes de recherche ont connu un tragique accident en mer.

— Et le brouillard ?

— Le brouillard les a raccompagnés chez eux.

Luca regarde Geneviève comme si elle cherchait son soutien, et à la surprise de Katharine, celle-ci acquiesce.

— Le peuple cherche une réponse rassurante. Ils veulent une réponse qui leur permette de reprendre leur vie quotidienne. Laissons le Temple faire une annonce. Laissons la grande prêtresse exercer son influence. C'est après tout pour cela que nous l'avons autorisée à se joindre à nous.

— Bien dit, dit Luca, l'expression amère.

— Faites donc, accepte Katharine en serrant les mâchoires. Mais même si le peuple l'oublie, moi je n'oublierai pas. Je n'oublierai pas que ces groupes de recherche ont rencontré une fin violente. Qu'ils ont pris un bateau et qu'ils sont morts en une journée alors que certains semblaient décédés depuis des semaines.

La grande prêtresse regarde au-delà des rangées de rosiers. Son regard se perd si longtemps au loin que Katharine pense qu'elle va changer de sujet et fera un commentaire sur les roses ou le temps qu'il fait.

— Je me souviens du jour où votre sœur a tenté de fuir par le brouillard, reprend Luca. Vous en souvenez-vous ? Vous étiez déjà séparées à l'époque, évidemment, mais vous avez dû en entendre parler même jusqu'ici, parmi les Arron. J'étais présente quand ils les ont retrouvés, flottant dans leur bateau. Ils n'avaient pas pu être en mer plus d'une nuit. Pourtant, leurs petits visages étaient décharnés. Et ils avaient bu toute l'eau qu'ils avaient emportée.

Katharine déglutit, alors que la grande prêtresse repose les yeux sur elle.

— Personne n'en a alors rien dit. Beaucoup trop d'autres choses, plus pressantes, nous tenaient occupés. Mais même ceux qui sont autorisés à traverser le brouillard le remarquent. Ceux qui viennent du continent, ceux qui font du commerce. Le temps et les distances ne sont pas les mêmes au sein du brouillard. Plus rien n'est pareil. Même si nous souhaitons désespérément savoir ce qui est arrivé à vos équipes de recherche, nous n'en saurons probablement jamais rien.

Sur ce, la grande prêtresse s'incline et les quitte.

— C'est une vieillarde bien agaçante, lance Geneviève après le départ de Luca. Mais je pense qu'elle a raison. Mieux vaut laisser cet incident derrière nous. Le peuple considère le brouillard comme le gardien de l'île. Qu'il ait un comportement si inquiétant… Nous avons de la chance qu'il ne se soit pas manifesté depuis. Et qui sait ? Cette histoire que la grande prêtresse a brodée, comme quoi le brouillard te rapporte les corps, cela fonctionnera peut-être. C'est peut-être même vrai.

— Dans l'éventualité où ce ne soit pas le cas, répond Katharine, j'aimerais en apprendre davantage sur ce brouillard. Ainsi qu'au sujet de la reine bleue qui l'a créé. Est-ce que vous voulez bien vous renseigner, Geneviève ? Discrètement ?

— Si tu le souhaites.

L'une des abeilles planant autour des roses s'approche un peu trop près des cheveux de Geneviève, et elle la dégage d'une main. Elle crie quand elle se fait piquer le doigt.

— Et vous venez de la tuer.

— Elle m'a piquée !

— Et combien de fois m'avez-vous piquée quand j'étais petite ? Cessez de faire l'enfant.

Geneviève s'incline et sort du jardin d'un pas raide, en suçant son doigt blessé. En tant que puissante empoisonneuse, le venin de l'abeille ne causera aucun gonflement. Rien de plus qu'une douleur passagère.

Katharine reporte son attention vers les roses. Les reines mortes naturalistes sont toujours celles qui la calment le plus, l'attirant vers les fleurs ou la poussant à se diriger vers les écuries pour monter à cheval. Mais cette discussion au sujet du brouillard a rendu toutes ses sœurs mortes nerveuses.

— Vous le savez aussi bien que moi, leur dit-elle. Le brouillard n'en a pas terminé.

LE CONTINENT

Le matin, Arsinoé et Mirabella se préparent pour la fête d'anniversaire de la femme du gouverneur.

— Nous devons nous efforcer d'être polies, lance Mirabella alors qu'elle se tient derrière Arsinoé à leur coiffeuse, tentant d'épingler les cheveux noirs et courts d'Arsinoé sur les côtés de son crâne. Nous devons essayer de sourire à Mme Chatworth et à Miss Jane.

— Je vais essayer.

Arsinoé tousse alors que Mirabella souffle de la poudre sur les rougeurs de ses cicatrices, mais quand elle en a terminé, elles ne ressemblent qu'à des cicatrices poudrées. Cette marque laissée par l'ours refuse de se dissimuler.

— Nous sommes là grâce à leur bonté. Grâce à leur charité.

— Je sais. C'est juste… plus difficile de passer à autre chose pour certains d'entre nous.

Dans le miroir, Mirabella se décontenance.

— Ce n'est pas ce que je voulais dire, se corrige Arsinoé. Tu es simplement meilleure pour faire semblant d'être l'une d'entre eux dans la foule.

— C'est parce que j'ai l'habitude de porter des robes. Nous devrions rapidement choisir la tienne, d'ailleurs. Pas la grise, elle ressemble à un sac de pommes de terre. La bleue ? Celle avec le ruban noir sur l'ourlet ?

— Non. Pas de robe. Une veste et un gilet suffiront.

Mirabella soupire et cesse de se battre avec les cheveux d'Arsinoé.

— De quoi est-ce que tu as rêvé hier soir ? Ne me mens pas.

— J'ai rêvé que j'arrangeais des rencontres secrètes entre Henry Redville et la reine Illiann. Pour lui donner un avantage avant qu'elle ne rencontre les autres prétendants durant le Débarquement.

— Avant qu'elle ne les ait rencontrés, la reprend Mirabella en fronçant les sourcils. *Au passé.* Tout ça est dans le passé. Rien ne peut être changé. Ce n'est qu'un jeu de l'île, une dernière emprise sur nous. Et tu étais encore cette fille-là ? Daphné ?

— Oui.

Arsinoé adresse une grimace à sa sœur par le miroir.

— Est-ce que tu savais qu'il y avait des passages secrets derrière des tapisseries du Volroy ?

— Comment est-ce que je pourrais bien le savoir ? Je n'y suis jamais allée, sauf dans les cellules. Et toi non plus.

— Sauf que c'est comme ça que j'ai fait entrer Henry ni vu ni connu.

— Est-ce qu'il y avait autre chose dans ce rêve ? demande Mirabella. Quelque chose d'important ? Des indices quant à la raison pour laquelle la reine bleue t'enverrait ces visions ? Tu disais que tu pensais que Daphné elle-même aimait Henry. Mais nous savons qu'il devient le consort de la reine Illiann. Est-ce qu'il t'a semblé que Daphné trahirait la reine Illiann ?

— Non. Illiann et elle sont désormais des amies très proches. Est-ce que c'est pour ça qu'Illiann m'envoie ces rêves ? Est-ce qu'elle cherche à m'apprendre quelque chose ?

— Je n'en sais rien.

Mirabella se tourne pour s'habiller elle aussi.

— Mais tant que nous aurons la fête du gouverneur, tentons d'oublier tout cela.

Le manoir du gouverneur Hollen se trouve juste à l'extérieur de la ville, dans un grand domaine entouré d'arbres. Tandis que leur carrosse progresse dans la longue allée circulaire, Arsinoé pense au Cottage noir. Les bâtiments partagent un même extérieur blanc avec des boiseries sombres, même si les briques de la fondation Hollen sont rouge-orange vif.

— Pas mal, siffle-t-elle.

— Chut.

Mme Chatworth se penche dans l'habitacle et frappe l'épaule d'Arsinoé. Elle ne lui a pas parlé depuis qu'elle a descendu les escaliers avec son pantalon et sa veste noire.

— C'était un compliment, mère, intervient Billy.

Il prend la main d'Arsinoé.

— Contente-toi de la garder à l'arrière. Montre Miss Mirabella. Au moins, elle sait s'habiller décemment.

Dans sa dentelle ivoire et ses rubans verts, Mirabella ressemble à peine à une reine. Mais c'est bien cela qu'exige la mode continentale. La seule chose dont Mme Chatworth se soit plainte est ses cheveux. Elle voulait des boucles, mais Mirabella a refusé d'utiliser le fer chaud. Avec son don faiblissant, elle aurait pu être brûlée. Arsinoé imagine que pour une fille qui avait l'habitude de danser avec le feu, rien ne pourrait être pire.

— Est-ce que la moitié de la raison de votre présence à cette fête n'est-elle pas que les gens puissent nous voir ? Christine aurait invité Billy, mais Jane et vous avez été incluses pour accompagner vos pupilles étrangères.

— Où voulez-vous en venir, Miss Arsinoé ?

— Ce que je cherche à vous dire est qu'en m'habillant ainsi je vous fais en vérité une fleur.

Elle lisse les revers de sa veste et tire ses cheveux en arrière pour dégager ses cicatrices au visage.

— Habillée ainsi, je suis encore plus le centre de l'attention.

Des valets de pied les aident à descendre, et ils sont escortés jusqu'à la porte principale avant d'entrer dans un gigantesque hall à haut plafond. L'une des proches du gouverneur, l'une de ses plus jeunes filles, ou sa nièce peut-être, s'approche pour les accueillir.

Mme Chatworth incline la tête.

— Permettez-moi de vous présenter Miss Mirabella Rolanth, ainsi que sa sœur Miss Arsinoé.

À cette présentation, les yeux de la fille s'ouvrent en grand :

— Nous avons entendu tant de choses à votre sujet ! C'est merveilleux d'enfin vous rencontrer.

Arsinoé et Mirabella hochent la tête et exécutent une légère révérence, et la jeune femme leur fait traverser la maison à toute allure.

— Je ne comprends pas pourquoi nous avons été présentées comme Mirabella et Arsinoé *Rolanth*, lui souffle Arsinoé tout en suivant le groupe.

— Nous ne pouvions pas être Mirabella et Arsinoé *Wolf-Spring*, lui répond Mirabella sur le même ton.

La fille du gouverneur les laisse à l'arrière de la maison, où de grandes portes ouvertes donnent sur la fête. Arsinoé siffle une nouvelle fois. La vaste étendue de pelouse est ornée d'une petite fontaine et d'un labyrinthe végétal bien entretenu. Les tables ont été apprêtées et décorées de fleurs d'été, et il y a même une piste de danse en pierre et un groupe de musiciens. Sur l'île, une telle célébration serait réservée à une reine ou à un grand festival.

— Sacré anniversaire, lance Arsinoé en regardant les invités alors qu'ils errent dans le jardin en plaisantant ou qu'ils se rassemblent avec des verres à la main.

Beaucoup de dames ont préféré des chapeaux à larges bords à leurs ombrelles.

— Ne sois pas si aigrie, la réprimande Mirabella. Nos anniversaires étaient également de grandes fêtes.

— Nous étions reines, soupire-t-elle. Qu'est-ce que je ne donnerais pas pour une chope de bière comme à *La Tête de Lion*.

— Cela m'étonnerait fort de trouver quoi que ce soit de la sorte ici, affirme Billy en lui prenant le bras. Du thé, certainement, ou du champagne.

— N'importe quoi tant que je peux me cacher derrière. Nous sommes peut-être des curiosités étrangères, mais j'espère vraiment que nous ne devrons pas rencontrer *tous* les invités.

— Billy ! Par ici, Billy !

Ils se retournent. Christine Hollen se trouve au centre d'un groupe de jeunes femmes.

Arsinoé fait une grimace.

— Oh, super, Miss Christine.

— Allez-y, leur enjoint Mme Chatworth en les poussant sans trop de ménagement.

Billy s'éclaircit la voix :

— J'imagine que nous n'avons pas le choix.

Il ouvre la voie, et Arsinoé pivote vers Mirabella pour articuler *à l'aide*.

— Elle ne pourra même pas le toucher, promet Mirabella en enroulant son bras autour de celui de Billy. Fais la même chose de l'autre côté.

Arsinoé s'exécute, même si elle ne se sent pas à l'aise. Elle ne peut s'empêcher de remarquer que la démarche de Mirabella est bien plus gracieuse. Mais aussi qu'une fois serré entre elles deux, Billy se fend d'un large sourire benêt.

— Offre-nous ton plus beau sourire, lui demande Mirabella d'un ton enjoué en serrant les dents.

— À pleines dents, comme un cheval, rétorque Arsinoé sur le même ton et avec la même tension dans les mâchoires.

Quand ils l'atteignent, Christine tend sa main à Billy pour qu'il la baise, mais comme ses deux bras sont occupés, ses doigts restent nonchalamment dans les airs avant de retomber contre son flanc. Mirabella jette un regard à Arsinoé et lève un menton triomphal.

— Je suis heureuse que tu aies pu venir ainsi que ces demoiselles de Rolanth.

— Merci pour cette invitation, répond Billy. C'est une fête agréable.

Le sourire de Christine n'est pas aussi radieux qu'à son habitude. Elle ne peut que regarder la façon qu'à Mirabella de se presser contre Billy, et en présence de celle-ci, la pauvre fille semble avoir rapetissé. Arsinoé la prend un peu en pitié et tente de trouver ses yeux pour lui faire un vrai sourire, mais un garçon s'approche pour tendre une main à Mirabella, et le visage de Christine s'illumine.

— Miss Rolanth, dit-il. M'accorderez-vous cette danse ?

— Oh oui, il le faut ! s'exclame Christine avant que Mirabella ne réagisse. L'orchestre qu'a choisi mon père est absolument délicieux.

Le regard de Mirabella saute du garçon à Arsinoé.

— Je vous en prie, l'encourage Christine. Billy ne pense certainement pas pouvoir vous garder toutes les deux pour lui !

Mirabella libère son bras pour prendre la main du garçon.

— Je reviens tout de suite.

Mais ce ne sera pas le cas. Des garçons forment déjà une file à côté de la piste de danse en pierre.

Arsinoé se demande comment sa sœur va s'en sortir. La musique du continent est tellement différente de celle dont elles ont l'habitude. Il n'y a pas d'austères cordes ou de bois comme à Rolanth, pas de violons entraînants comme peuvent en jouer Ellis et Luke à Wolf-Spring. Les morceaux sont principalement joués sur des cors, par des musiciens portant des chemises rayées.

Une fois Mirabella partie, Christine ne perd pas une seule seconde. Elle saisit le bras libre de Billy et se presse contre lui, en détaillant du regard la veste et le pantalon d'Arsinoé. Puis elle lui tape sur l'épaule.

— Il y a quelqu'un que je voudrais te faire rencontrer.

Elle tend le cou, qui est parfaitement lisse et élégant, remarque Arsinoé, et pointe du doigt un jeune garçon courant sur la pelouse.

— Le voici ! Mon petit cousin.

Ils rient alors que l'enfant tombe et se relève d'un bond dans son joli petit costume.

— C'est exactement le genre de garçon dont je serai un jour la mère. Un bon fils, dont le père pourra être fier. Il est adorable, non ?

— C'est vrai, lui accorde Billy.

— Sans aucun doute, confirme Arsinoé.

— N'est-ce pas là le genre de garçon dont tu voudrais un jour, Billy ? Un bon garçon et une belle femme pour l'élever.

Arsinoé ricane involontairement, et le sourire de Christine s'efface.

— Peut-être devriez-vous vous aussi danser, Miss Arsinoé. Enfin, si quelqu'un est prêt à vous inviter.

— Peut-être devrais-je te casser la…

— Moi, je l'invite.

Billy se libère de la prise de Christine et passe son bras autour de la taille d'Arsinoé.

— Et quant à un fils, Christine, je pense que je préférerais avoir une fille, qui dit ce qu'elle pense et qui ne porte que des pantalons.

Ils s'écartent du groupe, et Arsinoé ne peut s'empêcher de regarder par-dessus son épaule. Tout le visage de Christine est devenu rouge de rage.

— Bon, reprend nerveusement Billy. Qu'est-ce qu'elle fait ?

— Elle donne l'impression de vouloir hurler, s'amuse Arsinoé. Rien de tout ça ne va plaire à ta mère.

— Ma mère devra s'y habituer. Elle devra se contenter que j'aille à l'école à l'automne.

— À l'école ?

— Oui. J'aurais dû te le dire avant.

— Dis-le-moi maintenant.

Il hoche la tête et se détourne de la piste de danse pour leur trouver un espace au calme. Cela prend un certain temps, sur un domaine comme celui du gouverneur, mais enfin les bruits de la fête s'estompent, et ils s'arrêtent au sommet d'un petit monticule d'herbe entre les écuries et l'entrepôt aux carrosses.

— C'est plus agréable.

Arsinoé s'assoit sur la veste que Billy a étendue par terre pour eux.

— Certains des invités me regardaient avec une telle intensité, j'ai cru que leurs yeux allaient sortir de leurs orbites.

— Tiens.

Il lui tend une flûte de champagne qu'il a trouvée sur un plateau en passant.

— Ce n'est pas de la bière, mais c'est mieux que rien.

Elle scrute les bulles avec attention.

— Est-ce que tu crois que ça pourrait être empoisonné ?

— Ça m'étonnerait.

— Quel dommage.

— Mais je pensais que ton don ne fonctionnait pas ici.

— Je ne crois pas, non.

Elle vide la flûte d'une traite.

— C'est tout de même dommage.

Il s'installe à côté d'elle, et pendant un instant, ils profitent de ce temps partagé ensemble. Malheureusement, cela ne dure pas.

— Tu comprends pourquoi je dois aller à l'école, reprend Billy.

— Oui. Bien sûr. C'est ainsi que vont les choses ici, non ? Tu vas étudier et ensuite tu pourras gérer l'entreprise avec ton père.

— À moins que je ne sois déshérité, pointe-t-il d'un rire dénué d'humour.

— Tu crois que c'est pour ça qu'il n'est pas encore rentré ?

— En vérité, non. Le fait qu'il ne soit pas encore rentré me donne de l'espoir. S'il reste à l'écart pour me punir, c'est bon signe. S'il comptait me renier, il se contenterait de rentrer pour établir directement les papiers.

— Est-ce que ta famille et toi allez vous en sortir ? demande Arsinoé. Pour ce qui est de l'argent, je veux dire.

— Oui. Non. Je n'en sais rien.

Il lance un sourire plein de regrets et pose son champagne dans l'herbe.

— Tout ira bien. Je trouverai bien une solution.

— J'aimerais pouvoir te donner tout ça – elle fait un geste qui englobe la demeure. Mais je ne le peux pas. Tu t'es rendu sur l'île pour une reine et une couronne, et tu es revenu avec deux nouvelles bouches à nourrir. Bonne Déesse, j'emprunte même tes vêtements.

— Et ils te vont bien mieux qu'à moi. Écoute, ne t'inquiète de rien. Mon père est un abruti fini, mais il rentrera avant que nous soyons ruinés. Si tu peux compter sur une chose, c'est bien sur son instinct de préservation.

— Pour être honnête, son retour m'angoisse.

— Tout va bien se passer. Mais en attendant, je vais aller à l'université pour contenter mère.

Il lui touche le menton.

— J'ai promis à Joseph et Jules de m'occuper de toi, non ?

Arsinoé dégage la tête.

— Jules n'aurait jamais dû te demander une chose pareille. Elle était tellement habituée à me protéger qu'elle ne pouvait pas me quitter sans que quelqu'un reprenne son rôle. Tu aurais dû refuser.

— Jamais je n'aurais refusé, Arsinoé. Jules n'avait pas vraiment besoin de me le demander.

— Mais elle serait peut-être restée.

Sauf que maintenant qu'elle vit ici, Arsinoé se rend compte que Jules n'aurait jamais pu mettre un pied sur le continent. Toutes ces contraintes et ces règles ridicules l'auraient rendue folle. Et que serait-il arrivé à Camden, si le don de Jules s'était affaibli ? Elle aurait retrouvé son état sauvage, elle n'aurait plus du tout été un familier, elle aurait été pourchassée ou placée en cage dans un endroit pareil.

— Junior, est-ce que tu aurais trouvé ta place sur l'île ?

Il lève les sourcils.

— Je ne sais pas. Pour toi, peut-être.

— Mais tu aurais attendu… de rentrer chez toi.

— Est-ce que c'est ce que tu fais ? Tu attends de rentrer chez toi ?

Elle secoue la tête. Plus rien ne l'attend non plus sur Fennbirn.

— Tout est simplement… très différent ici. Il y a beaucoup de nouvelles choses auxquelles il faut s'habituer.

Billy passe un bras autour d'elle et l'attire contre lui au sol. Elle pose sa tête sur son épaule et passe une jambe par-dessus l'une des siennes.

— Fennbirn me manque aussi, tu sais, confie-t-il.

Il marque une pause, avant de demander, inquiet :

— Tu penses que les Sandrin ont mangé ma poule ?

Arsinoé pouffe.

— Il y a plein d'autres poules à manger, sans compter Harriet. Je suis certaine qu'elle va bien. Je suis même sûre qu'elle est cajolée. Peut-être qu'elle passe certains jours chez les Milone, à suivre Cait et Ellis. Peut-être qu'elle a rencontré le coq de Luke, Hank, et qu'ils ont eu d'adorables petits enfants poulets.

— Des petits enfants poulets.

Il rit en la serrant davantage contre lui.

— Je pense que ça me plairait.

Arsinoé enfouit son visage dans son cou. Même par une chaude journée d'été, elle ne se sent jamais assez proche de lui. Malgré le fait qu'ils vivent sous le même toit, ils ont passé tellement peu de temps seuls.

— Tu sais, si ta mère nous trouve comme ça, elle criera au scandale.

Billy se roule sur elle et lui lance un sourire entendu :

— Dans ce cas, rendons la situation encore plus scandaleuse.

Après un moment très plaisant, Arsinoé et Billy s'assoupissent sous le soleil de l'après-midi, et Arsinoé se met à rêver.

Elle se glisse dans le corps de Daphné et se retrouve à Innisfuil. Il n'y a qu'un seul événement qui puisse expliquer la présence de tant de monde ici : ce doit être le festival de Beltane.

Dans son rêve, Daphné s'observe dans le grand miroir poli. Elle est toujours habillée en garçon sur Fennbirn. Elle fait toujours comme elle l'entend. Comme elle apprécie de passer les mains sur son pourpoint, ses collants et sur les extrémités de ses cheveux courts ! Le peuple de Fennbirn sait que c'est une fille, mais ils ne la traitent pas différemment de ce qu'ils auraient fait si elle avait réussi à se faire passer pour un garçon. Rôle dans lequel elle se glisse entièrement quand elle rencontre quelqu'un provenant de son pays d'origine Centra, de Valostra ou de Salkade. Elle peut se vêtir comme elle le veut et évoluer librement dans tous les cercles, et pour la première fois de sa vie, Daphné se sent complète.

Arsinoé regarde au travers des yeux de Daphné alors qu'elle se tient à proximité de la reine bleue : la reine Illiann. Illiann rappelle Mirabella à Arsinoé. Tout d'abord, elles sont toutes deux élémentaires, et Illiann est pratiquement aussi belle, avec ses longs cheveux noirs et brillants, ses yeux intelligents bordés de grands cils. Elle est tout aussi élégante et assurée dans son rôle de reine que Mirabella quand elles se sont rencontrées la première fois. Si certaine que ses sœurs ont été tuées quand elles étaient encore bébés que la vue d'une fille aux cheveux et aux yeux noirs en provenance de Centra ne l'intrigue même pas.

Mais elle n'est tout de même pas aussi puissante que ma sœur, pense Arsinoé tandis que des suivantes habillent Illiann pour le festival, ces dernières se déplacent si rapidement autour de Daphné et d'elle qu'il est curieux qu'elles ne se retrouvent pas liées dans la même robe. Le don d'élémentaire d'Illiann est focalisé sur le temps et l'eau, avec un soupçon de feu, mais rien de la terre. Pas même la grande reine bleue ne maîtrisait tous les éléments, contrairement à Mirabella.

— Tu es certaine que je ne peux pas faire discrètement descendre Henry de son bateau ? demande Daphné à l'oreille de la reine Illiann.

Les prétendants manquent tant de choses des festivités, et Henry adore voir des *mimes.*

Mimes. Arsinoé fouille sa mémoire à la recherche de la signification de ce mot ancien. *Acteur de théâtre muet.*

— Certainement pas, sourit Illiann. Les prétendants doivent rester sur leur bateau jusqu'à la cérémonie du Débarquement ce soir.

— Même Henry ? Alors qu'il t'a déjà rencontrée de nombreuses fois ?

Illiann pose une main sur la bouche de Daphné en riant :

— Même *toi*, tu n'es pas censée être là, la rabroue-t-elle alors que ses suivantes leur dégagent le passage, levant les yeux au ciel face à leurs sourires.

Dans la tête de Daphné, Arsinoé s'amuse avec elles. C'est une sensation étrange que d'être désincarnée tout en habitant tout de même un corps, ses sens sont si affûtés qu'elle peut sentir le doux parfum sur la paume d'Illiann.

— Quel secret !

Daphné repousse les doigts de la reine.

— Je ne vois pas où est le problème, sachant qu'il deviendra bientôt ton mari.

— Peut-être, ou peut-être pas. Il y a encore d'autres prétendants à rencontrer ce soir.

— D'autres prétendants. Mais que sont-ils comparés à mon Henry ? Aucun d'entre eux ne sera aussi intelligent ou brave. Aucun d'entre eux ne peut calmer un cheval d'un simple mot ou d'une caresse.

— Il a bien de la chance de t'avoir comme amie, toi qui as une telle confiance en ses capacités.

Une amie. Quel genre d'amie l'appellerait « mon Henry » ? Et quel genre d'ami est-il lui-même pour regarder Daphné comme il la regarde ? Ouvre les yeux, Illiann. Ne te laisse pas berner.

Daphné soupire. Elle regarde la robe officielle d'Illiann. La reine bleue est peut-être « bleue » mais elle ne peut toujours porter que du noir.

— Est-ce que tu es prête ? Peut-on aller voir les artistes, afin que je puisse en parler à Henry plus tard ?

Avec un sourire, Illiann fixe son voile protecteur diaphane pour couvrir son visage et ouvre la voie.

Beurk. Des voiles. Au moins, nous n'avions pas à en porter. Ni même de pourpoint ou de collants. Que la Déesse bénisse celle qui a inventé les pantalons.

Elles quittent la tente, et Arsinoé regarde autour d'elle avec curiosité. La vallée d'Innisfuil n'a pas beaucoup changé durant les quatre cents années qui séparent l'époque de Daphné et Illiann de la sienne. Les falaises et la vue depuis le mont Horn sont les mêmes, ainsi que la luxuriance des herbes hautes. Les arbres sont différents, quant à eux, plus petits, ce sont des variétés que l'on ne trouve plus sur cette partie de l'île. Ils projettent des couleurs et des ombres variées, et même la végétation semble suggérer que cette partie-là de l'histoire de l'île était plus lumineuse que l'époque emplie de sang et de secrets à laquelle est née Arsinoé.

Illiann attire Daphné au haut d'une estrade. Juste devant, un cercle s'est formé dans la foule afin de constituer une scène improvisée, et elles observent, les acteurs dans leurs costumes chamarrés, jouer une scène pour le plaisir de la reine.

La mime principale s'avance et s'incline.

— Nous sommes une troupe de la ville des oracles de Sunpool. Et nous souhaitons vous présenter une scène en l'honneur de la naissance de la reine Illiann.

Le spectacle commence, et trois jeunes filles enveloppées dans des langes vert, gris et bleu pâle miment leur naissance d'une femme qui tient le rôle de la reine, ornée d'une couronne peinte en doré sur la tête. Une autre femme, habillée d'une tenue noir brillant, avec des rubans argentés dans les cheveux, s'approche de la reine pour l'enlacer.

La Déesse, pense Arsinoé.

La Déesse lui apporte un bébé de plus, une très belle fille vêtue de bleu et de noir, qui sort des jupes de la Déesse où elle avait été cachée.

— Illiann ! crient les acteurs. Illiann, bénie et bleue !

La foule applaudit avec force, tout comme Illiann qui émet un rire léger. La fille la représentant tournoie en des cercles ravis et touche le front de chacune de ses sœurs « nouveau-nés », et elles tombent raides mortes au sol.

Si seulement c'était aussi simple. Si propre. La pièce se termine, et Illiann pose une guirlande de fleurs autour du cou de l'actrice qu'elle estime avoir été la meilleure : celle qui jouait la reine qui accouchait. Mais même si elles n'ont pas reçu de guirlandes, chacune des artistes vient baiser la robe de la reine bleue.

— Pourquoi est-ce que tu me regardes ainsi ? demande Illiann, et Arsinoé sent Daphné s'empourprer.

— C'est simplement que… tu es si différente de ce à quoi je m'attendais. Ils t'aiment vraiment, tu les aimes vraiment en retour.

— C'est bien là le rôle d'une reine.

— Pas de là d'où je viens.

— Est-ce que Centra est réellement si terrible ? Tu en parles rarement avec plaisir. Dois-je m'inquiéter d'épouser Henry, si nous devons y retourner après mon règne ?

Illiann observe Daphné du coin de l'œil.

— Tu sais, Daphné, même si je ne choisis pas Henry pour consort, tu seras toujours la bienvenue ici.

— Tu m'autoriserais à rester ?

— Bien sûr. L'île semble mieux te convenir, quoi qu'il en soit. C'est peut-être pour cela que je t'apprécie autant et si rapidement. Tu portes avec toi la nouveauté et les histoires propres à Centra, mais tu as également l'esprit de l'île. Même si je ne suis pas certaine que tu restes vraiment si Henry devait s'en aller.

Arsinoé aimerait avoir un miroir, afin de déchiffrer l'expression de Daphné, mais ensuite le rêve avance, à la manière des rêves, comme il l'entend, le temps se replie sur lui-même, de sorte que la journée devient la nuit et Arsinoé est abasourdie par ce changement soudain.

Elles sont désormais au sommet des falaises, à surplomber la baie. Et à en juger par les feux et les percussions, Arsinoé sait ce qu'elle s'apprête à observer. Elle a déjà vécu ce moment auparavant, depuis ce même emplacement, ou presque, dans son masque noir et rouge laqué.

La cérémonie du Débarquement.

Pourquoi est-ce que Daphné se trouve là, Arsinoé n'en sait rien. Peut-être parce qu'elle était déjà à terre. Peut-être est-elle devenue la nouvelle favorite d'Illiann. Cela n'a aucune importance. Daphné est debout derrière la reine, si proche que la jupe noire d'Illiann vient buter contre le collant de Daphné quand elle se soulève. Mais elles ne sont pas seules. Tant de servantes et de prêtresses en robes noires et blanches les entourent qu'Arsinoé est surprise qu'aucune d'entre elles ne soit encore tombée de la falaise.

— Il est presque temps, dit l'une en gloussant, et même dans la pénombre uniquement éclairée par les flammes, il est facile de voir qu'elle a les joues empourprées.

Tant de noms passent par les oreilles d'Arsinoé : des prétendants de Bevellet, de Valostra et de Salkade. Près d'une douzaine, bien plus que les cinq auxquels elle a dû faire face lors de sa propre cérémonie.

— Marcus James Branden, énonce l'une des servantes. Il a attiré l'attention de tout le monde. Il est duc de Bevanne. C'est une principauté mineure de Salkade, mais sa famille a les faveurs de leur roi et a des intérêts miniers substantiels. De l'or et de l'argent, je crois.

— Marcus James Branden, le duc de Bevanne, grimace Illiann. Il a tant de noms.

— Qu'est-ce qu'un simple duc face à Henry ?

— Un duc de Salkade, insiste la servante. Qui a la meilleure flotte au monde sous son commandement.

— Il est riche et dispose d'une force navale, et alors. Il se traînera sur la plage vêtu de velours et croulant sous le poids de toutes les pièces dans sa poche.

Il y a une effervescence de dernière minute, car les servantes changent d'avis quant à l'un des bracelets d'Illiann et le remplacent par un autre, orné de lapis-lazuli. Aucune d'entre elles ne cesse de commérer, ricanant quant aux yeux perçants de tel ou tel prétendant, ou encore aux mystères de l'amour.

Arsinoé est heureuse que cela ne soit qu'un rêve et que son estomac ne se trouve pas dans cette réalité pour se retourner.

— Quand ils vous regarderont ce soir, s'exclame quelqu'un, votre don explosera en mille flammes.

Arsinoé sent que Daphné fait une moue.

— Après avoir eu accès aux cercles les plus privés des femmes et des hommes, lance Daphné, je peux vous assurer que les hommes à bord de ces bateaux ne parlent pas d'Illiann avec autant de poésie effarouchée.

Du haut des falaises, les onze bateaux sont visibles dans le port, leurs drapeaux au vent. C'est la brise nerveuse d'Illiann, affirment les servantes, mais Arsinoé n'est pas en mesure de savoir si c'est la vérité. Illiann semble fidèle à elle-même. Calme et concentrée, une reine née pour régner.

Puis elle frémit, et par-dessus la baie, des veines fines comme une toile d'araignée d'éclairs secs craquent dans le ciel. Daphné sursaute, et la reine la regarde avec embarras.

— Je suppose que je suis un peu nerveuse. Est-ce que je suis suffisamment présentable, Daphné ?

— Bien évidemment. Tu es sublime. Henry a souvent dit que tu étais la fille la plus charmante qu'il ait rencontrée.

Il a vraiment dit ça ? Quelque part, j'en doute.

Les bateaux se lancent en direction de la plage, illuminés de torches et de lanternes, décorés de guirlandes de fleurs dont les effets sont gâchés car elles peuvent à peine être distinguées dans la pénombre. Ils accostent et les prétendants débarquent et s'avancent sur la plage en contrebas. Certains sont des garçons nerveux qui exécutent une révérence bâclée, d'autres rient comme des bouffons à l'image de Michael Percy et Tommy Stratford, ces pauvres prétendants qu'Arsinoé a accidentellement empoisonnés.

Ceux de Bevellet portent des capes noires, maintenues en place par des attaches dorées, et de belles roses rouges à la main. Ceux de Valostra sont habillés de vêtements rayés en coton léger.

Puis vient le tour d'Henry. Il arrive à bord d'une embarcation éclairée par neuf lanternes.

— Une lanterne pour chacun des neuf grands comtés de Centra, souffle Daphné à Illiann.

— Il est très beau dans sa cape noir et carmin. Même si on aurait dû lui signaler que le carmin est réservé aux funérailles. Devrais-je lui faire signe ?

Daphné glousse.

— Je crois qu'il a pratiquement fait un clin d'œil.

Illiann glousse elle aussi, mais s'arrête brutalement. Sur la plage se trouve le dernier prétendant : Branden, le duc de Bevanne. Arsinoé sent Daphné déglutir et commencer à s'agiter tandis qu'Illiann et Branden se dévorent des yeux. Il est beau, c'est certain. L'un des plus beaux garçons qu'il ait été donné à Arsinoé de voir, et elle a côtoyé des garçons comme Joseph Sandrin. Mais quelque chose d'autre chez ce garçon la frappe, au-delà de son apparence.

— Illy ?

La reine ne répond pas, et Daphné s'éclaircit la gorge.

— Illy ? Que se passe-t-il ? Est-ce qu'Henry devrait être inquiet ?

Henry devrait être bien plus qu'inquiet, pense Arsinoé. Car quelque chose dans le regard de Branden lui rappelle très clairement le terrible consort de la reine Katharine, Nicolas Martel.

— Arsinoé ? Arsinoé !

Elle se réveille en sursaut et sent les mains de Billy posées sur ses épaules. Ils sont encore sur le monticule d'herbe entre les écuries du gouverneur et l'entrepôt des carrosses, et d'après le soleil, peu de temps s'est écoulé. Pourtant, Billy la fixe d'un regard noir, comme si elle avait dormi toute la fête durant.

— Quoi ? Qu'est-ce qu'il se passe ?

— Tu as encore dit « Henry ».

Arsinoé se relève et débarrasse l'herbe sur ses vêtements.

— Hum ?

Elle tente de feindre l'innocence, ou peut-être la confusion, mais son visage rougit, ses cicatrices doivent déjà être plus sombres.

— Ne joue pas la bécasse, et ne me prends pas pour un idiot. Tu m'as déjà appelé Henry l'autre jour, quand tu voulais m'emprunter des chaussettes. Alors, dis-moi, de qui s'agit-il ?

— Ne devrions-nous pas y retourner ?

Elle se lève et voit Mirabella s'approcher d'eux depuis la maison. Billy se redresse à ses côtés.

— Vous voilà ! lance Mirabella.

— Arsinoé, arrête de te fiche de moi. Est-ce que tu as rencontré quelqu'un qui s'appelle Henry ?

— Non, bien sûr que non. Pourquoi est-ce que tu es en colère ? Ce n'était qu'un rêve !

Mirabella les interrompt au beau milieu de leur dispute et les regarde l'un après l'autre alors que Billy soulève sa veste et la fait claquer pour la débarrasser de l'herbe.

— Si je commençais à rêver et à gémir « Christine, Christine », je me réveillerais avec tes mains autour de la gorge.

— Oh non, Billy.

Mirabella pose une main sur son épaule.

— Ça n'a rien à voir.

— Mira.

Arsinoé secoue la tête.

— Ne dis rien.

— Nous avons promis qu'il n'y aurait plus de secrets, ma sœur.

Arsinoé expire fort par ses narines et se détourne, elle ne parvient pas à leur donner de permission plus claire.

— Elle a des visions du passé, explique Mirabella.

— Des visions ? Je ne pensais pas que tu pouvais en avoir. Ce n'est pas… un autre don ?

— Pas des visions. Je me suis mal exprimée, des rêves. Elle rêve au travers des yeux de quelqu'un d'autre. Une reine de l'époque de la reine bleue. Et elle a vu…

Elle marque une pause, comme si elle cherchait ses mots.

— Un spectre, une ombre à proximité de la tombe de Joseph. Une ombre qui nous ressemblait.

Arsinoé regarde Billy du coin de l'œil. Il est totalement abasourdi.

— Mais pourquoi ferait-elle de tels rêves ?

— J'adore que vous parliez de moi comme si je n'étais pas là.

Arsinoé leur lance un regard noir, puis, avant que l'un des deux ne puisse poser la moindre question supplémentaire, elle s'empresse de rejoindre la fête.

BASTIAN

Il ne faut pas longtemps pour que la nouvelle du brouillard parcoure la distance qui sépare la capitale de Bastian. Au Sifflet de Bronze, Émilia frappe la table du poing.

— Le brouillard se lève et recrache des corps noyés sur la plage, juste aux pieds de la reine revenante.

Mathilde se penche en avant, les mains autour d'un verre de vin :

— On raconte que les corps étaient déchiquetés. Dépecés. Vieillis de plusieurs années alors qu'ils n'avaient pris la mer que le jour même.

— Encore un signe, affirme Émilia.

— Foutaises, rétorque Jules. Des pêcheurs se sont fait prendre par la tempête, et des requins se sont jetés sur les épaves ensuite. Une tragédie, c'est certain. Mais ça n'a rien d'un signe.

— Et le vieillissement ? La décomposition avancée ?

— De l'exagération et de la peur, ou un simple malentendu. La mer peut infliger des choses étranges à un corps. Je l'ai vu dans mon village. Et vous devriez vous aussi le savoir, à vivre si près de l'eau.

Émilia et Mathilde échangent des regards las, et Émilia tape à nouveau la table du poing.

— Que ce soit un autre signe ou non, il est temps d'avancer. La moitié du peuple considère déjà Katharine comme illégitime, et l'autre l'affirmera aussi, si c'est pour se débarrasser d'une autre empoisonneuse.

— Moitié-moitié, ricane Jules. Elle n'a donc aucun soutien ? L'île tout entière est de votre côté ?

— Même le brouillard est de notre côté, rit Émilia.

Elle regarde Mathilde.

— Il est temps. Il est enfin temps de nous lancer.

— Oui, acquiesce Mathilde. Un appel aux armes.

Les deux se tournent soudain vers Jules pour la fixer. Comme si cette dernière allait se lever, poser une lame sur son épaule, lancer un cri de guerre et quitter la taverne au pas de charge.

— Ne me regardez pas comme ça, riposte Jules. Je vous ai déjà dit ce que je pensais de votre prophétie et où vous pouviez vous la coller.

Elle se jette quelques noix grillées dans la bouche et mâche avec férocité.

Une nouvelle fois, Émilia et Mathilde échangent des regards, et Mathilde glisse doucement la main sur la table :

— Jules, je comprends tes réticences. Mais tu ne pourras pas t'en cacher, il n'y a aucune échappatoire. Ce sera plus simple pour toi et pour tout le monde si tu choisis d'accepter ton destin.

La voyante semble si sûre d'elle. L'expression dans ses yeux est douce et implorante, comme si elle pensait que Jules était simple d'esprit et que lui parler lentement lui permettrait de mieux saisir la situation. Comme si elle ne comprenait pas complètement les implications de leur plan ridicule. Provoquer une rébellion en son nom. Au nom de la naturaliste touchée par la légion. Elle sent sa colère lui remonter dans la gorge et elle déteste cette sensation, cet aspect guerrier d'elle-même.

— Allons, Jules, reprend Émilia. Est-ce que je n'ai pas toujours été une amie ? Est-ce que je ne t'ai pas aidée à sauver les reines traîtresses du Volroy ?

— Ne parle pas d'elles ainsi.

— Est-ce que je ne t'ai pas cachée et nourrie pendant toutes ces semaines ?

— C'est donc comme ça ? s'emporte Jules. Je te suis redevable ? Eh bien, c'est peut-être le cas, mais je peux te proposer une rétribution plus raisonnable que mener une armée.

Elle choisit les mots suivants avec attention :

— Vous ne pouvez pas usurper le trône de la lignée de reines légitime.

— Une lignée défaillante, la corrige Émilia, en pointant le visage de Jules du doigt. Une lignée qui s'affaiblit. Que nous a-t-elle donné cette fois-ci ? Deux fugitives et une empoisonneuse mineure. Pas une seule vraie reine.

Jules ne peut pas vraiment contredire cet argument. Même lorsque Arsinoé s'était décidée à se battre pour la couronne, elle n'avait cherché qu'à survivre, elle n'avait jamais voulu régner.

— Qu'elle s'affaiblisse ou non, rétorque Jules, l'île n'a jamais rien connu d'autre que les reines.

— Est-ce pour autant juste ? demande Mathilde.

— Pourquoi ne pas présenter quelque chose de nouveau au peuple ?

Émilia a un geste vers le plafond, le ciel.

— Tu peux en faire partie, Jules. Tu peux nous y mener.

— Nous mener où exactement ? glousse Jules.

La passion d'Émilia, si elle n'est pas entièrement contagieuse, vaut la peine d'être observée.

— À une île sur laquelle les voix qui s'élèvent au-delà de la capitale sont entendues. À un Conseil compris de personnes provenant de Sunpool, de Wolf-Spring ou de Highgate. De partout. La reine légion ne sera pas une reine comme les reines triplées. Elle sera différente. Elle sera notre protectrice à tous.

— Cette reine est une idée, répond Jules. Et vous voulez que j'en sois le visage.

— Je veux que tu prennes conscience que tu es bien elle.

— Vous voulez que je règne.

— Non.

Émilia et Mathilde secouent la tête.

— Nous voulons que tu nous guides, que tu te battes. Ensuite, nous voulons que tu fasses partie de l'avenir de Fennbirn.

Le futur de Fennbirn sans reines triplées. C'est quelque chose de difficile à imaginer, même si Jules ne porte aucun amour à Katharine ou aux empoisonneurs.

— Katharine a été couronnée, murmure-t-elle. L'île n'ira pas contre elle, indépendamment de sa popularité.

— Laisse-nous te prouver que tu as tort, réplique Mathilde. Laisse-nous te le montrer. Viens avec nous dans les villages et dans les villes, parle au peuple.

Jules secoue la tête.

— Ou vois plutôt les choses ainsi, ajoute Émilia avec désinvolture. Sans Katharine et les empoisonneurs, tu ne seras plus une fugitive. Ton chat et toi pourrez retourner à Wolf-Spring.

Jules la regarde tandis que l'espoir bondit dans sa poitrine.

— Retourner à Wolf-Spring ?

Elle pourrait rentrer chez elle, auprès de grand-mère Cait et d'Ellis, de Luke et même de Madrigal. Et tante Caragh... Une fois les empoisonneurs bannis ou destitués, tante Caragh serait elle aussi à nouveau libre.

— Même si je pouvais y retourner, je serais toujours repoussée à cause de la malédiction, souffle-t-elle, mais la tentation dans sa voix est évidente.

— Pas par ta famille. Tu recevras peut-être une pierre ou deux sur le crâne, mais tu ne serais pas renvoyée et mise aux fers. Et ils finiraient tous par l'accepter. Ils verraient que tu n'as pas changé et que la malédiction n'existe pas.

Le coin de la bouche de Jules s'incurve vers le haut. L'idée de revenir chez elle est un très beau rêve.

— Ils ne me suivront jamais. Personne ne se battra pour quelqu'un maudit par la légion.

Émilia forme un poing avant de le secouer, comme si la couronne était déjà gagnée :

— Laisse-nous nous occuper de ça.

À l'arrière du Sifflet de Bronze, la porte qui mène à l'allée s'ouvre et se referme. Le trio se tait pour écouter les bruits de pas, cherchant à déterminer si le nouvel arrivant remontera en direction du manoir pour les laisser en paix. Mais alors que les pas résonnent dans le dernier couloir, elles entendent le garçon de cuisine s'exclamer :

— Maîtresse Beaulin ! Nous ne vous attendions pas !

— Maîtresse Beaulin, murmure Mathilde. Margaret Beaulin ? Du Conseil noir ?

Émilia lance un regard à Jules, puis fait un signe de tête en direction du comptoir. Mathilde saisit Jules et la tire rapidement derrière, elles s'accroupissent très bas pour ne pas être vues. Elle pose ses doigts sur ses lèvres tandis que les pas s'arrêtent à la porte.

Margaret Beaulin. *Qu'est-ce qu'elle peut bien faire ici ?* se demande Jules. *Qu'est-ce qu'elle veut ?*

Malgré la fermeté de la poigne de Mathilde sur son bras, Jules se penche pour regarder par-dessus le bord du bar.

Margaret se tient dans l'embrasure de la porte, habillée de noir et d'argent comme la garde de la reine, ses vêtements sont encore recouverts de la poussière de la route. Une grande femme, elle remplit pratiquement tout l'encadrement. Émilia est restée assise, elle a même rejeté sa chaise en arrière pour poser une jambe sur la table. Mais ses doigts demeurent posés sur les longs couteaux qu'elle garde en permanence contre ses flancs.

— Margaret. Il ne t'aura pas fallu longtemps pour me retrouver.

— Il était facile de deviner où tu serais.

Margaret entre un peu plus, ses yeux détaillant l'intérieur du Sifflet de Bronze.

— On raconte que tu te l'es approprié.

— Qui donc ? interroge Émilia. Afin de savoir à qui je dois arracher la langue.

— Il n'a pas changé depuis l'époque où ta mère et moi venions ici, quand nous t'amenions avec nous.

— Qu'est-ce que tu fais ici ? Pourquoi est-ce que tu n'es pas à la capitale, à lécher une botte Arron ?

— Tu n'as pas entendu la nouvelle ? demande Margaret, plissant sa bouche avec amertume. La nouvelle reine m'a remplacée au Conseil noir.

Elle s'avance vers la table d'Émilia.

— Par une prêtresse guerrière, si c'est pas incroyable.

Émilia tire l'une de ses lames.

— Si tu oses t'asseoir, cette lame se fraiera un chemin dans ta gorge.

Jules se crispe, prête à l'aider, même si elle ne sait pas comment. Le calme affecté d'Émilia est en train de s'effacer ; l'extrémité de son couteau tremble et sa voix est tendue.

— Est-ce que tu pensais que ce serait aussi simple ? Est-ce que tu croyais que j'allais panser tes plaies maintenant qu'ils t'ont enfin tourné le dos ?

— Émilia, répond doucement Margaret. Je suis venue te voir la première. Avant tout le monde, parce que je…

— Parce que tu savais que si c'était moi qui te retrouvais en premier, tu n'aurais pas survécu aux retrouvailles !

Elle repousse la chaise d'un coup de pied et se lève, son couteau toujours pointé sur le torse de Margaret.

— Tu n'es pas la bienvenue ici. Et ne cherche plus à m'adresser la parole. Tu nous as quittés pour aller auprès d'eux. Tu dois maintenant vivre avec cette décision.

Elle passe à toute vitesse devant Margaret et quitte le pub. Jules s'agite pour la suivre. Sauf que Margaret est toujours debout au milieu de la pièce.

Elle reste là un long moment. Puis elle se tourne pour repartir. Mathilde attend que les bruits de pas disparaissent entièrement avant d'émerger du bar, aussi attentive et précautionneuse qu'un lapin sortant de son terrier.

— Enfile ça, exige Mathilde, avant d'envelopper Jules dans une cape à capuche rouge. Garde la tête baissée et retourne à la maison Vatros. Je vais suivre Beaulin pour voir où elle descend. Ensuite, j'irai retrouver Émilia.

— Tu ne penses pas qu'Émilia est rentrée chez elle ?

Mathilde secoue la tête :

— Quand Émilia est perturbée, elle recherche le calme. Il n'y a pas tant d'endroits que cela où elle pourrait aller, ne t'inquiète pas. Je la retrouverai.

— Pourquoi est-ce que Margaret Beaulin est venue ici ? Comment est-ce qu'elle connaît Émilia ?

— Avant qu'elle fasse partie du Conseil noir, Margaret était la femme de lame de la mère d'Émilia. Son épouse de guerre. Son amante, explique Mathilde en voyant que l'expression de Jules reste vide. Pendant un temps, elles ont formé une famille.

Avant que Jules ne puisse poser davantage de questions, Mathilde sort à grandes enjambées, la laissant dans la taverne déserte. Jules sait qu'elle devrait suivre ses ordres. Mais quand elle passe devant le garçon de cuisine, elle ne peut s'empêcher de lui demander :

— Dans quelle direction est partie Émilia ?

— Dans cette direction, montre-t-il en tendant un doigt. Vers le temple.

— Le temple ?

Le garçon hoche la tête d'un regard entendu, et Jules rabaisse très bas sa capuche. Elle opine pour le remercier et dépose une pièce dans sa main.

Il ne faut pas longtemps à Jules pour atteindre le temple. Même avec la tête baissée et en s'en tenant aux ruelles, elle ne peut pas le perdre de vue : avec sa taille impressionnante et ses dalles marbrées de blanc et de noir, personne ne peut le manquer. Émilia l'y a amenée une fois, peu de temps après son arrivée en ville.

Pourtant, quand elle entre, le bâtiment la pousse toujours à ouvrir la bouche d'émerveillement.

Le temple de Bastian n'a tellement rien à voir avec celui de Wolf-Spring que Jules ne peut pas se résoudre à croire que les bâtiments ont été bâtis dans le même but. Celui de Wolf-Spring est un petit édifice d'un seul niveau, circulaire, en pierre blanche ; l'intérieur est constitué d'à peine plus que des bancs et un autel. Sa beauté réside dans sa simplicité et dans les grands jardins étendus qui s'étirent derrière ses grilles et ses murs. Par contraste, le temple de Bastian consiste en un grand hall, avec des plafonds trop hauts pour être recouverts de fresques. L'autel se trouve au fond d'une caverne et des enluminures en or se croisent au-dessus, ainsi, quand les bougies sacrées sont allumées, l'autel tout entier semble s'embraser. Des braises et de la rage, attendant d'être enflammées.

Jules retrouve rapidement Émilia, dans l'immense chambre qui précède la salle de prière principale, en train de fixer la statue de la reine Emmeline. La grande reine guerrière se tient droite, avec des bras en marbre tendus, son armure posée sur les plis flottants de sa robe. Par-dessus sa tête sont suspendus des javelots et des flèches en marbre, prêts à percer le cœur de quiconque pénétrerait son temple avec de mauvaises intentions.

— C'était du rapide, commence Émilia. Je pensais que Margaret vous coincerait dans le Sifflet de Bronze un peu plus longtemps. Où est Mathilde ?

Jules s'approche doucement pour s'arrêter à côté d'Émilia sous la statue.

— Elle l'a suivie.

— Ah, Mathilde, sourit Émilia avec tristesse. Elle va toujours au fond des choses.

— Tu ne m'as jamais dit que tu connaissais une membre du Conseil noir.

— Et ? Toi aussi, tu connais beaucoup de monde que tu n'as jamais mentionné.

Elle soupire et fait un geste vers la reine Emmeline.

— N'est-elle pas merveilleuse ? Une gardienne. Une pilleuse de villes. C'est étrange, n'est-ce pas, cette assurance que la reine revenante a avec ses lames ? Si je n'étais pas mieux informée, je dirais qu'elle possède aussi le don de la guerre.

— Si c'était le cas, la laisserais-tu garder sa couronne ?

Émilia réfléchit un moment à la question.

— Non.

— Mathilde m'a parlé de ta mère et de Margaret.

— Oh ?

Elle se détourne et sort ses couteaux pour les faire tournoyer d'avant en arrière, les attrapant par la garde puis par la lame.

— Mais est-ce qu'elle t'a tout raconté ?

— Seulement qu'elles étaient… femmes de lame ? Mais je ne sais pas ce que ça veut dire exactement.

— C'est une question de lien entre guerrières. Margaret Beaulin était comme une mère pour moi.

— Où était… où était ton père ?

— Lui aussi était présent.

— Lui aussi était là ? s'exclame Jules.

Puis elle se racle la gorge.

— Excuse-moi. C'est quelque chose de nouveau pour moi.

— Cela ne me surprend pas. Vous autres naturalistes êtes si conventionnels. Vous n'êtes pas habités par le même feu que nous.

— Tu sais, tu ne fais référence aux naturalistes que lorsque ça t'arrange, remarque Jules en plissant les yeux.

— Oui. Et à chaque fois que je les insulte, c'est ton don de la guerre qui répond.

Elle soupire.

— Mon père était bien présent, lui aussi. Une femme de lame ne remplace pas un mari, un père ou des enfants. C'est un lien différent encore.

— Est-ce qu'il y a des hommes de lame ?

— Oui. Même si les époux de lame sont plus rares. Mais tu ne comprends pas, Jules. Tu rates l'essentiel. Mathilde ne t'a pas tout dit.

— Qu'est-ce qu'il y a d'autre ?

— Quand Margaret nous a quittées pour servir les empoisonneurs, cela a brisé le cœur de ma mère. C'est cette blessure qui lui a permis de tomber si malade. C'est cette douleur qui l'a tuée.

Elle continue de faire tournoyer ses lames entre ses mains.

— Et Margaret Beaulin ne s'est même pas présentée pour son immolation. Elle n'a même pas envoyé de lettre.

— Je suis désolée, répond Jules, et Émilia crache au sol. Est-ce que c'est pour ça que tu détestes autant les empoisonneurs ? Parce qu'ils te l'ont volée ?

— Je n'ai pas besoin d'une telle raison, rétorque Émilia. Et ils n'ont rien « volé ». Elle a décidé de s'en aller.

— Je sais. Je cherche simplement à te dire que je sais quel effet ça fait d'être abandonnée. J'ai beaucoup appris quand Madrigal est partie pour le continent.

— Nous nous en irons bientôt, assène Émilia en fendant l'air. Nous allons lancer l'appel aux armes. Tu ne peux plus rester à Bastian maintenant qu'elle est ici. Le Conseil noir l'a peut-être rejetée, mais elle sauterait sur l'occasion de les faire changer d'avis en leur offrant leur fugitive préférée.

Elle pose son couteau contre la poitrine de Jules et lui lance un petit sourire.

— De plus, si je reste ici, je finirai peut-être bien par l'éviscérer dans la rue.

— Bientôt, souffle Jules. Comment ça, bientôt ?

— Ce soir. Il est temps. L'arrivée de Margaret est un nouveau signe.

— Peut-être le signe que tu devrais rester et régler vos problèmes.

Émilia secoue la tête.

— Le chemin est tout tracé. Nos bardes ont déjà commencé à chanter ta légende dans les villes et les villages du Nord.

— Ma légende ?

— Le récit de la plus puissante naturaliste depuis des générations, mais aussi de la plus puissante guerrière. Celui de la fille qui porte la malédiction de la légion sans succomber à la folie, et qui unira l'île sous une nouvelle couronne et une nouvelle façon de vivre. Tu as déjà des soldats, Jules Milone. Ils ont maintenant besoin de te voir en chair et en os.

Des soldats, des guerriers, une prophétie. Jules inspire profondément et ses paumes se mettent à suer. Tout son sang semble retomber dans ses pieds.

— Ce soir paraît trop rapide.

Émilia soupire.

— Trop rapide, répète-t-elle, et les yeux de Jules se fixent furieusement sur les siens alors que les javelots et les flèches de la statue de la reine Emmeline s'entrechoquent. Quand les reines traîtresses se sont enfuies, est-ce qu'elles ont aussi emporté tout ton courage ?

— Ce n'est pas le courage qui me manque, grogne Jules. Ni même l'intelligence. Mais ces histoires que tu racontes me placent sur un piédestal trop haut. Tous ceux que nous rencontrerons seront déçus.

— Quand je t'ai vue lors du duel des reines, je n'ai pas été déçue.

— Les personnes réticentes ne font pas les meilleurs meneurs.

— Réticentes.

Émilia s'avance et appuie son avant-bras contre la gorge de Jules, la forçant à reculer contre le mur.

— Tu es réticente mais curieuse. Tu te demandes si cette prophétie est vraie. Même toi, tu veux savoir jusqu'où tu peux aller, si on te pousse.

— Non, je ne le veux pas.

Jules pivote et écrase Émilia si fort contre le mur que son corps tout entier remonte, et elle ne touche plus terre.

— C'est une belle histoire. Quelque chose de nouveau. Les empoisonneurs écartés du trône. Mais ce n'est qu'une histoire. Qu'un rêve, et j'ai déjà fait ce genre de songes avant. Ils ne se réalisent pas.

Moi au Conseil et toi à sa garde. Elle entend les mots de Joseph avec tant de clarté qu'il pourrait être là à les murmurer à son oreille. Elle se recule et est surprise quand la main d'Émilia lui caresse la joue.

— Viens avec nous, Jules Milone. Laisse-nous te montrer ce que nous pouvons accomplir. Et je te promets que tu retrouveras ta foi.

LE VOLROY

Katharine est assise à l'extrémité d'une longue table en chêne tandis que les intendants du Volroy lui présentent des échantillons de tissu. De nouveaux rideaux, disent-ils, pour la chambre du consort.

— J'aime ce brocart, décide-t-elle en en désignant un avec une abondance de fils d'or.

En vérité, ils lui en ont tant montré qu'elle parvient à peine à les différencier. Et elle ne s'en soucie pas assez pour faire un choix. Mais presque toutes les pièces de la tour ouest doivent être réagencées et rafraîchies après avoir passé tant de temps inhabitées, et la décoration semble être une activité qui apaise les esprits des serviteurs.

Elle tend le cou pour regarder au-delà des domestiques par les fenêtres qui donnent à l'est. C'est une petite ouverture, une simple découpe effectuée à même la pierre, mais elle peut voir le ciel, et une partie de la mer au loin. Cette mer vaste et vide. Depuis la mort étrange des marins envoyés à la recherche des corps de ses sœurs, rares sont ceux à avoir osé sortir sur ces eaux. Seuls les plus courageux s'aventurent aujourd'hui à quitter le port, et uniquement les jours les plus dégagés. Ceux-là font d'importants profits, mais leurs prises et leurs cales ne sont pas assez grandes pour subvenir aux besoins de toute la capitale. Les produits en transit ont commencé à obstruer les routes. Le prix du poisson est tellement élevé que

Katharine a ordonné au Volroy de ne pas en acheter, afin que ce qui arrive à terre aille plutôt au peuple.

Malheureusement, ce geste n'a en rien jugulé les murmures nerveux et les rumeurs qui circulent dans les marchés tous les jours : que les corps apportés par le brouillard étaient un avertissement ou qu'ils étaient un présent macabre pour la reine revenante. Dans tous les cas, le peuple craint que ce ne soit que l'annonce de davantage de morts à venir, maintenant que Katharine a pris place sur le trône.

— Reine Katharine. Votre portrait est terminé. Le maître peintre souhaiterait vous le présenter.

— Faites-le entrer.

Elle se lève alors que les serviteurs débarrassent les échantillons de tissu.

— En voilà une belle surprise, se réjouit Pietyr.

Il a passé sa journée assis dans le coin, à étudier de près des correspondances provenant du continent. De nouveaux paiements à verser à la famille de Nicolas, sans aucun doute.

— Nous nous attendions à ce que le portrait soit terminé la semaine prochaine au plus tôt.

Ils patientent en silence alors que le peintre et son apprenti entrent et s'inclinent en posant le portrait recouvert sur son chevalet au centre de la pièce.

— Maître Bethal.

Katharine s'avance pour accueillir le peintre et lui saisir les mains.

— Que c'est bon de vous voir.

Bethal met un genou en terre.

— L'honneur est mien. C'était un grand plaisir que de peindre une reine d'une telle beauté.

Il se lève et fait signe à son apprenti de retirer le drap.

Katharine fixe le tableau, elle reste silencieuse pendant si longtemps que le sourire de maître Bethal commence à se fendiller.

— Y a-t-il un problème ?

Il contemple le portrait, puis la reine.

Pietyr se tourne vers elle :

— Kat ?

Le portrait est parfait. La reine dans ce tableau a les mêmes joues pâles et légèrement creuses, son même port de tête royal. Il a même réussi à reproduire sa finesse et la délicatesse de ses os. Même le petit serpent corail, qui n'était qu'une corde enroulée quand elle posait, arbore chacun des traits de Sweetheart.

— Ma reine ? Si vous n'êtes pas satisfaite...

— Non, dit-elle enfin, et Bethal souffle de soulagement. Vous m'avez parfaitement représentée. C'est tellement réaliste que je suis tentée de vous demander si mon serpent n'a pas aussi posé en secret.

Elle s'approche et observe son image dans les yeux. Les yeux sont la seule chose qu'il ait ratée. Les yeux de la reine dans ce portrait sont sereins. Pensifs. Peut-être même un peu espiègles. Il n'y a rien qui regarde derrière eux.

— Il sera immédiatement accroché dans la salle du trône.

Pietyr serre la main du peintre. Ce portrait restera dans la salle du trône jusqu'à la fin de son règne. Puis il sera décroché et prendra sa place dans le hall des reines.

La dernière d'une longue lignée, pense-t-elle, et elle touche inconsciemment son ventre. Son ventre et son utérus empoisonnés, remplis du sang toxique qui a tué son consort et qui pourrait bien réserver le même sort au prochain à remplir cette fonction.

— Qu'est-ce que c'est ?

Elle pointe du doigt l'arrière-plan du tableau, une table amplement recouverte d'un festin d'empoisonneur : des baies de belladone brillantes et des scorpions enrobés de sucre, une volaille rôtie laquée d'un liquide violet sinistre.

Mais il n'y a pas que de la nourriture empoisonnée. Parmi ce festin se trouvent également des os. De long os de cuisse et des cages thoraciques, recouverts de sang et d'ombres. Et tout au bout, à la vue de tous, un crâne humain.

— C'est pour vous, balbutie Bethal. Notre reine revenante.

Katharine fronce les sourcils, mais avant qu'elle puisse émettre la moindre objection, Pietyr lui caresse la joue.

— Accepte-le. C'est ce qui te différencie, ton héritage.

— Un règne prospère et paisible, c'est tout l'héritage que je veux laisser.

Mais personne ne souhaite l'écouter. *Reine Katharine, de la dynastique des empoisonneurs*, affichera la plaque du portrait. Au-dessous : *Katharine la Revenante.*

Sur le chemin de la chambre du Conseil, Bree Westwood chemine à ses côtés.

— Bonjour, lance Bree alors qu'elle tente d'effectuer une révérence tout en marchant et échoue.

— Bonjour, Bree.

Les yeux de Katharine détaillent les ondulations châtain doré de cette fille, sa robe bleu pâle brodée de lys.

— Vous semblez toujours si belle, sans le moindre effort. Je me demande si c'est ma sœur qui vous a appris cela ?

Les yeux de Bree s'écarquillent, mais un bref instant seulement.

— Ou peut-être, ma reine, est-ce elle qui a tout appris de moi.

Katharine sourit. Cette fille a du culot.

Devant elles, les portes du Conseil noir sont grandes ouvertes. Elle aperçoit Pietyr à l'intérieur, ses sourcils sont dressés à la vue des deux filles avançant ensemble. Et elle entend les murmures irréguliers de deux camps en désaccord. Cela devient soudain trop lourd à porter.

— Voulez-vous bien marcher en ma compagnie un moment, Bree ?

— Évidemment.

Elles effectuent un virage serré. Dans la chambre, Geneviève se redresse, inquiète, et Katharine l'arrête d'un doigt. Elle sait qu'ils ont hâte de discuter des résultats des autopsies des victimes du brouillard, même si elles n'ont rien révélé du tout. Rien. Aucune réponse. Aucune solution.

— Un peu d'air près de la fenêtre, peut-être, suggère Bree.

La fenêtre a été modernisée, tout comme certains autres niveaux inférieurs du Volroy : elle est en verre, mais les vitres ont été ouvertes pour laisser entrer la brise estivale. Comme Greavesdrake manque à Katharine. Le manoir est bien plus confortable, bien plus luxueux de bien des manières. Mais il n'est en rien aussi imposant. Ce n'est pas le monument que représente le Volroy.

Katharine et Bree regardent par la fenêtre, avec autant d'aise que si elles étaient de vieilles amies. Dans la cour, sous les arbres, la petite prêtresse de Mirabella est accroupie près de la haie, en train de nourrir une énorme volée d'oiseaux.

— Elle passe un temps certain en compagnie des oiseaux, lance Katharine. Je vois toujours un oiseau ou un autre lui voler autour, petit et noir, à la tête duveteuse.

Bree se tend.

— Elle devait avoir un don naturaliste puissant pour qu'ils s'attardent ainsi auprès d'elle, même après avoir accepté ses bracelets.

Bree se tourne, son regard est soudain d'acier pour une fille d'apparence si légère.

— J'essaie de comprendre pourquoi vous vouliez que nous partagions cette marche.

— Je suis peut-être lasse des querelles du Conseil.

— Déjà ? Vous venez tout juste de débuter. Devrions-nous commencer à espérer que vos triplées vous arrivent encore plus tôt que celles de la reine Camille ?

Les reines mortes s'agitent à l'intérieur d'elle : *Brise-lui la nuque.* Katharine se raidit jusqu'à ce qu'elles se taisent.

— J'ai peut-être peur.

— Peur ?

— Évidemment. Vous devez me croire bien inconsciente si vous pensez que je ne crains pas ce que ce brouillard signifie. Qu'il a tué une partie de mon peuple. Nous sommes tous effrayés.

— C'est vrai.

Bree repose les yeux sur la prêtresse, Elizabeth.

— J'ai laissé traîner l'oreille sur la place. Les nouvelles de cet événement parcourent l'île à toute vitesse comme un cri d'alarme. C'est un véritable incendie. Mais en filigrane…

— Quoi ?

— Ils espèrent que ce n'était rien. Que tout disparaîtra. Ils veulent vous laisser vous en occuper et pouvoir l'ignorer.

Katharine rit doucement :

— Eh bien. Nous ne pouvons pas leur en vouloir. C'est mon rôle, après tout.

Elle se penche sur le rebord de la fenêtre.

— Il m'apparaît maintenant que vous êtes ici et que… Elizabeth est ici, que je n'ai jamais eu d'ami comme mes sœurs avaient des amis. J'avais Pietyr. J'ai toujours Pietyr. Mais je ne pense pas que ce soit la même chose.

— Ce…, proteste Bree en baissant les yeux. Cela ne peut être vrai, reine Katharine. Il y a tant de Arron…, tant d'empoisonneurs dans la capitale.

Katharine tourne la tête.

— Non. J'avais Pietyr. J'avais Natalia.

Au sein de ses veines, les reines mortes tremblent ; elles se tendent comme pour lui réchauffer le sang de leurs doigts froids et morts. *Et oui*, pense-t-elle, *je vous ai vous, aussi.*

— Reine Katharine !

Bree et elle se retournent. Trois de ses gardes luttent avec un homme habillé d'une chemise brune au bout du couloir.

— Que se passe-t-il encore ? soupire Katharine.

Elle s'approche en faisant signe aux gardes de se calmer avant qu'ils ne frappent l'homme à l'arrière du crâne et qu'il tombe inconscient.

— Qu'est-ce que c'est ?

— Il prétend venir de Wolf-Spring, ma reine. Il affirme devoir vous parler.

Il relève la tête vers elle, la respiration saccadée. Du sang de sa lèvre inférieure coule le long de son menton et de son cou, certainement le résultat de l'altercation.

— Vous n'aviez pas besoin d'être si violents, s'emporte Bree derrière elle. Ce n'est qu'un seul homme, qui n'est pas armé.

— Nous ne badinons pas avec la sécurité de la reine couronnée.

Katharine s'avance encore. Elle ne peut s'empêcher d'essuyer le sang qu'il a sur le visage avec ses doigts. Les reines mortes aiment tellement cela. Du sang de veines vivantes, la souffrance d'un corps vivant.

— Je suis là. Et vous avez le droit de me parler.

L'homme se lèche la lèvre et lui lance un regard noir sous ses sourcils.

— Je viens de Wolf-Spring. J'y suis pêcheur. Il y a dix jours, j'étais en sortie avec mon équipage, on remontait la côte pour du bar rayé. Et le brouillard…

Il s'arrête et déglutit.

— Il en a pris une.

— Il en a pris une ?

— Il s'est levé au milieu de la mer et s'est glissé sur le pont. Je n'ai jamais rien vu de pareil. Une minute elle était là, la seconde d'après elle avait disparu, et ce regard qu'elle avait… Je ne pourrai jamais l'oublier.

Une autre disparition. Une autre personne prise par le brouillard. Et cette fois-ci, l'événement a eu lieu aussi loin que Wolf-Spring.

Derrière Katharine, le reste du Conseil est entré dans le hall, attiré par l'éclat des voix.

— Quelqu'un d'autre a été enlevé ? s'écrie Renata Hargrove. Mais pourquoi ? Pourquoi une simple pêcheuse ? Recherchait-elle les autres reines ? Avait-elle un lien avec les Milone ?

— Et est-ce que quelqu'un peut corroborer cette histoire ? demande Geneviève. Qu'attendez-vous de nous, pêcheur ? Voulez-vous qu'on envoie des bateaux pour vous aider dans la recherche de l'une des membres de votre équipage ? Qui peut nous affirmer qu'il ne l'a pas poussée par-dessus bord et que maintenant il cherche à se cacher derrière les rumeurs du brouillard ?

— Je ne pense pas qu'il aurait fait tout le chemin depuis Wolf-Spring pour ça.

La robe blanche de Rho apparaît.

— Ce serait assez simple d'expliquer cela par un accident en mer. Pourquoi venir jusqu'ici, à la capitale, et auprès d'une reine que Wolf-Spring tout entière méprise, à moins que ce ne soit la vérité ?

— Je ne serais pas venu si j'avais eu d'autres choix, répond l'homme avec colère. Personne ne voulait que je vienne.

Katharine ferme les yeux alors que tout le monde se querelle, chacun se regroupant au sein de sa minuscule faction. Les anciens membres du Conseil contre les nouveaux, les empoisonneurs séparés des autres dons. La sans-don à l'écart de l'élémentaire, et le tout à distance de Luca, de Rho et du Temple.

— Avez-vous navigué jusqu'ici ? interroge Katharine d'une voix forte.

Les voix derrière elle se taisent et elle rouvre les yeux.

— Pêcheur, êtes-vous venu ici de Wolf-Spring en bateau ?

— Oui.

— J'aimerais voir votre embarcation.

L'étalon de Katharine est sellé, et elle chevauche en direction des quais du port Bardon. Elle est accompagnée de Pietyr d'un côté et de l'homme de Wolf-Spring de l'autre, prénommé Maxwell Lane. Des membres du Conseil noir sont également présents : Paola Vend, Antonin, Bree et bien sûr Rho Murtra qui sera la témoin du Temple. Les autres, dont Luca, demeurent au Volroy où ils grommellent et commèrent, et Geneviève, fermement déterminée à devenir les yeux et les oreilles de Katharine, reste avec ces derniers.

— À quoi bon ? demande Pietyr alors qu'ils trottent dans les rues. Qu'est-ce que tu penses trouver ?

— Je n'en suis pas encore certaine, Pietyr.

En vérité, elle ne s'attend pas à ce que le bateau leur fournisse une réponse. Mais le port est sous l'emprise de la peur, et c'est le cas depuis que le brouillard a recraché l'équipe de recherche sur le sable. Le peuple a besoin de voir que sa reine ne craint rien.

Devant eux, le port est rempli de bateaux amarrés à quai, mais il est presque vide de personnes. Il y a seulement quelques rares marins qui s'occupent de leurs embarcations, à serrer et desserrer des nœuds, à vérifier leurs voiles, à nettoyer leurs ponts, à repousser les oiseaux de mer, qui semblent bien médusés face à un tel manque d'activité. Au moins les oiseaux se trouvent ici en nombre, se juchant en haut de mâts en de grandes silhouettes de plumes mouvantes ou se dandinant sans but sur la plage.

— Lequel est-ce ? s'enquiert Katharine, et Lane pointe du doigt un petit bateau de pêche avec un pont vert foncé et recouvert de filets.

Ils descendent de cheval au haut de la butte et avancent vers les quais. Ceux qui travaillaient dans le port suspendent leur activité pour les observer, et les gens se promenant sur le marché, un peu plus à l'écart de la côte, se rapprochent également, attirés par les rumeurs de la présence de la reine.

— C'est bien sur ce vaisseau qu'elle a été enlevée ?

— C'est le seul que je possède.

Il les guide jusqu'aux quais avant de monter à bord.

— Où est le reste de votre équipage ? interroge Rho.

Ce n'est pas une grande embarcation, mais elle est trop imposante pour pouvoir parcourir une telle distance sans équipage.

— Je leur ai donné une permission.

La voix de Lane est rauque, alors qu'il vérifie les nœuds et qu'il passe la main sur le bastingage.

— Ils ne voulaient pas se trouver à proximité de l'eau.

Katharine non plus. Chacune de ces planches qui craquent sous ses pieds lui sape un peu de son courage. Et un seul regard à ce bateau lui confirme qu'elle avait raison : elle n'y trouvera aucune réponse. Que pouvait-elle espérer découvrir ? Des vestiges du brouillard s'accrochant encore à la coque ? Le sang de cette pauvre fille étalé sur le pont ?

— Bree, souffle Katharine, et celle-ci se rapproche. Ressentez-vous quoi que ce soit d'étrange ? Dans l'eau peut-être ?

Bree baisse la tête, regarde le long du quai, là où les vagues viennent lécher le bois et la pierre. Elle secoue la tête.

— Mon don est lié au feu. Jamais l'eau ne m'a parlé. Peut-être que si ma mère était présente...

— Regardez !

Sur terre, la foule rassemblée fixe le large. De nouvelles voix se joignent aux premiers cris, et une cacophonie de hurlements pousse les mouettes à décoller. Katharine se tourne pour voir ce qui a attiré leur attention, même si les reines mortes en elle le savent déjà.

À l'horizon, le brouillard s'est levé comme un mur.

— Oh, ma Déesse.

Bree a un geste pieux, se touchant le front puis le cœur.

— Qu'est-ce qu'il veut ?

— Il ne veut rien, réplique Rho. Ce n'est que le brouillard. Notre protecteur depuis l'époque de la reine bleue.

Rien que le brouillard. Sauf que Katharine sent qu'il la regarde. Il observe. Comme si le brouillard voulait s'exprimer. Il l'a déjà fait, en déposant des corps à ses pieds.

— Hé ! crie quelqu'un depuis la berge. Qu'est-ce que c'est que ça ?

— Que se passe-t-il ?

Pietyr saisit la main de Katharine tandis que l'eau sous le bateau s'agite.

— Les vagues... Le courant s'approche violemment.

Le bateau vacille sous l'effet de la houle, et les cordages qui le maintiennent à quai gémissent et se tendent sous la contrainte. Rho, qui était montée à bord pour inspecter le pont de plus près, est projetée contre le mât.

— Prêtresse, lance Lane en tentant de lui venir en aide.

Son nez a percuté le poteau et saigne abondamment.

À l'intérieur de Katharine, les reines mortes s'agitent, cette fois-ci en direction de la mer. Il ne lui faut qu'un instant pour comprendre pourquoi. Dans le courant, il y a un corps flottant, face dans l'eau.

— Sortez-le de là. Paola, Pietyr.

Katharine lance un signe de la tête vers le corps.

— Antonin, aidez-les.

Le courant s'est calmé maintenant que le corps se trouve dans les bas-fonds. Ils emploient des gaffes pour percer la chair et amener le cadavre à eux. Ce n'est pas agréable de le voir flotter sur les vagues. Ce n'est pas agréable non plus de l'observer se faire tirer par des crochets. Mais ce qui est encore pire est le spectacle de ses yeux gris aqueux quand sa tête se tourne vers la surface.

— Allie ?

En apercevant son visage, Lane délaisse Rho et passe pratiquement par-dessus le bastingage.

— Allie !

Il prend la fille morte dans ses bras et repousse les gaffes.

— C'est votre amie ? demande Antonin d'un ton acide. Qui a disparu au large de Wolf-Spring il y a dix jours ? Qu'est-ce que vous cherchez à faire ? Est-ce que c'est un complot naturaliste ?

— C'est effectivement un beau complot, s'il permet à un naturaliste de manipuler le brouillard et l'eau, rétorque Rho au travers de son sang ; ses dents en sont recouvertes.

Puis elle se craque le nez pour le remettre en place.

— Donnez-la-moi, réclame Pietyr en tendant les bras avec une grimace pour tirer le corps jusqu'au quai.

Rho regarde vers la côte et le bruissement de la foule de badauds.

— Bree, fait-elle en tendant la tête. Bloquez-leur la vue.

— Comment m'a-t-elle suivi jusqu'ici ? demande Lane avec désespoir. Je l'ai perdue à la pointe de la Tête-de-Phoque. Ces courants ne peuvent pas… transporter…

De plus, malgré sa chair légèrement boursouflée et ses joues mangées par les poissons, le cadavre d'Allie est bien plus frais que quiconque pourrait l'espérer après avoir fait un tel voyage dans une mer démontée.

— Elle est exactement comme les autres, murmure Pietyr.

Katharine s'accroupit. Cette fille devait être très belle. Elle touche le menton du cadavre.

— Nous souhaiterions la garder ici pendant un temps, afin d'apprendre ce que nous pouvons de sa mort. Après quoi elle sera renvoyée à Wolf-Spring sous bannière royale, avec bien plus qu'assez de pièces pour une incinération. Connaissez-vous sa famille ?

Lane opine.

— Dans ce cas, cette nouvelle sera plus facilement acceptée si elle provient de vous.

La main de Katharine s'approche de la tête de l'homme, mais ce sont des réponses qu'il cherche, et non une étreinte. Elle fait signe à Rho et descend du quai pour retrouver les chevaux. Devant elle, la foule s'est agrandie, et les gens plissent des yeux à son approche.

— Nous devrions les disperser, souffle Pietyr. Je vais prévenir ta garde.

— C'est votre faute !

Katharine cligne des yeux vers Maxwell Lane. Il s'est levé en la pointant du doigt devant tout le monde.

— Vous ! La reine revenante ! C'est vous notre malédiction !

Pietyr se presse contre elle, comme pour la protéger. Rho saute avec adresse du pont du bateau de pêche et réduit Lane au silence de ses mains, trop rapidement pour que Katharine voit comment. Elle l'a peut-être simplement rendu inconscient. Peut-être lui a-t-elle brisé le cou. Quoi qu'il en soit, il est trop tard, la foule a commencé à scander ses paroles :

— Reine revenante ! Empoisonneuse ! Voleuse !

Ils avancent dans sa direction avec agressivité. Certains n'ont que leurs poings, d'autres des couteaux, des gaffes ou de petites matraques.

— La garde de la reine ! hurle Antonin, même si les soldats accourent déjà pour intervenir, repoussant la foule de leurs épées.

Ils forment un mur de leurs corps et de leurs piques croisées.

— Ce n'est rien, Kat. Passe-leur devant et dirige-toi vers les chevaux.

Pietyr la presse vers l'avant en tirant Bree dans son ombre.

Rho a disparu avec Lane dans le bateau. Malin. Qu'elle se fasse oublier de la foule. Elle sera en sécurité.

Katharine garde la tête haute. Le peuple ne la déteste pas réellement, se dit-elle. Ils ont peur, voilà tout, et c'est naturel. Elle aussi a peur. Quand elle les sauvera, quand elle apaisera le brouillard, ils s'en souviendront.

— Reine maudite !

Une motte de terre et d'immondices fend l'air pour venir lui frapper le menton. Elle éclabousse son cou et coule dans le corset de sa robe.

— Arrêtez-les ! grogne Pietyr. Comment osez-vous !

Davantage de mottes volent, ainsi que des pierres. Bree crie et Pietyr lève les bras pour tenter de les protéger toutes les deux.

Katharine touche la boue sur sa poitrine. Elle écoute les chants haineux scandés pas son peuple.

— Katharine ! Cours ! Ta garde ne peut pas les retenir !

La première personne de la foule traverse la ligne et charge avec un bâton dressé. Katharine tire l'un de ses couteaux. Elle pousse Pietyr d'un côté et plante sa lame dans le cou du garçon qui accourait, faisant remonter le métal dans sa gorge et au travers de sa langue. Son sang trempe son gant, et elle le soulève haut ; elle est forte, bien plus que lui. Les reines mortes remontent à la surface, et Katharine a le sentiment de faire le double ou le triple de sa taille, elles ne font plus qu'une.

Quand le garçon cesse de se débattre, elle le laisse tomber comme un gros sac au sol. Il n'y a plus aucun bruit, la foule est silencieuse. Les plus proches se sont mis à genoux et regardent la scène entre les jambes des gardes de la reine, des larmes emplies de peur coulent le long de leurs joues.

— Kat.

Elle se tourne vers Pietyr. Ses mains sont levées, ses paumes grandes ouvertes. Elle baisse le regard vers le garçon, il est si jeune et si mort, son sang refroidit sur ses bras.

— Pietyr, murmure-t-elle. Qu'est-ce que j'ai fait ?

LE CONTINENT

La nuit qui suit la fête à la demeure du gouverneur, Mirabella et Billy sont assis dans la cuisine après que le reste de la maison s'est endormi.

— Je n'aime pas que l'on se retrouve ainsi.

Il pousse leur seule bougie au centre de la table et se penche au-dessus, prêt à l'éteindre au moindre bruit de pas.

— Tu sais à quel point elle déteste que l'on parle d'elle comme si elle n'était pas là. Mais parfois…

— Parfois, nous avons besoin de parler d'elle sans qu'elle soit là.

Mirabella fixe la minuscule flamme d'un air résolu. Mais elle n'ajoute rien. Cette situation ne lui plaît pas plus qu'à lui.

À l'étage, Arsinoé est allongée dans son lit, endormie, en train de rêver au travers des yeux d'une autre reine. Une reine ayant vécu il y a des générations de cela, des centaines d'années auparavant.

— Est-ce que ce ne pourrait être… que des rêves ? demande Billy.

— Ils ne semblent pas être « que des rêves ».

— Mais tu n'as jamais entendu parler d'une telle chose, que cela arrive à d'autres reines ?

— Personne ne sait plus rien d'une reine une fois qu'elle a quitté l'île. C'est peut-être quelque chose de commun.

La flamme de la bougie vacille avec sa respiration. Elle éprouve beaucoup de difficultés à résister à l'envie de mettre son don à l'épreuve, voir si elle peut développer cette flamme, la faire grandir. Mais elle a déjà tenté et échoué tant de fois qu'elle ne se sent pas le courage de réessayer.

— De plus, Arsinoé et moi sommes différentes. Notre destin était de mourir. Donc qui sait ce qui nous attend ?

— Je pense toujours que ça pourrait être des cauchemars.

Billy se frotte les yeux.

— Vous avez toutes deux été… déracinées… Des étrangères dans un nouveau lieu, et la situation avec ma mère et Christine a été difficile pour elle.

— Billy, je ne crois pas que…

— Et avant ça, toute cette année traumatisante. Ces rêves passeront peut-être si nous laissons faire.

Il essaie de rendre son explication réelle en la déclarant à haute voix. Elle l'a entendu employer ce même ton avec sa mère et d'autres jeunes hommes. Elle considère cette voix comme la voix de « continental » de Billy. Mais ce sont les affaires des reines. Les affaires de Fennbirn, et quand elle glisse sa main sur la table, il est plus qu'heureux de l'accepter.

— De ce qu'elle m'en a dit, Arsinoé n'a rien d'une historienne. Elle dit…

Elle s'arrête et sourit en repensant à ce souvenir.

— Elle dit que c'est Ellis Milone l'historien, et donc que tout ce qu'elle avait besoin de savoir se trouvait bien en sécurité dans son esprit. Pourtant, elle se rappelait le nom du consort de la reine Illiann, Henry Redville, et elle savait d'où il venait.

— *Henry Redville*, marmonne Billy. Et quel genre d'homme était-ce ?

— Il était consort. Un bon consort. Il est resté loyal à la reine. Il a mené une flotte de navires durant la dernière bataille.

— Est-ce qu'il est mort ?

Mirabella fronce les sourcils, englobant la table vide d'un geste.

— Est-ce que je te donne l'impression d'avoir ma pile de livres d'histoire sur Fennbirn avec moi ? Et pourquoi est-ce que tu me donnes l'impression d'espérer qu'il soit mort ?

Billy se recule en laissant glisser ses avant-bras sur la table.

— Tu commences à être un peu cassante. Je pense que tu as passé trop de temps avec ta sœur.

Elle inspire.

— Non, je ne pense pas que Henry Redville soit mort. La reine Illiann a régné vingt années de plus après la fin de la guerre.

— Je ne voulais pas être désagréable. Je m'inquiète simplement pour elle.

— Je m'inquiète pour nous tous.

Elle se penche une nouvelle fois pour saisir sa main.

— Si ces rêves ne sont que des rêves, alors comment pouvait-elle connaître le consort ? Comment connaissait-elle même le nom de la reine Illiann ; l'île tout entière ne se souvient d'elle qu'en tant que la reine bleue.

— Peut-être d'après une histoire qu'Ellis a racontée. Ou peut-être qu'elle en a entendu parler ailleurs. Tu ne peux pas être la seule reine à connaître l'histoire de la reine bleue. Des poètes doivent écrire à ce sujet. Vos… bardes doivent chanter des chansons concernant cette époque !

— C'est vrai, ça pourrait être le cas. Mais je ne peux pas m'empêcher de penser que…

Elle secoue la tête.

— J'ai le sentiment que l'île se tend vers Arsinoé, comme si elle était prête à la rappeler.

Elle fixe une nouvelle fois la bougie, observe la flamme vaciller et s'affaiblir, se riant d'eux, tandis que les yeux de Billy s'illuminent de curiosité.

— Parle-moi de la reine bleue. Dis-moi tout. Pourquoi est-elle si importante ?

— Elle a créé le brouillard.

Mirabella hausse les épaules.

— Voici son héritage. Afin de gagner la guerre, elle a créé le brouillard pour envelopper et protéger l'île. C'est elle qui nous a cachés et a fait de nous une légende.

— Et maintenant, elle en a après Arsinoé.

— Arsinoé pense que les rêves sont censés lui montrer quelque chose, au sujet de Daphné, la sœur perdue de la reine bleue. Elle se sent en sécurité dans ces rêves. La seule menace provient de l'ombre de la reine bleue elle-même.

Billy s'adosse sur sa chaise et passe rapidement les mains dans ses cheveux.

— C'est de la folie. Je pensais que nous avions laissé tout ça derrière nous.

— Il semblerait que non. La magie basse est partout, et l'île nous a retrouvées au travers du lien qu'Arsinoé entretient avec celle-ci. C'est la dernière forme de magie qui réside encore dans le monde continental.

— La magie basse est partout. Vous n'arrêtez pas de dire ça, mais je ne l'ai jamais vue.

— Tu ne sais pas où la chercher.

Elle prend une profonde inspiration.

— Arsinoé pense que si je la laissais pratiquer un sort de magie basse sur moi, ces rêves pourraient également m'atteindre.

— Est-ce bien sage ? De laisser l'île te retrouver toi aussi ?

— La magie basse n'est pas destinée aux reines. Elle était idiote d'y faire appel, mais si cela signifie la protéger, alors…

Ils se figent en entendant un son provenant des étages supérieurs. L'obscurité de la cuisine semble caverneuse, et les deux se serrent autour du petit cercle de lumière. Mais chaque mouvement de la maison devient un grincement. Les nuits venteuses, les murs semblent grogner et gémir.

— Si toi aussi tu faisais ces rêves, continue Billy, à voix basse, tu pourrais l'aider à…

Un autre coup sourd descend de l'étage, suivi d'un bref cri. Mirabella saute pour se mettre debout, Billy sur ses talons.

Elle soulève sa jupe, mais Billy la dépasse tout de même dans les escaliers, les grimpant quatre à quatre. Ils se dépêchent de traverser le couloir aussi vite que possible, passent devant la chambre de Jane, dans laquelle Mirabella l'entend légèrement ronfler.

— Arsinoé.

Il ouvre la porte.

Le cri d'Arsinoé s'est transformé en véritable crise. Elle donne des coups de pied et rue dans l'obscurité, et Billy glapit quand un coude qu'il n'avait pas vu le percute.

— Je ne vois rien. Trouve une bougie. Arsinoé.

Il la secoue.

— Elle ne se réveille pas !

Mirabella se précipite vers la table de chevet. Ses mains se referment sur une bougie ; ses doigts font voler les allumettes dans la pièce. Fichues saletés. Elle s'agenouille et tâtonne sur le tapis pour les dénicher.

— Mira, dépêche-toi !

— J'essaie, souffle-t-elle.

Mais les allumettes ont disparu. Elle se tourne vers sa sœur effrayée, mais il fait trop sombre pour distinguer quoi que ce soit.

— Maudites soient ces allumettes, siffle-t-elle, et elle sent que son don s'éveille, une vague inattendue dans son sang, jusqu'au bout de ses doigts.

La chandelle s'allume. Sa flamme s'élève deux fois plus haut qu'à son habitude, elle est tellement brillante qu'elle illumine pratiquement les coins de la chambre.

— Je..., souffle Mirabella.

Ce que la flamme lui révèle lui fait pratiquement lâcher la bougie.

L'ombre est avec Arsinoé dans le lit. Elle est accroupie par-dessus son épaule comme un gobelin constitué d'encre, de longues jambes repliées au-dessus de pieds qui s'enfoncent dans l'oreiller d'Arsinoé. Une main noire et osseuse enveloppe sa tête, la maintenant en place alors que son corps se tord et s'agite en tous sens.

— Est-ce que tu vois ce que je vois ? demande Billy.

— Tu la vois aussi ?

Il ne répond rien, mais la pâleur de son visage suffit amplement à donner une réponse.

Lentement, les mouvements d'Arsinoé se calment, et elle se réveille. L'ombre reste jusqu'à ce que ses yeux s'ouvrent. Quand elle disparaît, elle s'évanouit entièrement : elle est présente un instant et ne l'est plus le suivant.

— Mira ?

Arsinoé se dresse sur son coude.

Elle plisse les yeux face à l'éclat de la bougie de Mirabella, qui commence seulement à s'estomper alors que le rythme de son cœur ralentit.

— Billy ? Qu'est-ce que tu fais ici ? Est-ce que j'ai recommencé à faire des bruits ?

Mirabella et Billy échangent un regard. L'ombre était bien réelle, elle n'avait rien d'un rêve ou d'une vision. Et sur son crâne, elle portait la silhouette d'une couronne, la même qu'Arsinoé avait esquissée et que Mirabella avait reconnue d'après des dizaines de peintures, des dizaines de linceuls cousus. Faite d'argent et de pierres bleu vif. La couronne de la reine bleue.

— Est-ce qu'elle était ici ? interroge Arsinoé. Qu'est-ce qu'elle veut ?

— Mirabella, souffle doucement Billy. Je pense qu'il est temps que tu essaies la magie basse.

Mirabella s'avance en rampant et prend sa sœur confuse par la main.

— Je crois que tu as raison.

Billy, Mme Chatworth, Jane et Mirabella sont assis à la table de la salle à manger informelle juste à côté de la cuisine, partageant ensemble un repas des plus désagréables. Mirabella n'a pas touché à ses tranches de jambon ; au lieu de cela, elle griffonne sur un morceau de papier. La seule chose qu'elle ait à l'esprit est l'île, et elle ne peut pas l'ignorer, même pour faire plaisir à Mme Chatworth.

— Je n'arrive pas à m'arrêter de la dessiner.

Mirabella choisit un morceau de craie bleue, le seul outil de dessin qu'elle a pu trouver de cette couleur, même si la teinte du bleu n'est définitivement pas la bonne. Elle retourne le papier et l'étudie intensément. La reine sombre constituée d'ombres, ses longs doigts osseux saisissant l'air, ses jambes grotesques repliées sous elle-même. Sous ce premier dessin, il y en a plusieurs autres : la reine dans d'autres poses, toutes menaçantes, toutes monstrueuses. Si monstrueuses d'ailleurs que la mère de Billy a décidé de prétendre qu'elles n'existaient tout simplement pas.

— Où se trouve Miss Arsinoé ? demande cette dernière.

— Elle est sortie faire une course, déclare Billy.

— Seule ?

Ni Billy ni Mirabella ne daignent répondre. C'est une question idiote. Qui d'autre que ceux assis à cette table accompagnerait Arsinoé où que ce soit ?

— C'est un peu comme si j'essayais de l'ancrer dans ma mémoire, explique Mirabella. Ou peut-être que j'essaie de me convaincre qu'elle est effectivement réelle. Que nous l'avons réellement vue.

Elle glisse le dessin plus haut sur la table. Billy le prend par les bords.

— Je ne vois pas pourquoi tu voudrais faire une chose pareille.

Il repose la feuille de papier, afin que sa mère cesse de détourner ostensiblement le regard.

— Qu'est-ce que cela peut bien vouloir dire ? Pourquoi est-ce qu'une autre reine de Fennbirn vous hanterait ?

— *Nous* hanterait. Toi aussi tu l'as vue.

Mme Chatworth émet un bruit de bouche peiné, et Jane lui tapote l'avant-bras.

— Est-ce que tu es certaine que c'est la reine…

Il cherche son nom.

— Illiann ? La reine bleue ?

Mirabella pianote sur son dessin de l'index. L'illustration de la couronne n'est pas parfaite, le travail de l'argent est beaucoup plus délicat et les pierres bleues sont bien plus vives, mais pour un dessin à l'encre et à la craie, ce n'est pas si mal.

— J'ai déjà vu cette couronne dans des portraits. Il n'y en a pas deux comme elle.

— Si elle était élémentaire, alors pourquoi ne se trouvait-elle pas sur l'une des fresques du temple ? Elle devait être l'une des reines élémentaires les plus impressionnantes et les plus vénérées.

— William Chatworth Junior, ce n'est en rien une conversation qu'il convient d'avoir à table.

— Pas maintenant, mère.

Mirabella lance un regard d'excuse à Mme Chatworth, mais elle reprend :

— Les reines bleues, les quatrièmes-nées, n'appartiennent pas à un don en particulier. Ce sont les reines du peuple, du peuple entier.

Elle s'arrête.

— Il est dur d'imaginer ce qu'était l'île avant elle et avant le brouillard. Si elle ne nous avait pas dissimulés, l'île serait très différente. Nous vous ressemblerions peut-être plus.

Elle lève la tête.

— Vous devez bien avoir une trace de tout cela sur le continent. Une nation entière qui disparaît dans le brouillard ?

— Non, répond Billy en fronçant les sourcils. Tout ce que l'on sait de Fennbirn relève du mythe pour nous. De la fable. Il n'y a aucune référence dans des textes historiques, nulle part, aucune carte. Tout a dû être supprimé.

Ou peut-être n'a-t-il eu accès qu'aux mauvaises cartes. Mirabella suit la courbe des lignes de ses dessins du bout des doigts, ils se tachent d'encre sombre.

— C'est la reine qui a fait de Fennbirn une légende. Qu'est-ce qu'elle peut bien nous vouloir ?

— Les fantômes semblent souvent s'intéresser aux affaires inachevées, lance soudainement Jane, et tout le monde la regarde d'un air surpris.

— Jane ! s'exclame Mme Chatworth.

— Pardon, mère.

— Non, Jane, c'est une bonne idée, approuve Billy, et sa sœur remue joyeusement les épaules, comme un oiseau secouant ses plumes. Est-ce que ça pourrait être ça, Mira ? Une affaire inachevée ?

— Je ne vois pas quoi. Elle a régné pendant trente ans. Son règne a en effet commencé par une guerre contre le continent, qu'elle a gagnée, mais elle a ensuite connu la paix.

Mme Chatworth jette sa serviette et sort de table.

— Ça suffit ! Je ne tolèrerai pas ce genre de discours de sorcellerie et de reines païennes sous mon toit.

— Mère, la réprimande Billy. Vous faites très vieux jeu.

— Non, Billy, mon comportement est tout à fait approprié. Et si Miss Arsinoé est aux prises avec une sorte de… crise, la chose qu'il convient de faire, pour elle avant tout, est de lui faire consulter un médecin, et surtout de ne pas la laisser vagabonder seule dans la ville, là où elle aura encore davantage de soucis.

Elle se lève et lisse sa robe.

— Jane, retirons-nous dans le salon.

Jane s'exécute mais en lançant un regard pour le moins envieux par-dessus son épaule. Après leur départ et la fermeture des portes, Mirabella met sa tête entre ses mains.

— Jusqu'à hier soir, j'aurais été d'accord avec elle concernant le… médecin. C'est une sorte de guérisseur, non ?

— Oui. Mais quand elle parle de médecin, elle parle surtout d'un charlatan qui déterminera qu'Arsinoé souffre d'hystérie. Ils l'enfermeraient dans un sanatorium.

Mirabella grimace et Billy la regarde.

— C'était le chaos complet dans cette chambre hier soir, je n'en ai donc pas parlé. Mais j'ai bien vu ce qu'a fait ton don. J'ai vu cette bougie s'allumer sans aucune allumette. Comment est-ce possible ?

— Je l'ai fait pour elle. Arsinoé avait besoin que je le fasse, donc je l'ai fait. J'ai parfois l'impression que c'est mon destin, mon véritable but. Non pas d'être reine, comme m'en ont convaincue les Westwood et Luca. Mais de la protéger. Seulement de la protéger.

LA ROUTE QUITTANT BASTIAN

Jules, Camden, Émilia et Mathilde quittent discrètement Bastian dans la nuit. Elles n'ont que les provisions qu'elles peuvent transporter sur leurs dos et l'argent que peuvent contenir leurs poches. Alors qu'elles passent le mur extérieur pour emprunter la route principale, Émilia s'arrête soudain.

— Que se passe-t-il ? demande Jules.

Émilia émet un rire étouffé.

— Je viens de réaliser, explique-t-elle après s'être calmée, que dans notre empressement à lancer cette révolution, nous n'avons pas pris le temps de décider par où commencer.

Jules grogne, tout comme Camden, qui se repose lourdement sur sa bonne patte.

— Eh bien ? Nous n'avons pas tant de choix que cela. Montons-nous au nord vers Rolanth ? Ou est-ce qu'on prend plutôt la direction de l'ouest vers Wolf-Spring ?

— Ni l'un ni l'autre, répond Émilia. Les nouvelles de Rolanth suggèrent qu'ils sont encore amers de leur perte, et toujours trop loyaux envers le Temple.

— Et pourquoi pas Wolf-Spring ? Est-ce que vos bardes sont déjà arrivés là-bas ? Que disent-ils de la rébellion ?

— Ils ont peut-être entendu les rumeurs, intervient Mathilde. Mais il est encore trop tôt. D'après mon expérience, il est toujours bon de laisser aux naturalistes le temps de se faire aux idées.

— Et qu'est-ce que ça veut dire exactement ? interroge Jules.

— Cela veut dire qu'ils ont le refus rapide, voilà tout.

— Ça veut dire qu'ils détestent la malédiction de la légion, ajoute Émilia, avec moins de tact. Il vaudrait mieux éviter Wolf-Spring pendant un temps. Toute interaction avec des naturalistes est incertaine, peu importent les circonstances. Ils ne veulent jamais s'impliquer dans quoi que ce soit.

— Hé, proteste Jules. *Je suis* naturaliste.

— Oui, et tu es la seule ici à ne pas réellement vouloir te soulever.

— Très bien. Dans ce cas, par où commençons-nous ?

Mathilde ajuste son paquetage sur ses épaules et se met en marche.

— Pourquoi ne pas commencer là où nous sommes déjà bien établis ? Ma ville d'origine, Sunpool, nous soutient, tout comme beaucoup des villages voisins. Ça fait des mois qu'ils se préparent, car ils croient en cette prophétie.

Elle tend un bras vers la route.

— Nous irons vers le sud, contournerons la capitale, puis nous longerons les montagnes à l'est. Une fois arrivées assez loin au nord, nous commencerons à parler dans les villes. Jusqu'à ce que la nouvelle force rejoigne l'existante.

Elle les regarde par-dessus son épaule, leur sourit, un reflet de la lune se prenant dans sa tresse blanche.

— Puis nous ferons demi-tour pour aller à Wolf-Spring et Rolanth.

— Au moins, il y a une auberge, se réjouit Émilia quand elles parviennent à un village. Ainsi, nous n'aurons pas à dormir dans une grange.

— Une grange serait peut-être plus sûre, réfléchit Jules. C'est plus simple de déguerpir par la porte arrière s'ils n'aiment pas tes idées de révolte et qu'ils se décident à nous courir après avec des fourches.

Elle observe la guerrière en haussant les sourcils, mais Émilia est trop fatiguée pour se disputer. La marche, autant sur les routes qu'en dehors, a été longue, à couper à travers champs et forêts pour éviter Indrid-Down. Elles sont lasses toutes les trois, leurs capes et leurs visages sont tachés de saleté, elles ont besoin de provisions fraîches et d'une bonne toilette. Même la grande et élégante Mathilde semble s'être battue contre un cochon, sans avoir le dessus.

— Allons-y.

Mathilde ajuste son paquetage et s'avance vers l'auberge.

Jules regarde derrière elle vers la route, en direction du lopin où elle a laissé Camden se prélasser sous des fougères. Le félin restera là jusqu'à ce qu'il soit appelé.

L'intérieur de l'auberge n'est guère impressionnant, constitué d'une vaste pièce au rez-de-chaussée, remplie de tables et de bancs en bois. Quelques hommes et femmes sont assis seuls ou par deux, penchés sur des bols de ragoût.

— Est-ce que vous avez des chambres à louer ? demande Mathilde.

— On pourrait pas franchement s'appeler une auberge si c'était pas le cas, réplique la fille derrière le comptoir. Il vous en faudrait combien ?

— Une seule, assez grande pour trois.

Mathilde lâche quelques pièces sur le comptoir, et la fille les fait disparaître dans sa paume.

— C'est assez pour manger aussi ?

— Tout juste. Mais vous semblez si fatiguées que ça fera bien l'affaire. Une autre pièce d'argent, et vous aurez une baignoire d'eau chaude dans laquelle vous nettoyer.

Émilia pose deux pièces supplémentaires sur le comptoir.

— Deux bacs pour le bain. Et nous prendrons le repas dans cette belle pièce que vous avez là.

— Comme vous voudrez.

La fille les étudie un moment. Mais même si elle les trouve étranges, deux guerrières en compagnie d'une barde oracle dans sa cape gris et jaune tachée, elle ne fait aucun commentaire. Peut-être qu'en tant qu'aubergiste elle est habituée à croiser de curieux voyageurs. Bien que Jules ne parvienne pas à imaginer que beaucoup de personnes choisissent de s'arrêter dans ce minuscule village.

— Est-ce que vous fuyez la capitale ? interroge la fille, et Jules et Émilia se crispent. On a eu des gens qui sont venus après ce qu'il s'est passé.

— Qu'est-ce qu'il s'est passé ? s'enquiert Mathilde. Cela fait un certain temps que nous voyageons, nous n'avons rien entendu.

— La reine Katharine a tué un garçon.

— Tué ? s'exclame Jules.

Mais la fille se contente de pencher la tête et de soupirer, comme si cette nouvelle n'avait plus rien d'une nouvelle, en sachant le nombre de fois où elle a dû la raconter.

— Dame oui. Devant tout le monde. De nouveaux corps sont apparus sur les plages de la capitale, et les gens ont paniqué. Ils ont commencé à lui crier dessus et à lui jeter des trucs. Un garçonnet s'est libéré de la foule et lui a couru dessus en brandissant quelque chose. Certainement qu'un bâton, mais elle lui a tranché la tête, simple comme bonjour.

— Où était sa garde ? demande Émilia.

— Occupée avec la population, j'imagine.

La fille a une moue de dégoût. Puis elle penche la tête à nouveau et empoche les pièces.

— Il faudra compter un peu de temps pour les deux bains, mais je vais demander à mes garçons de s'en occuper. Vous pouvez vous installer dans votre chambre si vous voulez. Je les ferai monter.

Elle pointe un doigt en direction des marches derrière elle.

— La première en haut des marches. Ou n'importe laquelle d'ailleurs, elles sont toutes libres.

Dès qu'elles arrivent dans leur chambre, quelqu'un frappe à la porte : les garçons avec les bacs vides.

— L'eau va prendre un peu de temps, explique le premier garçon. La plupart des gens en veulent pas deux.

— Merci, conclut Émilia, avant de fermer la porte derrière lui. Je n'en voulais pas deux non plus, ajoute-t-elle en se tournant vers Jules, mais il y avait comme qui dirait une chance que je partage une baignoire avec un félin des montagnes.

— Pourquoi ne pas faire passer Camden en dernier ? s'étonne Mathilde.

— L'eau serait alors froide.

Jules pose son paquetage et étire ses épaules. Le bain chaud lui fera grand bien. Le voyage n'a pas été tendre pour ses jambes empoisonnées. Certaines nuits, elles la lançaient tellement qu'elle aurait voulu hurler, mais elle continuait d'avancer, refusant d'admettre qu'il aurait fallu s'arrêter. Elle affirmait toujours que l'entêtement d'Arsinoé pouvait être aussi vaste qu'une mer, mais le sien pouvait bien faire la taille d'un océan.

— Est-ce que vous croyez vraiment ce qu'elle a dit ? interroge Jules en s'assoyant sur le lit confortable. Est-ce que vous pensez vraiment que Katharine a tué un petit garçon ?

— Peut-être que c'est le cas, peut-être pas, répond Émilia. Ce sera encore plus simple de rallier ce village à notre cause, quoi qu'il en soit.

Mathilde dénoue ses cheveux d'or et glisse ses doigts au travers pour les débarrasser des brindilles et des feuilles.

— Une reine qui tue son propre peuple, on pourrait presque croire qu'elle souhaite qu'on lui coupe la tête.

— Eh, fait Émilia d'un ton dédaigneux. Pour une fois, je ne vais pas la juger trop durement. Il y avait une foule agressive. Le garçon l'a chargée en brandissant une arme. Il l'a cherché.

— Il l'a cherché ? répète Jules, et Émilia pointe le couteau avec lequel elle jouait paresseusement sur sa poitrine.

— Tu ne peux pas menacer une reine et survivre pour le raconter.

Elle jette le couteau en l'air et le rattrape.

— Mais prendre la vie d'une reine… Alors ça, c'est une autre question.

Quand elles descendent les marches pour retourner dans la pièce principale pour le dîner, la plupart des tables sont occupées. Cela semble plaire à Émilia et Mathilde : elles peuvent organiser leur réunion directement dans l'auberge, nul besoin d'aller chercher toutes les personnes dispersées dans le village. Mais Jules n'aimerait qu'une chose : remonter l'escalier.

Elles s'assoient à une table près du mur, et leur arrivée leur attire quelques regards curieux. La fille du comptoir pose trois chopes de bière devant elles.

— Ragoût ce soir et un peu de pain d'avoine. Si vous voulez plus de bière que ce que vous avez là, ça va vous coûter quelques pièces supplémentaires.

— Qu'est-ce qu'il y a dans le ragoût ? s'enquiert Jules.

— De la viande, répond la fille, en allant chercher leurs plats.

Jules regarde autour d'elle. Pratiquement tous les villageois ont dû venir à l'auberge pour le repas, et elle se demande si Émilia et Mathilde n'ont pas fait passer le mot de leur arrivée. Mais si c'est le cas, personne ne semble particulièrement s'intéresser à elles au-delà de ces premiers regards. Alors, peut-être que le ragoût à la viande est vraiment bon.

— Vous pensez vraiment que nous devrions commencer ici ? interroge Jules. Nous sommes encore assez proches de la capitale.

— Nous sommes assez loin.

Émilia vide la moitié de sa chope de bière.

— On dirait qu'ils sont déjà bien préoccupés par leur reine meurtrière. Nous aurions probablement pu nous arrêter plus près de la frontière pour gagner un peu de temps.

— Mais regardez-les, ce sont des fermiers, des tanneurs. Beaucoup sont trop âgés pour se battre.

— Voilà à quoi ressemblent des soldats rebelles.

Les yeux noirs d'Émilia pétillent.

— Quoi ? Tu as mieux à faire ? L'exil ? La fuite ?

Elle lance un grand sourire en poussant la chope de Jules dans sa direction.

— Bois plus et réfléchis moins, notre reine légion.

— Ne m'appelle *pas* comme ça.

— Pourquoi pas ?

Émilia plisse le nez vers Mathilde.

— C'est celui que le peuple semble avoir le plus apprécié, non ?

Jules grommelle. Qui aimerait un tel titre ? Il est aussi indélicat que « revenante », ou il est peut-être même pire.

— Vous n'arriverez jamais à convaincre qui que ce soit comme ça.

— Eux aussi ont vécu sous le joug des empoisonneurs. Ils n'auront pas besoin d'être convaincus longtemps.

Émilia vide sa chope et crie pour en avoir une autre. Ses gestes exubérants et son attitude peu discrète ont commencé à attirer l'attention. Tandis que les villageois scrutent Émilia, leurs regards s'attardent sur Jules avec une insistance qui dépasse la simple curiosité. Comme s'ils ressentaient quelque chose qui les obligeait à l'observer.

— C'est ridicule, murmure Jules, trop bas pour que même sa tablée l'entende.

Mais ce serait mentir que d'affirmer qu'elle n'est pas curieuse, elle aussi. À chaque fois qu'un étranger la regarde avec une lueur qui ressemble à de l'espoir, cette même lueur s'épanouit en elle et la pousse presque à y croire. Presque, mais pas complètement.

L'espoir, c'est pour les idiots, veut-elle leur dire. *Il y a peu, j'espérais tant de choses, et regardez où ça m'a menée, ainsi que ceux que j'aimais.*

— Ça ne marchera jamais, objecte Jules.

— Bien sûr que si, affirme Émilia. Tu n'as jamais vu Mathilde ensorceler qui que ce soit avec sa voix. Ce sera comme si elle tenait ces gens dans le creux de sa main.

— C'est pour ça que je suis devenue barde, renchérit Mathilde en souriant.

Émilia donne une tape dans l'épaule de Jules.

— C'est toi qui ne veux pas que ça marche.

— Évidemment que si. Je veux pouvoir rentrer chez moi. Je veux qu'Arsinoé puisse rentrer pour nous voir.

La voix d'Émilia devient très basse :

— Ne dis pas ça.

— Pourquoi pas ?

— Si elle revient, elle voudra la couronne pour elle.

— Certainement pas.

— Bien sûr que si. C'est inscrit dans son sang de triplée. Et nous ne nous soulevons pas pour mettre les reines traîtresses sur le trône. Nous nous soulevons pour nous. Pour Fennbirn.

— Est-ce que vous auriez fait la même chose si Katharine n'avait pas gagné ? interroge Jules. Est-ce que vous auriez tout de même essayé de renverser Mirabella, ou Arsinoé ?

— Ce n'est pas important, répond doucement Émilia. Ce n'est pas ce qui s'est passé.

Quand le ragoût arrive, il est bon, mais peut-être pas assez pour attirer tant de clients par lui-même. Malgré sa faim, Jules ne parvient pas à avaler plus de quelques bouchées. Son estomac n'a de cesse de se nouer.

— Tu n'as pas faim ? demande Émilia en léchant le fond de son bol.

— Je vais monter le reste à la chambre, pour Camden.

Elles ont discrètement fait entrer le gros félin à la tombée de la nuit, par la porte arrière. L'eau de la seconde baignoire était encore chaude et relativement propre, et aucune d'entre elles n'a été griffée au visage en la plongeant dedans.

— Camden pourra le manger par elle-même.

Mathilde se lève.

— Directement sur cette table.

— Attendez, bégaie Jules alors qu'Émilia se redresse elle aussi. Qu'est-ce que je dois faire ?

— Tu n'as qu'à être toi-même, sourit Émilia en sortant ses longs couteaux.

Elle passe l'extrémité de la lame sous le menton de Jules, aussi délicatement que si c'était une caresse.

— Et prépare-toi à utiliser tes dons.

Mathilde repousse les plis de sa cape gris et jaune. Sa voix, bien que douce, semble remplir la pièce entière.

— Un instant, mes amis, lance-t-elle en s'avançant devant la table. Je m'appelle Mathilde, je viens de la ville de Sunpool loin à l'ouest. Je suis une voyante et une barde, et j'aimerais vous conter une histoire, si vous le voulez bien.

Elle tend un bras en direction d'Émilia, qui exhibe ses lames à la vue de tous.

— Voici Émilia, une guerrière, témoin de l'Ascension, de la débâcle des reines traîtresses et de leur fuite.

— Une bande de guerriers les ont aidées, ou c'est ce qu'on m'en a dit, intervient une femme à l'arrière. Vous en faisiez partie ?

— Tout à fait, répond Émilia.

— Dans ce cas, vous livrer pieds et poings liés à la capitale pourrait ramener un joli petit pactole.

— C'est un fait. Et une fois que nous aurons terminé, vous pouvez toujours tenter votre chance.

La femme plisse un œil. Elle ne porte aucune arme que Jules puisse voir. Mais elle a une table pleine d'amis.

La plupart des clients dans la pièce se montrent curieux tandis que Mathilde raconte les méfaits de Katharine. Ils opinent de la tête quand elle l'appelle la reine revenante, et certains frappent du poing sur la table à la mention du garçon assassiné. Mais d'autres gardent la bouche fermée. Il ne fait aucun doute qu'il y a des loyalistes ici, et si les rumeurs de révolution d'Émilia n'ont pas encore atteint Katharine, ce sera chose faite après ce soir.

— On a déjà entendu les chansons, crie un jeune homme dans la foule. On les a entendues d'autres bardes dans des capes jaunes. Ils parlaient de rébellion, menée par une nouvelle reine. Mais il n'y a aucune nouvelle reine. À moins que vous ayez pêché l'élémentaire du fond de la mer et l'ayez ressuscitée !

— On aurait alors deux reines revenantes pour le prix d'une ! réplique la femme du fond, et les gens se mettent à rire.

— Une autre empoisonneuse sur le trône, s'interpose Émilia avec force, et la foule se tait. Est-ce que c'est ce que vous voulez ?

Jules se tend en même temps que le reste de l'assemblée. Les yeux se fixent sur les couteaux d'Émilia, mais personne ne sort les siens. Un homme avec un chat noir sur l'épaule est assis à une table avec un garçon qui partage son pain avec un moineau, mais en dehors d'eux, Jules ne voit aucun signe de la présence de dons. Peut-être quelques élémentaires, car le vent dehors est pratiquement tombé.

— Est-ce donc cela que vous voulez pour une nouvelle génération ?

Émilia étrécit les yeux.

— Un autre Conseil corrompu, entouré par la mort ? Qui nous empoisonnera jusqu'à ce que le sang coule de nos bouches, qui découpera le crâne de nos enfants ? Les reines triplées ont été abandonnées par la Déesse.

— Mais ce n'est pas le cas d'une fille maudite par la légion ? demande le jeune homme. Car c'est de cette reine que vous parlez, non ? La reine légion.

— C'est bien d'elle que nous parlons, confirme Mathilde.

— Une reine folle sur le trône ?

— Elle n'est pas folle.

— Elle n'est pas réelle ! lance la femme du fond, sa table commence à rire.

— Elle est bien réelle, rétorque Mathilde, sa voix portant jusqu'aux recoins les plus éloignés de l'auberge. Elle est aussi différente. La reine légion n'a rien d'une reine de sang. Mais elle est tout aussi bénie. Elle a reçu de tels dons de la part de la Déesse qu'elle en est Sa championne, notre championne, qui vaincra la dernière des reines qui s'affaiblissent et qui construira un avenir meilleur à nos côtés.

C'est exactement comme l'a dit Émilia : les mots de Mathilde se glissent dans les oreilles de la foule et lui donnent envie de croire en la moindre possibilité. Jules ne peut que rester gauchement assise tandis qu'ils la fixent, sachant pertinemment ce qu'ils doivent penser : cette fille frêle ne peut pas être cette soldate légendaire. Elle fait appel à toute sa volonté pour ne pas ouvrir sa bouche et se ranger à leur point de vue.

— Cette faible chose ?

La femme à l'arrière de l'auberge se lève en faisant un geste de la chope vers Jules, éclaboussant la table du peu de bière qui lui reste.

— Cette petite et misérable vagabonde est censée être notre championne ?

Ses amis rient. Mais cette fois-ci, c'est le cas uniquement de ses amis. Émilia laisse tomber sa cape en sautant avec adresse sur une table à proximité.

— Je t'ai assez entendue pour ce soir, grogne Émilia.

— Émilia, souffle Jules.

— La reine légion se battra pour le peuple. Même les lâches à la langue bien pendue comme toi.

La femme se renfrogne :

— Vous ne trouverez aucun lâche ici.

Elle attend qu'Émilia abaisse son couteau, puis elle projette une hachette qu'elle avait plantée dans le bois de son banc.

Émilia se penche pour la dévier. Elle tombe au sol, inoffensive, mais la guerrière soulève son couteau pour le lancer. Jules sait pertinemment qu'elle atteindra toujours sa cible.

— Émilia, non !

Le couteau vole, il file droit vers le cœur de la villageoise. Jules se jette par-dessus la table, la main tendue. Elle invoque son don, elle combat le franc lancer d'Émilia. Au dernier moment, il est détourné et va se planter dans le plafond.

Tous les visages se tournent vers Jules.

— Appelle-la, souffle Mathilde. Appelle-la *tout de suite*.

Trop hébétée pour désobéir, Jules appelle Camden, et tous les yeux se posent sur les escaliers tandis que le couguar se jette par la porte. Elle descend les marches en bondissant et saute par-dessus la rambarde, atterrit sur les tables, en retournant chopes et assiettes. Elle grogne férocement jusqu'à atteindre Jules et se dresse devant elle en rugissant.

— Voici la reine légion, clame Mathilde à la foule figée. La naturaliste la plus puissante depuis dix générations. La guerrière la plus puissante depuis deux cents ans. C'est elle qui se battra pour tous les dons. C'est elle qui changera tout.

LE CONTINENT

L'échoppe de divination qu'Arsinoé trouve dispose d'une cloche en laiton au-dessus de l'entrée. Elle sonne fort, et elle grimace dès qu'elle passe la porte. Mais il lui semble que le magasin est vide. Il n'y a personne pour la voir ou la fixer. Elle se redresse et fait taire la cloche, et elle sourit en pensant à Luke, dont la cloche à Wolf-Spring n'est pas si désagréable.

Doucement, elle déroule le sac en tissu qu'elle a apporté et se déplace au travers des rayonnages. Il est facile de dénicher trois grosses bougies blanches, qu'elle place immédiatement dans son sac ; elles claquent doucement les unes contre les autres.

— Tu n'es pas d'ici.

Arsinoé tourne sur elle-même et se retrouve face à la commerçante, une femme aux cheveux bruns bouclés portant des perles et de la soie.

— Non, madame. J'ai dû traverser la moitié de la ville pour repérer un magasin comme le vôtre.

La commerçante se met à rire.

— Ce n'est pas ce que je voulais dire. Que puis-je pour toi ?

Sans prévenir, elle ouvre le sac en tissu et regarde à l'intérieur. Sa bouche s'incurve vers le bas.

— Des bougies blanches. Un achat moins intéressant que ce que j'espérais.

— J'ai également besoin d'herbes et d'huiles.

— Tu n'avais pas besoin de traverser la ville pour ça

— J'imagine que j'aurais pu trouver mes herbes dans la cuisine. Mais ensuite, mes hôtes se seraient plaints de la fadeur de leur viande. Je sais que vous avez les herbes que je recherche, je peux les sentir.

La femme la conduit vers l'arrière-boutique, où s'accumulent des sacs et des étagères entières d'herbes et de champignons séchés, dans des bocaux ou en fagots liés par du fil de boucher. Arsinoé choisit les herbes dont elle a besoin, quelque chose qui dégagera beaucoup de fumée quand elle le brûlera. Quelque chose qui dégagera une odeur mais qui ne sera pas si entêtante qu'elle en deviendrait gênante. Sa main s'attarde au-dessus d'un bouquet de sauge, puis elle change d'avis et fronce les sourcils.

La magie basse est le seul lien vers l'île que la Déesse peut retrouver sur le continent. C'est ce qu'a affirmé Madrigal. Mais il lui faudra de l'aide pour en distinguer la trace de si loin. Il n'y a pas d'arbre penché ici, aucune vallée sacrée dans laquelle murmurer ses sorts. L'huile et les herbes, les flammes des bougies l'aideront à se concentrer, lui permettront de porter sa voix au-delà de la mer, peut-être même atteindra-t-elle Fennbirn, ou le passé, l'époque de la reine bleue.

— Est-ce que tu as déjà essayé de brûler de l'ambre ou de la résine ?

La commerçante se dresse pour atteindre une étagère. Elle tend à Arsinoé un morceau de résine qui ressemble à la nougatine de grand-mère Cait mais qui dégage une odeur de conifère.

— Ça brûlera plus longtemps, ça te donnera plus de temps.

Elle rit une nouvelle fois en voyant l'expression troublée d'Arsinoé.

— Tu es si surprise que ça de trouver une divinatrice dans un magasin de divination ? Oui, je sais ce que tu as derrière la tête.

Elle laisse tomber la résine dans le sac d'Arsinoé et l'incite à la suivre derrière un rideau pour entrer dans une pièce plus petite remplie de cristaux et d'orbes transparents pour voyants.

— Comment est-ce qu'un magasin comme celui-ci peut exister ici ? demande Arsinoé.

— Il n'existe pas. Enfin, pas dans les parties les plus cossues de la ville. Mais tant que nous restons enterrés dans les bas quartiers, et tant que nous proposons des attractions inoffensives à ces dames, des séances de divination et de spiritisme, ils n'ont pas de raison de nous chasser.

Elle ouvre un placard et fouille à l'intérieur.

— Est-ce que vous… venez d'ici ?

— Oui. Mais ce n'était pas le cas de ma grand-mère.

— Est-ce que vous savez qui je suis ? interroge Arsinoé avec prudence.

La femme la fixe.

— Je sais que tu cherches des réponses. Et je sais que le prix à payer pour ces réponses ne te fait pas peur.

Elle lance cette dernière affirmation en observant les manches d'Arsinoé, comme si elle pouvait deviner les cicatrices causées par la magie basse.

— Tiens. C'est la dernière chose qu'il te faudra.

Elle s'avance vers Arsinoé et lui glisse une bouteille dans la main, d'un joli verre bleu givré et surmontée d'un bouchon.

Arsinoé fixe l'objet alors qu'elles rebroussent chemin vers la caisse.

— Combien est-ce que je vous dois ?

— Combien est-ce que tu as sur toi ?

Elle plonge la main dans ses poches de pantalon, en ressort une poignée de pièces, qu'elle pose sur le comptoir.

— C'est le bon prix, dit la commerçante, qui les fait glisser vers elle.

— C'est impossible. La bouteille à elle seule vaut plus.

— Prends-la. Et fais attention à toi. Ton voyage ne fait que commencer. Je ne vois pas où il s'arrêtera. Seulement qu'il aura une fin.

Seulement qu'il aura une fin. Les mots de la femme résonnent dans l'esprit d'Arsinoé alors qu'elle traverse la ville pour retourner au cimetière et à la tombe de Joseph, où elle a prévu de retrouver Mirabella. Ces mots pourraient signifier n'importe quoi. Ou ce pourrait simplement être les élucubrations d'une fausse diseuse de bonne aventure.

— Tu as trouvé tout ce qu'il te fallait ?

Arsinoé sursaute quand Mirabella sort des arbres qui bordent le chemin.

— Qu'est-ce que tu fabriques à te faufiler comme ça ? Tu es aussi douée que Camden pour te déplacer furtivement.

Elle passe une main dans ses cheveux ; il lui faudra bientôt les recouper pour horrifier encore et toujours la mère de Billy.

— Pourquoi est-ce que tu te cachais ?

— Je ne me cachais pas. J'étais assise à l'ombre.

— Où est Billy ?

— Il m'a laissée à l'entrée, afin de ne pas déranger.

Arsinoé tend le cou. Le cimetière est désert, comme toujours. Elle s'agenouille à côté de la tombe de Joseph et commence à vider le contenu de son sac.

— Je n'en reviens pas d'avoir donné mon accord.

Mirabella s'assoit sur l'herbe pour lui donner un coup de main. Elle saisit la bouteille bleue et la regarde à la lumière.

— Nous aurions dû venir à la nuit tombée.

— Le feu aurait été encore plus visible.

Arsinoé pose les trois bougies pour former un triangle sur l'herbe où Joseph repose. Mais c'est peut-être trop près. Elle a besoin de son sang d'insulaire, mais elle ne souhaite pas pour autant le perturber.

— Il désapprouverait, tu sais.

— Je sais, mais il nous aiderait tout de même.

Sa gorge se noue, et Mirabella et elle jettent un regard triste à la pierre tombale. Elle est si neuve et si brillante, parmi toutes les autres tombes plus anciennes qui hérissent cette colline. Il est encore difficile de croire qu'il n'est plus là.

Ensemble, Mirabella et elle disposent d'autres articles du sac sur l'herbe : les morceaux de résine, l'huile, et enfin la petite dague aiguisée d'Arsinoé. Celle-ci débouche la bouteille d'huile et la renifle, l'odeur est douce et herbacée. Elle en fait tomber quelques gouttes au sol, puis en applique un peu sur son front et sa poitrine. Elle en fait autant pour Mirabella, qui fronce le nez.

— Est-ce qu'il serait possible de lancer un sort de bannissement ? Pourrait-on utiliser les mêmes objets pour repousser la reine bleue et se débarrasser de tes rêves ?

— Peut-être, répond Arsinoé. Mais, je ne sais pas pourquoi, je ne pense pas que ça marcherait.

Elle se fige et regarde sa sœur d'un air un peu coupable.

— Je crois que je commence à l'apprécier. Daphné, je veux dire.

Mirabella reprend un peu d'huile de la bouteille et se masse entre les doigts.

— Qu'est-ce qu'elle t'a montré hier soir ? Quand tu te débattais ?

— Elle m'a montré sa haine envers le duc Branden de Salkade.

— Le beau prétendant ? Pourquoi est-ce qu'elle le déteste ? Parce qu'il ruine les chances d'Henry ?

— Non, objecte Arsinoé d'une voix sombre. Car il est malveillant.

— Très bien.

Mirabella ajuste la position de ses jambes pour s'asseoir plus confortablement.

— Mais ne t'inquiète pas trop. L'histoire nous apprend deux choses : Henry Redville devient le consort d'Illiann et le roi de la Salkade le meneur de la bataille perdue contre l'île.

— Je ne le savais pas pour la Salkade.

Arsinoé la pousse gentiment.

— Ne me gâche pas la surprise.

Une fois ses préparatifs achevés, elle se frotte les mains et fait un geste en direction des bougies.

— Est-ce que tu peux utiliser ton don pour les allumer ?

— Toutes les trois ?

Mirabella plisse des yeux emplis de doute.

— Juste la résine, alors ?

Mirabella se concentre jusqu'à ce que de la sueur perle sur son front. C'est une situation pénible à contempler, alors qu'Arsinoé l'a vue former une boule de feu au creux de la paume de sa main d'un simple vœu, d'une seule pensée. Mais au moment où Arsinoé croit que Mirabella s'apprête à renoncer, la résine s'allume et commence à fumer. Mirabella souffle et rit, et les bougies s'enflamment d'un seul coup. Autour d'elles, le vent tombe, et les oiseaux et les insectes se taisent.

— Est-ce que c'est un bon signe ? interroge Mirabella.

— N'importe quel signe est bon.

Arsinoé saisit sa dague et se fait une petite incision en forme de croissant au creux du bras. Cette sensation est familière, mais elle ne ressemble pas à celle qu'elle avait ressentie sous l'arbre penché. Elle est plus fade. La douleur est légère et amère, comme une pièce sale qu'elle aurait dans la bouche.

— Donne-moi ton bras.

Elle effectue la même coupure sur Mirabella. La première cicatrice sur sa peau parfaite.

— Qu'est-ce que je dois faire ? s'enquiert Mirabella alors que leur sang goutte devant les bougies et s'enfonce dans la terre où repose Joseph.

— Tends-toi vers l'île avec ton esprit. Laisse-la te retrouver…

Arsinoé commence l'exercice, et l'ombre des arbres change.

Elle semble plus sombre. Elle semble plus profonde. Elle semble avoir des jambes.

L'ombre de la reine bleue s'avance d'un pas furtif vers elles, comme si elle était constituée de fumée, pour autant que la fumée puisse écraser l'herbe et la fouler en laissant des empreintes de pas derrière elle. Quand elle grimpe en haut de la pierre tombale de Joseph et s'y perche comme un horrible corbeau, Mirabella sursaute, peut-être pour fuir ou pour la faire descendre, mais Arsinoé la retient.

— Qu'est-ce que vous voulez ? demande Mirabella.

La reine bleue tend le bras. Elle pointe du doigt la direction de la mer, vers l'île.

— L'île, souffle Arsinoé en plongeant le regard dans les profondeurs du vide du visage de l'ancienne reine. Nous l'avons compris. Mais qu'est-ce que vous voulez ? Pourquoi est-ce que je rêve que je suis Daphné ? Qu'est-ce que vous essayez de me dire, reine Illiann ?

La reine bleue émet un son. Un cri mêlé au grincement de mâchoires mortes qui s'ouvrent grand. Le son s'amplifie jusqu'à se transformer en une bourrasque, et Arsinoé se penche par-dessus les bougies allumées. Mais elles ne s'éteignent pas. Elles vacillent, alors que Mirabella emploie son don pour les protéger.

— Nous sommes comme vous, lance Mirabella. Nous sommes de votre lignée. Dites-nous ce que vous nous voulez, ou laissez-nous en paix !

Le hurlement du vent se calme, et la reine bleue place ses mains autour de sa gorge. Sa tête s'agite d'avant en arrière.

— Elle ne peut pas parler, analyse Arsinoé. Elle essaie.

— Partez.

C'est un croassement. Un seul mot, qu'elle répète :

— Partez.

Elle se griffe la bouche. Puis pointe à nouveau du doigt vers Fennbirn.

— Partez.

— Nous ne pouvons pas y retourner.

Mirabella se lève.

— Nous nous sommes échappées. Nous n'y retournerons jamais.

Elle panse sa plaie avec un morceau de tissu et le noue à l'aide de ses dents. Elle saisit sa sœur et étanche aussi son saignement. Sans le sang frais de reines, l'ombre pâlit. Elle s'efface. Elle tend une dernière fois son doigt puis disparaît, emportant le vent avec elle.

— Pourquoi est-ce que tu l'as arrêtée ? demande Arsinoé, alors que les bruits des oiseaux et des insectes regagnent le cimetière. Elle devenait plus puissante.

— C'est peut-être pour ça que je l'ai arrêtée.

— Mais elle avait davantage de choses à nous dire, j'en suis certaine.

— Arsinoé.

Mirabella éteint les bougies et piétine les derniers morceaux de résine encore incandescents. Elle replace tout dans le sac et le referme d'un nœud.

— Tu ne crois pas que tout ce qu'elle cherche, c'est que nous y retournions pour mourir ? Que nous n'étions pas censées nous sauver ?

— Et les rêves…

— Ce ne sont rien de plus que des leurres ! Un piège.

Mirabella passe un bras autour des épaules d'Arsinoé alors qu'elle regarde la baie.

— Et même si ce n'est pas cas, le jeu n'en vaut pas la chandelle.

La lune des moissons

ROLANTH

— Venir ici était une erreur, dit Pietyr alors que leur carrosse approche la ville élémentaire de Rolanth. Nous aurions dû rester à Indrid-Down.

— Et célébrer la Lune des Moissons au beau milieu d'une foule vociférante ?

Geneviève hausse les sourcils.

— Vous pensez vraiment qu'il n'y aura pas de foule à Rolanth ? L'île tout entière a entendu parler de… – il lance un regard contrit à Katharine – ce qui est arrivé à ce garçon.

— Tu parles de l'assassin. Celui dont la reine a fait un exemple.

La reine et sa cour vont descendre dans le plus bel hôtel de Rolanth. C'est la grande prêtresse elle-même qui a pris en charge les arrangements avec Sara Westwood. Katharine ouvre la fenêtre du carrosse et inspire à pleins poumons l'air frais du Nord. Il y a tant de bâtiments blancs dans ces collines. Le calcaire et le marbre font face à la mer en un saisissant contraste avec les falaises de basalte qui forment la côte nord-est, cet endroit qu'ils appellent la Chaussée noire de Shannon. Rolanth est plus lumineuse qu'Indrid-Down, grâce à l'eau claire du fleuve qui s'écoule en son centre et aux nombreux espaces verts des parcs et des jardins. Il est difficile de croire que quoi que ce soit puisse mal tourner dans un si bel endroit.

Elle s'est déplacée avec la quasi-totalité de son Conseil noir pour s'en assurer, sauf le cousin Lucian, Rho Murtra et Paola Vend. Certains devaient rester à la capitale afin de ne pas donner l'impression de fuir. Même si c'est très exactement ce qui est en train de se produire.

Quand le carrosse s'arrête, Geneviève sort d'un bond afin de s'assurer que tout a bien été préparé. Pietyr prend la main de Katharine pour l'escorter jusque dans l'hôtel.

Leur chambre occupe l'intégralité du dernier étage, un endroit charmant aux murs couleur ivoire et au velours bleu sur le lit. Katharine se défait de sa cape de voyage et la jette sur une table ovale. Puis elle ouvre en grand les fenêtres en se penchant dans le vide.

— Écarte-toi des fenêtres, Kat.

Pietyr les referme et l'attire au centre de la pièce.

— Combien de temps resteras-tu fâché contre moi à cause de ce qu'il s'est passé avec ce garçon, Pietyr ?

— Je ne suis pas en colère.

Il déboutonne sa veste et la pose sur une chaise.

— Je cherche à te protéger. Même si je me demande pourquoi tu n'es pas plus fâchée envers toi-même.

— Je l'ai été. Je le suis toujours.

— Vraiment ? Nous devons marquer ce garçon du sceau de la traîtrise, il n'aura même pas le droit d'être incinéré, tout ça pour affirmer que la reine avait raison ?

— Mais j'avais raison. Il m'a attaquée, tente faiblement Katharine, mais son ton manque de conviction.

Le garçon n'avait rien d'une vraie menace. Elle aurait pu le désarmer. Mais elle a préféré lui planter un couteau dans la gorge.

— Natalia dirait qu'il est plus important qu'une reine soit crainte qu'aimée.

Pietyr fronce les sourcils.

— Natalia n'aurait jamais dit ça. Pas dans ce cas-ci.

Geneviève entre dans la pièce, après avoir terminé son inspection sommaire de l'hôtel. Elle pose les yeux sur la reine et Pietyr et lui adresse un regard de reproche.

— Est-ce que tu veux bien cesser de lui dire qu'elle a tort, mon neveu ? Est-ce que tu peux arrêter de penser à ce qu'il y a de mieux pour ta « Kat » et commencer à penser à ce qu'il y a de mieux pour son règne ?

— Assassiner des sujets n'a jamais été ce qu'il y avait de mieux pour un règne. La peur est une chose, mais pas pour une reine dont la cote de popularité est déjà si basse. Ajouter de la peur à de l'aversion engendre de la haine. Et la haine pousse le peuple à mordre.

Geneviève soupire.

— Le peuple oubliera. Tu joues à ce jeu depuis si peu de temps, Pietyr. Il faudra des années avant qu'aucun de tes conseils n'ait une quelconque valeur.

Une boule de frustration se forme dans la gorge de Katharine. Elle sait déjà ce qui va suivre. Les joues pâles de Pietyr vont se colorer, il va grincer des dents. Il finira par crier, et Geneviève répondra à ses invectives, et Katharine voudra que sa tête explose.

— Geneviève, intervient-elle rapidement. Voulez-vous bien inspecter les lieux du festival ?

— Oui, reine Katharine.

Elle exécute une révérence et les quitte, et Pietyr claque la porte si vite derrière elle qu'elle manque de lui frapper le fond de son pantalon.

Katharine s'en retourne à la fenêtre.

— Kat.

— Je ne risque strictement rien à cette hauteur.

Elle regarde à l'extérieur. À Rolanth, le soleil brille et la mer scintille. Le ciel est dégagé. Aucun brouillard n'est suspendu sans raison au-dessus de l'eau, et aucun pêcheur perdu en mer n'est balloté par les vagues.

Les mains de Pietyr remontent le long de ses bras. Ses doigts se glissent dans ses cheveux, et elle laisse sa tête retomber contre son torse. Ses caresses sont comme un baume : elles la rappellent à son propre corps.

— Ce n'est pas toi qui as fait ça à ce garçon, si, Kat ? C'étaient elles. Les reines mortes.

— Je n'en sais rien.

— Si, tu le sais très bien. C'est simplement que tu ne veux pas l'admettre. Mais pourquoi ? Est-ce que tu penses que je vais te voir comme un monstre néfaste ?

— Non !

— Pourquoi, alors ?

— Pour les protéger !

Elle lui presse les mains.

— Tout comme elles m'ont protégée. Elles font désormais partie de moi, Pietyr. Et ce qu'elles me donnent vaut bien ce qu'elles me prennent.

— Même la vie d'un adolescent ?

Katharine ferme les yeux. Elle discerne le visage de ce jeune homme. Elle le revoit dans ses rêves. Mais elle tente de ne pas penser à lui éveillée. Les reines mortes semblent aimer cela, et cela lui paraît terriblement mal.

— Cela ne se reproduira pas. Plus jamais.

— Comment est-ce que tu peux en être si sûre ? Est-ce que tu peux les calmer ? Est-ce que tu peux les empêcher de te mettre en danger ?

— Toi, tu les apaises.

Elle se tourne en attirant sa bouche contre la sienne.

— Tout comme tu m'apaises moi.

Le jour du festival de la Lune des Moissons, Katharine est vêtue par Sara et Bree Westwood. Pas moins de six servantes entrent en leur compagnie, apportant des dizaines de robes, plusieurs boîtes de gants et divers écrins à bijoux, avant de s'incliner pour les quitter et leur donner un peu d'intimité. Habiller une reine, en particulier à l'occasion de l'un des grands festivals, est un immense honneur, même si l'on pourrait croire le contraire à en juger par les expressions amères qui se lisent sur les visages de Bree et de Sara.

— Maîtresses Westwood.

— Ma reine.

Sara Westwood fait une révérence basse, les yeux fixés sur le sol.

— Nous remercions la reine pour cette invitation.

Katharine pose un regard compatissant sur la raideur du dos de cette femme, sur ses cheveux grisonnants. Ils n'ont pas toujours été si gris. Durant le duel des reines, les cheveux de Sara étaient d'un brun vif et brillant.

— Je n'envisagerais jamais de le proposer à qui que ce soit d'autre à Rolanth.

Elizabeth, la prêtresse à une main, est elle aussi présente, comme toujours, et la fille s'affaire à défroisser les robes et à chuchoter à l'oreille de Bree. Bree rit même après un commentaire, et Elizabeth lui donne une tape joviale de son moignon. Ce sont des amies proches, même sans la présence de Mirabella pour les lier.

— Je...

Katharine s'éclaircit doucement la voix.

— J'aimerais porter mes propres gants.

Elle lève les bras. Elle en a déjà passé une paire par-dessus sa chemise en lin noir.

— Comme vous voudrez, ma reine.

Sara opine rapidement du chef et ferme chacune des boîtes à gants.

— Même si ceux que nous avons choisis sont pour le moins à la mode.

— C'est une question sur laquelle je suis assez difficile.

— Est-ce pour cela que vous restez plantée là sans rien porter d'autre que vos gants et vos sous-vêtements ? demande Bree.

Ou est-ce que c'est parce que vous ne souhaitez pas que nous apercevions vos cicatrices ?

Elle s'approche avec une paire réalisée dans une jolie dentelle noire.

— Tout le monde sait que vos mains ont souffert lorsque vous tentiez d'échapper à votre sort lors de la cérémonie de la Révélation. Prenez ces gants.

Elle les fait claquer dans l'une des paumes de Katharine.

Lentement, et en ressentant le poids constant de leurs regards, Katharine fait glisser le tissu le long de son bras. De profonds sillons sont creusés dans sa peau, laissés par des incisions au couteau empoisonné et semblables à des veines extérieures. Des cercles rose vif marquent l'emplacement de cloques ayant éclaté. Et ses mains. Ses mains sont un carnage de peau rêche et rapiécée, déchirée et altérée depuis qu'elle est sortie en rampant du domaine Breccia.

La dentelle n'en cachera rien.

— Essayez ceux-ci, reine Katharine.

Elizabeth lui lance un sourire chaleureux.

— Ils sont encore plus beaux.

Encore de la dentelle, mais cette fois-ci cousue par-dessus un fin tissu noir. Avec délicatesse, la prêtresse l'aide à les enfiler, les étirant avec précaution, comme si sa peau faisait encore souffrir Katharine.

Bree, qui contemple la scène avec douceur, se raidit quand Katharine la regarde.

— C'est bien.

Elle opine et choisit une robe de soie noire, ajustée à la taille.

— Il faudra également une cape épaisse pour la soirée, affirme Sara, mais la jupe ample et basse volera avec élégance dans le vent.

— Celle-ci, peut-être ?

Bree en tend une nouvelle à Katharine. La coupe est similaire, mais la matière est plus épaisse et doublée.

— Tant de choix, murmure Katharine.

— Oui, eh bien, il est plus difficile d'habiller certaines reines que d'autres, lui souffle Bree.

— Êtes-vous… fâchée contre moi, Bree ?

De l'autre côté de la pièce, Sara et Elizabeth continuent de trier les chaussures et les bijoux. Peut-être n'entendent-elles vraiment rien.

— Pardon ? Vous pensiez que je me montrerais agréable ? Ou même que je deviendrais une amie ? Après un unique moment de conversation civilisée près d'une fenêtre ?

Elle renifle.

— J'ai pensé que… que vous n'étiez peut-être qu'une fille seule, et que je devrais peut-être vous donner une chance. Puis, une heure plus tard, je vous ai vu planter un couteau dans la gorge d'un adolescent de votre propre peuple.

Elle s'écarte brutalement.

— Je… n'étais pas moi-même, explique Katharine, toujours à voix basse. J'avais peur.

— J'ai vu votre visage, votre expression. Vous n'aviez peur de rien du tout.

— Je le regrette. Si je pouvais revenir en arrière, il serait encore en vie. C'est la vérité, mais je ne peux pas dire que…

— Ma reine, l'interrompt Sara Westwood, et Katharine se retourne pour découvrir un long collier parsemé de grosses perles noires contre son visage. Celles-ci peut-être. J'ai un jour entendu dire que vous appréciez ce genre de choses.

— Oui, merci, répond-elle en entendant la porte s'ouvrir et claquer suite au départ fracassant de Bree.

* * *

Bree ne se trouve pas dans le carrosse quand il se présente pour amener Katharine au festival. Seules Sara Westwood et la prêtresse Elizabeth l'accompagneront en compagnie de Pietyr au parc de la Lande dans le centre de la ville, mais Katharine ne fait aucun commentaire. Le voyage le long du fleuve est rapide. Peut-être même est-il trop rapide, car par deux fois les chevaux s'arrêtent et manquent de chuter.

— Ils n'ont pas l'habitude des chemins abrupts, affirme Pietyr.

— C'est à cause du vent. Chaque don élémentaire est très présent aujourd'hui, et le vent soufflera violemment jusqu'à la nuit, quand les feux débuteront.

Sara tapote l'épaule d'Elizabeth.

— Elizabeth, est-ce que tu veux bien changer de place avec maître Arron afin de te retrouver plus près des chevaux ?

— Bien sûr.

Ils échangent leurs places et l'avancée du carrosse se fait plus sereine.

— Elizabeth a toujours un petit peu de son don de naturaliste, explique Sara.

— C'est pourquoi je vous vois si souvent nourrir des oiseaux, note Katharine, et la prêtresse sourit.

À l'extérieur, Rolanth défile sous leurs yeux, décorée de drapeaux colorés accrochés pour la Lune des Moissons. Sur le marché, Katharine a vu que des drapeaux et des bannières étaient vendus, teintés de diverses nuances de bleu et de jaune, d'argent et d'or. Les artisans les plus doués ont même fabriqué des poissons en tissu chamarrés avec des écailles brillantes, qui se gonflent quand l'air s'engouffre dedans. Partout sur l'île, tout le monde célèbre la Lune des Moissons pour la récolte à venir, mais à Rolanth, cela marque également la fin de la pêche et l'arrivée des rafales hivernales.

— Vous devez être heureuse de revoir votre fille chez vous, Sara.

— La capitale est désormais là où Bree habite, répond Sara, comme il se doit.

Mais Katharine le voit bien, elle est heureuse. Plus qu'heureuse, elle est soulagée. Pour elle, Indrid-Down est un lieu sinistre rempli d'empoisonneurs. De mort.

Le carrosse s'arrête, et la garde de Katharine se rassemble pour l'escorter sur les lieux du festival. Le parc de la Lande est décoré de banderoles, de drapeaux et de nombreux poissons colorés. Les festivaliers rient et dansent, mangeant du hareng fumé sur des piques et buvant du vin épicé.

— Reine Katharine.

Geneviève vient à sa rencontre dès qu'elle pose un pied sur le chemin en pierre blanche.

— Un endroit agréable a été préparé pour toi, à proximité de la fontaine et du canal, d'où tu pourras observer le festival.

Accompagnée de Pietyr, Katharine prend place à côté de Sara et de la grande prêtresse. Des serviteurs leur apportent des verres de vin chaud et trois brochettes de poisson, tandis que les musiciens s'approchent pour reprendre leurs morceaux. Bientôt, les danseurs emplissent la route pavée et débordent même sur la pelouse.

— Pietyr Arron. M'accorderez-vous cette danse ?

La bouche de Katharine s'ouvre en grand à la vue de Bree. Elle est sortie de nulle part, se faufilant au travers de la foule pour s'arrêter devant Pietyr et la reine, la main tendue. Sa robe de festival est bleu nuit et brodée d'un fil argenté. Elle laisse apercevoir ses bras et ses épaules nus, et épouse ses seins comme s'ils ne s'étaient pas vus depuis des lustres.

Pietyr fronce les sourcils.

— La reine vient seulement d'arriver.

— Allez, Pietyr.

Katharine lui serre la main.

— Tu rendras folles de jalousie toutes les personnes présentes.

— Comme tu voudras.

Il se lève et laisse Bree le guider jusqu'à la piste. Pendant quelques pas, il tente de garder le rythme, mais même si Pietyr est bon danseur, il est évident qu'il ne peut pas rivaliser avec les jambes souples qui enveloppent les siennes. Rapidement, les autres danseurs les remarquent et sifflent pour encourager Bree.

Luca touche la main de Katharine et lui parle du coin de la bouche :

— Elle fait ça uniquement pour vous irriter. Elle est comme ça.

— Je le sais. Évidemment que je le sais.

Bree s'appuie contre le torse de Pietyr et remonte l'une de ses cuisses contre sa hanche. Son expression s'adoucit. Pietyr regarde Katharine avec désespoir. Tout le monde la fixe. Geneviève avec une intensité curieuse, Sara nerveusement, le dos raide. Le peuple, prêt à faire un large sourire quand Katharine se mettra à crier et hurler.

Mais au lieu de cela, la reine rit.

— Plus fort ! Jouez plus fort, jouez plus vite !

Elle siffle, et Bree se fige de surprise.

Puis elle lance un sourire suffisant, s'incline et reprend. Ce pauvre Pietyr commence à transpirer, et la foule les encourage. Pauvre, pauvre Pietyr. Il n'a jamais eu l'air si mal à l'aise, il résiste avec raideur à toutes les avances de Bree. Il lui semble que toute une vie s'écoule avant que la chanson ne se termine, et Bree se courbe devant Katharine, les mains sur les hanches, admettant ainsi sa défaite.

Katharine se lève et passe entre les danseurs qui applaudissent pour retrouver Pietyr.

— Comment est-ce que tu peux me faire ça ?

Il la fait pivoter dans ses bras.

— Cette danse ne t'a vraiment pas plu ?

Elle enroule ses jambes autour de ses mollets.

— Je pensais lui demander de m'apprendre.

— T'apprendre…

Son regard noir s'efface, et il lui sourit.

— Tu crois qu'elle accepterait ?

Ils tournent ensemble et il rit.

C'est agréable de le voir rire.

— Même si proche de toi, j'ai froid, dit-il alors que le vent soulève son col. J'envie parfois ces élémentaires et leur résistance au temps.

— Oui, murmure Katharine.

Le froid ne la dérange pas autant. Certaines des reines mortes étaient élémentaires, et ce qu'elle leur emprunte suffit à la protéger.

— Les feux débuteront bientôt, reprend-elle, et le vent tombera, c'est ce qu'a affirmé Sara…

Un cri se diffuse par-dessus la musique.

— Qu'est-ce que c'est ? demande Pietyr.

Il lance un regard interrogateur à Geneviève, qui a, peut-être, une meilleure vue depuis la table de la reine.

Mais Katharine le sait déjà. Ses sœurs mortes et elle le ressentent, avant même que la panique n'éclate au bord du fleuve. Elles le ressentent avant que le brouillard ne sorte de l'eau et ne recouvre le sol.

— Évacue les gens d'ici, Pietyr.

— Trop tard.

La foule s'affole, et Pietyr se jette sur la reine alors qu'ils se font bousculer de toutes parts par des gens cherchant à se sauver. La grande prêtresse Luca est debout et tente de diriger la foule vers le sud et l'ouest. Des personnes tombent et se font piétiner. Elles sont avalées par le brouillard, qui a atteint le centre de la ville via le fleuve. Katharine se demande où ces corps referont surface. Ou s'ils seront seulement retrouvés.

— Reine Katharine.

Geneviève lui saisit le bras.

— Nous devons te faire retourner à l'hôtel.

De retour à l'hôtel, enfermés et en sécurité en compagnie de la garde de la reine postée tout autour du bâtiment, les membres du Conseil noir se rassemblent dans la chambre de la reine. Il leur faut un certain temps pour arriver, et à chaque fois que la porte s'ouvre, Katharine soupire de soulagement. Luca, Bree et Antonin sont présents. Geneviève et Pietyr sont les premiers à avoir atteint l'hôtel avec elle. Renata Hargrove se dépêche de passer la porte la dernière, tremblant dans sa cape grise, et après un long moment, Katharine commence à paniquer, s'inquiétant du sort du cousin Lucian, jusqu'à ce qu'elle se rappelle qu'il est resté à Indrid-Down, ainsi que Paola Vend et la prêtresse Rho.

— Combien nous ont quittés ? demande Katharine. Combien ont été emportés ?

Personne n'a de réponse à apporter. Les yeux de l'assemblée viennent se poser sur Renata, c'est la dernière à être revenue.

— Il est trop tôt pour le dire, reine Katharine. Tout le monde n'a pas été retrouvé, et même lorsque je courais…, le brouillard ne s'était pas encore retiré.

Mais c'est désormais terminé. Katharine s'est précipitée à la fenêtre quand ils sont arrivés au dernier étage, elle fouillait la ville du regard pour retrouver le parc de la Lande. Elle a vu le brouillard, étendu comme des doigts blancs épais. Elle l'a vu se suspendre au-dessus du lieu du festival et hésiter aux abords des rues de la ville. L'air portait encore les cris du peuple, les sons étaient plus feutrés à cause de la distance, mais ils n'en étaient pas pour autant moins effrayants.

— Il s'est retiré, annonce-t-elle, et Renata frémit. Je l'ai vu depuis la fenêtre. Il est retourné au fleuve avant de disparaître en mer.

— Il les a pris si rapidement.

Antonin distribue du brandy empoisonné à tous les autres empoisonneurs et lui-même, et il vide son verre d'un trait, d'une main tremblante.

— Et la façon dont leurs cris étaient coupés… comme s'ils étaient étouffés.

— Certains ont pu traverser le brouillard indemnes, remarque Luca. Mais d'autres…

— Les autres seront retrouvés en petits morceaux et décomposés. Ils flotteront dans le port Bardon quand nous retournerons à la capitale.

Geneviève sert davantage de brandy. Elle est si bouleversée qu'elle offre également un verre de vin non empoisonné à Luca.

— Vous pensez que Lucian et Paola sont sains et saufs ? interroge Antonin. Est-ce que cela a eu lieu là-bas également, ou seulement ici ?

— Rho est avec eux, répond vaguement Luca, comme si cela faisait toute la différence.

Katharine se tourne vers Bree.

— Bree, est-ce que votre mère et Elizabeth sont en sécurité ? Sont-elles sorties du parc sans encombre ?

— Oui. Elles étaient juste à côté de moi. Je les ai quittées pour vous rejoindre, elles sont allées se réfugier au temple.

— Le temple, murmure Katharine. Très bien.

Il ne fait aucun doute que beaucoup auront cherché à s'y réfugier. Peut-être qu'en chemin ils s'arrêteraient à l'hôtel avec des torches et des poings levés. Ils auraient toutes les raisons de le faire.

Elle s'écarte du groupe pour retourner à la fenêtre. La zone voisine du lieu du festival est désormais calme, désertée. Mais le reste de la ville bouillonne d'une activité frénétique.

Elle sent les mains de Pietyr se poser sur ses épaules.

— Est-ce que tu sais ce que c'est, Kat ? Est-ce que tu sais ce qu'il veut ?

— Non, Pietyr.

Elle secoue pitoyablement la tête.

— Et *elles* ?

À la mention des reines mortes, elle se défait de ses mains et lui lance un regard d'avertissement en désignant les oreilles proches du Conseil.

— Si c'est le cas, elles ne m'en ont rien dit.

Elles ne lui ont rien dit, mais elles filent dans son sang comme des poissons paniqués. Elles l'empêchent de réfléchir, de rester en place.

— Que devons-nous faire ?

Elle tend les mains vers Geneviève, Luca. Puis elle se tourne vers Antonin, Renata et même Bree. Personne ne répond. Finalement, Katharine serre les poings et hurle :

— Que devons-nous faire ?

— Nous n'en savons rien.

Luca soulève ses épaules flétries.

— Autant poser cette question à l'air qui nous entoure, ou à la Déesse. Rien de tel ne s'est passé de notre vivant ni ne s'est même jamais produit.

Katharine baisse les yeux. En s'habillant ce matin, elle n'avait pas remarqué les motifs sur le tapis sous ses pieds. C'est un tissage de la reine Illiann, la reine bleue, debout en haut des falaises de basalte noir, les bras tendus et ses cheveux noirs gonflés par le vent, comme un nuage. En mer, les navires du continent sont écrasés par ses vagues, et entre eux, le brouillard se dresse comme un voile. Katharine pose dessus un regard noir, c'est comme si la créatrice même du brouillard se riait d'elle.

— Est-ce ici que cela s'est produit ? À la Chaussée noire de Shannon ? Est-ce que le brouillard a été créé à cet endroit ?

Elle se tourne vers Geneviève.

— Si c'est le cas, vous auriez dû le savoir et nous n'aurions jamais dû venir à Rolanth !

— Des batailles ont eu lieu sur toute la côte, bafouille Geneviève. Mais le brouillard a été créé au port Bardon, pas ici. Peut-être est-elle représentée ici parce qu'elle était élémentaire…

— Et n'avez-vous rien appris d'autre à son sujet ? Au sujet de tout ce qu'il se passe ?

Elle lance un geste en direction du brouillard du tissage, mais Geneviève secoue la tête.

— Tout cela n'est que légende. Un autre secret ancien gardé par l'île.

Katharine fronce les sourcils. Elle demande aux reines mortes de l'aider, de la guider, mais elles demeurent agitées et silencieuses.

— Trouvez des signalements, lance-t-elle enfin. Découvrez qui a disparu. Notez les témoignages de ceux qui ont été touchés par le brouillard sans heurt. Pietyr, Renata, et… – elle examine leurs visages – Bree s'en occuperont. Le peuple de Rolanth lui parlera à elle, et donc à vous aussi, si elle vous accompagne.

Elle adresse un signe de tête à Antonin.

— Antonin, emmenez ma garde au parc. Sécurisez-le et dispersez les soldats dans la ville afin qu'ils viennent en aide à qui en a besoin.

— Oui, reine Katharine.

Ils s'en vont sans se plaindre, soulagés d'avoir une tâche à exécuter.

— Et nous ? demande Geneviève en regardant Luca.

Katharine se défait des gants en dentelle fine que les Westwood lui ont offerts. Elle retire les perles noires en les passant par-dessus sa tête et les serre entre ses doigts.

— Geneviève, j'ai besoin que vous appeliez un oracle.

— Un oracle ?

— Écrivez à Sunpool. Dites-leur de nous envoyer leur meilleur, leur plus puissant oracle. Dis-leur que s'ils parviennent à nous éclairer quant au brouillard, ils seront récompensés par un siège au Conseil noir.

— Un siège au Conseil ? répète Geneviève en clignant des yeux. Tu en es sûre ?

— Faites-le !

— Tout de suite, reine Katharine.

Elle part en fermant doucement la porte derrière elle. Katharine regarde Luca et se sert un verre de brandy empoisonné.

— Vous devez être heureuse. Mon règne se passe mal.

— Je le serais, répond Luca alors que Katharine boit son verre, si c'était le cas uniquement pour vous.

Katharine renifle.

— Eh bien, dans ce cas, comment le Temple peut-il nous aider ?

— Le Temple est rempli de sages érudits. Nous pouvons passer les bibliothèques et l'histoire au peigne fin, pour voir ce que nous pouvons trouver.

Elle s'approche de la reine pour faire tinter leurs verres.

— Et nous pouvons prier.

LA ROUTE QUITTANT BASTIAN

Quand Jules, Émilia et Mathilde quittent le village vers le nord en longeant les contreforts des monts Marins, l'ambiance a changé au sein de l'auberge. Après cette première nuit durant laquelle ils ont vu Jules guider les couteaux et Camden sauter par-dessus des tables avec férocité, ils ont commencé à la regarder avec émerveillement. Tant d'émerveillement même que lorsqu'elles font leurs adieux à l'aubergiste, Jules est presque persuadée que la fille va s'incliner. Mais elle se contente finalement d'une révérence rapide.

— Nous ferons passer le mot, affirme la fille. Et nous serons prêts à répondre à votre appel.

Elle tend un paquet et Camden hume l'air.

— Je peux me permettre ? demande-t-elle avant que Jules acquiesce.

La fille déballe un poisson et laisse Camden le saisir doucement entre ses dents.

— Adieu.

— Adieu.

— Pour le moment, conclut Émilia, puis elles reprennent la route.

Plus loin sur la route, Jules regarde Camden qui s'est allongée pour déchiqueter le poisson en ronronnant.

— Ça me rappelle des souvenirs de Wolf-Spring. Quand Arsinoé avait l'ours. Nous ne pouvions pas aller dans un pub sans que quelqu'un nous colle une truite dans les bras.

— Tu ferais mieux de t'y habituer, souligne Émilia. Ce n'est pas mieux ainsi ? Qu'ils nourrissent ton chat plutôt que de te cracher dans les cheveux à cause de la malédiction ?

— C'est vrai.

Cette expression qu'ils avaient eue quand elle a fait appel à ses dons, *ses deux dons*. Ce n'était ni du dégoût ni de la peur, simplement de l'espoir. Tout cela à cause d'une prophétie idiote et de quelques bardes sachant chanter. Mais c'était agréable. Plus que ça même, cela paraissait juste.

Elles traversent trois villages de plus en remontant vers le nord, et dans chacun d'eux, Émilia et Mathilde trouvent des oreilles prêtes à les écouter. Elles organisent des rencontres secrètes dans des tavernes, des maisons de campagne, ou encore dans des granges poussiéreuses et sombres ou le long de rivières. Certains viennent avec leurs fourches ou leurs pelles, comme si c'étaient des armes. Ils voient la guerrière et son familier couguar, puis ils commencent à croire.

— Je te l'avais bien dit, non ? lance Émilia, tournant un lapin rôti sur la broche de leur feu de camp, alors que la gueule de Camden se met à saliver. Ils y croient. Ils appellent le changement tout autant que nous.

— Mais est-ce que nous pouvons gagner ?

Jules fait tourner son propre lapin, il est bien plus costaud et gras que celui d'Émilia.

— Avec une armée de fermiers et de pêcheurs qui ont tous des dons différents ? Ce ne sont pas des soldats, et ils ont tout autant de chances de se battre les uns contre les autres que contre la garde de la reine.

— Nous pouvons gagner, affirme Mathilde. Si assez de personnes de l'île nous soutiennent, nous pouvons gagner.

Tout au fond de son esprit, Jules entend un chuchotement lui rappelant que les reines sont sacrées. Mais elle repousse cette idée. Oui, les reines sont sacrées, mais les reines empoisonneuses leur ont fait défaut. Elles ont corrompu la lignée. Surtout Katharine.

— Tu devrais peut-être moins exagérer la prochaine fois, Mathilde, suggère Émilia, mais de l'autre côté du feu, la voyante se contente de sourire.

— Mais pourquoi ? Les foules adorent les histoires grandiloquentes. Plus elles sont grandioses, mieux c'est. Ce n'est pas grave si Jules n'a pas vraiment tué cinquante soldats quand elle s'est échappée des cellules du Volroy. Et ce n'est pas grave non plus si son don de la guerre n'a pas arrêté des centaines de flèches, si ?

— Bien sûr que non, tant que personne ne demande de démonstration, rétorque Jules alors qu'Émilia rit. Entre toi et les autres bardes, le peuple va commencer à croire que je mesure quatre mètres de haut.

Mathilde ricane et partage une petite miche de pain en quatre morceaux. Elle leur en jette un chacune et Jules attrape celui de Camden pour l'appuyer contre le lapin et l'imprégner des sucs.

— C'était notre dernière miche de pain, annonce Mathilde. Il faudra faire sans pendant quelques jours. Il n'y a plus rien qui nous sépare des montagnes, maintenant.

Plus rien, à moins qu'elles virent au sud en direction du val et du Cottage noir. Jules détache un bout de viande pour le mâcher tandis qu'elle brise l'une des pattes pour Camden. Mais cela ne suffira pas au couguar. Elles devront chasser à nouveau avant le crépuscule, mais grâce à son don, les proies sont faciles à dénicher. Ce lapin lui a pratiquement sauté dans les bras.

— Allez, debout.

Émilia se lève et donne une tape du pied à Jules.

— C'est l'heure de l'entraînement. Tu as raison sur une chose : si nous devons mener toute cette aventure à bien, tu dois vraiment passer pour une guerrière plus puissante que moi.

Jules tapote la tête de Camden pour lui dire de rester près du feu. Si le grand félin les suit, elle finira par immobiliser Émilia sur le sol froid.

Elles trouvent une petite clairière entre les arbres, et Émilia lui lance une épée. Jules est montée en grade, elle ne se bat plus avec les bâtons de bois.

— Combien de temps faudra-t-il pour entraîner les soldats ? demande Jules alors que leurs lames se croisent.

— Plus que nous n'en avons.

— Mais…

Jules fait une parade.

— Nous ne pouvons pas faire combattre des fermiers contre des gardes en armure. Pas sans qu'ils aient suivi un entraînement adéquat.

— Si, avec le bon meneur. Maintenant, fais attention, sinon je te vais te trancher un bras.

Leurs fers se recroisent, attaques, parades. Rien de flamboyant. Aucune élégance. Aucune passion.

— Mais tu as raison sur un point, ce sont des fermiers et des marchands. Ce ne sont pas des soldats, et beaucoup d'entre eux mourront.

— Mais pourquoi ? Si nous attendons…

— Car les gens meurent à la guerre.

Émilia s'avance avec furie.

— Ils meurent pour une cause juste. Et si tu dois les mener au combat, tu devras te défaire de ta faiblesse naturaliste !

Jules propulse sa paume dans le ventre d'Émilia. Son don de la guerre la projette contre un arbre et lui coupe le souffle.

— Oh !

Jules accourt vers elle et s'agenouille.

— Je ne voulais pas que tu te prennes l'arbre.

— C'est rien.

Émilia saisit la main de Jules et lui embrasse les doigts.

— Ça m'a plutôt plu.

Aux abords de la clairière, Camden grogne.

— Cam ? Je t'ai dit de rester avec Mathilde.

Le félin grogne à nouveau et bat de la queue avec irritation. Quand elle se retourne pour repartir d'où elle accourait, Jules comprend qu'il faut la suivre.

Au premier abord, rien ne sort de l'ordinaire. Mathilde est assise devant le feu, dans la même position ou presque que lorsqu'elles l'ont quittée. Ce n'est que lorsque Camden pose une patte sur l'épaule de Mathilde qu'elles comprennent : la voyante est figée par une vision.

— Mathilde ?

Jules s'approche avec précaution.

— Émilia, que doit-on faire ?

— Ne la perturbe pas.

La guerrière s'accroupit très bas et éloigne rapidement les armes et pierres les plus proches.

— Quand elle en sortira, elle s'agitera peut-être. Empêche-la d'aller vers les flammes ou de tomber et de se cogner la tête.

Le tableau qu'elle dépeint est bien plus sombre que ce qu'il se passe réellement. Quand la vision se termine, Mathilde tressaute simplement avant d'ouvrir les yeux. Puis un petit ruisselet de sang s'écoule de son nez.

— Tiens.

Émilia l'épanche avec un morceau de tissu.

— Est-ce que tu vas bien ? demande Jules.

— Oui, merci. Cela a duré longtemps ?

— Non. Camden nous a dit de revenir, et ça n'a duré que quelques minutes de plus après.

Mathilde renifle et tend une main pour gratter Camden derrière les oreilles.

— C'est un bon chat, ça.

Elle tapote le sang, mais l'hémorragie est déjà terminée.

— Qu'est-ce que tu as vu ? interroge Émilia.

Mathilde se tourne vers Jules, les yeux écarquillés et tristes.

— Je crois que j'ai vu ta mère. Je crois qu'elle est en danger, au Cottage noir.

Après la vision de Mathilde, Jules et Émilia ne perdent pas une seule minute avant de lever le camp et de prendre la direction du Cottage noir. Elles avancent lentement dans l'obscurité, et au lever du soleil, leurs jambes sont trop lasses pour accélérer la cadence.

— Elle a peut-être tort, lance Émilia. Ou peut-être que la vision veut que nous allions au Cottage noir pour une tout autre raison et elle essaie de nous y attirer.

Jules regarde Mathilde, qui évite ses yeux. Derrière elle, Camden bat de la queue d'avant en arrière, giflant ainsi les jambes d'Émilia. Il leur semble que cette progression en silence dure une éternité : il leur faut une autre nuit inconfortable dans les montagnes et toute une matinée de marche avant d'apercevoir la fumée du Cottage noir s'élever de ses cheminées.

Jules plonge le regard vers la prairie, les toits noirs et inclinés, aux poutres croisées. La porte qui mène à l'étable est ouverte, et une petite volée de poules erre autour du ruisseau. Rien ne semble sortir de l'ordinaire.

— Nous ne serons peut-être pas les bienvenues ici, les prévient Jules. La vieille Willa va peut-être nous demander de fiche le camp.

— La vieille Willa, sourit Émilia. On dirait qu'elle va me plaire.

Elles avancent, quittent le couvert des arbres, et un imposant corbeau noir plonge depuis les branches. Il gifle avec force le visage de Mathilde de ses ailes et croasse violemment en direction de Camden.

— Aria !

Jules tend les mains vers ses compagnes, pour les empêcher de faire du mal à l'oiseau.

— Tu connais ce corbeau ? demande Mathilde.

— Elle appartient à ma mère.

Elles se dépêchent de traverser l'étendue d'herbe, déjà jaunie par le gel, et Jules enjambe les marches qui mènent au Cottage, lançant un regard au corbeau perché sur le bord du toit.

— Attendez-nous ici, enjoint-elle, et elle entre en compagnie de Camden.

Immédiatement, le limier marron de Caragh, Juniper, se jette contre le flanc de Camden pour lui lécher la face.

Caragh passe la porte et Jules lui saute dans les bras.

— J'espère que tu ne comptes pas me lécher le visage comme ça.

— Ça n'a pas l'air de déplaire à ton couguar, plaisante Caragh.

Elle s'écarte et tient Jules à bout de bras. Elle étudie le moindre centimètre de sa nièce, de la pointe de ses pieds à celle de ses cheveux châtains. La tension dans ses doigts trahit à quel point elle veut serrer Jules contre elle.

— Qu'est-ce que tu fabriques ici ?

— Madrigal, répond rapidement Jules. Nous avons vu Aria, et mon amie… – elle lance un signe de tête en direction de Mathilde – a eu une vision. Elle est là ? Elle va bien ?

Caragh hoche la tête vers Juniper, et le limier arrête de donner des coups de patte frénétiques à Camden. Puis elle soupire. Elle est belle, comme toujours, même dans un tablier et avec ses cheveux châtain doré en bataille noués par un morceau de ficelle. Mais ses yeux sont las.

— Saleté de corbeau, souffle-t-elle. Toujours en train de voler dans tous les coins.

— Elle voletait joyeusement avant d'essayer de m'arracher les yeux. Tout comme Madrigal. Où est-elle ?

Une ombre obscurcit le visage de sa tante.

— Allons la voir. Elle voudra entendre de tes nouvelles. Juniper restera avec tes amies, comme ça Willa ne pourra pas les chasser à coups de fourche quand elle sortira de la grange.

En silence, Jules suit sa tante, elles passent devant le salon et la cuisine, elles empruntent le couloir pour arriver dans la même chambre dans laquelle Arsinoé a récupéré du carreau que Katharine lui avait fiché dans le dos.

Madrigal est au lit. Ce qui en soi est une vision étrange. Même si Madrigal est paresseuse à bien des égards, elle ne dormait jamais tard ni ne traînait sous les couvertures. Elle désirait trop de choses du monde pour perdre une seule minute de la journée. Mais ce qui est encore plus choquant est qu'elle semble minuscule, rapetissée par la taille de son ventre, enceinte de l'enfant de Matthew Sandrin. Le frère aîné de Joseph.

— Madrigal. Qu'est-ce que tu fabriques ici ?

Sa mère se redresse contre ses oreillers, et Caragh contourne Jules pour l'aider et placer un oreiller supplémentaire dans son dos. Ce geste inhabituel d'affection entre sœurs refroidit immédiatement Jules.

— Je peux te poser la même question.

Madrigal tapote la couverture et Jules s'approche.

— Tu es revenue sur l'île sans dire un mot ? Quand est-ce que tu es revenue ? Où est-ce que tu étais ?

— Je ne suis en fait jamais partie. J'étais à Bastian, avec les guerriers.

— Tu aurais pu nous envoyer un message.

Madrigal marque une pause en entendant un tapotement ; Aria est à la fenêtre, et Caragh laisse entrer le corbeau. Celle-ci fait le tour de la pièce à tire-d'aile avant de se poser sur la tête de lit.

— Je ne voulais pas causer davantage de soucis à grand-mère Cait et Ellis. J'ai pensé qu'ils en avaient déjà bien assez à faire, rien qu'avec ma réputation.

— Menteuse. Tu sais bien que tes grands-parents sont solides. Ils s'inquiètent, ils se posent des questions. Les champs sont dans un état désastreux. Et Luke, quand ce pauvre Luke a entendu les rumeurs sur la reine légion, il a pleuré.

— Vous les avez donc entendues aussi ?

— Oui, nous les avons entendues. Mais où sont Arsinoé et Joseph ? Et Billy et l'élémentaire ?

Jules change de position pour s'appuyer contre Camden.

— Arsinoé, Billy et Mirabella ont atteint le continent. J'imagine qu'ils y sont encore. Quant à Joseph...

Elle s'arrête, et Madrigal pose une main sur son ventre.

— Il est mort. Mais je pense que vous l'aviez déjà deviné.

— Il était dans un sale état quand vous nous avez quittées à l'embouchure du fleuve, acquiesce Caragh. Mais j'avais tout de même de l'espoir. Je suis désolée, Jules.

— Moi aussi, ajoute Madrigal. C'était un bon garçon.

Il était bien plus que ça, mais Jules se racle la gorge.

— Je suis désolée d'avoir causé de la peine à Luke. J'aurais sûrement dû trouver un moyen de vous informer.

— Oh, Luke pleure pour un rien.

Madrigal a un geste de la main et s'essuie rapidement les yeux. Elle est pâle, et son corbeau n'est jamais si proche habituellement.

— Bon, qu'est-ce qui ne va pas ? Pourquoi est-ce que tu es au lit ? Je croyais que le bébé ne naîtrait pas avant l'hiver.

— Ce sera le cas, affirme Caragh. Willa et moi faisons notre possible pour nous en assurer.

Jules regarde la chambre. Il y a une étrange odeur de renfermé qu'elle ne parvient pas à identifier, et la commode dans le coin est surmontée d'un plateau couvert de tasses sales et d'une assiette de légumes à moitié vide.

— Une infusion d'ortie, explique Caragh. Et du tubéventail. Si elle en mange tous les jours, cela atténuera les premières contractions.

— Une perte de temps que d'essayer de garder cet enfant à l'intérieur. Il sortira quand il sera prêt et il sera en parfaite santé.

— Qu'est-ce que tu veux dire ? demande Jules.

Caragh soupire. Elle a souvent entendu cette histoire.

— Ta mère a eu une vision dans un feu, quand elle s'essayait à la magie basse avec Arsinoé.

— À l'arbre penché, tu veux dire ?

— Oui, les interrompt Madrigal. J'ai eu une vision dans le feu ce jour-là, un feu attisé par le sang d'une reine, en cet espace sacré. Je sais donc qu'elle se produira.

Elle s'arrête et regarde Jules, son visage trahit autant l'entêtement que le regret.

— J'ai vu mon fils bien vivant. Il était fort, rouge et hurlait. Il était assis sur mon corps gris et sans vie.

LE CONTINENT

Mirabella et Arsinoé sont assises ensemble dans un salon de thé calme. Ce n'est pas le meilleur établissement de la ville, les biscuits sont secs et la nappe est tachée, mais au moins elles ont un peu d'intimité et n'ont pas besoin d'être cachées dans un recoin obscur parce qu'Arsinoé refuse toujours de porter une robe.

Depuis leur échange avec l'ombre de la reine Illiann dans le cimetière, il fallait trouver un lieu où parler autre que la maison des Chatworth. La mère de Billy est à bout et pourrait bien décider d'un jour à l'autre de les mettre à la porte.

— Je veux réessayer la magie basse, assène Arsinoé, mais Mirabella secoue la tête en grattant sa croûte sur l'avant-bras.

— Non. Elle veut que nous retournions sur l'île. Davantage de magie basse ne fera que la rendre encore plus puissante.

— Tu n'en sais rien ; tu as simplement peur, tout comme moi. Mais je ne pourrai pas supporter beaucoup d'autres de ces rêves. À chaque fois que je ferme les yeux, je deviens quelqu'un d'autre. Je suis Daphné. Et je suis fatiguée.

— Non, tu es curieuse, rétorque Mirabella. Je le vois bien, Arsinoé. Tu es de plus en plus attirée par ces rêves, ce leurre fonctionne.

La porte du salon s'ouvre, et Arsinoé tourne la tête vers l'entrée. Une femme et ses deux enfants viennent d'entrer. Deux petites filles, se tenant la main tout en pointant du doigt les biscuits qu'elles voudraient manger.

— Quand tout sera terminé, j'aimerais devenir professeure, lance Mirabella. J'aime les enfants, même si je n'ai jamais eu beaucoup d'interactions avec.

— Comment est-ce que tu aurais pu en avoir ? s'agace Arsinoé. Les reines pondent des bébés, mais nous ne les élevons pas.

— N'emploie pas ce terme, proteste Mirabella en fronçant les sourcils. Tu sais bien que je déteste que tu utilises « pondre ».

— *Ponds*, c'est pas vraiment mon problème.

Arsinoé croque dans un autre biscuit, elle est si recroquevillée sur elle-même que des miettes tombent directement dans son col.

— Mais si toi tu deviens professeure, qu'est-ce que je deviendrais, moi ?

— La même chose, si tu veux.

— Je serais vraiment horrible dans ce rôle.

— Au début, oui.

Arsinoé étudie les enfants, si bien élevées avec leurs bouclettes auburn.

— Je préférerais confectionner des vêtements ou travailler dans un pub. Je ne sers à rien dans une cuisine, mais je sais coudre, un peu. Ellis m'a appris, et Luke aussi.

Mirabella baisse les yeux pour contempler ses mains.

— Si tu refais de la magie basse, j'ai peur de ce qu'il pourrait se passer. Je crains que nous perdions tout ça.

— Tout quoi ?

— Nos vies. Cet avenir.

Arsinoé voit bien le regard que porte sa sœur sur les enfants, une sorte de désespoir optimiste. De la façon dont quelqu'un regarde quelque chose qu'il ne pourra jamais avoir.

— Et si quelque chose clochait sur l'île ? lance Arsinoé.

— Dans ce cas, qu'ils règlent le problème, tout comme ils ont essayé de régler le nôtre. Et comme ils ne manqueraient pas de recommencer au moment même où nous poserions un pied là-bas.

Arsinoé soupire.

— Je dois trouver un moyen d'arrêter ces rêves, murmure-t-elle. Ou de les résoudre. Je suis obligée, ou ils vont me rendre folle.

Mais après ça, elle tend la main par-dessus la table pour prendre celle de Mirabella.

— On trouvera du temps, nous pouvons nous créer un avenir ici. Je te le promets.

Mirabella ne répond rien, et Arsinoé se recule et se coule dans sa chaise.

— Tu me le promets, reprend Mirabella. Sauf que rien ne sera jamais terminé. Nous ne pouvons pas échapper à l'île.

Cette nuit-là, Arsinoé combat le sommeil. Pour Mirabella et Billy, elle combat les rêves. Elle a une vie à elle désormais, et si elle veut la garder… Mirabella a raison. Elle doit tourner le dos à l'île et se débrouiller pour que les rêves cessent.

Elle se tourne et observe la forme immobile de sa sœur dans la pénombre. Mirabella n'émet pas le moindre bruit quand elle dort, aucun gémissement, et certainement pas de ronflement. Une vraie reine, de bout en bout. Et dire qu'Arsinoé racontait que Mirabella pouvait péter des cyclones entiers.

— Mira ? Tu es réveillée ?

Arsinoé attend une réponse, en vain.

Elle prend une profonde inspiration et ferme les yeux.

Le rêve commence, comme ils commencent toujours : elle est nichée tout au fond de l'esprit de Daphné. Elle voit au travers de ses yeux. Elle entend par ses oreilles.

Alors que le rêve s'empare d'elle, Arsinoé se retrouve assise à une table du Volroy ; ce n'est que le fait de penser à Mirabella qui lui permet de rester déterminée. Ce serait tellement facile de ne pas se battre, de devenir Daphné une nuit de plus, une quinzaine de jours de plus, un mois de plus… ou simplement de continuer à rêver jusqu'à la fin de son histoire. Sauf que les rêves ressemblent moins à une échappatoire qu'à une distraction, ils émoussent ses sens de telle sorte qu'elle ne parvient pas à sentir le couperet s'abattre.

Dans le rêve, Daphné est assise au côté de Richard, leur ami frêle à Henry et elle. Elle lance un regard noir vers la table principale, où la reine Illiann et le duc Branden sont installés, leurs têtes l'une contre l'autre.

— Je ne comprends pas, Richard, proteste Daphné. Il n'y a aucune raison pour laquelle Henry devrait perdre. Il a vaincu tous les prétendants en joute, en fauconnerie et en archerie. Il est même meilleur que moi pour mener une flotte de navires !

— Tu vois Henry sous un jour différent, répond Richard.

— Et qu'est-ce que tu veux dire exactement ?

Elle prend une lampée de bière, elle est bonne, un goût qu'Arsinoé n'a jamais retrouvé sur le continent.

— N'importe qui avec une paire d'yeux verrait qu'Henry vaut deux fois cette fripouille de Salkade.

— Je crois qu'Henry est à la hauteur de n'importe quel homme, acquiesce Richard. Mais je pense aussi que n'importe quelle femme n'est pas à sa hauteur.

Daphné pose les yeux sur Illiann. Ni Arsinoé ni elle ne voient où il veut en venir. Illiann est une vraie beauté, avec ses cheveux longs et noirs, ainsi que ses traits doux et harmonieux. Elle a des yeux aussi noirs que ceux de Daphné, mais ils sont plus grands et ses cils sont plus fournis.

— Comment est-ce que tu peux dire ça ? Elle est ravissante.

Alors que Richard se met à rire, Arsinoé commence à se tortiller dans l'esprit de Daphné. Ce n'est pas facile de se séparer de cette forme qu'elle habite. C'est même si compliqué qu'elle transpirerait si elle possédait un corps avec lequel suer.

— Pourquoi est-ce que tu ris ?

— Je ris toujours quand je vois mes amis se comporter comme des idiots. Daphné, n'as-tu réellement jamais remarqué la façon dont Henry te regarde ? Toutes ces filles des tavernes à Torrenside n'étaient qu'un mensonge, c'était une façade. Depuis que je le connais, Henry n'a jamais montré le moindre intérêt que pour une seule fille : toi.

Enfin, quelqu'un l'a dit. Ce qui était évident à l'esprit d'Arsinoé dès que les rêves ont débuté ; et elle interrompt sa lutte contre le rêve afin de pouvoir observer la scène.

— C'est faux, rétorque Daphné. Complètement ridicule.

— Vraiment ?

Richard secoue la tête tout en recommençant à rire.

— Complètement.

Daphné repousse la table et se dirige vers le couloir silencieux d'un pas raide.

Retourne là-dedans. Assois-toi et écoute. Mais à l'intérieur de Daphné, Arsinoé ressent l'agitation s'emparer d'elle alors qu'elle commence à comprendre. Alors qu'elle se remémore la moindre interaction qu'elle a partagée avec Henry et qu'elle se met à les considérer sous un nouveau jour. Pauvre fille. Arsinoé aimerait avoir ses bras pour lui donner une tape réconfortante dans le dos.

— Est-ce que quelque chose vous ennuie, *Lady* Daphné ?

Daphné pivote, et Arsinoé et elle plissent les yeux. Le duc Branden les a suivies dans le couloir.

— Pas du tout, mon seigneur. Je ne fais que prendre un peu d'air frais. Je vous en prie, retournez auprès de la reine et de votre repas.

— Elle peut attendre.

Il lui lance un sourire en coin.

C'est un homme si beau. Même la franche aversion qu'Arsinoé éprouve pour lui ne peut pas complètement l'emporter.

— Pourquoi ne portez-vous jamais de robe ?

Il s'approche d'un pas, puis d'un autre.

— Vous êtes une assez belle créature pour cela.

— Sur Fennbirn, on peut être charmante sans avoir à recourir à une robe.

Arsinoé remarque son pas traînant. Il a bu trop de vin.

Il est bien trop souvent saoul. Même Illiann ne peut pas l'ignorer. Daphné non plus, d'ailleurs. Arsinoé sent l'inquiétude la saisir alors que le duc s'approche encore, l'obligeant à reculer davantage dans le couloir sombre.

— Mais vous, reprend-il, vous avez été élevée dans le monde civilisé. Vous devriez donc vous comporter comme une femme convenable.

— Convenable ? répète Daphné.

— Si vous étiez l'une de mes sœurs, je vous ferais fouetter. Si vous étiez l'un de mes serfs, je vous ferais brûler.

— C'est donc une bonne chose que je ne sois ni l'une ni l'autre.

Le rythme cardiaque d'Arsinoé s'accélère alors que le duc s'avance encore plus près. *Tire-toi de là, Daphné !* Mais elle n'en fait rien, et en deux mouvements rapides, Branden les a immobilisées contre un mur.

Pendant un instant, Daphné est si choquée qu'elle en est paralysée, et à l'intérieur, Arsinoé est dans le même état. La sensation des mains de Branden sous la tunique de Daphné est tellement malaisante et dégoûtante qu'elle pousse pratiquement Arsinoé à se réveiller.

— Ne me touchez pas !

— Pourquoi pas ? Ce que vous cachez dessous n'est pas si secret que cela. Vous nous avez déjà tout montré, dans vos habits d'homme.

— Je vous croyais pieux, se défend Daphné. Et courtois envers les femmes.

— La courtoisie ne s'applique pas aux putains.

Tue-le ! Frappe-le ! Dans l'esprit de Daphné, Arsinoé tente de lui faire bouger les membres. Elle cherche à lui relever le genou à l'endroit où cela lui causerait le plus de douleur. Mais elle ne peut pas plus pousser le corps de Daphné à se battre qu'elle ne peut empêcher des larmes d'obscurcir leur vision.

— Daphné ? Est-ce que tu vas bien ?

Branden s'écarte au son de la voix de Richard.

— J'ai entendu une altercation.

Branden lance des regards noirs à Richard et Daphné avant de rire. Il quitte le couloir aussi rapidement qu'il y est entré. Quand il passe à côté de Richard, il bouscule le jeune homme contre le mur.

— Les Centriens, souffle-t-il. Des putains et des avortons.

Dans le rêve, Daphné et Richard se rapprochent pour se réconforter, mais Arsinoé proteste.

NON.

ÇA SUFFIT.

La colère qu'elle ressent envers Branden ne fait qu'alimenter sa frustration envers ces rêves. Elle se tord et se tend, hurle si fort qu'elle doit réellement être en train de crier ; sa tentative de quitter son rêve ne sera probablement pas mise à mal par la reine Illiann mais par Mme Chatworth et Jane bramant de panique après qu'elle a réveillé la maison.

Pendant un moment, ses vives secousses ne mènent à rien. Jusqu'à ce qu'elle remue le bras d'un coup sec et que Daphné en fasse tout autant.

C'est tout ce qu'il faut. Le rêve s'éteint.

— Il y a quelqu'un ?

Elle s'entend respirer. Elle baisse les yeux dans l'obscurité et constate qu'elle est redevenue elle-même, Arsinoé, jusqu'à ses cicatrices sur le visage et son pantalon emprunté.

C'est un rêve différent. Mais il est tout aussi réaliste ; elle inspire et sent l'odeur familière de l'humidité de la terre de Fennbirn.

— Est-ce que j'ai brisé le rêve ? se demande-t-elle à voix haute. Pourquoi est-ce que je ne me suis pas réveillée ? Est-ce que je peux me réveiller ?

Quelque chose dans les ombres glisse avec froideur près de son épaule, et elle se recule, sans s'inquiéter de ne pas pouvoir discerner le sol. Elle reconnaît cette sensation, même si elle n'en a jamais fait l'expérience avant. L'ombre de la reine bleue.

De la lumière filtre, et Arsinoé cligne des yeux. Elles se trouvent sur l'île. Dans la clairière à côté de l'arbre penché.

— Est-ce que c'est vous qui avez choisi cet endroit ? Ou est-ce que c'est moi ?

L'ombre de la reine Illiann est debout devant elle, immobile. Puis elle pose une main sur sa gorge. Elle tend un doigt fin, comme elle l'a fait ce jour-là près de la tombe de Joseph. Comme elle l'a fait à chaque fois qu'elle l'a vue.

— Nous devons aller là où vous pouvez parler, je sais. Mais nous sommes sur l'île, là – elle frappe le sol du pied –, alors crachez le morceau.

Elle refait le même geste, s'agite de plus en plus, jusqu'à ce qu'elle tremble tant que la couronne d'argent et de bleu se déplace sur le haut de son crâne. Elle passe des doigts noirs là où sa bouche devrait se trouver.

— Arrêtez avec ce geste ! hurle Arsinoé. Dites-moi simplement ce que vous voulez ! Pourquoi est-ce que je rêve au travers des yeux de Daphné ? Pourquoi refusez-vous de parler à ma sœur ?

Elle tend le bras pour dévoiler la cicatrice en forme de croissant.

— Elle a pratiqué la même magie basse que moi. Alors, pourquoi est-ce qu'elle ne rêve pas ?

Mais peu importe la question, la reine bleue ne dit rien. Elle s'échine dans sa pantomime frustrante : gorge, bouche, doigt tendu.

— Aller sur l'île. Pourquoi voulez-vous que nous y retournions ? Qu'est-ce que je suis censée y voir ?

L'ombre se fige. Puis elle pointe à nouveau son doigt, avec une extrême lenteur. Arsinoé se retourne. Au-dessus des arbres de la clairière de Wolf-Spring se trouve le sommet du mont Horn, la grande montagne de Fennbirn qui surplombe la vallée d'Innisfuil et qui abrite le Cottage noir à ses pieds.

— On ne peut pas réellement avoir cette vue d'ici, reprend Arsinoé. Je le sais bien.

L'ombre fait mine de se griffer la bouche.

— Vous voulez parler de la montagne ?

L'ombre se détend, et Arsinoé relâche son souffle.

— Vous voulez que j'aille au mont Horn ? Et qu'est-ce que j'y trouverai ?

En guise de réponse, la reine sombre se glisse vers elle. Elle se traîne sur le sol par-dessus les pierres sacrées à demi enterrées. Arsinoé recule jusqu'à sentir les branches suspendues de l'arbre penché. Elle ne sait pas ce qu'elle craint le plus : la reine Illiann ou l'arbre.

La reine bleue s'approche, et dans ce mouvement, l'obscurité s'efface petit à petit jusqu'à disparaître entièrement, et Arsinoé se retrouve face à face avec Daphné.

Daphné, la reine bleue. Non pas Illiann.

— Daphné ! C'était toi pendant tout ce temps ? Mais comment... Pourquoi est-ce que tu portes la couronne d'Illiann ?

Elle lui sourit, une expression qu'Arsinoé n'a jamais vue qu'à travers un miroir. Elle se touche la bouche et secoue la tête.

— Oui, c'est vrai. Tu ne peux toujours pas parler.

Daphné penche la tête, et le rêve évolue à nouveau ; cette fois il se transforme en un flash, une frénésie de couleurs. Mais c'est un cauchemar. Du sang et des épées et des corps en putréfaction sur le sol. Camden et sa fourrure tachée de rouge. Jules...

— Jules !

Elle se réveille en sursaut et découvre Mirabella et Billy penchés au-dessus d'elle. Mirabella immobilise ses épaules, tandis que Billy tient une bougie si près d'elle qu'il pourrait bien lui brûler les sourcils.

— Arsinoé, s'exclame Mirabella. Qu'est-ce qu'il se passe ?

— Jules.

Arsinoé déglutit.

Elle est toujours comme enveloppée par le rêve. Elle s'attend à demi à apercevoir du coin de l'œil Daphné portant la couronne de la reine Illiann.

— Billy ?

C'est sa sœur, Jane, qui l'appelle depuis le fond du couloir.

— Est-ce que tout va bien ?

— Oui, Jane. Un cauchemar, rien de plus. Tu peux retourner te coucher.

Arsinoé se dégage et passe ses jambes cotonneuses par-dessus le lit.

— Ce n'était pas un cauchemar, mais un message.

— Quel message ? demande Billy. Qu'est-ce que tu as vu ?

— J'ai vu Jules, sur un champ de bataille. Avec Katharine.

— Un champ de bataille ?

Mirabella fronce ses sourcils.

— L'île n'a pas connu de champ de bataille depuis plus de cent ans.

— Je sais ce que j'ai vu.

— Tu n'as pas le don de voyance…

— Je sais ce que j'ai vu, s'emporte Arsinoé.

— Très bien. Mais ce n'était qu'un cauchemar.

Billy et Mirabella échangent ce regard qu'elle a appris à détester, celui qui veut dire qu'ils s'inquiètent et qu'elle perd la raison. Si elle essaie de leur parler de Daphné et du message maintenant, ils ne la croiront jamais. Pire encore, ils pourraient même tenter de l'arrêter. Alors que son cœur lui paraît être au bord des lèvres, elle se force à se calmer.

— Il semblait tout à fait réel.

— J'en suis certain. Est-ce qu'il était comme… les autres rêves ?

Billy pose sa bougie. Il lui sert un verre d'eau de la carafe posée sur sa table de chevet.

— Non. Pas vraiment.

Arsinoé boit l'eau et passe une main dans ses cheveux. Ce rêve de Jules lui donne l'impression d'être un avertissement. Une conséquence, si elle n'exécute pas la volonté de Daphné.

— Est-ce que… ça va aller ? demande Billy.

— J'imagine, oui.

— Est-ce que tu peux te rendormir ? Nous pourrons parler demain matin.

Arsinoé opine et commence à réfléchir à la manière de payer un bateau pour retourner sur l'île.

LE VOLROY

Après l'attaque du brouillard à Rolanth, Katharine et sa cour sont rapidement rentrées à Indrid-Down. Personne, pas même Antonin ou Geneviève, qui aiment la capitale comme leur propre mère, ne désirait réellement y retourner. Mais il n'y avait nulle part ailleurs où aller.

— Ils n'ont toujours pas retrouvé tous les disparus, souffle Katharine, allongée au creux des bras de Pietyr dans le havre de paix de ses appartements. Combien de temps est-ce que cela va prendre ? Ou est-ce qu'il compte les garder ?

Pietyr dépose un baiser sur le haut de son crâne.

— Je n'en sais rien, Kat. Mais quiconque sera retrouvé, quel que soit l'état, devra immédiatement être apporté à la capitale. Il y aura des histoires incroyables. Et il faudra les vérifier.

— Nous devons trouver un moyen de combattre le brouillard, Pietyr. Ils pensent que je suis à l'origine de tout cela !

Tout au long de leur voyage retour au Volroy, ils ont été la cible de murmures et de regards méfiants. Du brouillard ou de la reine, le peuple ne parvient pas à décider qui craindre le plus. Mais ils ont décidé qui blâmer.

— Pietyr.

Elle glisse le bout de ses doigts entre les boutons de sa chemise à la recherche des battements de son cœur et de la chaleur de sa peau.

— Et si le brouillard avait raison ?

— Qu'est-ce que tu veux dire ?

— Et si je n'étais pas censée être celle qui porte la couronne ? Si je n'étais pas censée être reine et que je l'avais volée, comme le dit le peuple ?

Pietyr pose sa tête sur son coude, ses yeux bleus de glace sont doux, pour une fois.

— Personne ne comprend le comportement du brouillard. Quand les gens ont peur, ils se raccrochent à la réponse la plus simple.

— Mais si cela avait dû être Mirabella ? Ou même – elle prend une expression amère – Arsinoé ?

— Alors, elles seraient à ta place. La couronne de Fennbirn ne peut pas être subtilisée. Elle doit être remportée, et tu l'as remportée.

— Par défaut, parce que j'étais la seule à la vouloir. Je suis reine, car elles nous ont abandonnés et m'ont permis d'y accéder.

— C'est vrai.

Il dégage une mèche de sa nuque.

— Tu es la reine couronnée parce que tu t'es battue, et elles non. Parce que tu les aurais tuées, comme cela est le rôle de la reine. Ce n'est pas toi qui ne mérites pas cette couronne.

Il pose le regard sur la poitrine de Katharine, sur son cœur.

— Les reines mortes… Ce sont elles qui n'étaient pas censées l'obtenir.

— Ne recommence pas avec ça, Pietyr. Je ne dois ma présence ici qu'à elles seules. Sans elles…, tu m'aurais tuée.

— Je sais.

Il ferme les yeux.

— Je le sais bien. Mais si le brouillard et donc la Déesse derrière lui sont mécontents, les reines sont la seule raison que je peux envisager.

— Pourquoi ? Elles aussi sont ses filles.

— Oui, mais ces reines-là ont eu leur chance, Katharine. L'île a choisi de s'en séparer.

Au sein de Katharine, les reines mortes restent silencieuses. Elle peut les ressentir, dans son sang, dans son esprit, s'accrochant à elle comme des chauves-souris aux murs d'une caverne. Leur silence témoigne de leur tristesse, d'une tristesse ancienne, et de leur douleur. Une partie d'elle-même aimerait dire à Pietyr d'arrêter. De se taire afin de ne pas leur causer plus de peine.

— Elles prennent soin de moi, murmure-t-elle. Elles s'occupent de moi, et je leur dois la même attention.

Elle se caresse la peau. Mais pour que le brouillard s'apaise, doit-elle réellement les chasser ?

— Peut-être que… si elles pouvaient sortir… si elles pouvaient reposer… Ce ne serait pas si cruel ?

— Non.

Pietyr lui prend la main et l'embrasse.

— Cela n'aurait rien de cruel du tout.

Le lendemain matin, Geneviève se présente pour l'escorter à la chambre du Conseil. Pietyr est déjà parti, il s'est rendu à la bibliothèque pour découvrir un moyen d'exorciser les reines mortes. S'il n'y trouve rien, il tentera sa chance à la bibliothèque de Greavesdrake. Et si cela échoue également, Katharine lui a donné la permission de rejoindre discrètement les érudits du Temple. Il avait hâte de s'en aller tellement il était heureux qu'elle prenne la bonne décision. Il l'a qualifiée de reine courageuse, dotée des meilleures intentions.

— Geneviève, quelles nouvelles avez-vous reçues de Sunpool ? Quand est-ce que l'oracle arrivera ?

— Je compte aborder le sujet au Conseil de ce matin, reine Katharine.

Elles passent devant la porte ouverte de la salle du trône, et Katharine regarde à l'intérieur : il n'y a personne, si ce n'est un petit nombre de ses gardes. Si peu de gens se manifestent pour lui demander conseil qu'ils ont pu restreindre cette activité de gouvernance à certains jours de la semaine.

— Est-ce qu'il se passe quelque chose d'étrange ? demande Katharine. N'aurais-je pas dû envoyer Pietyr faire cette course ce matin ?

— Pas du tout, répond Geneviève. Ou si quelque chose ne va pas, ce n'est rien qui ne puisse être réglé sans l'aide de mon neveu.

À l'intérieur de la chambre du Conseil, tout le monde est déjà présent. Même Bree, qui s'est révélée d'une incapacité chronique à être ponctuelle. Quand ils voient Katharine, ils se lèvent, et l'ambiance de la salle devient tellement tendue qu'elle ne perd même pas de temps à s'asseoir.

— Parlez.

Elle attend, tandis que la responsabilité de prendre la parole est renvoyée de l'un à l'autre par des soupirs et des raclements de pieds. Antonin et le cousin Lucian détournent le regard, Bree fait mine de n'avoir rien entendu. Seules Rho et Luca haussent un sourcil, puis Luca inspire profondément.

— Il y a un soulèvement au nord.

— Un soulèvement ?

— Quelqu'un affirmant être Juillenne Milone parcourt le Nord en levant une armée contre la Couronne.

Ces mots frappent Katharine de plein fouet.

— Une rébellion ? Fennbirn ne connaît pas de rébellions.

— Ce sera peut-être la première.

— Comment avez-vous appris cela ?

Luca et Rho échangent un regard.

— Les rapports sont d'abord arrivés à Rolanth, explique Rho. Les rebelles ont prétendument été aperçus là-bas, à l'ouest, et des rumeurs rapportent que Jules Milone s'est rendue dans des villages au sud d'Innisfuil.

— Jules Milone s'est noyée avec mes sœurs, les corrige Katharine, et tous les yeux s'abaissent.

Ils savent tout aussi bien qu'elle ce que cela implique si la naturaliste est bel et bien retrouvée vivante.

À côté d'elle, Geneviève s'éclaircit la voix.

— Nous pensons qu'elles se dirigent vers Sunpool et que c'est pourquoi les oracles ont refusé de nous envoyer un voyant. Ils se sont alliés à la rébellion.

La pièce tout entière semble se refermer sur Katharine jusqu'à ce qu'elle ne parvienne finalement plus à respirer.

— La naturaliste maudite par la légion est vivante.

— Ou quelqu'un prétendant être elle.

— Et la ville des oracles est son alliée ?

Katharine scrute les visages du Conseil.

— Qui d'autre ?

— Bastian, peut-être, propose Geneviève. La fille Milone se fait appeler la reine légion.

La reine légion, celle aux multiples dons, qui unira l'île sous une seule et même bannière. Si seulement ils connaissaient la vérité. Pour Katharine, la situation est presque drôle. Le peuple désire être gouverné par une reine maudite par deux dons, alors qu'ils en ont déjà une qui dispose de *tous* les dons.

— Je dois donc désormais guerroyer pour protéger mon titre, en plus du brouillard ?

Elle grince des dents.

— Et j'imagine que les rebelles utilisent ce dernier point à leur avantage, en affirmant que les attaques du brouillard sont ma faute ?

— Ils disent qu'il se soulève contre vous, confirme Luca. Ils prétendent que c'est un signe.

Katharine s'affaisse dans son siège.

— Très bien. Vous êtes mon Conseil noir, mes conseillers. C'est donc le moment où vous êtes censés me conseiller.

— Je vous suggèrerais de saisir l'opportunité que cela crée.

Rho Murtra pose son poing sur la table.

— Déclarez la guerre. Utilisez-la pour faire cesser l'agitation. Rien ne calme plus le peuple qu'une cause contre laquelle se battre.

— Bien sûr que c'est votre opinion, crache Antonin. Guerrière. Toujours prête à en découdre.

— Et pourquoi pas, si la bataille est gagnée d'avance ? L'armée de la reine est en belle forme, malgré le fait qu'elle se soit ramollie sous le joug des empoisonneurs. Elle peut bien écraser une bande rebelle constituée de fermiers et de pêcheurs.

— Même si ces rebelles reçoivent le soutien de tous les guerriers de Bastian ?

Katharine frappe la table de la paume, et les querelles cessent.

— Il me manque toujours trop d'informations. Sur le brouillard, la reine bleue, et maintenant sur ces rebelles et Juillenne Milone, si c'est bien elle.

Elle se tourne vers Geneviève.

— Il me faut un oracle.

— Je te l'ai déjà dit, ma reine, aucun ne se présentera. Ils ont refusé notre demande.

— Ils ne peuvent rien refuser à la reine ! aboie Katharine. Envoyez la garde et arrêtez-en un ! Et ramenez-le pour un interrogatoire.

Elle pose une main à plat sur son ventre froid, où elle sent que les reines mortes commencent à s'agiter.

— Nous saurons alors quoi faire.

LE COTTAGE NOIR

— Eh bien ? demande Jules alors que Camden et elle aident Caragh à préparer une énième théière d'infusion d'ortie. Ça s'annonce comment ?

Au comptoir, occupée à découper les herbes en tentant d'empêcher la respiration du couguar de les éparpiller partout, Caragh fronce les sourcils.

— Cela s'annonce mal, Jules. Elle saigne tous les jours, et la douleur devient de plus en plus difficile à apaiser.

— Combien de temps faudra-t-il attendre encore pour que le bébé naisse sans complications ?

— Nous ne devrions peut-être pas nous inquiéter uniquement du bébé.

Jules ôte la bouilloire chaude du feu et en enveloppe la poignée dans un linge.

— Ne me dis pas que tu crois en ces idioties de magie basse.

— Quelle que soit ton opinion quant à savoir si c'est une bonne ou une mauvaise chose, la magie basse existe. Et ma sœur est devenue ce que nous avons de plus proche d'une maîtresse en la matière sur l'île.

— Peut-être. Mais cette fois-ci, elle a tort. Est-ce que tu l'as entendue en parler ? Elle continue de le genrer au masculin. Un garçon. Alors que nous savons tous que les femmes Milone n'ont jamais eu que des filles. Deux filles.

— Cette règle ancienne des Milone, chuchote Caragh. Cette vieille malédiction. Nous en avons déjà suffisamment, tu ne crois pas ?

Jules apporte la théière, et Caragh place les herbes dans une étamine et laisse le tout tomber dans l'eau chaude. L'infusion d'ortie sera assez amère pour faire grimacer Madrigal, mais Willa affirme qu'elles ne peuvent même pas ajouter une seule goutte de miel.

— Nous te croyions morte, ajoute doucement Caragh. Ou tout du moins partie. Puis Worcester nous a apporté d'étranges nouvelles : le brouillard se levait sans raison et laissait derrière lui des corps ; une naturaliste touchée par la légion partait en guerre.

Caragh plisse les yeux.

— Je ne croyais pas que c'était toi, évidemment. Je pensais que c'était une impostrice. Mais ta mère savait que c'était vrai.

— Comment le savait-elle ?

— Peut-être connaît-elle sa fille.

— Elle ne me connaît pas, mais toi si. C'est toi qui m'as élevée.

— Puis c'est elle qui t'a élevée, la corrige Caragh. Après que je suis arrivée ici.

Elle tend une main pour replacer l'une des mèches courtes de Jules derrière son oreille.

— Tu ressembles même à une reine maintenant.

Jules lui écarte la main avec un sourire.

— Je n'aurais jamais cru que nous irions si loin. Même quand les histoires folles de Mathilde se sont mises à avoir leur effet et que les gens ont commencé à y croire… Et puis, peut-être que moi aussi, j'ai commencé à y croire.

— Madrigal te dirait que c'est à cela que ressemble le destin.

— Comment est-ce que tu peux savoir ce que dirait Madrigal ?

— C'est ma sœur, Jules. Le fait qu'elle pense bientôt mourir l'a presque rendue gentille. Elle essaie de se racheter. J'en fais donc autant, au cas où elle aurait raison.

Caragh lui lance un regard entendu, mais Jules plisse les lèvres et dégage une mèche de son front en soufflant dessus. Le bébé ira très bien, et Madrigal reprendra ses vieilles habitudes en moins de temps qu'il n'en faut pour le dire.

Jules attrape une tasse ainsi qu'une soucoupe et prépare l'infusion de l'après-midi de Madrigal, ajoutant quelques-uns de ces biscuits aux amandes qu'elle aime tant, la seule chose que Willa l'autorise à manger avec son breuvage.

À mi-chemin dans le couloir illuminé par le soleil, Jules entend la voix d'Émilia sortir de la chambre de Madrigal. C'est un joli son, et sa mère mal en point semble être de bonne humeur, elle rit également. Mais pour une raison quelconque, la queue de Camden se hérisse comme par appréhension.

Quand Jules entre, tout est tout à fait innocent. Émilia revient d'une recherche de nourriture dans les bois, ses mains sont noires de terre, son sac en toile de jute est rempli de racines et d'herbes variées.

— Qu'est-ce que tu as trouvé ? demande Jules.

— Un gros bouquet de tubéventails.

Émilia enfonce la main dans son sac et en sort quelques racines tubéreuses pâles toujours attachées à leurs feuilles vert vif, dont la forme évoque de petits éventails. D'où son nom.

— Je ressortirai après le dîner. Willa dit que ça se gardera assez bien dans le cellier. Bientôt, le gel et la neige attaqueront les feuilles, et elles n'en seront que plus difficiles à trouver.

— Encore du tubéventail. Quel délice, lance Madrigal avec sarcasme.

— Qu'est-ce qui t'amène voir ma mère ? interroge Jules, et Émilia hausse les épaules.

— Nous nous sommes bien entendues après que tu as choisi de suivre les reines au port Bardon. Ta mère comprend les vertus du don de la guerre et les possibilités liées à ta soi-disant malédiction de la légion.

Jules pose le plateau d'infusion à côté du lit de Madrigal. Elle verse un peu du liquide amer dans une tasse et la pointe du doigt. Puis elle saisit Émilia par le bras et la tire hors de la chambre pour aller plus loin dans le couloir.

— Quoi ? demande Émilia. Qu'est-ce qu'il se passe ?

— Je sais très bien pourquoi tu étais dans la chambre de ma mère.

— Oui. Je te l'ai dit. Parce que c'est agréable de partager une conversation avec quelqu'un qui comprend notre cause…

— Et à cause du lien.

— Pardon ?

— Le lien de magie basse, le sang. Tu sais que ma mère a lié ma malédiction de son sang, et tu sais que si elle meurt, mon don de la guerre sera libre de s'exprimer. Chose que tu as toujours ardemment désirée.

Pendant un instant, Émilia fixe Jules sans prononcer le moindre mot. Puis ses yeux s'assombrissent, et elle s'approche.

— Jamais je ne voudrais une telle chose. C'est ta mère ! Est-ce que tu as oublié que j'ai perdu la mienne ?

— Non, répond rapidement Jules, honteuse de devoir admettre que, l'espace d'un instant, oui, elle l'avait oublié. Cette guerre représente tout pour toi ; c'est tout ce que je sais.

Elle se prépare, certaine qu'Émilia fera appel à son don de la guerre pour la repousser, lui exploser en plein visage. Mais au lieu de cela, ses épaules s'affaissent.

— Cette guerre ne représente pas tout.

Elle se détourne et part d'un pas raide, et même si Camden la suit dans le couloir, Jules ne peut se résoudre à en faire autant.

— Jules ? l'appelle Madrigal. Est-ce que tout va bien ?

— Oui, tout va bien.

Jules retourne à la chambre de sa mère et place la tasse d'infusion d'ortie négligée entre ses mains.

— Maintenant, tu bois.

Madrigal prend une gorgée :

— Tu es une bonne fille, Jules Milone.

— Une bonne fille, grogne Jules. Je n'ai été qu'une fille à la hauteur de ce que tu as été comme mère.

Elle regarde Madrigal, toujours gracile sous cet énorme ventre gonflé.

— Nous aurions peut-être toutes les deux dû faire plus d'efforts.

Madrigal fait une moue.

— Ton amie Émilia t'apprécie beaucoup.

— Évidemment, je suis sa petite reine de compagnie. Même si c'est une idée des plus ridicules.

— Je ne pense pas qu'il n'y ait que ça.

— Est-ce que tu es heureuse ? C'est ce que tu désirais, n'est-ce pas ? Que je me rende auprès des guerriers pour en apprendre davantage sur mon don ? Que j'accepte un grand destin ?

Sa mère grimace en réponse au ton qui s'est invité dans sa voix. Ce n'était pas l'intention de Jules, mais elle ne peut pas s'en empêcher. Leur relation est empoisonnée depuis si longtemps que même face à la maladie, elle ne pourra pas changer.

— Un temps peut-être, reconnaît Madrigal. C'est ce que je voulais. Mais maintenant je suis en train de mourir, Jules. Et j'aimerais beaucoup que nous puissions rentrer chez nous.

— Et ce sera le cas. Ou le bébé et toi rentrerez, et avec un peu de chance, je vous y retrouverai, un jour.

— J'ai entendu ce que tu as dit dehors, dans le couloir. Mais ce n'est pas vrai. Le lien doit être brisé à l'aide d'une lame dans mes veines. Si je meurs en couches, ton don restera lié, jusqu'à ce que tu choisisses de le libérer.

Elle fixe sa tasse.

— Je suis peut-être une mauvaise mère, mais je n'aurais jamais créé un lien pouvant être brisé par une bête mort accidentelle.

— Ce n'est pas ce que…

— Peu importe. J'ai confié des choses à Cait. Du sang provenant de blessures peu profondes. Et elle sait comment…

Madrigal grogne et agrippe son ventre. La tasse se renverse dans le lit et le liquide fait une tache foncée sur la couverture.

— Madrigal ?

— Appelle Willa. Appelle Caragh.

Jules crie leurs noms. Quelques instants plus tard, Willa entre dans la pièce en claudiquant, se dépêchant sans sa canne, et elle pousse Jules hors de son chemin. Elle pose les mains sur le ventre de Madrigal et retire les couvertures. Il y a du sang et de l'eau.

— Qu'est-ce que nous faisons maintenant ? demande Jules.

— Va chercher ta tante dans la grange. Dis-lui de se préparer à un accouchement.

De ses bras puissants, Willa allonge Madrigal sur un oreiller et caresse avec douceur sa joue.

— Nous ne pouvons plus le retarder.

Alors que le travail de Madrigal s'intensifie, Jules et Camden attendent dans le salon en compagnie d'Émilia, toutes ont le regard perdu dans le feu.

— Est-ce que c'est normal ? interroge Jules quand Madrigal se met à hurler.

Émilia hausse les sourcils.

— Je n'en sais rien. Les guerrières crient souvent durant les accouchements, mais cela ressemble généralement plus à un brame. Comme celui d'un élan.

Elle forme un poing.

— Comme un cri de triomphe.

Les cris de Madrigal n'ont rien de triomphant.

— Tenez.

Mathilde sort de la cuisine avec des verres de vin coupé à l'eau.

— Où est-ce que tu étais ?

— Je suis partie. Je me suis occupée. Les oracles ne peuvent guère apporter de réconfort en ces circonstances, quand nous ne parvenons pas à prévoir le dénouement.

Elle prend une gorgée dans le verre d'Émilia avant de le lui donner.

— C'est parfois même vrai quand nous arrivons à le prévoir.

La porte menant à la chambre de Madrigal s'ouvre et se referme, puis Willa se précipite dans le couloir. Son visage est impassible, calme. Mais sa tresse grise à la base de sa nuque est couverte de sueur.

— Que se passe-t-il ? demande Jules. Est-ce qu'ils vont... est-ce qu'ils iront bien ?

Willa l'ignore et va chercher quelque chose dans la cuisine. Elle revient quelques instants plus tard avec un plateau. Il est recouvert d'un tissu, mais Jules reconnaît la brillance de l'argent dessous. Des lames.

— Willa ?

— Ce sera rapidement terminé, d'une façon ou d'une autre.

Elle n'ajoute rien, et elles entendent à nouveau la porte s'ouvrir et se fermer.

— Tout ira bien, Jules, affirme Émilia. Qui de mieux pour donner naissance à un bébé que les sages-femmes du Cottage noir ?

— Je sors, je vais préparer un feu, déclare Mathilde. Je vais prier pour elle.

La porte au bout du couloir s'ouvre encore, et Aria le corbeau quitte à tire-d'aile la chambre, en panique. Son croassement semble bien vif, et elle cogne ses ailes contre les murs.

— Est-ce qu'on devrait la laisser sortir ? s'enquiert Émilia.

Jules regarde Camden, et le grand félin traque en silence le corbeau jusqu'à lui sauter dessus, puis elle l'enferme avec douceur entre ses mâchoires. Elle s'allonge sur le tapis en ronronnant, tandis que les ailes d'Aria se figent et qu'elle se calme, son petit bec grand ouvert pour haleter.

— Je vais aller lui chercher de l'eau.

Émilia s'arrête à mi-chemin et lance un regard grave à Jules.

— Tu devrais peut-être te rendre au chevet de ta mère.

Jules emprunte d'un pas mal assuré le couloir. Elle ne peut pas compter sur le soutien de Camden, toujours sur le tapis avec Aria.

Elle tourne la poignée et pénètre dans la pièce. Ses genoux manquent de se dérober quand elle constate que Caragh est luisante de sang rouge vif.

— Jules, souffle Caragh, en la repoussant doucement vers le couloir.

— Est-ce que c'est terminé ? Est-ce qu'il est né ?

Caragh s'essuie les mains.

— Il refuse de sortir.

— Jules ! Je veux voir ma Jules !

Aux cris de sa mère, Jules contourne sa tante et entre sans ménagement dans la chambre. Madrigal est couverte, ses jambes se tortillent de douleur sous les couvertures. Willa est debout à proximité du lit, à nettoyer ses mains dans une serviette.

— Elle a perdu beaucoup de sang, commente la sage-femme. Ça n'a aucun sens.

Jules s'approche du lit et saisit la main de Madrigal.

— Comment te sens-tu ?

— Aussi bien que je l'imaginais.

Elle sourit. Elle est méconnaissable ou presque, cette pâleur et cette sueur, son corps aminci à l'exception de son ventre. Elle ressemble à un corps gris, comme celui qu'elle affirme avoir vu dans sa vision.

— J'ai eu tort de voler Matthew à ma sœur. D'employer un charme pour le garder à mes côtés.

— Ce n'est rien de pire que ce dont tu as l'habitude, réplique Jules en pressant un tissu humide et froid contre son front.

Madrigal rit, le souffle court.

— Est-ce que je devrais m'excuser ? Est-ce qu'il reste encore du temps ?

— Il y a encore tout le temps, affirme Caragh. J'accepterai tes excuses, en te voyant un genou en terre, quand tu seras sortie du lit.

Madrigal rit encore plus fort.

— Tu sais, tu ne me ressembles pas, Jules. Tu es comme ta tante, si rude, si dure.

Elle touche la joue de Jules du bout des doigts.

— Sauf que tu pleures.

Jules renifle. Elle ne l'avait pas réalisé.

— Allez, dépêche-toi donc, Madrigal ! J'en ai assez d'attendre ce bébé.

Madrigal hoche la tête. Elle regarde Willa derrière Jules, qui a découvert le plateau avec les couteaux.

— Est-ce que ce sera rapide ? demande Madrigal.

— Oui, ce sera rapide, mon enfant.

— Qu'est-ce que vous allez faire ? interroge Jules les yeux écarquillés. Est-ce qu'elle va y survivre ?

Willa fronce les sourcils.

— Je ne sais pas.

— Tout va bien se passer, ma Jules. Je paie le tribut de ma magie basse.

Madrigal s'allonge.

— Placez-le sur ma poitrine quand ce sera terminé. Que je puisse le voir un instant.

— Madrigal ?

Jules s'écarte en titubant tandis que Willa s'approche du lit.

— Mère ?

Ses yeux sont humides, mais même si sa vision avait été dégagée, Caragh aurait tout de même été difficile à apercevoir. Elle s'est déplacée si rapidement. Un instant, Willa était penchée sur le ventre de Madrigal, l'instant suivant elle était expulsée dans le couloir et la porte fermée à clef derrière elle.

— Caragh, lance Madrigal. Qu'est-ce que tu fais ?

— Maddie, il faut que tu pousses maintenant.

— Non. Laisse Willa reprendre sa place ici, je suis fatiguée. Va dans la cuisine avec Jules. Ou dehors.

Mais Caragh refuse de l'écouter. Elle prend position au pied du lit et place une main sur le genou de sa sœur.

— Madrigal, pousse. Ce n'est pas encore terminé.

— Je ne peux pas.

— Tante Caragh, souffle doucement Jules, laisse-la peut-être se reposer une minute.

— Si elle se repose, elle meurt.

Elle gifle la hanche de Madrigal.

— Pousse !

— Je ne peux pas !

— Bien sûr que si, tu peux, sale enfant gâtée ! Tu penses simplement que tu ne peux pas à cause d'une vision idiote ! Maintenant, redresse-toi et pousse !

Madrigal s'efforce d'obéir. Elle montre les dents. Il y a tant de sang dans le lit, tant de sueur sur son front.

— Qu'est-ce que tu en as à fiche ? Tu auras tout ce que tu as toujours voulu ! Mon bébé. Ma Jules. Tu auras mes enfants et tu retrouveras ton Matthew aussi, alors pourquoi ne pas le sortir de là au couteau et me laisser en paix !

Le silence retombe dans la chambre. Le seul son audible est le souffle laborieux de Madrigal, jusqu'à ce que Caragh tende brusquement un bras et envoie valser au sol tout ce qui se trouve sur la table. Un pichet et des bols remplis d'eau, du tissu imbibé de sang, des couteaux aiguisés, des herbes, de l'infusion, tout se brise, éclate et explose au sol.

— Je ne veux pas de ton bébé ! C'est toi que je veux ! Je veux que ma sœur vive, et tu le désires aussi.

Son limier lance un hurlement pitoyable tandis qu'elle plonge vers le sol pour saisir l'un des couteaux et le poser contre son bras.

— Si la magie basse exige un prix, alors je le paierai.

— Arrête ! Caragh, arrête. Je vais le faire, je vais pousser.

— Et tu survivras, affirme Caragh. Tu survivras car je refuse toute autre issue.

Ce n'est pas simple. Madrigal est déjà faible et a perdu beaucoup de sang. Pourtant, dans les heures qui précèdent l'aube, le petit frère de Jules naît. Madrigal l'appelle Fennbirn, d'après l'île. Fennbirn Milone. Fenn, pour faire plus court. Elle le nomme, puis elle perd conscience avec son enfant sur la poitrine. Mais elle est bien vivante.

Dans les jours qui suivent la naissance du bébé, Jules s'attarde au Cottage noir, elle observe sa mère et sa tante se rapprocher. Que cette situation perdure ou non est un mystère, mais cela demeure agréable à voir.

— Jules Milone, lance Émilia tandis qu'elles parcourent les bois au nord avec Camden. Combien de temps comptes-tu nous faire rester ici à regarder ce bébé ?

— C'est un beau bébé à regarder. Tu ne le trouves pas beau ?

— Il est beau, oui. Même si je n'aime pas son nom. Fennbirn. Si elle l'appelle « Fenn », pourquoi pas « Fen*ton* » ? Tant de garçons portent déjà le nom de l'île.

— Oui, mais aucun n'est un Milone.

Émilia grimace comme si elle se demandait en quoi c'était si incroyable, jusqu'à ce que Camden tende les oreilles et grogne. Émilia pose une main sur la garde de son épée. Elles cherchent Braddock, le faux familier ours d'Arsinoé.

— Pourquoi essayer de dépister un ours ? demande Émilia.

— C'est la dernière chose que j'ai à faire avant de partir. Arsinoé voudrait que je m'assure qu'il est en forme.

— Comment est-ce que tu peux savoir s'il est encore amical ? Ce n'était pas ton familier. Ce n'était même pas vraiment un familier.

Jules fait une moue. Elle ignore même si elle pourra le retrouver. Caragh affirme ne pas l'avoir vu depuis des semaines, elle pense qu'il a certainement suivi les poissons en amont. Elle a aussi signalé qu'il se montrait de plus en plus sauvage.

— Ne t'inquiète pas.

Jules lui envoie un clin d'œil par-dessus l'épaule.

— Je ne le laisserai pas te faire de mal.

Émilia rougit mais jette des regards attentifs autour d'elle.

— Maintenant qu'Arsinoé est partie, n'est-il pas simplement redevenu un ours ?

— Il ne sera jamais un simple ours. Il a été l'ours d'une reine. Et le voici.

Elles ont atteint la partie la plus large du ruisseau et, en plein milieu, en train de plonger ses pattes avant dans l'eau, se trouve un très bel ours brun à la fourrure brillante.

— Est-ce qu'il est en train de pêcher ? Ou est-ce qu'il cherche à écraser un poisson ? demande Émilia.

Elle sort en partie son épée tandis que Camden quitte les fougères d'un bond, surprenant ainsi Braddock qui se dresse sur ses pattes arrière. Le couguar grogne, puis l'ours se repose sur ses quatre pattes et le félin peut frotter sa tête contre son torse.

Émilia range son épée. Jules récupère la galette à l'avoine que Willa a préparée et en découpe un petit morceau pour Émilia.

— S'il me mord la main, je vais…

— Tu vas quoi ?

— Partir en courant, j'imagine.

La guerrière lui tend la galette, et Braddock l'accepte. Puis il déleste Jules du reste de la nourriture et lui renifle les poches avant de relever la tête, la hochant en direction des arbres derrière elles.

— Il cherche Arsinoé.

Jules lui tapote l'épaule.

Elle l'apaise grâce à son don, et bientôt Camden et lui jouent joyeusement dans le ruisseau.

— Voilà. Tu as vu l'ours, et ton petit frère et ta mère vont bien. Maintenant, nous pouvons partir.

Jules se retourne pour regarder Braddock boire dans le ruisseau, éclabousser les environs et donner des coups de patte dans les galets.

Lui dire au revoir lui fend le cœur, mais il est heureux ici, et en sécurité. Il doit y avoir des jours où il ne se demande pas où se trouve Arsinoé. *Ce sera long,* pense Jules*, avant que moi aussi je pense à autre chose.*

Émilia et elle regagnent le Cottage noir et y retrouvent Caragh, assise sur le porche avec le bébé dans les bras.

— Vous êtes déjà de retour, les accueille Caragh. Comment va Braddock ?

— Bien, répond Jules.

— Il est gros, ajoute Émilia.

Elle tend les mains vers Fenn, et Caragh le lui passe avec douceur.

— Où est sa mère ?

— Elle est partie.

— Partie ? Comment ça, « partie » ?

— Elle est allée annoncer à Matthew qu'il a un fils, afin qu'ensemble ils puissent ramener Fenn chez lui. Elle a donc emprunté ma jument marron et elle est partie.

Jules pivote vers le petit sentier, celui qui traverse le Vert-Bois et serpente jusqu'à Wolf-Spring.

— Cela ne fait qu'une semaine que l'accouchement a eu lieu.

— Et il n'était pas des plus simples. Mais tu connais Madrigal. Elle est déjà sur pied, presque aussi rapidement qu'une reine. Et elle est déjà agitée.

Émilia déplace le bébé dans ses bras.

— Et pour nourrir ce petit ?

— Willa sait comment se débrouiller avec du lait de chèvre. Ce ne sera pas long.

— Elle n'est pas… en train de nous quitter une nouvelle fois ? demande Jules.

— Pas cette fois-ci.

Caragh se lève pour reprendre le bébé.

— Je crois que cette fois-ci, elle va rester.

MANOIR GREAVESDRAKE

La reine Katharine déambule à l'ouest du manoir Greavesdrake quand Bree se présente à l'ombre de la grande maison. Ou plutôt, là où se trouverait l'ombre si le soleil était assez présent pour en projeter au sol.

— Reine Katharine.

Bree exécute une révérence.

— Pourquoi m'appeler ici et non au Volroy ?

— J'aime être ici, explique Katharine. Il y a moins d'yeux et d'oreilles. Maintenant que Natalia et moi en sommes parties, Greavesdrake est vide. Seul un personnel réduit continue à l'entretenir.

— C'est désormais la demeure de Geneviève, n'est-ce pas ?

— Oui. Ainsi que celle d'Antonin. Même de Pietyr, d'une certaine façon, s'il cherchait à la revendiquer.

Son regard se perd sur la brique rouge et le toit noir. Elle observe les aulnes et les longs brins d'herbe, là où son consort Nicolas et elle ont un jour pratiqué le tir à l'arc.

— J'imagine que ce n'est plus la même chose sans elle, reprend Bree. Certaines personnes laissent simplement trop de vide après leur départ.

Elles restent debout en silence un moment, et Katharine frissonne dans le vent glacial.

— C'est un jour si froid. Il y avait même quelques flocons plus tôt. Est-ce que vous en avez vu en ville ?

Bree secoue la tête.

— J'en viendrais presque à souhaiter que ma sœur soit présente, admet Katharine, ne serait-ce que pour nous débarrasser de ces nuages gris.

Bree s'en amuse :

— Elle était puissante, la plus puissante que j'aie rencontrée. Mais elle ne pouvait tout de même pas influer sur les saisons.

Katharine souffle dans ses mains. Bree l'élémentaire pourrait rester dehors toute la journée, mais la reine aura bientôt besoin de rentrer. De tous les dons qu'elle emprunte aux sœurs mortes, l'élémentaire semble le plus faible. Peut-être se montrent-elles loyales envers la merveille qu'est Mirabella. Ou peut-être y a-t-il eu moins d'élémentaires à périr.

— Katharine, se lance Bree, oubliant pour la première fois le ton formel. Qu'est-ce que vous me voulez ?

Katharine soupire et la conduit le long du chemin pavé qui les ramène à l'avant de la maison.

— L'oracle va arriver d'un jour à l'autre. J'aimerais savoir ce que pensent nos membres de Rolanth à ce sujet.

— Je ne parle pas au nom de la grande prêtresse, et je n'oserais pas m'exprimer pour Rho. Mais je pense qu'elles considèrent cela comme sage. Vous devez en apprendre autant que possible, si ces rumeurs de rébellion se vérifient.

— Et si elles sont vraies, quel côté choisirez-vous ? demande rapidement Katharine.

— Après l'Ascension, il n'y a plus qu'un côté, répond Bree sans ciller. Celui de la reine.

— Je pensais que vous me feriez porter le blâme pour ce qu'il s'est passé à Rolanth. Choisiriez-vous la reine plutôt que le brouillard ? Voire la Déesse ?

— Qui peut affirmer être plus proche de la Déesse ? La lignée des reines est la sienne, et ce sont les reines qui nous ont donné le brouillard. Ainsi…

Elle s'interrompt et secoue la tête.

— Ce sont des questions pour une prêtresse. Où se trouve Elizabeth quand j'ai besoin d'elle ?

— Je dois admettre que je pensais qu'elle vous accompagnerait. Vous n'êtes jamais très loin l'une de l'autre. Mais je ne retiendrai pas ces paroles contre vous, Bree Westwood. Je sais que, peu importe ce qui adviendra de cette rébellion, la grande prêtresse décidera de l'allégeance de Rolanth.

— Rolanth n'a aucun compte à rendre à Luca, ni à moi, d'ailleurs. Mais en ce qui me concerne, je trouve que vous vous êtes très bien faite à cette couronne. Mieux que je ne l'aurais imaginé. Cela aura été très difficile, mais je ne peux pas imaginer Mira… n'importe quelle reine mieux s'en sortir.

Elles terminent de contourner la maison, et Katharine fait un signe pour que le cheval de Bree soit amené.

— Ce sera tout, ma reine ?

— Ce sera tout, oui.

Bree lève la tête vers les murs et les fenêtres obscurs.

— Pourquoi êtes-vous réellement ici plutôt qu'au Volroy ?

— Je vous l'ai déjà dit. Mais je dois aussi récupérer quelque chose dont j'aurai besoin quand l'oracle arrivera.

Bree se tourne vers un garçon d'écurie qui l'aide à monter en selle. Son cheval renâcle et se met à danser sur place.

— Quand elle arrivera, vous devriez l'interroger devant le Conseil. Le peuple en aura certainement vent, et il aime savoir que la grande prêtresse a l'oreille de la Couronne.

— J'y réfléchirai.

Bree soulève l'une des rênes pour orienter son cheval vers la ville.

— Il y a beaucoup de poisons dans le Volroy, n'est-ce pas ?

Katharine sourit.

— Pas comme ceux-là.

Peu de temps après le départ de Bree, Geneviève et Pietyr arrivent, presque au même moment mais pas ensemble : Geneviève dans son carrosse en provenance du Volroy ; Pietyr à cheval, il vient fouiller la bibliothèque de Greavesdrake pour en apprendre davantage sur les reines mortes. Pourtant, quand Edmund, le bon et loyal majordome de Natalia, leur indique que la reine est à l'étage, ils se dirigent tous deux vers l'ancien bureau de Natalia.

— Pietyr, Geneviève.

Katharine ne se tourne que partiellement pour les accueillir. Ses bras se trouvent toujours entre les portes ouvertes de l'un des placards de Natalia.

— Y a-t-il des nouvelles ? Est-ce que l'oracle est arrivée ?

— Pas encore.

Geneviève entre dans la pièce et passe une main sur le fauteuil préféré de Natalia.

— Je ne sais pas ce qui les retarde autant. Le capitaine de la garde nous a informés qu'elle avait été arrêtée il y a pratiquement une semaine.

— Le temps dans les montagnes aura très certainement eu un effet sur leur progression.

— Vous ne venez pas ici souvent, n'est-ce pas, Geneviève ?

— Non, pas souvent.

— Cela se voit.

Katharine fronce les narines.

— Il y a une odeur de renfermé. Peut-être qu'Edmund pourrait ouvrir les fenêtres une heure par jour.

Ni Geneviève ni Pietyr n'ajoutent quoi que ce soit. Ils sont tellement silencieux que Katharine se retourne en pensant qu'ils sont partis. Mais ils sont bien présents. Ils sont tous deux debout près du vieux fauteuil de Natalia, comme s'ils avaient les yeux fixés sur son fantôme assis.

— J'aimerais qu'elle soit là, reprend Katharine.

— Moi aussi.

Geneviève serre le cuir entre ses mains.

— J'ai demandé à Rho Murtra quel effet cela lui avait fait de trouver ce continental perché au-dessus de son corps. Je lui ai demandé ce que ça lui avait fait de le tuer. Je lui ai demandé de me décrire les moindres détails. Cela ne m'a pas suffi.

Ses doigts s'enfoncent encore plus profondément dans le cuir.

— Bien évidemment, la guerrière a décidé de le découper, alors que c'est le poison qu'il méritait. Un jour, je traverserai la mer et je retrouverai sa famille tout entière. Je les empoisonnerai avec un poison de cette même pièce. Je les regarderai tous se débattre et saigner des yeux. Sa femme. Ses frères et sœurs. Ses enfants. Et surtout le prétendant Billy Chatworth.

— Ce serait une mission digne de ce nom, ajoute doucement Pietyr.

— Un jour, oui, dit Katharine. Mais pas aujourd'hui. Aujourd'hui, j'aimerais que vous m'aidiez à trouver un poison me permettant de délier la langue de cette oracle.

Elle pointe du doigt les placards dans lesquels elle n'a pas encore regardé, et les Arron se mettent à la tâche.

— Je ne vois pas ce que tu espères apprendre.

Le doigt de Geneviève fait tinter avec délicatesse une rangée de bouteilles.

— Je n'ai jamais rencontré que deux oracles, et les deux avaient des dons si faibles qu'il était difficile de réellement les qualifier de dons. Quelques prédictions justes, une vague vision, le tout brouillé par du double discours.

Elle se mord la joue.

— Si seulement il existait un poison pouvant affûter le don de quelqu'un.

Katharine se met à rire, sa tête est si profondément enfouie dans une étagère que le son résonne.

— Si un tel poison existait, je n'aurais pas reçu autant de cicatrices.

— Kat, souffle Pietyr, soudain si proche qu'elle sursaute et se cogne la tête.

Il est toujours si discret. Elle devrait lui offrir davantage de cette eau de Cologne qu'elle aime, afin de savoir quand il s'approche d'elle.

— Je commence à trouver des passages concernant les reines. Il y a tant de textes différents, ce n'est pas une tâche aisée de garder une trace de tous, alors je me contente de prendre les livres dont j'ai le plus besoin pour éviter toute suspicion.

Katharine se dégage lentement du placard et plonge son regard dans ses yeux excités. Par-dessus son épaule, Geneviève n'écoute pas, occupée à consulter un carnet de notes sur des poisons dans une main, une bouteille de poudre jaune dans l'autre.

— Il y a des extraits concernant les sœurs mortes ?

— Pas beaucoup. Je n'ai pas réellement avancé avant que j'aille plus loin, que je m'intéresse au cas de possession spirituelle.

— De possession spirituelle ! elle siffle et l'attire vers elle.

— En essence, c'est bien ce qu'elles représentent.

— Elles sont bien plus que cela, Pietyr. Ce sont des reines.

— Oui, mais les séparer de toi équivaudrait pratiquement à la même chose...

Elle redresse les épaules et s'en retourne à son placard.

— Je ne peux pas m'occuper de cette question maintenant.

— Mais je croyais que nous étions d'accord...

— Oui, mais... pas maintenant, Pietyr ! Pas pendant qu'une rébellion se soulève avec Jules Milone à sa tête. Je ne peux pas m'en séparer au moment où je pourrais bien avoir le plus besoin d'elles.

Quand il se met à argumenter, elle lui prend le visage entre les mains.

— Pas maintenant. Pas encore.

Puis elle détourne le regard avant qu'il doute.

— Très bien, mon amour.

Il s'écarte sèchement.

— Un jour. Mais aujourd'hui, tu devrais porter un tablier et de meilleurs gants. Que tes dons soient empruntés ou non, certains des poisons de cette pièce pourraient toujours te tuer.

— Cela me rappelle que nous ferions bien de réapprovisionner la pièce des poisons du Volroy, lance Geneviève de l'autre côté du bureau. Même certains de ceux présents dans la collection privée de Natalia sont meilleurs que ceux que nous avons à disposition au château.

— Ce n'est pas une mauvaise idée.

Pietyr tire sur l'un des journaux de Natalia qui se trouve sur le bureau.

— Même si des sujets plus pressants nous intéressent actuellement.

— Oui, oui, mon neveu. Comme dénicher de nouveaux soldats pour l'armée royale. Mais Rho Murtra s'occupe de ça. Et jamais un empoisonneur ne devrait se contenter de poisons de moindre qualité. Nous pourrions même nous réapprovisionner en grande partie depuis l'inventaire de Greavesdrake. Notre pièce à poisons a de toute façon toujours été mieux fournie.

Katharine effleure les bouteilles avec affection. La plupart des étiquettes ont été écrites de la main de Natalia. Certaines contiennent même des concoctions spéciales de cette dernière.

— Je devrais faire fabriquer un placard tout spécialement pour les créations de Natalia. Avec des poignées en argent et une porte en verre. Les derniers poisons d'une grande empoisonneuse.

Geneviève et elle échangent un sourire. Pietyr se tourne et tapote l'une des pages du journal.

— Il est marqué ici que Natalia a un jour élaboré un poison induisant un délire agréable.

— Cela pourrait fonctionner.

Katharine pivote vers les étagères alors que Pietyr s'approche pour les inspecter. Il trouve ce qu'il cherche en hauteur : une longue bouteille violette.

— Est-ce qu'il est préservé ?

— Si ce n'était pas le cas, elle ne l'aurait pas gardé.

— Est-ce que le délire est plus fort que le sentiment agréable ? demande Geneviève. Que disent les notes ?

— Elle l'a créé tout spécialement pour les interrogatoires.

Il secoue doucement le liquide trouble et retire le bouchon.

— Puissamment herbacé et très alcoolisé. Avec une note fongique, à la toute fin.

— Il en reste si peu, regrette Katharine.

— Mais à mon avis, elle aimerait que tu l'emploies. Elle voudrait que tu les utilises pour toi et à des fins importantes.

Il reprend les notes de Natalia.

— Je pense que nous pourrions essayer de reproduire la recette, mais cela me paraît risqué. Nous n'avons qu'une occasion de l'administrer.

— Pourquoi ? Il n'immunise tout de même pas l'empoisonné ?

— Non, réplique-t-il. Il entraîne la mort.

Le lendemain matin, Katharine, Pietyr et Geneviève retournent ensemble au Volroy après une nuit passée à Greavesdrake. C'était un changement revigorant de bénéficier de toute une soirée en paix, en compagnie de serviteurs familiers et discrets et de tasses chaudes d'infusion de mangrove d'Edmund. Une nuit tout entière avec Pietyr dans son ancienne chambre.

Le carrosse passe le sommet de la colline, et Katharine aperçoit les imposantes spires jumelles. C'était un temps une forteresse ; la capitale n'était alors constituée que du palais et des bâtiments au sein de son mur d'enceinte. Mais aujourd'hui, Indrid-Down s'étire au nord, à l'ouest vers les terres et à l'est en direction du port. Ce qu'il reste du mur est à peine visible de si loin, il est bas, usé et recouvert de mousse. Les pierres en ont été arrachées il y a bien longtemps pour construire de nouveaux édifices.

Quand ils parviennent aux grandes grilles ouvertes, Katharine devine que l'oracle est là. Elle ne trouve aucune autre raison pour laquelle Rho viendrait l'accueillir à son carrosse.

— Ils sont arrivés avec l'oracle, lance Katharine en sortant.

— Oui.

— Il y a combien de temps ?

— Deux heures, environ. Son voyage a été long, Luca a ordonné qu'elle soit hébergée dans la tour orientale avec un repas chaud et un bain.

Geneviève proteste :

— Et non dans les cellules ?

— Il s'agit de Théodora Lermont, précise Rho en guise d'explication. Une ancienne. Respectée de tous à Sunpool. Ils disent que les visions jaillissent d'elle comme l'eau s'écoule d'un ruisseau.

— Comme l'eau s'écoule d'un ruisseau.

Geneviève fronce les sourcils.

— Toute cette expérience promet de n'être qu'une franche perte de temps.

— Tout ira bien, Geneviève, reprend Katharine en saisissant le bras de Pietyr. Je n'aurais de toute façon pas voulu qu'elle soit placée en cellule. Donnons-lui une chance de se montrer loyale. Faites-la venir dans la salle du trône.

Elle traverse le château en compagnie de Pietyr, le poids de la fiole de poison dans sa poche la réconfortant.

— Qu'ils doutent, la soutient Pietyr. Les oracles connaissent des choses sur l'île que même le Temple ignore. La faire venir ici était une sage décision.

Katharine opine :

— Je l'espère, Pietyr.

Quand ils entrent dans la salle du trône, elle est vide à l'exception des serviteurs affectés au nettoyage et à l'entretien. Mais il ne faut pas longtemps pour que le Conseil noir quitte sa chambre, et rapidement, ils sont tous assis à la longue table à sa droite. Bree capte son regard, heureuse qu'elle ait décidé d'interroger l'oracle devant eux. Le cousin Lucian, quant à lui, s'éclaircit la voix :

— Attendons-nous déjà l'oracle ? Ne devrions-nous pas nous concerter avant, afin de discuter de ce que nous voulons lui demander ?

— Nous nous réunirons après. Afin de discuter de ce qui aura été dit.

Katharine a un geste du menton. C'est peut-être un mouvement moins respectueux que ceux dont il a l'habitude, car ses yeux se plissent. Mais Katharine s'en fiche. Son esprit est entièrement concentré sur l'oracle. En outre, il n'est pas son cousin *à elle*.

Théodora Lermont, de l'illustre famille d'oracles Lermont, pénètre dans la salle du trône vêtue d'une robe jaune pâle et gris. Elle est âgée, pas autant que la grande prêtresse, mais toujours plus que Natalia. Elle est tout à fait alerte, et le bain ainsi que le repas lui ont fait du bien. Personne ne pourrait affirmer qu'elle vient d'être traînée d'un bout à l'autre de l'île à un rythme effréné.

— Théodora Lermont, commence Katharine après une très profonde révérence de la voyante. Vous êtes la bienvenue au Volroy. J'espère que votre voyage n'a pas été difficile ?

— Il a été long, reine Katharine. Mais en rien difficile.

Elle se tourne pour faire face au Conseil noir et salue de la tête la grande prêtresse Luca.

— Je suis heureuse de voir que vous vous portez bien. Cela fait des années.

— C'est vrai, glousse Luca. Et toutes ces années n'ont pas été tendres.

Katharine écoute leur échange avec un sourire passif. Elle n'aime pas les yeux de la voyante, ils semblent vides, ou peut-être déterminés.

— Savez-vous pourquoi je vous ai demandé de venir ?

La voyante sourit.

— J'ai bien peur, ma reine, que ce ne soit pas ainsi que fonctionne le don de voyance.

Katharine émet un rire poli, comme la majorité de son Conseil. Le visage de Théodora Lermont n'en révèle rien, mais Katharine sait qu'elle ment.

— Dites-moi alors, voyante, comment fonctionne votre don ? En quoi pouvez-vous être utile à votre reine ?

— Je peux jeter des osselets.

Théodora plonge une main dans les plis de sa jupe grise et en ressort une petite bourse en cuir qui était attachée à sa ceinture. À l'intérieur se trouvent des os de phalanges, d'oiseaux, des plumes ou des pierres gravées de runes.

— Je peux voir votre avenir, ce qui vous attend.

— Il est difficile de se montrer respectueux du don de voyance quand il se présente habillé en charlatan et muni d'un sac de jouets d'enfant, lance Geneviève, et les yeux de Théodora flamboient de rage.

— Mais nous le respecterons quoi qu'il en soit.

Katharine intime à Geneviève de se taire d'un doigt.

— Nous le respectons. Je serais honorée que vous jetiez les os pour moi. Mais plus tard. Connaître mon avenir est certes pratique, mais ce n'est pas pour cela que vous êtes ici. Que savez-vous de la naturaliste Juillenne Milone ?

L'oracle baisse le regard, et Katharine regarde Pietyr, qui opine subtilement.

— Tout le monde a entendu parler de la naturaliste maudite par la légion, répond Théodora. Après qu'elle vous a attaquée dans la forêt de Wolf-Spring, la nouvelle s'est rapidement répandue. Et après son apparition lors du duel, sa renommée n'a fait que croître.

— Et maintenant ?

— Maintenant, elle rallie des gens à sa cause.

— Il s'agit donc réellement de Jules Milone ?

Théodora secoue la tête.

— Ma reine, cela, je ne l'ai pas vu.

— Mais vous avez vu que son dessein est ma couronne.

La voyante lève un regard grave dans sa direction, et Katharine se penche en avant, afin que la femme ait une meilleure vue sur la bande noire tatouée sur son front.

— Comment est-ce possible ? Comment peut-elle chercher à me remplacer, quand elle n'a rien d'une reine ? Quand elle ne provient pas de la lignée de la Déesse ?

— Certains disent que la Déesse a abandonné la lignée des reines.

— Est-ce là ce qu'affirme la prophétie ? demande Pietyr, et les yeux de Théodora se fixent sur lui. Nous avons entendu dire qu'il y avait une prophétie.

— Que Jules Milone a un jour été une reine et qu'elle le redeviendra peut-être.

Le Conseil noir se met à échanger à voix basse, avec des gestes incrédules.

— *Ou*, ajoute l'oracle, elle pourrait bien nous mener à notre perte.

Katharine se redresse. La table tout entière du Conseil inspire d'un seul coup. Mais Théodora Lermont se contente de hausser les épaules.

— Notre reine ou notre perte. Ou les deux à la fois. Et si tel est le cas, personne ne pourra l'arrêter. Pas le Conseil noir. Pas la grande prêtresse.

Elle regarde Katharine dans les yeux.

— Pas même vous.

Katharine pose la main sur son ventre, où les reines mortes gémissent. Elles ne désirent que la couronne, rien n'est plus important. Si elle venait à la perdre, elles la quitteraient. Elles s'écouleraient de ses pores, et que lui resterait-il ensuite ? Comment la récupérerait-elle ?

— Quel est son lien avec le brouillard ? demande brusquement Katharine. Est-elle la raison pour laquelle le brouillard s'est levé ?

— Le brouillard ?

Théodora lève les sourcils.

— Je ne sais pas.

— Pouvez-vous au moins me dire comment Jules Milone peut supporter d'être maudite par la légion sans perdre la raison ?

— Je ne le sais pas non plus.

Katharine lève les bras en signe d'impuissance. Elle se tourne vers le Conseil, vers Bree et Luca. Elle aura au moins essayé, elles doivent le constater.

— Je vous prie de m'excuser, reine Katharine. Excusez-moi de vous décevoir.

Katharine fait rouler son poignet contre la fiole de poison de Natalia, dissimulée dans sa manche.

— Vous ne m'avez pas déçue. Retournez donc à la chambre que nous vous avons préparée. Reposez-vous. Je vous y retrouverai plus tard dans la soirée et vous pourrez lire mon avenir. J'attends cela avec impatience.

Théodora effectue une révérence très profonde et s'en va. Katharine étudie le moindre de ses mouvements, se demandant si son don de voyance lui a révélé les réelles intentions de la reine. Cela ne semble pas être le cas.

— Voilà tout ? demande le cousin Lucian. Voilà ce pour quoi nous avons attendu ?

— Non, ce n'est pas tout, rétorque Katharine.

Elle fait signe à Pietyr qui s'approche immédiatement.

— Place des gardes à sa porte. Laisse-la déambuler, si elle le souhaite, mais elle ne doit pas quitter le Volroy. J'aurai mes réponses, Lucian. Nous les aurons tous.

Ce soir-là, Katharine se rend à la chambre de l'oracle avec un dîner servi sur des plateaux d'argent et recouvert d'une cloche.

— Reine Katharine.

Théodora exécute une nouvelle révérence.

— C'est un honneur de dîner en votre compagnie. Est-ce que d'autres membres du Conseil noir se joindront à nous ?

— Pas ce soir, répond Katharine en repensant à Bree et ressentant une inexplicable culpabilité. Ce soir, j'aimerais garder mon oracle pour moi seule.

Elles prennent place, et les serviteurs dévoilent les plats : une belle soupe pâle de courge automnale, des poules rôties remplies d'herbes aromatiques, et en dessert, une crème à laquelle a été ajoutée de la confiture de fruits en légers tourbillons. Les serviteurs remplissent leurs verres de vin et d'eau, tranchent le pain. Puis ils les quittent en refermant doucement la porte derrière eux.

— J'aurais sinon proposé à mon compagnon, Pietyr Renard, de se joindre à nous, ou à Geneviève Arron. Ils ont toujours été fascinés par le don de voyance. Mais ils ont également reçu une éducation d'empoisonneurs, et leurs visages se figent en un masque grimaçant en présence de nourriture non empoisonnée.

Katharine englobe les plats d'un geste.

— Je trouve cela terriblement malpoli, mais je ne parviens pas à leur faire perdre cette habitude.

— Le don d'empoisonneur est devenu très puissant. Même les bébés naissent avec des immunités, désormais. Découvrir son don tout en étant résistant aux pires toxines… Ils ont tous les droits d'être fiers. C'est quelque chose de sacré.

— Comme le sont tous les dons, ajoute rapidement Katharine. J'aimerais instiller en eux un plus grand respect pour les autres dons.

— Devrais-je jeter les os pour vous maintenant ? s'enquiert Théodora.

— Après le dîner, peut-être. Ne mangeons pas froid.

Katharine fait un geste pour que son invitée commence, sentant le poids du poison dans sa manche.

Théodora la fixe. Elle n'est pas idiote. Elle sait ce qui l'attend. Après un long moment, elle attrape un morceau de pain et le trempe dans la soupe.

— Je suis confuse de ne pas avoir été plus utile.

Elle opte ensuite pour la poule et déchire un morceau de blanc de volaille avec ses doigts.

— Ce n'est rien. Vous le serez.

Sa convive mange aussi lentement que possible, craignant la moindre bouchée. Mais elle avale et avale encore, courageuse. C'est un réel spectacle, même si le repas n'est pas encore empoisonné.

— Vous savez, je n'ai jamais voulu d'un règne chaotique.

Katharine saisit ses couverts en argent et entame son repas.

— Je n'ai rien du monstre dont vous avez entendu parler. Je ne suis pas une revenante, comme on le prétend. Ce sont mes sœurs les traîtresses. Des impostrices dans des robes noires, ou des pantalons, selon le cas. Mais l'île ne m'a jamais donné ma chance. Le peuple s'est soulevé dès que j'ai reçu ma couronne. Le brouillard s'est levé contre moi comme s'il était la Déesse elle-même.

Elle transperce de sa fourchette un morceau de poule.

— Eh bien, qu'Elle choisisse le côté de la naturaliste. Ce n'est pas selon le désir de la Déesse que j'ai été couronnée.

— Si ce n'est pas selon le sien, demande Théodora, alors selon celui de qui ?

Sur ses genoux, Katharine pose la fiole de poison. Puis elle tend sa main vers le vin.

— Les oracles se sont-ils vraiment alignés avec la rébellion ?

— Je n'ai jamais rien entendu de tel, affirme Théodora en pinçant les lèvres.

— Alors, pourquoi refuser de vous présenter ? Pourquoi ai-je dû vous traîner jusqu'ici ?

— Peut-être parce que l'île tout entière vous craint.

Elle avale une autre bouchée de pain et de soupe.

Katharine déplace le poison au bord de sa manche. Délire agréable, dans une bouteille violette. Délire agréable et mort.

— Vous avez des yeux si doux, maîtresse Lermont. Si seulement vous me disiez la vérité.

Elle boit une gorgée et pose le vin sur la table, en passant la main par-dessus le rebord des verres de Théodora. Elle maîtrise mieux le geste désormais, et le poison se mêle, invisible, à l'eau et au vin. C'est tellement simple que Katharine laisse quelques gouttes chatoyantes tomber dans chaque plat, empoisonnant ainsi son bol de soupe de courge et sa crème. Il y a tant de poison que le délire débute avant même que le dessert ne soit entamé, et Théodora se met à rire.

— Qu'y a-t-il de si drôle ?

— Rien.

Elle se tamponne le front de la manche et se calme afin d'avaler une gorgée d'eau.

— Il est simplement si étrange d'avoir peur de vous. Ces histoires qui se racontent, la reine revenante, vous êtes finalement si petite. Si jeune. Une enfant, pratiquement.

— Toutes les reines commencent jeunes à porter la couronne. Vous pourriez penser que Jules et ses sbires le sauraient. Mais ce n'est finalement peut-être pas Jules Milone. Peut-être que la vraie Jules Milone s'est noyée dans la tempête de la Déesse avec mes sœurs.

— Non, c'est bien elle. Je l'ai vue moi-même dans des visions. Un œil vert et l'autre bleu, suivie par un félin des montagnes. Certains disent que lorsqu'elle montera sur le trône, son œil bleu deviendra noir, mais ce n'est rien de plus que des sottises.

— C'est idiot de penser qu'elle deviendra reine tout court alors qu'elle n'est pas reine. Elle ne portera pas de triplées.

Katharine vide son verre de vin et s'en sert davantage. Elle-même n'aura peut-être jamais de triplées, et cette idée donne à la poule dans sa bouche un goût de cendres.

Théodora hausse les épaules.

— Selon la prophétie : « reine un jour et le redeviendra peut-être ». Ce n'est jamais aisé de les interpréter, mais le peuple y croit. Elle est naturaliste et guerrière. Et ses deux dons sont aussi puissants que ceux d'une reine.

— Comment est-ce possible ? demande Katharine. Comment peut-elle être aussi puissante qu'une reine tout en étant maudite ? Pourquoi n'est-elle pas folle ?

L'oracle lui lance un regard sérieux. Puis elle se met à rire à gorge déployée. L'effet de ce poison est inégal. Et Katharine n'a pas la moindre idée du temps qu'il lui reste.

— Mais vous êtes une jolie fille, reprend Théodora en gloussant. Vous êtes douce et gentille, et vous m'avez donné une chambre confortable. Vous parlez des dons en leur accordant autant de respect aux uns qu'aux autres.

Son œil gauche se plisse.

— Avez-vous réellement réussi à acheter la grande prêtresse avec un siège au Conseil ?

Katharine pousse le bol de crème dans sa direction.

— Prenez un peu de dessert afin de mieux faire passer le vin dans votre estomac. Je crois que vous en avez trop bu.

— Oui, oui.

Théodora avale une grande cuillérée.

— Pardonnez-moi.

— Pourquoi est-ce que le peuple cherche à me renverser ?

— Ils craignent que vous ne conveniez pas. Que vous n'étiez pas censée régner.

— Contrairement à Juillenne Milone ?

— Peut-être que n'importe qui ferait mieux l'affaire qu'une empoisonneuse.

— Et si elle perd la raison ? Est-ce que vous pouvez le voir, savoir si elle va perdre l'esprit ?

Théodora pose les coudes sur la table. Elle commence à avoir l'air fatiguée, sa tête penche dans le vide. Elle a plus de mal à avaler, même la simple crème renversée.

— Je ne peux pas voir cela. Mais la magie basse tiendra bon. Sa mère l'a liée, voyez-vous. Par le sang. Ainsi, la malédiction est maîtrisée et les deux dons peuvent s'épanouir.

Katharine se recule dans sa chaise. Elle a déjà croisé sa mère. À Wolf-Spring, durant le festival de Midsummer. Elle était près de l'eau alors que les guirlandes étaient relâchées dans le port, avant que Katharine ne lance le défi de la Chasse des reines. Madrigal Milone, voilà son nom. Très jeune pour être mère d'une fille de seize ans. Très belle pour être la mère d'une fille aussi banale que Jules.

— Si la mère meurt, est-ce que la malédiction s'exprimera entièrement ?

L'oracle ouvre grand les yeux.

— Personne ne peut l'affirmer. Personne n'ayant été touché par la légion n'a vécu aussi longtemps sans subir son influence. Certains souhaitent qu'elle soit déliée. Certains disent que cela la rendra encore plus puissante.

— Où se trouve Jules Milone actuellement ? demande Katharine, mais Théodora secoue la tête de dénégation.

Elle ne le sait peut-être pas, peut-être que même le poison de Natalia a ses limites.

— Où se trouve sa mère ?

Les yeux de Théodora se perdent dans le vide, et son visage se relâche, un aperçu du véritable don de voyance :

— Si vous partez maintenant, vous la retrouverez dans les montagnes, se dirigeant vers le sud en direction de Wolf-Spring.

La vision s'achève, et Théodora cligne des yeux comme si elle était désorientée.

Katharine lance un appel par-dessus son épaule, et un serviteur ouvre la porte.

— Rendez-vous auprès du Conseil noir. Dites-leur d'envoyer nos messagers les plus rapides et nos meilleurs traqueurs dans les montagnes avec une prime sur la tête de Madrigal Milone. Une belle grosse récompense si elle m'est rapportée vivante.

Quand le serviteur s'en va, Katharine se retourne vers Théodora, dont les yeux décrivent des cercles. Le poison est entré dans sa phase terminale et grotesque, provoquant autant l'euphorie que la terreur.

— Que pouvez-vous me dire d'autre ? Concernant le brouillard. Pourquoi se lève-t-il ? Pourquoi s'est-il retourné contre son île ?

L'oracle baisse le regard et tend l'oreille. Elle presse ses mains contre ses tempes et y laisse des traînées de crème.

— La reine bleue est revenue. La reine bleue ! Reine Illiann !

— Pourquoi ? interroge Katharine. Que veut-elle ?

Mais l'oracle n'ajoute rien. Elle se contente de pleurer en hurlant. Le poison lui offre un véritable spectacle, et Katharine leur sert du vin à toutes deux.

— Buvez une gorgée, suggère-t-elle avec gentillesse.

— Je ne pense pas le pouvoir.

— Bien sûr que si.

Katharine soulève le verre. Elle se déplace pour s'asseoir au côté de Théodora et l'aide à l'agripper, en serrant les doigts froids de la femme.

— Ce sera plus simple ainsi.

— C'est votre faute, affirme Théodora.

Puis elle crie de surprise, avant de se tordre d'un rire qui évoque le braiment d'une mule.

Katharine lui tient les épaules avec douceur.

— C'est ma faute. Je vais donc rester en votre compagnie et vous parler jusqu'à la fin.

La rébellion

LE CONTINENT

Il aura fallu plus de temps qu'elle ne l'aurait voulu à Arsinoé pour rassembler les fonds nécessaires à une traversée vers l'île. Mais enfin, ce jour est arrivé. Après avoir mis de côté les pièces gagnées en portant une casquette et en jouant les livreurs, et après avoir été tentée par deux fois de s'emparer de l'une des broches de Mme Chatworth pour la revendre, elle se retrouve seule au port et s'apprête à monter à bord d'un bateau. Pas de Mirabella ou de Billy cette fois-ci. Ils seront plus en sécurité ici.

— Et je ne serai pas partie longtemps, souffle-t-elle en serrant sa pleine poignée de pièces.

Sur les quais, elle fend la foule de travailleurs, à la recherche d'un capitaine désœuvré. C'est une journée bien occupée, le port est rempli de trop d'hommes, et il n'y a pas la moindre femme en vue. Elle garde la tête baissée tout comme la visière de sa casquette. Au moins, elle ne vit pas à l'époque de Daphné et ne doit donc pas s'inquiéter de la superstition qui entoure la présence d'une fille à bord d'une embarcation. Elle plonge son argent au plus profond de sa poche et passe devant les cales. Le bateau ne doit pas nécessairement être beau, ni même grand. Cette fois-ci, elle n'essaie pas de s'extirper du brouillard. N'importe quel capitaine et n'importe quel équipage prêts à mettre les voiles dans la direction qu'elle indiquera feront l'affaire.

Elle serait même heureuse de prendre place à bord d'un canot avec une bonne paire de bras pour ramer.

— Excusez-moi, monsieur.

L'homme dans son manteau en laine vert se tourne immédiatement, même s'il ne faisait rien d'autre que bourrer sa pipe.

— Qu'est-ce qu'il y a, mon bonhomme ?

Il recule en voyant son visage, ou peut-être en réaction à ses cicatrices.

— Ou miss. Qu'est-ce que je peux pour toi, miss ?

— J'aimerais acheter un passage. Pour une courte traversée.

— Une courte traversée vers où ?

Arsinoé hésite.

— Je cherche une traversée avec un équipage *discret*.

Il plisse les yeux. Quand elle ne bronche pas, il mâchonne le tuyau de sa pipe éteinte.

— Mes garçons et moi pouvons t'embarquer, mais tu vas devoir revenir demain.

— Demain ?

— C'est ça. J'ai des filets à faire réparer cet après-midi. Si tu reviens demain, à la même heure, on aura sûrement déchargé les prises, et je ferai en sorte que l'équipage reste dans les environs.

Arsinoé regarde les quais aux alentours. Il y a tellement d'autres bateaux, mais certains sont bien trop impressionnants, et d'autres ont été abandonnés dans le court laps de temps qu'elle a passé là. Elle sort tout l'argent de ses poches.

— Si je vous donne tout ce que j'ai, est-ce que vous voulez bien rassembler un équipage restreint et m'emmener maintenant ? Ce ne sera pas long. Je vous le promets.

— Je ne sais pas… Pourquoi t'es si pressée, miss ?

Avant de trouver un mensonge, elle entend le sifflement familier de Billy.

— S'il refuse, dis-lui que je lui paierai le double.

Billy et Mirabella approchent d'un pas assuré sur le quai. Le capitaine se dresse tandis qu'il serre la main de Billy, et ce dernier se présente.

— Vous voulez bien me dire ce qu'il se passe, jeune maître Chatworth ?

Le capitaine jette un coup d'œil suspicieux à Arsinoé.

— Elle n'est pas censée prendre la mer ?

Arsinoé lui lance un regard noir et crache dans l'eau.

— Pas seule, je le crains, répond Billy. Je suis son fiancé, et voici sa sœur, et nous partirons tous ensemble.

Il place encore plus d'argent dans la paume du capitaine, et le marin hausse les épaules.

— Je vais chercher l'équipage.

Une fois seuls, Arsinoé repousse Billy et Mirabella plus haut sur le quai.

— Mais qu'est-ce que vous fabriquez ?

— Nous venons avec toi, réplique Mirabella en lui mettant une sacoche contre la poitrine. Et nous avons au moins pensé à préparer des affaires.

— Si j'avais préparé des affaires, vous auriez su ce que je manigançais. Et est-ce que ce n'est pas toi qui m'as dit que c'était une mauvaise idée ?

— C'est une mauvaise idée. Une fois sur cette île, nous ne pourrons probablement plus jamais en repartir.

Mirabella lui saisit les épaules.

— Je t'en prie. N'y va pas. Tu sais très bien que nous ne te laisserons pas y aller seule.

— C'est pour ça que je ne vous ai rien dit. Je n'y retourne pas pour de bon. J'y vais en catimini, je trouve un moyen d'aller au mont Horn pour découvrir ce que Daphné et la reine bleue veulent, et puis je reviens.

— Si tant est que tu puisses revenir, objecte Billy en évaluant l'état du bateau de pêche sur lequel ils vont faire la traversée. La dernière fois, Mira a dû combattre une tempête de la Déesse, tu te souviens ?

— Ce ne sera pas comme la dernière fois.

— Comment est-ce que tu le sais ?

— Je le sais, c'est tout.

— Ce n'est pas une réponse, ça. C'est pour ça qu'on t'accompagne.

Mirabella retrousse sa jupe et saute par-dessus le bastingage.

— Et aussi pour nous assurer que tu tiennes parole. En catimini, puis on file.

— En catimini, murmure Arsinoé avant de monter à bord.

Le bateau a pris la mer en moins d'une heure. D'abord, le petit équipage de pêcheurs était en colère, mais leur humeur s'est rapidement améliorée en découvrant les pièces sonnantes et trébuchantes et la facilité relative de leur traversée. Et la présence du joli visage de Mirabella n'y était pas non plus pour rien.

Arsinoé observe les vagues s'écraser contre la coque par-dessus le bastingage, elle et Mirabella se tiennent debout sur le pont. Ce n'est pas une grande embarcation. Elle n'est même rien en comparaison du grand vaisseau sur lequel ils sont arrivés.

— Est-ce que ton don a retrouvé toute sa puissance ? Est-ce que tu le ressens ?

— Non. Et même si nous atteignons l'île, qui sait combien de temps cela prendra. Ou même s'il reviendra ainsi tout court. Il y a beaucoup de choses que nous les reines déserteuses ne savons pas.

Elle redresse Arsinoé.

— Mais ce que je sais, c'est que nous n'avons rien pour combattre une autre tempête. Alors, il vaut mieux pour toi espérer que le brouillard nous laisse passer.

— Ne t'inquiète pas pour ça.

Billy a ordonné à l'équipage de prendre un cap sud-est en sortant de la baie. Ce n'est pas la direction par laquelle ils sont arrivés, mais ce n'est rien. La magie de l'île les trouvera si elle veut d'eux.

— J'imagine que tu es en colère contre moi, reprend Arsinoé.

— Je suppose, oui.

La bouche de Mirabella est pincée, et plus elle parle, plus son ressentiment s'exprime.

— T'éclipser en douce comme ça, te préparant à partir sans un mot. Te comportant comme si c'était un simple jeu alors que nous pourrions tous mourir.

— Je sais que ce n'est pas un jeu. Je ne vous en ai pas parlé parce que je ne voulais pas que tu viennes. Tu n'étais pas obligée.

— Bien évidemment que si.

— Mais non. J'ai survécu seize ans sans que tu me couves. J'ai survécu à un carreau dans le dos. À un empoisonnement.

— Tu es une empoisonneuse.

— Je ne le savais pas. J'ai survécu à un foudroiement de ta foudre !

Elle enfonce son doigt dans l'épaule de sa sœur.

— Je t'ai sauvé la vie durant le duel. Je nous ai fait sortir des cellules ! Donc, si tu veux parler de qui sauve qui…

Mirabella se met à rire et lui donne un léger coup d'épaule.

— Tu es vraiment une petite morveuse. Et tu te serais noyée quand la première vague de la tempête de la Déesse nous a touchés.

Son sourire s'efface.

— Mais… mais je ne viens pas seulement pour te surveiller. Même si je suis certaine que je vais devoir le faire.

Arsinoé grimace.

— Je viens aussi parce que si tu as raison et que quelque chose ne va vraiment pas sur l'île, alors c'est… de notre responsabilité, non ? De faire ce que nous pouvons. Nous venons toujours de là-bas ; nous en sommes toujours les reines.

— Mais pas du tout, réplique Arsinoé d'un air lugubre. C'est ce genre d'idées qui va nous faire tuer.

— Est-ce que tu rêves encore de Daphné ?

Elle secoue la tête. Les rêves ont cessé quand elle a décidé de retourner sur Fennbirn. Ce fait, cumulé à d'autres, lui prouve qu'elle est sur la bonne voie.

— Est-ce que tu as rêvé, toi ?

— Non, répond Mirabella. Elle ne parle toujours qu'à toi.

Elle croise les bras et lance un signe de tête vers Billy alors qu'il s'approche de l'autre côté du bastingage.

— Donc bon, c'est certainement un piège. Elle va nous déposer directement entre les sales pattes de notre petite sœur.

— Aie un peu confiance, proteste Arsinoé alors que Mirabella s'écarte.

— Deux reines meurent. C'est ainsi que va la tradition.

— Ne dis pas ça ! s'exclame Arsinoé alors qu'elle lui tourne le dos, avant de pivoter vers le bastingage et de le frapper de son poing. Pourquoi est-ce qu'elle dit ça ?

— Je pense que c'était une plaisanterie.

Billy s'appuie contre la main-courante. Il ouvre une noix et la lui tend.

— Non merci. Où est-ce que tu as trouvé ça ?

— Elle vient du capitaine. Nous l'avons si bien payé pour une virée en bateau l'après-midi qu'il se sent obligé de nous fournir de quoi nous restaurer.

— Tu es de bonne humeur. Tu ne vas pas me faire la morale, toi aussi ?

Il hausse les épaules.

— J'ai assez confiance en Mirabella pour qu'elle s'en charge. Elle fera une belle-sœur très efficace un jour. Elle s'assurera que tu ne feras pas de vagues.

Arsinoé émet un rire moqueur. Puis elle glisse ses doigts dans les cheveux sur sa tempe. Ils sont plus longs que lors de leur rencontre, assez longs désormais pour être battus par les vents forts de la mer. Il a dit qu'elle était sa fiancée quand ils ont réservé le bateau. Elle sait que ce n'était qu'un mensonge, mais cela lui a tout de même provoqué une vague d'excitation agréable au fond de son ventre.

— Je suis désolée de t'avoir traîné dans tout ça. De t'avoir éloigné de ta mère et de ta sœur.

— Il ne faut pas. Je leur ai dit que j'y retournais pour retrouver mon père et le ramener à la maison. Elles étaient on ne peut plus heureuses.

Il lance un sourire, un peu amer peut-être.

— Mais ce voyage est dangereux, Arsinoé. Et tu es idiote d'avoir tenté de le faire seule.

— Dangereux.

Elle retrousse les lèvres.

— Fennbirn est dangereuse. Tu ne peux pas le nier après tout ce que nous avons perdu.

— On est tout autant en sécurité sur l'île que là-bas, affirme-t-elle en désignant de la tête le continent.

— Les deux sont incomparables. Nous ne forçons pas nos filles à se battre à mort…

— Peut-être pas. Mais si je restais là-bas sans que tu veilles sur moi, je mourrais peut-être. Les filles comme moi doivent y mourir tous les jours.

— Arsinoé…

— Elles ne sont peut-être pas exécutées. Mais elles meurent. Quelque part, là maintenant, une fille comme moi est enfermée jusqu'à ce que l'on oublie son existence, ou jetée dans la rue pour qu'elle y meure de faim. Tombée si bas que tout le monde se fiche bien de ce qui peut lui arriver.

Elle déglutit.

— Je préfère encore avoir le couteau de Katharine dans le dos.

Billy cligne des yeux et s'écarte du bastingage.

— Je ne sais pas comment nous pourrions y avoir un avenir, si c'est ce que tu ressens.

— Je ne dis pas que c'est impossible…

Puis elle s'arrête.

Le danger guette autant sur l'île que sur le continent, le danger est partout. Mais en mer, en direction de l'île, elle a le sentiment de rentrer chez elle.

— Je fais peut-être simplement partie de l'île, et toi du continent.

Ils restent debout l'un en face de l'autre, choqués. Elle aimerait pouvoir retirer ce qu'elle vient de dire. Mais même si elle le pouvait, cela resterait vrai. Il noue ses doigts dans les siens.

— Et si nous étions ailleurs, alors ?

— Ailleurs ?

— Oui, dans un endroit complètement différent. Si tu pouvais traverser le brouillard pour te rendre quelque part de nouveau, où irais-tu ?

Il lui faut à peine un instant pour réfléchir à la question.

— Centra.

— Centra. Très bien. J'ai entendu dire que c'est un endroit très agréable, et je n'y suis jamais allé. Nous pourrions nous y rendre, une fois cette affaire terminée. Une fois mon père revenu, une fois que nous ne craindrons plus de perdre la propriété. Nous pourrions aller à Centra et repartir à zéro.

Arsinoé sourit.

— C'est une belle idée. Ça me rappelle ce que Joseph nous disait à Jules et moi, concernant notre fin heureuse.

Même si ce n'est pas le même bateau, ses yeux se fixent sur cet endroit du pont où Joseph était allongé dans les bras de Jules, mort. Elle peut presque le deviner, cette silhouette pâle, l'eau de mer lavant tellement le sang qu'il était difficile de croire qu'il n'était plus parmi eux. *Jules dans ma garde et lui à mon Conseil.*

Elle enlace Billy et le serre fort contre elle. Par-dessus son épaule, elle voit le ciel dégagé. Mais il ne faudra pas longtemps avant qu'ils atteignent le brouillard.

LE COTTAGE NOIR

Jules, Caragh et Émilia se tiennent aux fenêtres du Cottage noir, observant Mathilde fixer les flammes du petit feu qu'elle a allumé à même la terre. Les premières neiges sont tombées ce matin-là. Les chutes ont dégagé le ciel, a expliqué Mathilde. Rendant la nuit parfaite pour des visions. Une bonne nuit pour voir ce qui les attend, maintenant qu'elles vont reprendre leur voyage.

— Où est Willa ? demande Jules. À l'intérieur avec Fenn ?

— Probablement, répond Caragh. Elle adore ce bébé. Mais au-delà de ça, elle déteste le don de voyance. Le fait d'avoir une oracle dans les parages ne la met pas à l'aise.

Dans la cour, le feu fait fondre la poudreuse en un cercle parfait, et Mathilde se perche sur ses orteils, ses genoux et ses doigts. Elle donne parfois l'impression de parler aux flammes, parfois de chanter. Elles ne peuvent rien entendre au travers du carreau, et encore moins discerner ce qu'elle voit. Pour Jules, Caragh et Émilia, les flammes ne sont que des flammes.

— Est-ce que vous êtes certaines que tout ira bien ? interroge Émilia. Vous deux avec le petit, le temps que la mère de Jules revienne ?

— Je pense, oui. Nous sommes toutes deux sages-femmes.

Émilia roule l'épaule, pour ôter un peu de pression au bleu que Jules lui a offert alors qu'elles s'entraînaient à l'épée avec des bâtons épais tandis que la neige tombait tout autour d'elles.

Caragh se penche pour taper gentiment sur la croupe marron de son limier.

— Allons à la cuisine et démarrons le ragoût pour le dîner. Et j'aimerais parler un moment à ma nièce.

Émilia envoie un coup de coude à Jules.

— Vas-y. Je vais dans les bois chasser de la grouse. Tu pourrais les faire venir à moi, si ton don parvient jusque-là.

Elle fait un grand sourire, mais elle fronce rapidement les sourcils.

— En y repensant, non. Je n'arrive pas à leur tirer dessus quand elles me sautent directement sur les genoux.

— Pourquoi n'emmènes-tu pas Camden ? Elle appréciera de se dégourdir les pattes.

Émilia opine. Ses cheveux noirs sont détachés et en bataille ; ils semblent tout aussi agités et excités à l'idée de reprendre la route qu'elle.

— Très bien. Mais prépare quelque chose de délicieux. Je ne pourrai guère profiter beaucoup plus longtemps d'un repas confectionné par tes soins, ma reine.

— Arrête de m'appeler comme ça.

Émilia lui donne une tape espiègle.

— J'ai l'impression que ça commence à te plaire.

Près du feu à l'extérieur, Mathilde souffle dans la fumée et ravive les flammes avec des herbes et de l'ambre irradiant de bleu. Elle secoue la tête pour repousser ses cheveux en arrière, sa tresse blanche est raide et bien démarquée dans l'air froid.

Dans la cuisine, Caragh découpe un grand filet de poisson fumé en plusieurs morceaux.

— Le dîner de ce soir, aimablement fourni par Braddock.

— Oh ? Il l'a attrapé juste pour nous, hein ?

Caragh ricane.

— Non. J'ajouterais même qu'il est de plus en plus difficile de les lui prendre.

Elle a un geste vers le comptoir, et Jules se met à découper des légumes.

— Tu penses qu'il faudra encore longtemps avant le retour de Madrigal ? demande Jules.

Caragh se contente de répondre par un léger haussement de sourcils.

— Est-ce que tu veux bien aller chercher du beurre et de la crème au cellier ?

— Tu as bien plus confiance en elle que moi.

Jules pose le beurre et le pichet de crème sur le comptoir afin que Caragh puisse les ajouter à la marmite. Elle observe sa tante de près, mais celle-ci se contente de se tendre vers un placard pour y saisir un sac de farine. Pour des biscuits peut-être.

— Tu n'aurais pas dû la laisser partir.

— Jules, déclare Caragh d'une voix plus dure. Qui suis-je pour interdire ou non quoi que ce soit à ma sœur ? Lui dire où elle peut aller ou non ?

Elle commence à faire ses mesures de farine et de saindoux.

— Ton Émilia est pressée. Je me demande si c'est ainsi que sont tous les guerriers, toujours impatients d'en découdre.

— Grand-mère Cait a toujours dit que j'avais le pire des tempéraments qu'elle avait vus.

— C'est vrai.

Elles échangent un regard, se remémorant les assiettes brisées et les crises de hurlement. Se demandant ce qui pouvait être attribué au don de la guerre lié et ce qui provenait simplement de l'enfant ayant besoin de s'égosiller.

— Bon, reprend Jules. De quoi est-ce que tu as besoin de me parler ?

Elle fait glisser les légumes dans sa main et les incorpore au ragoût suspendu au-dessus du feu, ainsi qu'une louche de bouillon de poisson. Quand elle se retourne, sa tante semble figée, posant un regard vide sur le couteau de sa planche à découper.

— Tante Caragh ?

— Je ne sais pas comment t'avouer cela, Jules, je vais donc juste le dire simplement. Une seconde prophétie a été prononcée après que l'oracle a déclaré ta malédiction de la légion ce soir-là.

Caragh se redresse et la regarde dans les yeux.

— Après avoir vu ta malédiction, l'oracle nous a dit de te noyer. Ou de t'abandonner dans les bois pour que les animaux te trouvent. Que c'est ce qu'il convient de faire quand la malédiction est découverte. Mais Madrigal a refusé. Elle a hurlé, j'ai hurlé. L'oracle a tenté de te retirer des bras de ta mère. Et ce faisant, elle a eu une autre vision.

— Une autre vision ?

— Elle était différente de la première.

Les sourcils de Caragh se froncent.

— Découvrir ta malédiction avait été facile pour elle, à la manière d'une guérisseuse constatant un os brisé ou un cavalier un pâturon enflé sur son cheval. La seconde ressemblait à une transe.

Elle lance un regard grave à Jules.

— Elle a dit que tu représentais la chute de l'île.

L'espace d'un instant, Jules pense avoir mal compris.

— La chute de l'île ? Moi ?

Elle se met à rire.

— C'est ridicule.

— C'est bien ce qu'elle a dit.

— Eh bien, ce doit être une plaisanterie.

— Cela pourrait bien ne rien vouloir dire. Les prophéties veulent dire beaucoup de choses, et souvent jamais ce que les gens imaginent.

Jules attrape une pomme de terre et la découpe en morceaux. La chute de l'île. Le mouvement de sa lame ralentit.

— Ou c'est déjà arrivé. J'étais présente quand l'année de l'Ascension s'est soldée par un échec. Quand la lignée des reines a été brisée. J'étais présente pour les aider dans leur fuite. C'était certainement ce que cette prophétie signifiait.

— Certainement. Et aujourd'hui, tu t'apprêtes à mener une armée contre Katharine, qui est détestée même par le brouillard qui nous protège.

— Oui, souffle Jules.

— À moins que tu aies tort, reprend Caragh, et que le brouillard se lève à ton encontre.

Jules suspend son geste. La prophétie doit être fausse. La rébellion ne peut qu'être juste. C'est obligé, car malgré elle, cette cause s'est immiscée dans son cœur et lui a donné de l'espoir.

Elle regarde Mathilde par la fenêtre.

— Mathilde m'a dit quelque chose à Bastian. Elle m'a appris que l'oracle qui avait vu ma malédiction n'est jamais revenue.

Caragh ajoute de nouveaux ingrédients au ragoût. Ses lèvres se pincent.

— Est-ce que Cait l'a tuée ? demande Jules. Est-ce qu'elle l'a tuée pour l'empêcher de parler ?

— Oui.

— Comment ?

— La manière dont elle l'a fait n'a pas plus d'importance que l'endroit où nous l'avons enterrée. Personne ne la retrouvera jamais. Nous avons proposé de la payer, de lui donner tout ce que nous possédions. Mais elle refusait.

Jules serre fort son couteau afin de l'empêcher de trembler. Afin que son don de la guerre ne l'enfonce pas dans le mur du Cottage jusqu'à la garde. Elle ne peut pas regarder sa tante, elle ne peut pas penser à Cait. Tant d'obscurité entoure sa naissance. Tant de morts.

— Tu m'as toujours répété à quel point j'étais bénie.

— Tu l'étais. C'était notre crime, Jules, pas le tien. Je n'ai jamais voulu te le dire. Je ne voulais pas que tu portes ce fardeau.

— Quelqu'un paie toujours le prix.

Caragh et Juniper sursautent et s'écartent de Mathilde, qui apparaît soudain à la porte.

— Mathilde ! s'exclame Jules. J'ai failli te planter ce couteau dans la tête.

Les yeux de la voyante sont vides. Juniper s'approche en rampant pour la renifler, pose une patte sur son genou, avant de sauter contre la poitrine de l'oracle.

— Oh, fait Mathilde en saisissant les épaules du chien.

— Est-ce que tu vas bien ?

— Oui, merci. Où est Émilia ?

— Elle est partie chasser avec Camden.

— Rappelle-les, toutes les deux. J'ai eu une vision. Nous devons contacter les rebelles et retourner à Sunpool.

Elle pose doucement Juniper au sol et s'avance pour saisir Jules par le poignet.

— Elle sait tout, la reine sait tout. Et elle arrive.

— Comment ? Comment est-ce possible ?

— Elle sait tout, car elle détient ta mère.

EN MER

— Il y en a encore pour longtemps ? demande le capitaine.

— Non, répond Billy d'une voix incertaine.

Ils ont vogué tout l'après-midi durant, ainsi qu'une partie de la soirée, et ils n'ont toujours vu aucun signe de l'île.

— Avons-nous voyagé trop longtemps ? s'interroge Arsinoé. Le brouillard ne veut-il pas de nous ?

— Tu es la mieux placée pour répondre à cette question, souligne Mirabella. Tu t'es retrouvée dedans plus souvent que moi.

Mais ce serait Billy l'expert, l'ayant traversé plus souvent qu'elles deux réunies.

— Vous aviez dit que ce ne serait que quelques heures, reprend le marin. Pour ce que vous avez payé, j'ai laissé couler, mais nous devons maintenant faire demi-tour.

— Encore un peu !

Arsinoé s'avance vers la proue et se penche en avant.

— Je le reconnaîtrai quand je le verrai !

— Voir quoi ? Il n'y a rien à voir ici ! Aucune terre dans cette direction avant de tomber sur le Valostra.

Billy s'approche de Mirabella et elle près du bastingage.

— Je ne peux pas les garder en mer beaucoup plus longtemps. Il nous faudra opérer une volte-face pour rentrer. Retenter notre chance demain.

Arsinoé grince des dents. Il essaie de transmettre du regret, mais sa voix est rassurée.

— Regardez !

Mirabella tend la main. Même si l'horizon était dégagé il y a quelques secondes, le brouillard se dresse maintenant devant eux, pâle et blanc, s'étendant de la mer au ciel. Sous leurs pieds, le petit bateau bondit, puis ils entendent le capitaine et son équipage réduit marmonner de confusion.

— Un grain ? Nous allons le contourner.

— Non. On traverse. On traverse ! s'exclame Arsinoé, le bras brandi en avant.

Ils plongent dans le brouillard. Il est si épais qu'Arsinoé ne peut pas distinguer Mirabella alors qu'elle se trouve juste à côté d'elle, et elle est persuadée que si elle l'inspire, il lui tapissera les poumons et l'étouffera.

— Qu'est-ce qu'il se passe ? crie le capitaine, tandis que dans le brouillard le vent tombe. Vérifiez les voiles !

Mirabella et Billy saisissent chacun l'une des mains d'Arsinoé.

— Ce n'est... ce n'est pas comme ça que cela se passe normalement, chuchote Billy.

Mais il ne se comporte pas non plus comme lors de leur fuite. Le brouillard est dense et entièrement blanc. Pas de tempête, pas de vent, et l'eau est si étale que le bateau bouge à peine. Mais la traversée prend trop de temps.

Quelque chose d'imposant produit des éclaboussures à leur bâbord, et Arsinoé frémit, imaginant que c'est la reine noire prenant forme au sein du brouillard. À ses oreilles, chaque vague est comme l'ondulation de la queue de sirène de l'ombre, provenant des profondeurs des eaux impénétrables et troubles.

— Où pensez-vous qu'il va nous emmener ? demande Mirabella.

Le brouillard peut les emmener où bon lui semble.

— Je n'y ai jamais réfléchi, admet Arsinoé. Je pensais juste traverser et me retrouver face à Wolf-Spring.

— Et moi à Rolanth. Alors qu'en vérité nous pourrions émerger devant les spires jumelles du Volroy.

— Ou nous pourrions simplement ne pas émerger du tout, note Billy.

Arsinoé déglutit. Plus personne à bord n'émet le moindre son. Même le bateau a cessé de craquer.

Daphné. Où est-ce que tu m'as attirée ?

— Là, lance Mirabella, mais le brouillard est trop opaque pour discerner dans quelle direction elle pointe le doigt, voire si elle pointe quoi que ce soit. Vous pouvez la voir ?

Arsinoé pivote. Elle lève les yeux et s'exclame. La reine bleue se trouve juste au-dessus d'eux. Une forme noire qui se découpe contre le blanc.

— Est-ce qu'elle a toujours été là ? murmure Billy tandis que la silhouette soulève son long bras squelettique.

Puis le brouillard tombe.

Les trois relâchent leur respiration et s'appuient contre le bastingage. Ils rient de soulagement.

— Mais bon sang, qu'est-ce que c'était que ça ? demande le capitaine.

— Ils ne l'ont pas vue.

À la place de l'ombre de la reine, un ciel vide.

— Très bien. Si ça avait été le cas, ils l'auraient certainement prise pour une sorcière et nous auraient jetés par-dessus bord. Regardez, lance Arsinoé.

Devant eux se dessinent les côtes de ce qui ne peut être que l'île de Fennbirn.

— D'où est-ce que ça sort, ça ? interroge l'un des pêcheurs.

— Ne vous occupez pas de ça, le rassure Billy. C'est ce que nous cherchons.

Arsinoé lui donne une tape dans le dos et il s'approche du capitaine pour préparer l'accostage. Même s'ils sortent à peine du brouillard, ils sont déjà trop près de l'île pour déterminer où ils sont apparus. Cependant, cela n'a pas réellement d'importance. Daphné les a faits venir là pour une raison, et il n'y a aucune spire noire en vue.

Après s'être entretenu avec le capitaine, Billy les rejoint, une expression incertaine sur le visage.

— Il y a une complication. Ce bateau n'a pas d'annexe ou de canot, et il n'y a aucun quai visible. Est-ce que nous choisissons une direction pour trouver un port ou…

— Non.

L'île est si proche qu'Arsinoé ne peut plus attendre.

— Qu'il nous approche le plus possible de la côte. Puis nous terminerons à la nage.

— Arsinoé, il fait froid ! Et tu n'as aucune idée d'où se trouve la ville la plus proche.

— Alors, nous allumerons un feu.

Billy bafouille :

— Et Mira ? Elle ne peut pas nager dans ce corset et ses jupons. Elle va se noyer !

— En vérité, intervient Mirabella en regardant par-dessus bord, je ne pense pas me noyer.

Arsinoé s'incline dans le vide. Sa sœur déplace le courant en légers tourbillons qui se transforment en petites vagues contraires.

Mirabella se détourne pour crier au capitaine :

— Approchez-nous le plus possible !

Elle lance un regard à Arsinoé et Billy et se fend d'un large sourire. Arsinoé ne l'a pas vue si heureuse depuis des mois.

— Et vous deux, préparez-vous à la nage la plus facile de votre vie.

Même si l'équipage se montre d'abord réticent à l'idée qu'Arsinoé et Mirabella nagent, ils finissent par faire voguer le bateau dans les bas-fonds. Ils l'avancent d'ailleurs tant qu'Arsinoé doit leur dire de s'arrêter, par peur qu'ils s'échouent et doivent eux aussi mettre pied à terre.

Dès que l'ancre est jetée, Mirabella plonge dans l'eau. Le bruit attire l'équipage qui se penche par-dessus bord, il est trop tard pour l'arrêter.

— Merci, capitaine, déclare Arsinoé en lui serrant la main. Je vous suis réellement reconnaissante pour votre service. Mais je ferais maintenant mieux de suivre ma sœur.

Elle se dresse sur le bastingage et s'accroupit.

— Billy, n'oublie pas les sacs !

Elle saute, n'ayant jamais été une nageuse émérite, et sa mâchoire se crispe au contact du froid. Ses bras et ses jambes se figent également, et elle parvient à peine à attraper la sacoche que Billy jette à la mer.

Un nouveau bruit d'éclaboussure retentit, puis elle l'entend crier et les maudire pour cette idée stupide. Mais ensuite le courant de Mirabella les saisit et les pousse vers la côte.

— Fais semblant de nager, ordonne-t-elle au travers de ses dents qui claquent. Ou cela paraîtra étrange.

— J'ai trop froid pour ne serait-ce que faire semblant de quoi que ce soit, bougre d'idiote, rétorque-t-il, et quelques instants plus tard leurs orteils raclent le sable.

Transis de froid, ils rejoignent Mirabella sur la plage et font signe aux pêcheurs bouche bée sur le bateau.

— Vous croyez qu'ils s'imaginent avoir trouvé quoi ? demande Mirabella.

— Ce n'est pas important, répond Arsinoé. Ils ne pourront pas revenir ici, même s'ils essaient. À moins qu'ils ne soient attendus.

Elle se retourne et regarde au-delà de la plage, avant de poser les yeux sur la mousse verte épaisse et les pierres plates et grises.

— Bonne Déesse, que cet endroit épouvantable m'a manqué.

TEMPLE D'INDRID-DOWN

Avec des yeux fatigués, Pietyr ouvre un nouveau livre provenant de l'une des nombreuses étagères de la bibliothèque du temple. Il est arrivé là avant même les lueurs du jour, après avoir discrètement quitté le lit de Katharine et être monté sur le dos d'un cheval grincheux et à demi éveillé. Il a traversé les rues obscures pour se glisser dans la bibliothèque avec une lampe et une liasse de papiers. Plusieurs heures plus tard, le papier est toujours majoritairement blanc. Il n'a pas découvert grand-chose concernant les reines mortes ou l'exorcisme, et quand c'est le cas, il doit faire attention à ce qu'il écrit, au cas où quelqu'un trouverait ses notes.

Il s'adosse dans son siège et s'étire, et la lumière passant au travers de l'une des petites fenêtres l'éblouit. Il n'a aucune idée de l'heure qu'il est. Il pourrait être proche de la mi-journée. Il se penche sur le livre, parcourt quelques pages de plus et le referme. Une partie de lui-même veut renoncer. Ce n'est pas comme si Katharine désirait se débarrasser des reines. Pas après qu'elles ont réussi à la convaincre qu'elle avait besoin d'elles.

Mais elle n'a certainement pas besoin d'elles. Elles l'ont forcée à prendre la vie de ce jeune garçon. Leur existence même constitue un affront à la Déesse. C'est leur présence qui a causé l'apparition du brouillard, il n'y a aucun doute possible.

S'il ne parvient pas à découvrir un moyen de les arrêter, elles coûteront tout à Katharine.

Il repose le livre sur son étagère. La bibliothèque du niveau inférieur du temple n'est pas grande. La totalité de ce qu'elle contient pourrait être rangée dans l'un des coins de celle de Greavesdrake, mais elle est bien fournie. Les textes sont anciens et bien préservés, il n'y a pas un seul grain de poussière sur le dos et pas une seule trace de moisissure, y compris près de la reliure. Certaines pages dégagent même une odeur de parchemin frais comme les ouvrages sont rarement ouverts. Il était persuadé de trouver quelque chose ici. Mais chaque rapport de possession spirituelle a été rédigé de manière succincte. Les traitements font souvent l'objet d'une simple allusion et les dénouements de ces interventions ne sont parfois même pas mentionnés.

Pietyr soupire et rassemble ses papiers et sa lampe mourante. Tout cela est peut-être vain.

— Ils disent que vous êtes là depuis un certain temps.

Il pivote.

— Grande prêtresse. Comment parvenez-vous à faire si peu de bruit malgré tout le tissu de vos robes ?

— Des années de pratique. Qu'est-ce qui vous amène dans notre bibliothèque, Pietyr ?

— Je ne pensais pas avoir été vu. Que faites-vous ici ?

— Il a été demandé au Temple de découvrir la vérité quant au brouillard.

Elle ouvre les mains pour englober les étagères.

— Je viens m'enquérir de l'avancement des recherches.

Pietyr hausse un sourcil. Si qui que ce soit a progressé sur la question, ce n'était pas ce matin-là. Depuis qu'il est arrivé, il n'a aperçu personne d'autre dans la bibliothèque.

— Êtes-vous également ici sur les ordres de la reine ? demande Luca.

— Non. Je suis ici pour moi-même.

— Vous pouvez vous confier à moi, Pietyr. Elle est ma reine tout autant que la vôtre.

— Ce n'est pas vrai, objecte-t-il, en se redressant. Ce ne sera jamais le cas.

— Nos destins sont liés au sien. Vous ne pouvez pas la garder entièrement pour vous. Plus maintenant.

Elle lève un bras et enveloppe un flanc du garçon dans sa robe blanche, elle lui serre l'épaule et le guide vers la table, où ils prennent place.

C'est peut-être le manque de sommeil, ou encore une simple question de frustration, mais après un temps, il s'ouvre :

— Je ne suis pas ici après une demande de Katharine. Je cherche une autre solution au brouillard.

Il masse ses tempes qui le lancent.

— J'examine toutes les possibilités. Je pense parfois dénicher quelque chose d'utile, mais tout tombe à plat.

— Cela fait longtemps que je ne me suis pas plongée entièrement dans ces vieilles étagères, commente Luca. Mais je me souviens bien de cette sensation : un dos en souffrance, des yeux secs. Tant de mots tournant en rond dans mon esprit.

— Est-ce que vous avez déjà…, commence-t-il avant d'hésiter.

La vieille Luca est maline. S'il lui avoue ce qu'il cherche, tous les secrets de Katharine concernant les reines mortes pourraient apparaître au grand jour. Mais ce qu'elle a dit est vrai : le destin de la grande prêtresse, celui du Conseil noir, la tradition même de l'île et leurs habitudes de vie, tout cela est lié à Katharine. Même si Luca venait à le deviner, elle ne pourrait rien y faire.

— Durant toutes vos années au service du Temple, reprend-il, n'avez-vous jamais rencontré un cas de possession spirituelle ?

— De possession spirituelle ? Quelle question singulière.

— Pardonnez-moi.

Il fait un geste décontracté de la main.

— Je suis épuisé. Je suis tombé sur la question ce matin, et il y avait si peu d'écrits… C'était si vague. J'imagine que cela a piqué ma curiosité.

Luca tapote la table de ses doigts.

— Je n'ai jamais été témoin d'une telle chose, je n'ai jamais entendu que des rapports ou des signalements. Rien n'a jamais été confirmé, ce qui expliquerait pourquoi le sujet n'est pas le plus fouillé. Le Temple n'intervient généralement pas sur ces questions. La seule chose qu'il convient de faire est de prier, puis souvent une exécution clémente.

Pietyr relâche sa respiration. Une exécution clémente. Une voie à une seule issue, et des plus lugubres.

— Évidemment, continue la grande prêtresse, en sachant cela, bien des personnes atteintes ne demandent pas l'aide du Temple. Elles vont ailleurs, elles se rapprochent de ceux qui pratiquent la magie basse.

— La magie basse est une profanation des dons de la Déesse.

— Ils sont désespérés. Et qui sait ? Peut-être que cela fonctionne parfois. Même si le Temple ne pourra jamais en cautionner l'usage.

La magie basse. Ce n'est pas la réponse qu'il espérait recevoir. Pratiquer la magie basse est un danger même pour celles et ceux qui la connaissent bien. Il ne sait presque rien de ce que cela peut impliquer.

— Mince, jure-t-il, après avoir regardé sa main et constaté qu'elle est tachée d'encre. Est-ce qu'il y en a partout ?

— Juste un peu sur votre joue et l'arête de votre nez.

Luca l'aide à se nettoyer.

— Quelle heure est-il ?

— Pas encore la mi-journée.

— Est-ce que la reine est réveillée ?

— Elle ne l'était pas encore quand je suis partie. Elle a fait la fête jusque tard dans la nuit. Elle est ravie d'avoir la mère de Juillenne Milone dans les cellules du Volroy.

Elle lui tapote le genou et se lève.

— Vous feriez mieux de trouver un endroit où vous reposer. Dès qu'elle se lèvera, elle voudra interroger la prisonnière. Ensuite, il sera temps de prendre des décisions.

LE VOLROY

Katharine est assise à sa coiffeuse et se masse les tempes et les mains à l'aide d'une huile apaisante. Pour une fois, tout se passe comme elle l'avait espéré. Les visions de la défunte oracle Théodora Lermont se sont avérées justes, et les soldats de Katharine ont trouvé la mère de Jules alors qu'elle traversait les montagnes vers le sud. Elle est arrivée la veille, les bras liés dans le dos et un sac sur la tête. Elle est actuellement bien installée dans les cellules sous le château.

— Une belle matinée, lance Katharine à sa servante Giselle.

— C'est vrai, ma reine.

— Seule l'étendue bleue et sombre de la mer. Pas de brouillard, pas de cris… Personne ne se précipitant au Volroy pour m'annoncer que des corps se sont échoués sur la plage.

Elle prend une profonde inspiration alors que Giselle lui brosse doucement les cheveux.

— Depuis combien de temps n'avons-nous pas reçu de mauvaises nouvelles ?

— La dernière date d'avant l'arrivée de l'oracle.

— Oui. Avant l'arrivée de l'oracle.

Donc, depuis qu'elle s'est mise en quête de la prétendante au trône maudite par la légion. Le calme du brouillard doit être un signe. Elle est sur la bonne voie.

Katharine se penche vers une bouteille de parfum et la repousse si rapidement de la table qu'elle fait tomber Giselle sur le tapis.

— Reine Katharine ? Que se passe-t-il ?

Katharine fixe sa main d'un regard horrifié. Elle est morte. Fripée et en décomposition jusqu'au poignet. Elle forme un poing tout en observant la peau se tendre et se craqueler.

— Maîtresse ?

— Giselle, ma main !

La servante la saisit et la retourne :

— Je ne vois aucune coupure, rien ne pouvant causer une gêne ou une douleur.

Elle caresse la paume de Katharine et appuie ses lèvres dessus, ses jolies lèvres rouges contre cette peau suintante et putréfiée.

— Voici. Est-ce mieux ?

Katharine s'efforce de sourire. La servante ne voit rien. Et, quand Katharine repose les yeux dessus, elle constate qu'en effet sa main est pâle et couverte de cicatrices, mais tout aussi vivante que d'habitude.

— Tu me traites toujours comme une enfant.

— À mes yeux, vous serez toujours un peu une enfant.

— Quoi qu'il en soit, répond la reine, je pense que je vais terminer seule. Est-ce que tu veux bien aller voir si mon Conseil est réveillé ?

Giselle exécute une révérence basse et la laisse seule, pour autant qu'elle ne soit jamais seule.

— Qu'est-ce que c'était que ça ? demande-t-elle aux reines mortes. Un avertissement ? Une erreur ?

Mais même si elle sent bien qu'elles l'écoutent, elle ne perçoit aucune réponse.

— Ou était-ce une menace ?

Katharine reprend place devant le miroir, et de ses doigts tremblants, elle soulève les mèches noires de ses épaules pour les nouer avec une longueur de ruban.

— Pietyr a raison. Une fois cette bataille remportée, je trouverai un moyen de vous faire reposer en paix.

Elle glisse ses mains dans des gants noirs.

— Peut-être le ferai-je réellement.

Avant que Katharine n'entre dans les cellules du Volroy, elle fait demander Pietyr, Bree et la grande prêtresse. Il leur faut du temps pour la rejoindre, épuisés après les réjouissances de la veille. Pietyr est le dernier à arriver et il est dans un état pitoyable.

— Tant de visages fatigués, souffle-t-elle alors qu'ils s'adossent au mur. Je devrais peut-être aller voir la mère de la reine légion seule.

— Nous allons bien.

Luca redresse les épaules.

— Une partie du Conseil doit être présente pour cet interrogatoire.

— Très bien. Essayez de ne pas vomir dans le couloir.

Elle se tourne et ouvre la voie, se délectant du souffle froid à l'air vicié autour de sa tête. Elle a toujours aimé cette partie-là du Volroy, dès la première fois où Natalia l'a conduite ici pour l'empoisonnement de prisonniers, jusqu'à la dernière, où elle est venue montrer sa couronne à ses sœurs.

Ils atteignent la cellule, et les gardes installent des torches supplémentaires pour illuminer le sol couvert de paille. Madrigal Milone est assise le dos contre le mur du fond. Ou tout du moins, Katharine s'imagine que c'est Madrigal Milone. Les gardes n'ont toujours pas retiré le sac qui lui recouvre la tête. Au sol à côté d'elle se trouve un autre sac, quelque chose bat fébrilement des ailes dedans. Le familier de la naturaliste, sans aucun doute.

— Entrez, lance Katharine. Retirez le sac, pour les deux.

La mère de Jules grogne quand un garde arrache le sien.

— Maintenant, détachez-lui les mains.

Ils s'exécutent, et la prisonnière se frotte les poignets. Il faudra les soigner. Ils ont été tellement frictionnés qu'ils saignent.

Enfin, le garde renverse le dernier sac par-dessus la paille, et un corbeau en tombe. Au lieu de prendre son envol, il sautille gauchement sur ses pattes jusqu'aux cuisses de la naturaliste.

— Vous êtes bien Madrigal Milone, affirme Katharine en se penchant en avant. Malgré toute cette saleté, votre joli visage est tout à fait reconnaissable.

— Où suis-je ?

— Dans les cellules sous le Volroy. Là où se trouvait votre fille il n'y a pas si longtemps.

Katharine laisse la femme réfléchir à sa situation tandis que celle-ci cligne des yeux pour s'imprégner de son nouvel environnement. Son regard se pose sur les murs noirs de pierre froide qui amassent de l'humidité dans les coins et sur les brins de paille au sol. Ce n'est pas la même cellule que celle de Jules et son couguar, qui se situe bien des niveaux plus bas. Mais cela n'a pas d'importance. Chacune des cellules du Volroy renferme la même terreur et la même odeur froide et humide.

— Qu'est-ce que je fais ici ?

— Vous posez trop de questions, pour commencer, réplique Pietyr avec irritation.

— Pardonnez-le, reprend Katharine alors que Pietyr étudie la naturaliste avec lassitude. Il a une migraine et a peu dormi.

Madrigal ne répond rien. Elle se contente de se frotter les poignets et d'étirer les doigts.

— Refusez-vous de parler ?

Madrigal tend le menton vers Pietyr.

— Il vient de me dire que je parlais trop.

— Pourquoi vous trouviez-vous dans les montagnes ? demande Katharine.

— Je faisais une course pour ma mère. Vos soldats m'ont attaquée sans explication.

Elle lance un regard à Luca.

— Je croyais que j'allais être détroussée, ou tuée.

Katharine et Luca échangent un regard sceptique, et dans ce silence incertain, le corbeau saute des cuisses de Madrigal et se met à faire les cent pas devant les barreaux de la cellule.

— Je pense que votre oiseau aimerait s'en aller, note Bree.

— Évidemment qu'elle veut s'en aller. Elle veut survivre, et elle n'a jamais franchement eu un comportement de familier.

Les yeux de Madrigal se fixent eux aussi sur les barreaux, et Katharine fronce les sourcils. La mère n'a rien à voir avec la fille. Jules Milone est féroce : trop loyale et pas assez futée. Mais Madrigal… Peut-être que Madrigal pourrait s'avérer utile.

— Que pouvez-vous me dire de votre fille, Juillenne ?

— Rien de plus que ce que vous savez déjà. Qu'elle est maudite par la légion avec les dons de naturaliste et de guerrière. Qu'elle s'est enfuie avec Ar… – elle s'arrête. En compagnie des autres reines et qu'elle a disparu.

— Vous ne l'avez pas revue depuis ? interroge Pietyr.

— Non.

— Vous la pensez donc morte ?

— Oui.

— Vous mentez.

Katharine pose une main sur le bras de Pietyr.

— Que savez-vous de la reine légion ?

— Je n'en sais rien, rétorque Madrigal avec une faible ébauche de sourire. Nous ne recevons pas beaucoup de nouvelles à Wolf-Spring. Je peux vous confier que le jour de leur évasion, c'est moi qui ai libéré l'ours. Après que Jules… *et les autres* ont fui dans la tempête, je l'ai accompagné au nord et l'ai libéré dans les bois.

— Hum.

Katharine pose un doigt ganté sur son menton.

— Ce jour-là est bien le dernier où je l'ai vue moi aussi. Ici même, dans ces cellules. Quand je suis venue empoisonner ma sœur Arsinoé jusqu'à ce que mort s'ensuive. Quand je les ai tant terrifiées qu'elles ont choisi de mourir en mer.

— Si vous êtes convaincue que ma fille est vivante, qu'est-ce qui vous pousse à croire que ce n'est pas le cas des autres reines ?

Les yeux de Katharine fulminent, et Madrigal a un mouvement de recul. Les reines mortes ne l'apprécient pas. Elles aimeraient piétiner de toutes leurs forces son joli petit oiseau noir pour n'en laisser qu'une masse chaotique de rouge et de plumes.

— Parlez-moi de ce lien de sang.

— Comment savez-vous cela ?

— De la même façon que nous vous avons retrouvée, déclare Katharine. Nous avons interrogé quelqu'un. Malheureusement, cette personne n'a pas survécu à l'interrogatoire. Alors, parlez. Si Jules est effectivement morte, comme vous l'affirmez, cela ne changera rien.

— Très bien.

Madrigal ramasse ses genoux contre sa poitrine.

— Nous avons découvert la malédiction de Jules quand elle n'était encore qu'un bébé, et on m'a dit de la noyer ou de l'abandonner en forêt. Mais je ne pouvais pas m'y résoudre. J'ai donc lié la malédiction de la légion grâce à la magie basse. Je l'ai liée par mon sang. Pour empêcher Jules de souffrir et empêcher qu'on la découvre.

— Mais elle a été découverte, note Katharine. Et elle est maudite par la légion. Il semblerait que votre magie basse ne soit pas si puissante.

— Ou bien les dons de Jules sont si puissants que ce lien a été vaincu.

— Hum, fait Pietyr. Vous devez vraiment vouloir mourir.

Katharine noue ses doigts autour des barreaux.

— Vous savez bien qu'elle est vivante. Vous descendiez du nord, où se trouve son armée rebelle. Nous avons des espions, nous l'avons vue.

— Si tel est le cas, pourquoi alors ne pas l'arrêter ?

La main de Katharine glisse le long de son flanc ; elle soulève sa botte où se dissimulent en permanence de petits couteaux.

Madrigal s'accroupit contre le mur du fond.

— Faites couler mon sang, et le lien sera rompu. Tout ce qui existe encore et qui retient ma Jules disparaîtra. Si vous avez déjà peur d'elle, attendez de voir ce qu'elle peut réellement faire.

— Je suis une empoisonneuse, s'emporte Katharine, sa main s'écartant de ses couteaux. Je vais vous empoisonner afin que vos entrailles bouillent, mais sans jamais qu'une seule goutte de sang ne se verse. Je ne garantis pas que ce sera un spectacle agréable, mais rien ne sortira de votre corps.

— Cela ne fonctionnera pas non plus. Un meurtre par empoisonnement compte comme du sang versé. Ainsi va la magie basse.

— Est-ce vrai ? interroge Bree. Ou ment-elle ?

Le visage de Madrigal s'étire en un joli sourire en coin.

— Peut-être ou peut-être pas. Aucun de vous ne peut en être certain. Vous, les Arron glorifiés, n'avez jamais eu besoin de magie basse. Et vous, grande prêtresse… Je sais que vous n'y toucheriez jamais.

— Elle cherche simplement à nous effrayer, affirme Bree.

— Est-ce que cela fonctionne ? demande Madrigal. Êtes-vous prêts à tenter votre chance ? J'ai employé la magie basse toute ma vie durant. Je la connais aussi bien qu'elle se laisse connaître.

Katharine grince des dents. Elle n'est pas encore certaine de la marche à suivre. Que cette femme reste enfermée dans ces cellules obscures pour le moment. En silence, elle tourne sur ses talons et reconduit les autres au niveau supérieur.

— Eh bien, reprend-elle. Vous êtes mes conseillers, que me conseillez-vous, alors ?

Bree croise les bras et répond d'un ton hésitant :

— Nous devrions apprendre tout ce que nous pouvons sur les liens de magie basse. Convoquez des experts, certains se présenteront peut-être.

— Aucun ne se présentera, objecte Katharine. Et même s'ils le font, personne n'en saura davantage que cette Milone. Grande prêtresse, qu'en pensez-vous ?

Luca inspire profondément.

— Rho a évalué votre garde royale. Il y a près de cinq mille soldats formés au sein de la capitale ou ses environs, et un autre millier à Prynn. D'autres encore attendent d'être appelés et entraînés. Vous avez tout ce dont vous aurez besoin pour écraser une rébellion, même si elle est soutenue par des guerriers et des oracles. Mais ce n'est pas là ce que je pense que vous devriez faire.

— Devrais-je donc attendre ? Attendre le printemps que la naturaliste marche en direction de la capitale ?

— Vous détenez sa mère, souligne Luca. Je pense que vous devriez proposer un marché. Sans Jules Milone, la rébellion s'éteindra.

Katharine fixe la grande prêtresse tout en réfléchissant à la question. Elle aimerait éviter de combattre. Même si les reines le désirent ardemment. Elles aimeraient se retrouver au milieu du chaos, les bras et les dents couverts de sang.

— Je ne pourrais pas l'exécuter. Cela ne ferait qu'enrager davantage les rebelles. Il me faudrait retenir Jules Milone ici, sous un chef d'accusation de trahison, puis offrir une punition clémente.

Ses yeux s'étrécissent.

— Échangerait-elle réellement la rébellion contre sa mère ?

— Cela vaut la peine d'être tenté. De plus, je connais Cait Milone, si vous proposez la clémence, elle acceptera, et Wolf-Spring se rangera derrière elle. Que dit la Déesse ? Est-ce que vous ressentez sa présence dans cette affaire ?

Katharine penche la tête.

— Ne devrais-je pas être celle qui vous pose cette question ?

— Vous êtes la Déesse sur cette terre, reine Katharine. Je ne suis que sa voix auprès du peuple.

À ces mots, les reines mortes se tordent au sein de Katharine, elles déversent en elle les cendres d'innombrables cadavres, jusqu'à ce qu'elle puisse pratiquement en percevoir le goût.

— Je n'ai jamais ressenti la Déesse, reprend Katharine. Elle m'a tourné le dos, je lui ai donc rendu la pareille. Est-ce pour cela que le brouillard se lève ? Car une reine qui refuse de plier l'échine occupe le trône ?

— La Déesse n'exige pas la loyauté. Elle n'en a pas besoin, pas plus qu'elle n'a besoin de notre compréhension.

— Maudite soit la reine bleue, souffle Katharine à voix basse. Sans le brouillard, le peuple ne serait pas si désespéré. Qu'a-t-elle fait de si bon pour réussir à accomplir un tel miracle ?

— Ce n'était pas une question de ce qu'elle a bien fait, réplique Luca, mais plutôt de ce qui s'est mal passé. La reine Illiann a créé le brouillard pour protéger l'île d'une invasion, celle d'un prétendant éconduit qui est revenu faire la guerre. N'avez-vous jamais étudié les fresques des reines dans les temples ? Une reine peut accomplir de grandes choses quand elle le doit.

Katharine soupire et se tourne vers Pietyr, qui acquiesce. Elle voyagera vers le nord, alors, et proposera le marché. Si tant est que cette maudite naturaliste l'accepte.

SUNPOOL

Arsinoé, Mirabella et Billy arpentent les falaises moussues et pentues de la côte, cherchant à les gravir. Arsinoé, dans son empressement, glisse et percute du genou la roche nue. Mais ce n'est pas elle qui ouvre le chemin : Mirabella est déjà presque arrivée au sommet de la colline. Elle a libéré ses cheveux de ses épingles, et Arsinoé suspecte même qu'elle a appelé une partie du vent qui agite sa chevelure. Elle n'a jamais vu personne arborer un air si triomphant, même dans une robe continentale bleue maculée de terre et de traces d'eau salée.

— Je croyais qu'elle avait dit qu'il faudrait un peu de temps avant qu'elle retrouve son don, lance Billy à bout de souffle. Mais elle a pu agir sur l'eau dès que nous nous sommes approchés.

— Eh bien, tu connais Mira. C'est une incorrigible pessimiste.

Le courant de Mirabella les a si bien aidés à atteindre la plage qu'ils ont assez d'énergie pour marcher. Une fois sur la terre ferme, elle a conjuré un feu tonitruant afin qu'ils puissent se sécher et se réchauffer.

— Est-ce que tu sais où nous sommes ? demande Billy en ajustant son paquetage sur ses épaules.

Arsinoé regarde vers les terres en levant les yeux. Le géant que représente le mont Horn se situe à l'est, il n'est pas très loin.

— Nous sommes à l'ouest des montagnes. Loin de Wolf-Spring et de Rolanth. Il y a toute une île entre nous et notre petite sœur.

Daphné n'aurait probablement pas pu les déposer à un meilleur endroit. C'est un lieu isolé et secret, où ils ne seront sûrement pas aperçus.

— Et nous devons grimper ça ? interroge-t-il en hochant la tête en direction du pic. Pas jusqu'en haut, j'espère.

— Moi non plus.

Elle se dépêche de rejoindre Mirabella là où elle s'est arrêtée, en haut de la colline.

— Regarde, pointe Mirabella. Est-ce que c'est bien ce que je pense ?

De l'autre côté des collines se trouve la ville aux murs blancs. Sunpool, la ville des oracles.

— Pourquoi est-ce que le brouillard nous conduirait ici ? s'enquiert Mirabella. Je n'aime pas l'idée de me retrouver si près de tant de voyants.

— Moi non plus, accorde distraitement Arsinoé. Mais j'ai toujours voulu voir Sunpool.

De plus, la vue en est belle : le tentaculaire château blanc et son mur d'enceinte, des bâtiments blancs tant collés les uns aux autres qu'ils semblent former un amas de corail blanchi par les vagues. L'on raconte que lorsque le soleil couchant vient effleurer la ville, elle paraît être en proie aux flammes. Même s'ils ne peuvent pas le vérifier un jour si froid et gris.

Billy les rattrape et pose les yeux sur la ville.

— Qu'est-ce que c'est censé être ?

— Sunpool. La ville des oracles, répond Mirabella.

— Et elle était importante avant, ajoute Arsinoé. Avant que leur don s'affaiblisse et que leur nombre diminue. Avant que le peuple commence à considérer le don de voyance du même œil qu'une malédiction.

En vérité, ces murs blancs qui s'érigeaient fièrement un temps tombent en ruine, des morceaux de pierre se sont éboulés et sont recouverts de mousse. Le château central, même s'il reste impressionnant, est enveloppé de vignes et de la saleté des siècles. Néanmoins, il est toujours facile d'en imaginer la splendeur.

— Les voyants sont faibles et peu nombreux, reprend Arsinoé. Je pense que nous sommes en relative sécurité, même si proches. C'est certainement le meilleur endroit pour nous approvisionner et nous restaurer. Une ville oubliée pour une quête secrète.

Billy récupère des pièces au fond de sa poche. Il retire son paquetage de son épaule et regarde ce qu'il contient.

— Je devrais peut-être aller chercher ce qu'il nous faut seul. Vous êtes encore trop reconnaissables toutes les deux, même dans ces vêtements colorés.

— Je suis d'accord, accepte Arsinoé tandis que Mirabella couvre avec réticence ses cheveux d'une écharpe grise.

Ils s'approchent de la ville, en s'arrêtant au sommet de chaque colline pour s'assurer de ne pas croiser l'une des routes principales. Arsinoé et Mirabella se mettent à discuter, si bien que Billy doit leur tirer sur les bras quand il remarque quelque chose d'étrange.

— Vous n'avez pas dit que cet endroit était pratiquement abandonné ?

— Il reste peu d'habitants, c'est un fait.

— Eh bien, cette ville ne me paraît pas désertée.

Il pointe un doigt vers Sunpool, et Arsinoé et Mirabella se protègent les yeux d'une luminosité fictive, comme si cela pouvait être à l'origine de ce qu'elles aperçoivent.

Des centaines de personnes occupent les rues. Elles sont désorganisées et semblent débordées, elles poussent des chariots et portent des sacs de fournitures.

— Est-ce que c'est… un marché ? demande Arsinoé.

Mirabella tend un bras à l'est.

— Regardez. Sur les routes. D'autres encore arrivent.

Ce n'est pas un flux constant, mais c'est une affluence inhabituelle pour une ville qui n'est pas réputée pour recevoir beaucoup de visiteurs. Alors qu'ils observent la scène, quelqu'un lâche un oiseau portant un message d'une des fenêtres les plus hautes du château.

— Cet oiseau file à toute allure, note Arsinoé. Et il vole étrangement droit. Qu'est-ce qu'un naturaliste fabrique à Sunpool ?

Elle fait pivoter Billy et fouille son paquetage pour y trouver une autre écharpe, afin de dissimuler son visage recouvert de cicatrices ainsi que sa bouche.

Il lui lance un regard empli de doute.

— Je sais qu'il fait froid, mais cet attirail ne paraît pas du tout être de saison.

— Peut-être que j'ai une toux.

Elle remonte l'écharpe au-dessus de l'arête de son nez. La curiosité l'a emporté ; personne ne pourra plus la tenir à l'extérieur de la ville.

— Allons voir ce qu'il se passe.

Au sein des murs, la ville est en effervescence. Mirabella et Arsinoé prennent garde à ne pas dévoiler trop de leur chevelure ou de leur visage, mais ce n'est pas vraiment utile. Cette vague de nouveaux arrivants signifie qu'il y a beaucoup d'étrangers, et tout le monde se dirige quelque part. Personne ne s'arrête pour regarder l'autre.

— Est-ce que je devrais tenter de découvrir ce qu'il se passe ? s'interroge Billy.

Mirabella lui saisit le bras.

— Non. Cela ne fera qu'attirer l'attention sur toi. Continue d'avancer et écoute.

Ils progressent le long de l'artère principale. Seules quelques personnes semblent connaître Sunpool suffisamment bien pour indiquer une direction, et beaucoup de celles-ci sont habillées en gris et jaune. Les couleurs des oracles. Mirabella les fait soigneusement éviter toutes les capes de ces teintes, jusqu'à ce que les oreilles d'Arsinoé se dressent à la mention de Wolf-Spring.

— Ils font remonter du grain le long de la côte. Il ne devrait pas tarder à arriver.

— Aucun combattant ?

— Quelques-uns qui se sont présentés d'eux-mêmes, moins que je l'espérais. Peut-être qu'elle les amènera avec elle quand elle arrivera.

Des combattants. Du grain. Tous ceux qui passent les portes de la ville ont l'air armés ou de porter ce qui peut être perçu comme une arme, comme des masses ou des pelles. Mirabella lui tapote l'épaule et se précipite dans une taverne. Arsinoé attire Billy derrière elle.

— Nous venons d'entrer dans un camp militaire, souffle Mirabella avec furie alors qu'elle les conduit vers le fond de la salle. Je suis de moins en moins convaincue que ta Daphné t'a amenée ici pour une simple quête solitaire !

— Ça ne change rien. Je vais quand même grimper cette montagne dès que j'aurai assez de provisions et de vêtements pour y parvenir.

En parlant de nourriture, son estomac se met à gargouiller. Il y a des bols de ragoût sur de nombreuses tables et des chopes de vin et de bière. Ainsi que des miches de pain doré bien tendres.

— Je vais aller nous en chercher, propose Billy en suivant son regard. Nous pouvons manger debout et ressortir pour tenter de marchander. Même si je ne suis pas certain que nous aurons beaucoup de chance.

Il se glisse entre les tables pour atteindre le bar. Pas une seule place assise n'est disponible, il y en a à peine assez pour demeurer debout. Sans Billy, Arsinoé et Mirabella se serrent l'une contre l'autre, deux filles aux cheveux noirs dans des vêtements continentaux sans la moindre ombre assez imposante pour les dissimuler.

Il semble revenir des années plus tard, des bols de ragoût dans les mains, s'efforçant de ne rien renverser, un large quignon de pain flottant dans chaque plat. Ils mangent en silence, les yeux chevillés à leur repas. Mirabella grignote la tête baissée. Arsinoé prend des bouchées en soulevant et en rabaissant l'écharpe qui lui couvre le nez.

Ils ont pratiquement terminé quand des gens commencent à passer à toute vitesse devant les fenêtres de la taverne.

— Qu'est-ce qu'il se passe ? demande Arsinoé tandis que la porte s'ouvre avec fracas et que l'auberge se vide rapidement.

Billy perd patience et saisit un homme par l'épaule.

— Hé. Qu'est-ce qu'il se passe ? Où est-ce qu'ils vont tous ?

— Elle est là. Je crois qu'elle est là !

L'homme pointe la rue du doigt et se hâte de courir derrière la foule.

— Elle.

Mirabella et Arsinoé se fixent l'une l'autre. Elle, la reine ? Ils posent leurs bols sur l'une des tables abandonnées les plus proches et s'approchent de la fenêtre. Il y a une telle foule autour de la taverne qu'elles ne peuvent rien distinguer.

Frustrée, Arsinoé se tourne vers la tenancière.

— Vous aurez plein de pièces si vous nous permettez de monter à vos fenêtres à l'étage.

Elle donne un coup de coude à Billy, qui en sort de ses poches.

— Comme vous voudrez, répond la femme.

Elle ricane un peu en essuyant une chope.

— Mais si c'est réellement la reine légion, vous aurez bien d'autres occasions de la voir.

Elle leur adresse un signe de tête les invitant à la suivre par la cuisine. Ils se dépêchent, passent devant une marmite de ragoût presque vide et gravissent les escaliers qui mènent à la chambre privée de la femme.

— La reine légion, murmure Arsinoé. Qui…

Une pensée lui vient à l'esprit, mais ce n'est pas possible.

— Ça ne peut pas…

Mirabella atteint la fenêtre la première. Elle n'est pas très haute, mais la vue est bien meilleure que celle du rez-de-chaussée. La porte de la ville est ouverte, et les premiers cavaliers entrent.

— Uniquement des cavaliers, pas de carrosse et pas de noir. Ça ne peut pas être une caravane Arron.

Arsinoé presse son nez contre le verre froid et poussiéreux. Il n'y a pas de noir du tout. Même les chevaux ne le sont pas.

Puis elle aperçoit le félin des montagnes couché sur la croupe d'un grand cheval de trait bai. Le bout noir de sa queue frétille, et elle lance des coups de patte nerveux à tous ceux qui s'approchent trop.

— Douce Déesse, s'exclame Arsinoé. C'est elle, c'est Jules.

— Je sais que tu veux la voir. Mais l'atteindre sans être reconnue sera peut-être trop compliqué.

Mirabella garde une main fermement serrée sur la manche d'Arsinoé tandis qu'ils suivent la suite de Jules à travers la ville, parmi les personnes les plus ferventes du cortège.

— Ce sera peut-être impossible tout court, ajoute Billy. Elle ne semble plus être Jules. Elle est devenue la « reine légion », quoi que ça veuille dire.

— Elle est toujours Jules. Elle me verra. Elle saura que je suis là.

Mais quand ils parviennent au château, la herse s'abaisse, laissant Arsinoé et le reste de la foule à l'extérieur.

— Je vais donc attendre.

Elle croise les bras.

— Je vais me cacher dans les buissons, il faudra bien qu'elle sorte à un moment. Retournez aux magasins et achetez ce qu'il nous faut. Ce ne sera pas long.

Mirabella et Billy lui lancent un regard empli de doute. Elle les repousse vers la rue.

Mais elle avait tort, l'attente lui semble interminable. Elle a l'impression d'avoir attendu des lustres avant que quiconque quitte l'enceinte du château. Et quand finalement quelqu'un se montre, ce n'est ni Jules ni Camden, comme elle l'espérait. Cependant, cela reste une personne qu'elle reconnaît : Émilia Vatros, cette guerrière qui les a aidées à fuir la capitale.

— Elle nous a été utile un jour, murmure Arsinoé en tentant sa chance.

Elle jette un gravillon dans le dos de la fille. Il lui tombe sur la tête, ses doigts froids et endoloris ne garantissant pas le meilleur des lancers.

Émilia pivote. Elle ne perd pas une seconde pour trouver d'où provient le caillou.

— C'est ça ! C'est moi !

Arsinoé lui fait signe d'approcher, et les yeux d'Émilia glissent sur sa cachette dans les buissons avant qu'elle décide finalement de repartir. Tant pis. Si seulement Camden daignait sortir, avec son ouïe supérieure et son odorat encore plus remarquable. À ce rythme-là, il fera noir avant qu'il se passe quoi que ce soit.

La main d'Émilia surgit soudain par-derrière et lui recouvre la bouche. Elle tire Arsinoé si vite en arrière que ses pieds touchent à peine le sol.

— Qu'est-ce que tu fabriques ici ?

Elle appuie un métal froid contre les cicatrices d'Arsinoé.

— Je devrais t'égorger. Te découper si finement que personne ne te reconnaîtra !

L'espace d'un instant, Arsinoé pense qu'elle va passer à l'acte, mais Émilia la jette finalement dans l'herbe.

— Qu'est-ce qui ne va pas chez toi ?

Arsinoé se retourne et se relève gauchement.

— Pourquoi est-ce que tu es revenue ?

— Ça ne te regarde pas. Là maintenant, je veux voir Jules.

— La voir ?

Émilia crache par terre.

— La voir et compliquer les choses. L'affronter pour la couronne qui est censée être la sienne.

— Je ne désire aucune couronne.

Arsinoé lève les mains.

Même si l'accueil qu'Émilia lui réserve la rend furieuse, elle n'a pas le tempérament de feu de Jules. Elle garde son calme. Elle sait ce dont est capable cette guerrière si on lui en donne l'occasion.

— Alors, pourquoi revenir, empoisonneuse ?

— Je pense que c'est à elle que je dois le dire. Et je ne suis pas uniquement empoisonneuse, je suis aussi naturaliste. Comme elle.

Les yeux de la guerrière s'étrécissent. La dernière fois qu'elles se sont retrouvées ensemble, les événements se sont déroulés bien trop rapidement et il avait fait trop sombre pour qu'Arsinoé remarque à quel point Émilia a l'air sévère. Ses cheveux et ses sourcils châtain foncé, ses cils épais. La façon dont ses chignons jumeaux sont serrés à la base de sa nuque. Toutes ces armes à sa ceinture et glissées dans ses bottes. Elle se rappelle toutefois les bordures rouges de sa cape, et la manière dont elles brillaient telle une blessure à chaque fois qu'elle courait.

— Si tu t'en mêles, cela ne sera pas facile pour toi.

— Je ne sais rien de ce qu'il se passe ici, et tant que Jules est en sécurité, je m'en fiche. J'ai moi-même des choses à faire, dans la montagne.

Émilia fait une moue.

— Dans la montagne ? Quel genre d'affaires ?

— Le genre secret. Le genre des reines.

— Des reines ? Donc, l'élémentaire est ici elle aussi.

Ses yeux se fixent sur les buissons, les arbres, les coins des murs du château.

— Et vous vous êtes simplement retrouvées à Sunpool auprès de la reine légion.

— C'est quand on est arrivés à Sunpool que j'ai entendu parler de la reine légion pour la première fois.

— Et le brouillard ?

— Le brouillard ? répète Arsinoé, confuse. Il nous a laissés passer et nous a guidés jusqu'ici.

Elle hausse les épaules tandis qu'Émilia la scrute.

— Attends.

La guerrière retourne dans le buisson, et quelques instants plus tard, elle en ressort avec un sac en toile de jute.

— Mets ça sur la tête et ne pose pas de questions.

Quelques minutes plus tard, Arsinoé serpente péniblement dans ce château inconnu, poussée par Émilia. Elle a perdu toute notion d'espace après les trois premiers virages, et le sac qu'elle a sur la tête empeste la moisissure. Mais elles s'arrêtent enfin, et Émilia frappe à une porte.

— Jules, il y a quelqu'un qui veut te voir.

— Qui ?

Une fois à l'intérieur, Émilia a à peine le temps de retirer le sac en toile de jute que Camden pose déjà ses pattes sur la poitrine d'Arsinoé.

— Ouf !

Arsinoé grommelle alors que le couguar se frotte les moustaches contre ses joues.

— Je suis moi aussi contente de te retrouver, saleté de félin.

— Arsinoé !

Jules se précipite contre elles deux, elle est si enthousiaste qu'Arsinoé est incapable d'évaluer, l'espace d'un instant, si Camden est la seule à la lécher.

Elles s'écartent l'une de l'autre en se tenant par les coudes. Jules observe autour d'elle et s'arrête sur Émilia, qui fait franchement la tête.

— Émilia, regarde ! Où est-ce que tu l'as trouvée ?

Elle lance un grand sourire à Arsinoé.

— D'où est-ce que tu viens ?

— De là où tu m'as laissée.

Elles sourient, et le silence s'installe. Elles ont tant de choses à se dire. Enfin, Jules regarde derrière elle, cherchant quelqu'un des yeux.

— Émilia, est-ce que Mathilde est toujours en compagnie des Lermont ?

— Oui.

— Qui sont les Lermont ? demande Arsinoé.

— La famille d'oracles Lermont, explique Jules. Ce sont les derniers représentants des anciennes familles d'oracles. Notre amie Mathilde les connaît bien.

Son visage se referme.

— Elle est avec eux en ce moment, elle les accompagne dans leur deuil. Nous avons appris la nouvelle à notre arrivée… Katharine a empoisonné leur matriarche.

— Pourquoi faire ça ? interroge Arsinoé, et Jules déglutit.

Émilia se place entre elles et saisit Arsinoé par le bras.

— Il y a beaucoup à éclaircir. Des deux côtés. Où est l'élémentaire ?

— Mirabella et Billy sont sur le marché.

— Je vais les retrouver et les faire monter.

Émilia s'en va, se tournant pour relancer un regard noir à Arsinoé avant de fermer la porte derrière elle.

— J'arrive pas à croire que tu sois ici, affirme Jules.

— Moi non plus.

Arsinoé touche les pointes de Jules, elles sont juste sous son menton. Ses cheveux sont encore plus courts qu'Arsinoé.

— Tu t'es coupé les cheveux.

Ses sourcils se froncent.

— Jules, qu'est-ce que tu fabriques ici ? Pourquoi est-ce qu'ils t'appellent la reine légion ?

Jules s'approche de la fenêtre. La pièce dans laquelle elles se trouvent est à peine meublée. Elle ne compte qu'un tapis, un coffre, une table, des chaises et un lit de fortune.

— Est-ce que tu es allée à Sunpool ? Est-ce que tu as vu ce qu'il s'y passe ?

— Oui.

Arsinoé vient se placer à côté d'elle.

— On dirait que quelqu'un monte une armée. J'imagine que c'est toi ?

Jules hausse les sourcils.

— On dirait bien.

Arsinoé souffle.

— Je suppose que c'est une longue histoire.

— Elle est remplie de bardes, de prophéties et même d'une naissance.

— Bon, tu me racontes tout maintenant.

Elles s'assoient l'une près de l'autre, et Arsinoé écoute Jules lui narrer par le menu ce qu'a été sa vie depuis qu'elle l'a quittée ce jour-là. Le deuil, la clandestinité, la nostalgie de la maison et le désir de rentrer. La prophétie et le don de la guerre. La rébellion.

— Je savais que tu aurais des problèmes sans moi, commente-t-elle quand Jules termine, cette dernière grogne.

À l'extérieur, les bruits d'une armée se rassemblant dans la ville sont évidents.

— Et maintenant, tu pars en guerre.

— Nous n'avons plus le choix, maintenant qu'elle tient Madrigal.

— Mais est-ce que tu es prête ? Madrigal ne voudrait pas que tu te sacrifies.

Arsinoé soupire.

— Mais qu'est-ce que je raconte ? Bien évidemment que si !

— Qu'elle le veuille ou non, il y a maintenant Fenn. Il va avoir besoin de sa mère.

— Et tu es prête à mener une guerre pour ça ? demande Arsinoé.

— Ce n'est pas la seule raison.

Jules se lève et sa jambe traîne juste assez pour qu'Arsinoé le remarque. La marque du poison.

— Nous sommes allées de ville en ville, de village en village. Tu aurais dû voir leurs têtes, Arsinoé. Tout cet espoir. Toute cette foi, en moi. Ils ne veulent pas de Katharine et désirent que les empoisonneurs soient chassés du pouvoir. Après ce qu'elle a fait et la crainte causée par le brouillard, c'est ce que je veux moi aussi.

Camden pose la tête sur le genou d'Arsinoé en quête de caresses.

— Est-ce que j'ai tort ? interroge Jules. Tu es reine, même si tu aimerais le nier. Est-ce que ce que nous faisons est une mauvaise chose ? De vouloir la renverser ?

Arsinoé fixe le couguar. Elle a toujours été un familier digne d'une reine. Jules a toujours été suffisamment puissante. Une image du cauchemar de Daphné lui apparaît à l'esprit : Jules sur un champ de bataille, la fourrure de Camden rouge de sang. Elle serre les dents et déglutit.

Est-ce pour cela que je suis ici ? Pour arrêter tout ça ? L'aider ?

— Toutes ces personnes se rassemblent pour toi, Jules. Donc, je ne suis plus certaine de pouvoir réellement te dire quoi faire. Même si je le voudrais.

Elle gratte la tête de Camden.

— Est-ce que tu veux régner après ?

— Non. Enfin, pas vraiment. Ils m'appellent la reine légion, mais ce n'est que le début de quelque chose de nouveau. Quelque chose de meilleur, quelque chose que nous puissions établir tous ensemble.

Elle lance à Arsinoé un regard plein d'espoir.

— À moins que…

— Non, répond simplement Arsinoé. Pas moi. Ni Mira.

Jules acquiesce.

— Et… tu ne crois pas en la prophétie ?

— Celle qui dit que tu deviendras la reine de l'île ou que tu la mèneras à sa perte ? J'en sais rien, Jules. Mais entre ces deux dénouements, je sais lequel il nous faudrait privilégier.

Émilia retrouve rapidement Mirabella et Billy et les guide jusqu'au château ; l'opération est si rapide et comporte tant d'accroupissements dans des buissons que Mirabella a le sentiment d'être une espionne.

— Nous n'aurions pas eu besoin de nous cacher dans la végétation si vous m'aviez permis de vous mettre un sac sur la tête, grogne Émilia tout en observant Mirabella retirer des épines de sa manche.

— Personne ne nous mettra un sac sur la tête, siffle Mirabella.

— Comme tu voudras, *reine* Mirabella.

— Où est Arsinoé ? Tu ne lui as rien fait de mal, si ? demande Billy.

— Bien sûr que non. Ma propre reine ne le permettrait pas.

Quand ils atteignent les grilles du château, Mirabella relève le visage pour tenter de regarder la haute tour blanche recouverte de vignes à moitié mortes, mais Émilia lui baisse la tête brusquement et la pousse pour qu'elle traverse.

— Où est-ce que tu nous emmènes ?

— Auprès de ta sœur.

La guerrière les fait avancer au travers du donjon jusqu'à arriver à un escalier en colimaçon. Ils commencent l'ascension qui tourne et tourne encore jusqu'à ce que Mirabella se sente mal. Enfin, ils débouchent sur une porte derrière laquelle se tient Arsinoé.

— Vous voilà !

Arsinoé saisit l'épaule de Mirabella et passe les doigts dans les cheveux de Billy.

— Vous avez trouvé ce qu'il fallait ?

— Quelques vêtements qui feront l'affaire pour la montagne, répond Billy. Mais c'est à peu près tout.

— Très bien. Vous êtes réunis.

Émilia leur lance un salut depuis la porte.

— Reposez-vous bien. Nous déciderons quoi faire de vous plus tard.

— Est-ce que nous sommes devenus prisonniers ? demande Mirabella alors que la clef tourne dans la serrure.

— Pas vraiment, nie Arsinoé. Ne vous inquiétez pas, j'ai vu Jules, et elle n'a pas changé. Les guerriers sont certainement tout le temps comme ça.

— Qu'est-ce qu'il se passe ? interroge Billy. Dans tout le marché, tout le monde parlait de Jules Milone, la reine légion, et de sa rébellion.

— Et de Katharine, renchérit Mirabella.

— Et du brouillard, ajoute Arsinoé. Vous en avez certainement entendu parler aussi sur le marché. Le brouillard qui se lève, avale des gens tout rond pour les recracher plus tard sur la côte.

Mirabella et Billy échangent un regard. Ils en avaient certes entendu parler, mais elle avait espéré que ce n'était pas vrai.

— Tout commence à devenir logique, maintenant, non ? déclare Arsinoé en marchant lentement dans le petit espace.

— Ah bon ? ironise Billy.

— Le brouillard se lève, et nous nous voyons l'ombre de celle qui l'a créé, murmure Mirabella. Mais pourquoi se lève-t-il ? Il est notre gardien, notre bouclier.

— Il est peut-être défaillant, propose Arsinoé. C'est peut-être pour ça que je rêve de son époque. Celle de Daphné et de la reine bleue.

— Pour découvrir comment il a été créé, comprend Mirabella.

— Ou comment l'arrêter.

Arsinoé se tourne vers eux.

— Je savais que nous ne rentrions pas pour régner. Même si, je dois l'avouer, je n'en étais pas *certaine*. Mais je le suis maintenant.

— Tu es certaine de quoi ? s'enquiert Billy.

— Je crois que je suis ici pour arrêter le brouillard.

LE VOLROY

Haut, dans ses appartements de la tour ouest, Katharine s'enferme avec un verre de vin agrémenté de baies empoisonnées. Cela fait des jours qu'elle a envoyé un messager pour retrouver les rebelles et leur transmettre son message, et ce matin-là, le brouillard s'est à nouveau levé. Ce brouillard infernal, juste au large des roches affleurantes au nord du port Bardon. Elle avale une grande gorgée de vin et retrousse les lèvres. Elle ne peut pas se précipiter. Le brouillard doit se montrer patient, et ni elle ni les sœurs mortes n'apprécient qu'il regarde par-dessus son épaule. Depuis qu'il est réapparu, elle n'a pas jeté un œil dehors et n'a accepté aucun visiteur. Son humeur est devenue sombre, et ce changement n'est pas dû qu'au brouillard.

L'idée d'épargner Jules Milone, d'être clémente ou même simplement de faire la paix reste en travers de la gorge de Katharine. Se soulever contre la lignée des reines ne devrait pas être toléré.

Les meneurs de cette rébellion devraient être écorchés vifs sur la place. On devrait leur arracher lentement la peau, bande par bande.

Katharine repose son verre de vin empoisonné. L'écorchement n'intéresse en rien une empoisonneuse. Ce serait plutôt l'acte d'une reine guerrière. Ou le projet de reines qui sont mortes depuis si longtemps qu'elles n'ont pas de meilleures idées.

Sa porte s'ouvre, et sa servante annonce Pietyr et la prêtresse du Conseil, Rho Murtra.

— Rho, l'accueille Katharine en opinant, et la grande femme exécute une révérence. Comme c'est étrange de vous voir ici.

— Comme vous ne vous présentiez pas dans la chambre du Conseil, je me suis lassée d'attendre.

Tout en l'ignorant, elle tend une main vers Pietyr, qui s'approche pour l'embrasser sur la bouche.

— Pietyr. Est-ce que tu m'as trouvé un praticien de la magie basse pour dénouer le lien de sang de cette Milone ?

— Pas encore, Kat. Personne ne se présente.

Elle savait que ce serait le cas. Elle savait que, comme toujours, personne ne se porterait volontaire pour l'aider.

— Reine Katharine. J'ai reçu un rapport concernant la rébellion de la naturaliste, si cela vous intéresse, annonce Rho.

— Bien sûr.

— Ils se replient dans les montagnes.

— Combien sont-ils ?

— Il est impossible d'avoir un compte précis. Ils viennent de partout : dix d'un village, une douzaine d'un autre. Ils affluent de tout le Nord comme des fourmis. Malheureusement, personne ne semble avoir un lien direct avec Jules Milone.

Katharine croise les bras.

— J'aimerais résoudre cette question de rébellion aussi rapidement que possible. Combien de temps avant qu'elle reçoive mon message ? Combien de temps avant que je reçoive une réponse ?

— Tout messager qu'elle enverra devra traverser un paysage montagneux, par temps d'hiver.

Rho se mord les joues.

— Un cavalier aura besoin d'une semaine, même s'il change de cheval en chemin.

— Comment parvient-elle à si bien communiquer avec tant de petits groupes rebelles, alors ? demande Pietyr tandis que ses mains se glissent autour de la taille de Katharine.

— Nous pensons qu'ils comptent des naturalistes dans leurs rangs, explique Rho, ses yeux s'attardant sur le bras qu'il a passé autour de la reine. Ils envoient des oiseaux et toutes sortes de bêtes transportant leurs ordres. Grâce au don de naturaliste, les oiseaux volent rapidement et sans détour.

— Si seulement nous avions un naturaliste sur lequel nous pouvions compter, souffle Pietyr, ses lèvres effleurant l'oreille de la reine.

— Cesse d'essayer d'irriter ma conseillère de guerre.

Katharine se tourne et le mord, il ricane en s'écartant.

— Ma reine, nous avons peut-être une naturaliste sur laquelle nous pouvons compter.

Rho appelle la servante.

— Faites venir Bree Westwood.

Il ne faut pas longtemps à Bree pour arriver, et dès son entrée, ses yeux oscillent entre Rho et la reine.

— Que se passe-t-il ?

— La reine cherche un ou une naturaliste pouvant transmettre et rapporter des messages entre elle et les rebelles. Auriez-vous une idée ?

— Un naturaliste ?

— Quelqu'un pouvant se servir d'un oiseau, avec discrétion.

— Est-ce qu'elle accepterait ? demande Katharine, comprenant de qui il est question.

Bree serre les lèvres.

— Si cela ne présente aucun danger pour l'oiseau, je suis alors certaine qu'Elizabeth acceptera avec joie de se placer au service de la Couronne.

— Cela ne devrait comporter aucun danger ! affirme Katharine. Ce n'est qu'une convocation à une rencontre, en terrain neutre, pour un échange de prisonniers. Nous cherchons à éviter une guerre, non à en commencer une.

— Très bien. Je vais lui parler immédiatement.

Bree retrouve Elizabeth aux cuisines, elle apporte son aide à des serviteurs dans la préparation du dîner, employant un outil ingénieux fixé à son moignon gauche pour découper des légumes. Dès qu'elle aperçoit Bree, son visage rougeaud s'illumine. Elle s'excuse, détache la lame et s'essuie sur un torchon.

— Je ne m'attendais pas à te voir si tôt. Le Conseil noir a été ajourné ?

— Suis-moi.

Bree guide Elizabeth au travers d'un couloir jusqu'à ce qu'elles se retrouvent à l'extérieur, longeant les murs du château et les drains de la cuisine et des eaux de pluie.

— La reine n'avait pas envie de se présenter au Conseil aujourd'hui. Elle a l'esprit tourné vers la rébellion au nord. Où se trouve Pepper ?

Elizabeth se fige et elles tendent toutes deux l'oreille. Rapidement, elles l'entendent piquer un pauvre arbre voisin.

— J'adore ce son.

— Vraiment ?

— Il m'apaise. Tu n'imagines pas comme j'aimerais pouvoir également piquer un arbre du nez en hiver, surtout dans cette capitale lugubre et close.

— Elizabeth, se lance Bree en regardant vers les branches. Est-ce que tu peux te servir de Pepper pour envoyer des lettres ?

— J'imagine, oui. Je n'ai jamais essayé. Je lui demande parfois d'aller me chercher des objets : des ustensiles ou des ingrédients sauvages pour une recette ou une autre.

— Est-ce qu'il peut voler loin ?

— Il est assez doué.

— Je veux dire, jusqu'où peut-il aller et encore… t'entendre ?

— Loin, je pense.

Elizabeth fronce les sourcils, en commençant à comprendre que ces questions ne sont pas innocentes.

— Si notre lien pouvait se briser, je pense que ça aurait été le cas quand je l'ai chassé pour accepter les bracelets. Il a dû être tendu, mais Pepper est revenu quand je l'ai appelé.

— La reine voudrait qu'il repère le camp rebelle. Elle veut qu'il trouve Jules Milone et qu'il lui délivre un message. Est-ce qu'il en serait capable ?

— Il ne connaît pas Jules Milone.

— Mais pourrait-il trouver le camp ?

— Ce serait…

Elizabeth s'arrête, les yeux rivés sur les arbres.

Devinant peut-être qu'on parle de lui, Pepper s'est approché et s'est accroché au tronc juste devant elles, penchant sa tête duveteuse.

— Est-ce que ce serait dangereux ? demande Bree. Est-ce que les rebelles pourraient lui faire du mal ?

— Tu sais aussi bien que moi que ça dépendrait de qui il rencontrerait.

— Pourrais-tu alors envoyer un autre oiseau à sa place ?

Elizabeth secoue la tête.

— Mon don n'est pas si puissant. Je ne l'ai employé qu'avec Pepper. Je manque d'entraînement.

Elle semble si triste et effrayée que Bree la prend par les épaules.

— Tu n'es pas obligée de le faire. Je peux simplement dire à la reine que c'est impossible.

— Est-ce que tu veux que je le fasse ?

— Je ne veux pas d'une guerre, soupire Bree. Et je pense que… je pense que Katharine est sincère quand elle propose d'échanger Jules Milone contre sa mère. Qu'elle l'épargne ou non après l'échange, c'est une autre question.

Elizabeth tend les bras et le pic quitte son arbre d'un saut pour plonger dans leur direction. C'est un oiseau observateur et silencieux, il est très doué pour se dissimuler. Il ne lui arrivera peut-être rien.

— Dis à la reine de rédiger son message. Je le nouerai bien serré contre sa patte.

Elle lui caresse le dos, et il lui donne un coup de bec affectueux.

— Ensuite, je lui offrirai un bon repas et je le ferai partir.

Quand Pietyr se rend aux cellules sous le Volroy, les gardes remarquent à peine son passage. Ils ne représentent pas la fine fleur de l'armée de la reine, mais ce n'est pas ce qu'on leur demande. Il y a si peu de prisonniers qui méritent d'être jetés ici-bas : uniquement les meurtriers, les reines traîtresses, les rebelles, ou la mère d'une rebelle.

Pietyr s'arrête devant les barreaux de la cellule de Madrigal Milone. Elle est libre de ses mouvements et est assise sur le banc à côté du mur. Son corbeau est perché sur son genou, il picore à même la paume de sa main ce qu'il imagine être les restes du maigre petit déjeuner de Madrigal.

— Bonjour, maîtresse Milone.

— Bonjour, maître Arron. Vous devriez sérieusement vous intéresser à la nourriture de cet établissement. Elle joue des tours à l'estomac de mon oiseau, et c'est elle la plus robuste de nous deux.

Pietyr sourit.

— Je vais voir ce que je peux faire.

— Et que puis-je pour vous ? Vous n'êtes certainement pas là pour mon joli minois, sachant qu'on m'a traînée jusqu'ici la tête couverte par un sac.

Elle touche l'extrémité de ses cheveux qui retombent contre ses bras tels des brins mous et informes.

Pietyr s'approche aussi près qu'il l'ose des barreaux. Il tend l'oreille, cherchant à entendre si un garde passe, mais aucun ne bouge.

— Je suis venu vous poser des questions concernant la magie basse.

Madrigal lève les yeux vers le plafond.

— Je vous l'ai déjà dit, il est impossible de me tuer sans délier la malédiction de la légion.

— Je pense que vous mentez. Je ne pense pas que vous soyez le genre de personne à lancer un sort qui nécessiterait votre mort pour être levé.

— Je n'ai jamais dit que c'était la seule issue, rit-elle.

Un bien agréable son dans un espace si obscur.

— Je pourrais le délier quand je le désire. Je le ferai peut-être quand vous me laisserez partir, simplement pour que votre Katharine se rende compte de qui elle a en face d'elle !

Pietyr croise les bras. Il y a quelque chose d'immédiatement déplaisant chez Madrigal Milone. C'est peut-être l'imprudence contenue dans de si beaux yeux. Ou peut-être la peur qu'ils renferment. Il veut se détourner et la laisser pourrir là, et c'est ce qu'il ferait s'il avait le choix.

— J'ai besoin de vous, Madrigal Milone. Si vous êtes assez sage pour me fournir ce dont j'ai besoin, je vous donnerai moi aussi quelque chose en retour.

— Que pouvez-vous bien posséder dont j'aurais besoin ?

— Que diriez-vous d'une chance de vous en sortir ? Katharine compte vous exhiber devant l'armée rebelle de votre fille. Elle souhaite vous échanger contre elle. Et à en juger par votre expression, je devine que c'est un échange que votre fille acceptera. Si vous me dites ce que j'ai besoin de savoir, je vous offrirai l'occasion d'éviter ça. Une chance de vous échapper.

— Comment ?

— Vous serez sous ma responsabilité durant l'échange. Je peux couper vos liens quand Juillenne sera assez proche, et vous pourrez prendre la fuite.

— Ce n'est pas franchement une chance.

— Je ne peux rien faire de mieux.

Madrigal se lève et s'approche de lui. Elle agrippe les barreaux de ses mains et réfléchit à la proposition en regardant ses pieds.

Son corbeau se pose sur son épaule et commence à picorer et jouer avec ses cheveux, mais elle ne fait aucun mouvement. Ils sont étranges, ces naturalistes, un oiseau leur donne des coups de bec et leur tord des mèches, mais elle ne semble même pas le remarquer.

— Si Jules accepte cet échange, qu'est-ce que Katharine fera d'elle ?

— Elle se montrera clémente. Elle passera le restant de ses jours ici. Et si elle survit à son règne, elle sera peut-être un jour libérée.

— Est-ce que vous y croyez ? demande Madrigal. Vous lui faites confiance ?

— Ce qui importe est que vous me fassiez confiance. Dites-moi ce que vous savez sur la possession spirituelle.

— La possession spirituelle ?

— Oui, s'emporte Pietyr. Comment emploieriez-vous la magie basse pour séparer un esprit mort d'un corps vivant ?

Ses yeux s'illuminent, sa curiosité soudainement piquée.

— Vous devez m'expliquer ce qu'il s'est passé exactement. Ou je ne pourrai guère vous aider.

Pietyr grince des dents. Faire allusion au secret de Katharine à un autre membre du Conseil noir est une chose, mais le confier à une traîtresse naturaliste ?

— Jamais, murmure-t-il avant de s'en aller.

Madrigal le suit derrière les barreaux.

— C'est la reine, n'est-ce pas ? C'est grâce à cela qu'elle est si puissante. C'est pour cela que son don semble si versatile. Elle l'emprunte aux morts.

Il s'arrête et se tourne pour lui faire face. Il est conscient que son expression lui confirme qu'elle a raison. Mais au lieu de rire ou de le crier sur tous les toits, la bouche de Madrigal s'ouvre en grand d'émerveillement.

— De qui provenait l'idée ? De Natalia Arron ? Cette femme était vraiment intelligente...

— Ce n'était l'idée de personne, mais un accident !

Ses mains se précipitent au travers des barreaux pour la saisir.

— La nuit de la cérémonie de la Révélation, Katharine a chuté dans le domaine Breccia. Nous l'avons tous crue morte. Mais elle est revenue. Seulement, elle n'est pas revenue seule.

Les yeux de Madrigal se perdent un moment au loin, puis elle s'exclame :

— Le Breccia ! Vous voulez dire…

— C'est précisément ce que je veux dire.

— Combien ?

Pietyr laisse tomber sa tête dans le vide au souvenir de la chute de Katharine. Se rappelant l'avoir poussée.

— Toutes celles qui ont pu planter leurs crocs morts dans sa chair, j'imagine.

— Deux reines légion, reprend Madrigal d'un ton pensif. Peut-être que l'oracle avait tort. Peut-être que ce n'est pas ma Jules qui mènera l'île à sa perte, finalement.

Pietyr lui lance un regard noir.

— Dites-moi : peut-on les extraire ?

— Je n'en suis pas certaine.

Madrigal se retourne pour marcher lentement dans sa cellule.

— Nous parlons là du sang des reines. Des reines et de leur sang. Est-ce qu'elle sait ce que vous préparez ?

— Oui. Elle le sait. Elle désire également se débarrasser d'elles.

— Hum, marmonne-t-elle, incrédule malgré le fait qu'il l'ait regardée droit dans les yeux. Si vous le dites…

Elle s'approche du mur et s'y accroupit, en posant les mains contre la pierre humide et froide du sol.

— Les reines se trouvaient là, au fond, emprisonnées depuis tout ce temps.

Elle rit.

— Ce n'est pas étonnant qu'elles se soient montrées si véhémentes à lui faire accéder au trône.

— Savez-vous comment vous y prendre ou non ?

Madrigal pivote pour lui faire face.

— Il vous faudra les remettre là où vous les avez trouvées.

— Dans le domaine Breccia ?

— Oui.

— Et comment exactement ? Katharine refusera d'y retourner.

— Je croyais qu'elle voulait elle aussi se débarrasser d'elles ?

— Oui. Mais elle n'en a pas toujours conscience.

Madrigal croise les bras. Elle marmonne quelque chose au sujet d'espaces sacrés, d'un arbre penché, que sa magie serait plus précise si elle ne se trouvait pas sous ce maudit Volroy.

— Alors il va vous falloir *fabriquer* un domaine Breccia. Un cercle de pierres provenant de là-bas devrait suffire. Replacez les mortes dans les pierres et jetez-les dans la crevasse. Les extrémités des pierres doivent être en contact les unes avec les autres. Et ne quittez pas le cercle avant d'être certain qu'elles sont toutes sorties.

— Ce sera tout ?

— Non, sourit Madrigal. Mais je vous parlerai du reste quand l'échange sera prêt et que vous m'aurez libérée.

L'empoisonneur qui sommeille en lui aimerait lui soutirer les informations immédiatement : la sangler à un support et lui administrer du venin de scorpion jusqu'à ce que ses cris l'empêchent de parler. Mais cela finirait par attirer l'attention.

— Vous savez qu'il y a une chance que Katharine n'y survive pas.

— Pardon ?

Madrigal hausse les sourcils.

— Vous avez certainement pris en considération le fait que si elle est encore vivante, c'est grâce à elles. Elle est peut-être réellement une revenante, et à l'instant où la dernière reine la quittera, son corps se brisera et se flétrira. Comme cela se serait passé si elles n'étaient pas intervenues initialement.

Pietyr se fige. L'espace d'un instant, les cellules du Volroy ne sont plus là, et il se retrouve dans les tréfonds de l'île. Il n'y a plus aucune lumière, simplement l'odeur de la pourriture froide. Et la sensation de doigts osseux autour de sa cheville.

— Mon pauvre petit, reprend Madrigal. Vous l'aimez vraiment. Personne ne vous l'a jamais dit ?

— Si, si, fait-il en repartant d'un pas raide. Seul un idiot peut s'amouracher d'une reine.

Une fois retourné au niveau principal, il compte faire seller un cheval pour se rendre à Greavesdrake, y passer la nuit afin de réfléchir. Au lieu de cela, il erre jusque dans la salle du trône, où il entend Katharine ainsi que Bree Westwood et la prêtresse à une main.

— Pietyr, lance Katharine quand elle le voit entrer, tu arrives au bon moment. Notre chère Elizabeth a accepté d'envoyer son familier, Pepper, apporter un message à la rebelle naturaliste. J'allais appeler Rho pour que nous tentions de déterminer quel serait le meilleur endroit pour l'échange de prisonniers.

— Pourquoi ne pas la convoquer ici ? demande-t-il, toujours étourdi par sa conversation précédente.

— Je ne pense pas qu'elle viendrait. Ou si elle acceptait, elle viendrait accompagnée de son armée de parvenus tout entière, et j'aimerais éviter cela à la capitale. De plus, j'aimerais faire cette marche avec certains de mes nouveaux soldats.

Elle sort le parchemin sur lequel sont écrites plusieurs lignes. Il reste assez de place pour quelques-unes de plus. C'est un modeste rouleau, découpé pour être fixé à la patte d'un petit oiseau.

Pietyr regarde le pic, docilement cramponné à l'épaule de la prêtresse. Peut-il vraiment voler si rapidement ? Est-ce qu'une si petite bête peut réellement aller si loin au nord en hiver pour y trouver un camp rebelle ?

— La vallée d'Innisfuil, s'entend-il proposer. C'est un lieu neutre, assez éloigné de la capitale et des renforts de Bastian. Et ceux loyaux envers le Temple verront comme un bon signe un échange réussi à cet endroit.

Katharine réfléchit un instant, puis se penche pour écrire. Elle enroule le message et le tend à Elizabeth, puis ils observent avec émerveillement l'oiseau avancer sa patte pour le recevoir.

— Je n'avais pas imaginé que vous enverriez votre propre familier, Elizabeth, affirme Katharine. Je pensais que vous enverriez un faucon ou un autre oiseau étrange. Je vous en suis profondément reconnaissante.

— Nous sommes heureux de servir, répond la prêtresse. Heureux d'aider à éviter une guerre.

Katharine sourit à Pietyr. Il sent qu'il lui rend son sourire. Il ne faudra pas longtemps avant qu'ils se mettent en marche pour la vallée d'Innisfuil. La vallée d'Innisfuil et le domaine Breccia.

SUNPOOL

Dans la petite cour à l'arrière du château, Mirabella observe la guerrière Émilia Vatros et la naturaliste Jules Milone s'exercer à l'emploi du don de la guerre. Cela ne ressemble finalement pas vraiment à un entraînement : Émilia a préparé une corde de bois, et elles la débitent ensemble. Mais durant leur labeur, le mouvement de leurs haches change perceptiblement ; il est plus droit et plus rapide, jusqu'à ce que finalement les bûches semblent se fendre d'elles-mêmes.

La reine légion. C'est ainsi qu'ils appellent Jules désormais, cette rébellion sur laquelle Mirabella et Arsinoé sont si aisément tombées. Le peuple lui a attribué le titre de reine si vite, avec tant de légèreté. Comme si ce titre n'avait pas un poids en lui-même.

— Fais attention ! crie Émilia alors que la lame de Jules manque sa cible.

Elle l'arrache de la surface et lui donne une tape.

— Ce n'est pas parce que tu as à peine le sentiment de la déplacer que ce n'est pas dangereux. Ça reste une hache. Prends garde !

Jules acquiesce et reprend. Elle accepte bien les ordres. Elle ne semble plus être cette même fille que Mirabella a rencontrée à plusieurs reprises auparavant. La colère latente a disparu, et sa posture est telle qu'elle paraît bien plus grande qu'elle ne l'est réellement. Même le félin semble plus imposant et sûr de lui, allongé sur le bois qui attend son tour en fouettant mollement l'air de sa queue.

Jules a l'air différente. Ce n'est plus la même. Mais ce n'est toujours pas une reine.

— Faisons une pause, exige Jules, et Mirabella s'avance en applaudissant doucement.

Elle rejoint Jules près de son couguar pour boire une tasse d'eau.

— Tu t'en sors très bien.

Jules plisse les lèvres.

— Merci. Je me sens aussi peu assurée qu'un tout jeune poulain.

— Ton amie guerrière est intelligente de combiner ton entraînement avec une corvée nécessaire.

— Il y a toujours quelque chose à faire quand on mène une rébellion, renchérit Jules.

Elle lui tend le récipient.

— De l'eau ?

— Non merci.

— Arsinoé refuse de s'étendre sur la raison pour laquelle vous êtes revenus. Elle se contente de dire que vous allez gravir le mont Horn.

Mirabella opine de la tête.

— Je suis certaine qu'elle t'en dirait plus si elle-même le savait.

Jules contemple ses mains.

— Elle affirme que vous repartirez dès que vous en aurez terminé ici.

— Qu'elle te l'ait dit me rassure, admet Mirabella en relâchant son souffle. Une partie de moi-même craignait qu'elle fasse le vœu de rester pour toujours, qu'importe le danger, en te revoyant.

— Vous n'auriez pas dû la laisser revenir, tu sais. Vous auriez dû l'en empêcher.

— Je le sais bien. Tout comme tu sais que ça aurait été impossible, à moins d'utiliser des cordes et des chaînes.

Jules sourit malgré elle, et Mirabella ressent soudain une bouffée d'affection.

Pendant dix ans, toutes ces années entre le Cottage noir et l'Ascension, c'est Jules qui s'est occupée d'Arsinoé. Elle lui a sauvé la vie lors de la Chasse des reines. Elle les a tous secourus le jour du duel. Mais elle fuit toujours le regard de Mirabella.

— Arsinoé m'a dit que vous l'aviez enterré plutôt qu'incinéré.

— Oui. C'est ainsi là-bas. Il repose en haut d'une colline verdoyante surplombant la mer.

Des larmes s'accumulent au coin des yeux de Jules, et son couguar vient s'appuyer contre ses jambes.

— J'aimerais pouvoir voir sa tombe.

— Un jour peut-être.

— Eh bien.

Jules cligne des yeux.

— Un jour me paraît bien loin. Bref, je suis heureuse qu'Arsinoé et Billy aient été là. Et toi aussi. Je suis heureuse que quelqu'un qui l'aimait ait été présent.

— Tu l'aimais davantage. Je l'ai toujours su. Et lui aussi t'aimait.

Mirabella secoue la tête.

— Il ne m'a jamais réellement aimée.

Pendant un temps, Jules ne prononce pas un mot. Puis elle se tourne et la regarde droit dans les yeux.

— Tu dois vraiment avoir une piètre opinion de moi pour t'imaginer que cela me ferait plaisir.

— Je voulais simplement dire…

— Tu devrais rentrer, Mirabella. Même avec cette cape et ces vêtements, personne n'aura de mal à découvrir ta réelle identité, s'ils t'observent assez longtemps.

Jules reprend sa hache et se remet à découper du bois, même si Émilia n'est pas en vue. Mirabella reste un peu, mais Jules ne lui jette pas un seul coup d'œil. Enfin, elle lève les mains et s'en va, non en direction du château comme cela lui a été ordonné, mais plus loin dans la cour, là où elle se courbe vers l'arrière de la bâtisse.

Elle traverse l'herbe et grimpe sur les pierres qui se sont écroulées du mur, elle progresse jusqu'en haut de manière intrépide.

Quand elle atteint le sommet, le vent s'engouffre dans sa cape et l'enveloppe entièrement, comme une étreinte. Qu'est-ce qu'elle aimerait retirer sa capuche afin que la brise passe ses doigts froids dans sa chevelure. Mais elle sait très bien ce que Jules et Émilia en penseraient. De plus, elles ont raison, il vaut mieux que tout le monde ignore leur présence.

Pourtant, elle ne peut s'empêcher d'appeler un tout petit peu plus de vent afin qu'il vienne ceindre son corps. Quelques nuages de plus pour obscurcir le ciel. La proximité de son don, sa simplicité et sa puissance, voilà la seule joie que lui a apportée le retour sur l'île. Tout le reste, la rébellion, la reine légion, n'a fait que lui montrer à quel point elle était superflue. Facilement remplaçable.

Elle ne fait même pas partie de la quête d'Arsinoé qui vise à arrêter le brouillard.

Je suis la gardienne de ma sœur. Sa protectrice.

Mais est-ce que c'est assez ? Pour une fille qui était destinée à devenir reine… Le peuple parle de Jules comme d'une légende : une naturaliste dont le don est aussi puissant que celui d'une reine.

Aucune reine élémentaire n'a maîtrisé tous les éléments aussi complètement que moi. Pourtant, aucune fresque ne le racontera. Même mon nom ne traversera pas les âges.

Elle laisse le vent retomber et repense à Bree et Elizabeth. À ses amies et son foyer, qu'elle ne reverra peut-être jamais.

Puis, comme pour répondre à un souhait ou à une prière, un petit pic noir et blanc duveteux vient percuter son ventre, avec tant de force qu'elle ressent la pression de son bec.

— Pepper !

Elle saisit l'oiseau dans le creux de son bras et le regarde dans ses yeux brillants. Il halète et est effrayé.

— Pepper ? Est-ce que c'est bien toi ?

Évidemment. Elle n'a noué aucun lien avec un autre oiseau. Elle lui caresse le poitrail et observe les alentours, espérant apercevoir Elizabeth accroupie derrière un rocher. Mais il est seul. Elizabeth l'a renvoyé le jour où elle a prêté ses serments de prêtresse, pour l'empêcher d'être écrasé par cette horrible et brutale Rho.

— Est-ce que tu es seul dans le Nord depuis si longtemps ? demande-t-elle, et elle le remonte devant son visage. Mon pauvre Pepper. Tu as de la chance de m'avoir trouvée ici, de m'avoir vue.

En réponse, le pic soulève une aile et tend une minuscule patte. Une patte autour de laquelle un parchemin est enroulé.

Marchander pour des provisions en pleine rébellion n'est pas la tâche la plus aisée à accomplir sur l'île, mais Billy y arrive tout de même. Malgré des fonds limités et le fait que tous les habitants constituent des réserves pour la cause, il parvient à leur trouver des vêtements chauds, de l'équipement d'alpinisme, et ce qu'il espère être un stock conséquent de viande séchée pour le voyage qui les attend au-delà des neiges.

— Voilà, lance-t-il joyeusement à Arsinoé. Nous sommes prêts à partir. Tu n'es pas contente que je t'aie accompagnée ?

— J'imagine, oui.

Il hausse les épaules.

— La négociation, l'achat. Ce sont les seules compétences de valeur que m'ait transmises mon père. Même si tu pourrais dire que ma réussite dans ce domaine tient majoritairement au charisme, et que cela ne s'apprend pas.

— Combien de temps est-ce que tu penses qu'il te faudra pour trouver ton père ?

— Je n'en sais rien. Une fois qu'on en aura terminé avec la montagne, je pensais me rendre en bateau à la capitale. Je n'y entrerai pas, la rassure-t-il en voyant son expression. J'enverrai une lettre ou un messager.

Il soupire.

— Je te parie même qu'il n'y est pas.

— Où peut-il bien être, alors ?

— Il est peut-être en train de faire le tour du monde en bateau. Ou de profiter de grandes vacances en Salkade. À boire du vin en me donnant une leçon sur la vie en son absence et le prix de l'obéissance.

— Il infligerait cette épreuve à ta mère et Jane ?

Billy hausse à nouveau les épaules, et Arsinoé aperçoit Émilia passer dans la rue.

— Tiens, voilà Émilia.

— Elle ne semble même pas nous avoir vus.

— Oh, elle nous a très bien vus, le corrige Arsinoé.

Et sans se faire attendre, la guerrière se retrouve derrière eux dans l'allée une minute plus tard.

— Vous devriez retourner au château tous les deux.

— Nous y retournions justement, nous avons terminé.

Émilia tend les lèvres en un sourire qui ne se communique pas à ses yeux.

— Permettez-moi alors de vous escorter.

Elle les contourne et les guide au travers des rues secondaires, elle prend des raccourcis par des allées dérobées, sautant au-dessus de vieilles caisses. C'est un chemin si peu emprunté que Billy doit esquiver un seau rempli de déchets jetés par une fenêtre en hauteur.

— Ce n'est pas passé loin, souffle-t-il en s'essuyant une épaule. Cette pauvre ville semble bien débordée. Des étrangers s'installent dans des maisons ou des bâtiments abandonnés. Comment est-ce que les oracles et les résidents ont pris la présence de votre armée ?

— Comme tu l'as dit, beaucoup d'entre eux sont oracles, réplique Émilia. Ils savaient que nous arrivions. Et ils aimeraient aussi venger la mort de Théodora Lermont. Ce sont des alliés, ou nous ne serions pas venus ici.

— Est-ce que tu t'es déjà rendue ici avant ? demande Arsinoé. Tu sembles connaître les lieux.

— Je suis déjà venue en compagnie de Mathilde, quand nous étions plus jeunes. Même si je me sentirais aussi à l'aise si je m'étais contentée d'explorer la ville la première nuit. C'est l'un des aspects de notre don, nous trouvons rapidement nos marques dans un nouvel endroit.

Arsinoé repense à leur voyage à Indrid-Down, à la façon dont Jules mémorisait la carte avec tant de facilité.

— Une guerrière et une empoisonneuse dans des peaux de naturalistes, murmure-t-elle. Nous ne sommes jamais qui nous pensons être.

— Dépêche-toi.

Émilia lui donne un coup de coude dans les côtes.

— Arrête de marmonner.

— Pourquoi est-ce que tu ne m'aimes pas ? interroge Arsinoé avec irritation en se frottant le flanc.

— Ne pas t'aimer ? rit Émilia. Pourquoi est-ce que je ne t'aimerais pas ? Tu inspires tant de loyauté. Il y a toujours quelqu'un pour faire attention à toi. Pour te protéger. Pour donner sa vie pour toi.

— Tu penses que Jules va souffrir par ma faute.

Elles s'arrêtent et se mettent l'une en face de l'autre.

— Je pense que ta présence va mettre ses chances à mal, admet Émilia. Je pense que tu vas restaurer la lignée des reines. Je pense que tu vas la rabaisser, l'obliger à se retirer à Wolf-Spring ou dans la clandestinité à jamais. Peut-être sur le continent, comme toi. Mais je vais te dire une chose, *reine* Arsinoé : Juillenne Milone n'est plus ta servante. Elle n'est plus ton assistante ni seulement ton amie. Elle est notre reine, la reine dont l'île a besoin, et je serai à ses côtés quand elle remplira cette promesse.

— C'est plus qu'une chose, ça, rétorque Arsinoé en lui tapant la poitrine. Et qui a fait cette promesse ? Elle ? Ou est-ce que toi et ton amie blonde Mathilde la poussez sur une voie qu'elle n'est pas prête à emprunter ? Ce n'est pas à moi de m'exprimer pour Jules, et je n'ai en aucun cas le droit de décider son avenir.

— Non, en effet.

— Mais toi non plus. Et si ta cause finit par faire du mal à Jules, ou pire…

— Eh bien quoi ?

Émilia dégaine une lame courte, et Arsinoé sent le froid du métal lui mordre le cou.

— Qu'est-ce que tu feras ?

— Je t'empoisonnerai, j'imagine.

Les yeux d'Émilia se plissent, et Billy s'interpose rapidement.

— Mesdames, mesdames, ne nous appesantissons pas sur une conversation aussi futile. Nous devrions retourner au château comme tu l'as dit.

Elles se séparent en se repoussant l'une l'autre. Le reste du chemin vers le château est parcouru en silence.

Quand ils en atteignent les grilles, l'oracle Mathilde les attend.

— Bonne Déesse, où étiez-vous ? Nous avons reçu un message.

— Quel genre de message ? s'enquiert Émilia en se dépêchant d'entrer et de monter les escaliers quatre à quatre jusqu'aux appartements de Jules.

Arsinoé la suit et retrouve Jules affairée à faire les cent pas, Mirabella est assise à une table derrière elle, en train de nourrir ce qui ressemble à un pic.

— Que se passe-t-il ? demande Arsinoé. À qui appartient ce pic ?

— Cet oiseau portait un message, explique Mathilde. La reine Katharine va marcher avec des soldats et la mère de Jules vers Innisfuil.

Arsinoé fixe Jules, qui lui renvoie un regard rond.

— Elle veut l'échanger contre moi.

Un silence se pose sur la pièce alors qu'elles se dévisagent, jusqu'à ce qu'Émilia frappe le sol du pied.

— Tu ne peux pas faire ça ! s'exclame-t-elle.

— J'y suis bien obligée, répond paisiblement Jules.

— Non ! Tu es la reine légion. Tu es plus importante qu'une vie.

— Pas plus que la vie de ma mère ! grogne Jules. Ni même celle de n'importe qui d'autre.

— Attends, Jules.

Arsinoé lève les mains avant qu'Émilia n'ajoute quoi que ce soit.

— Même si tu acceptais, est-ce que tu penses vraiment que Katharine honorerait sa parole ? Elle pourrait s'emparer de vous deux. Ou te prendre pour prisonnière et tuer Madrigal.

— Qu'est-ce qu'il nous reste à faire, alors ? hésite Jules.

— Nous sommes ici pour nous battre, affirme Émilia. Nous marcherons également et la rencontrerons sur le champ de bataille.

— Nous ne sommes pas assez, proteste Mathilde avec douceur. Si nous marchons maintenant, ils auront l'avantage à quatre contre un. Peut-être même plus.

— Et que ferez-vous alors si Katharine décide d'attaquer Sunpool ? demande Billy avec curiosité.

— S'ils attaquent maintenant, nous devrons hiverner dans les montagnes. Nous cacher. Les laisser nous pourchasser dans la neige s'ils le veulent. Que l'île tout entière s'agite encore davantage alors que le brouillard se lève et que la reine revenante ne parvient pas à les protéger.

— Pourquoi quitter la place forte que représente Sunpool pour aller dans les montagnes ? interroge Émilia sans comprendre.

— Parce que les murs nécessitent encore des réparations. La ville n'est pas fortifiée. Parce que nous ne sommes pas prêts.

— Nous devons agir maintenant ! crie Jules, et Camden feule. Elle a ma mère !

— Katharine ne la tuera pas. Ce n'est qu'une stratégie, objecte Émilia d'une voix égale.

Jules plisse les yeux.

— Cette stratégie porte ses fruits.

— Je ne pense pas que ce soit une stratégie du tout, affirme Arsinoé en regardant Mirabella. Notre petite sœur ne bluffe jamais.

Jules s'arrête et enfonce les doigts dans la fourrure de son couguar.

— Une embuscade, lâche-t-elle après un temps. Si combattre est sans espoir et que nous ne pouvons pas nous fier à son offre, il ne nous reste plus que l'embuscade pour sauver ma mère.

Elle scrute Émilia.

— Combien de guerriers sont venus de Bastian ?

— Quelques douzaines seulement. Les autres sont retranchés, ils attendent des nouvelles.

— C'est plus que suffisant.

— Plus que suffisant contre les forces de la reine ? s'inquiète Mathilde. Elle va certainement venir accompagnée de mille soldats.

— Nous n'allons pas les combattre. Nous allons les distraire et les frapper.

Émilia secoue la tête.

— Quel genre de diversion pourrait être assez importante ? Cela ne fonctionnera pas.

— Si – Jules pointe Mirabella puis Arsinoé du doigt –, si nous nous servons d'elles !

Les yeux de Mirabella s'écarquillent, et le pic va se poser sur son épaule alors que Jules s'approche d'elle d'un pas rapide.

— Elle peut contrôler le temps et les éclairs. Elle peut effrayer les chevaux, les faire chuter. Elle peut les brûler, et dans le chaos, les guerriers pourront frapper. Nous aurons récupéré ma mère avant même qu'ils sachent dans quelle direction nous poursuivre.

— Non, s'insurge Émilia. Le peuple en entendra parler. Il saura que les reines traîtresses sont revenues.

— Et alors ? Qu'il voie que les reines me soutiennent. Qu'il sache qu'elles me soutiennent *moi*. Il nous verra faire front commun contre Katharine, et plus de gens se joindront à nous.

Émilia acquiesce malgré elle :

— Chaque jour qui passe, tu réfléchis de plus en plus comme une guerrière.

Jules détourne les yeux de Mirabella, qui s'est levée, pour observer Arsinoé, et cette dernière regarde autant Jules que sa sœur.

Ce n'est pas pour cela qu'elles sont revenues. Mais comment refuser ça à Jules alors qu'elle a tant besoin d'elles ?

— S'il vous plaît ? Arsinoé ? Mirabella ? Retardez votre voyage dans les montagnes jusqu'à notre retour. Jusqu'à ce que ma mère soit en sécurité.

Elle saisit les épaules d'Arsinoé et les serre.

— Très bien, Jules, abandonne Arsinoé. Nous t'accompagnerons.

Cette nuit-là, la chambre qu'Arsinoé partage avec Mirabella et Billy est silencieuse tandis qu'ils se préparent tous les trois à se coucher.

— Mirabella, est-ce que tu as mangé quelque chose ? demande Arsinoé pour briser le silence.

— Du fromage et du pain.

— Est-ce que tu veux quelque chose d'autre ? Je peux peut-être trouver du ragoût…

— Non.

Arsinoé fixe sa sœur tandis que Mirabella replie les couvertures de son lit de camp de fortune. Ses épaules sont droites et raides, ses mouvements brusques.

— Mira, est-ce que tu es en colère contre moi ?

— Pourquoi est-ce que je serais en colère ? crache Mirabella en se tournant enfin. Tu n'as finalement que promis notre implication dans une guerre.

— Tu ne veux pas te battre ? Tu ne veux pas aider ?

— Bien sûr que je vais aider. Tu m'as portée volontaire.

Puis elle s'en retourne à ses couvertures, giflant l'oreiller du revers de la main pour l'aplanir.

— Excuse-moi, balbutie Arsinoé. Je pensais que c'était ce que tu voulais. Je pensais que c'était la bonne chose à faire.

— Je pensais que la bonne chose à faire était d'aller dans les montagnes, intervient Billy en retirant sa veste. Je croyais que nous n'allions pas nous impliquer.

— Toi aussi tu es en colère contre moi ?

— Tu as parlé en notre nom à tous, Arsinoé, déclare Mirabella. Tu as décidé sans en discuter avec nous avant.

— Billy, tu n'as pas besoin de venir, commence Arsinoé, réalisant immédiatement son erreur.

Jamais elle ne l'a vu la regarder ainsi. Comme si elle lui avait fait du mal et ne le comprenait plus du tout.

— Je peux dire à Jules que vous avez changé d'avis, murmure-t-elle.

— Nous viendrons.

Billy s'assoit sur ses couvertures pour retirer ses chaussures et les pose bruyamment contre le mur.

— Nous ne t'adresserons simplement plus la parole jusqu'à ce que ce soit terminé.

— Très bien.

Arsinoé hausse les épaules.

— Je vais donc vous laisser seuls. Je vais dormir avec Jules.

— Parfait, lance Mirabella en se glissant dans son lit. Allez discuter de vos plans de bataille.

INDRID-DOWN

Rho a rassemblé les soldats dans la cour intérieure du Volroy afin que Katharine les passe en revue avant qu'ils partent. Tout le monde semble concentré, bien droit et propre sur soi. Les lances et les boucliers au repos sont parfaitement alignés. Les seules irrégularités viennent des chevaux s'agitant au sein de la cavalerie : un mouvement de queue par-ci, un sabot qui claque par-là. Ils constituent, selon toute apparence, une vraie armée.

— Kat ? Est-ce que tu es prête ?

Elle se tourne et voit Pietyr, si beau dans son uniforme de commandant de la garde de la reine qu'elle aimerait retarder son inspection de quelques minutes afin de le lui arracher.

— Presque. J'ai envoyé l'une de mes servantes à mes appartements.

— Geneviève fait toujours la tête parce qu'on la laisse ici, murmure Pietyr. Attends-toi à en entendre parler avant notre départ.

Il se penche vers sa nuque pour y déposer un baiser.

— Qu'est-ce que ta servante va chercher ?

— Un souvenir.

Elle sourit quand la domestique apparaît, transportant une petite boîte noire laquée qui se trouve généralement près de la cage de Sweetheart. Quand la femme les rejoint, Katharine l'ouvre et en sort ce qu'elle contient : le masque d'Arsinoé.

— Je le lui ai retiré après lui avoir tiré dessus durant la Chasse des reines.

Elle passe les doigts sur la joue, la matière est si froide et si lisse, et les griffures rouges peintes semblent si féroces.

— Tu crois qu'il m'ira ?

— Je pense que si tu le portes, tu pousseras la naturaliste à se conduire bêtement.

— Tu as peut-être raison.

Elle le glisse dans la manche de son manteau.

— Mais je vais quand même l'apporter. Pour me porter chance.

Geneviève apporte l'étalon noir de Katharine et le maintient en place tandis qu'elle monte en selle. Il est équipé d'une belle armure en argent, ses rênes sont ornées de fanions d'empoisonneur. Rho s'approche à dos de cheval, et Katharine tient bien la bride tandis que sa monture danse sur place.

— Combien sont-ils ?

— Cinq cents, répond Rho. Cent cavaliers. Mille autres sont postés à Prynn et prêts à marcher si quelque chose va de travers. Mais je ne pense pas que cela sera nécessaire.

— Très bien. Où est Madrigal Milone ?

— Ils la mettent actuellement en selle. Je vais voir.

Rho s'éloigne, et Geneviève relève la tête après avoir vérifié les étriers et la sangle de Katharine.

— Si ma sœur était avec nous, je chevaucherais à ses côtés. Mais comme ce n'est pas le cas, je devrais être à tes côtés. C'est ce qu'elle désirerait.

— Elle désirerait que vous fassiez ce que vous savez faire de mieux. Restez ici. Soyez mes yeux et mes oreilles. Pietyr et Antonin s'assureront des intérêts des Arron sur le champ de bataille.

— Pietyr et Antonin, marmonne Geneviève. Il devrait il y avoir une femme Arron à la tête de tes armées. Mais au lieu de cela, tu préfères une prêtresse.

— Si Natalia avait été là, elle aurait choisi Margaret Beaulin. Elle n'était pas idiote, elle savait comment employer le don de la guerre.

Geneviève lève le menton vers les autres membres du Conseil en selle : Pietyr et Antonin, attendant sur de grands destriers noirs, et Bree Westwood, juchée sur une jument marron clair.

— Pourquoi la choisir elle, alors ?

— La prêtresse qui transmet mes messages sera plus à l'aise si elle est présente.

Elle cherche Elizabeth dans les rangs avec sa robe blanc et noir, en vain. Elle les rejoindra peut-être en chemin.

— Mais… Bree Westwood !

Katharine grogne.

— Peut-être ai-je choisi Bree Westwood dans l'espoir qu'elle mourra.

Elle enfonce un talon dans le flanc de son cheval pour le faire avancer. Même si elle n'empoisonne plus Katharine jusqu'à la faire hurler, Geneviève est encore capable d'entacher une journée tout à fait agréable.

Katharine fait lentement exécuter à son cheval un cercle, tout en regardant son souffle former de petits nuages alors qu'ils passent les soldats en revue. La vallée d'Innisfuil sera gelée et recouverte de neige. Un beau champ tout blanc dans lequel son armée pourra marcher avec lourdeur. Dans ses veines, les reines mortes appellent à ce que le sang coule ; elles le lui montrent au travers d'une succession d'images vulgaires de neige tachée de rouge, de boue froide mélangée à de la chair.

— Du calme, du calme, murmure-t-elle.

Elle forme un poing tout en se demandant ce qu'elle trouverait à l'intérieur de ses gants. Des doigts pâles et vivants ou des phalanges noires et pourrissantes ?

Elle remarque le regard de Pietyr, et il lui sourit alors que Rho revient, traînant tout autant qu'escortant leur prisonnière.

— Liez-lui les mains et mettez-la sur un cheval. Un gentil palefroi, qui ne sera pas aisément surpris.

— Et l'oiseau ?

Rho tend un sac en toile de jute. Il palpite comme un cœur tandis que le corbeau bat nerveusement des ailes.

— Je pourrais le mettre dans une cage, le laisser ici. Elle ne mourra pas sans.

— Comment voulez-vous m'échanger sans mon familier ? souligne Madrigal en se libérant de la poigne de Rho.

Les cellules l'ont salie, mais malgré sa grimace pitoyable et amère, sa beauté est tout de même perceptible. Katharine a toujours considéré les naturalistes comme des gens dépenaillés, destinés à travailler de leurs mains et à ne se laver qu'une semaine sur deux. Mais cette femme ne correspond pas à cette description. Celle-ci a été choyée.

— Ou peut-être ne comptez-vous pas réellement réaliser cet échange ?

Katharine prend une profonde inspiration.

— Que votre corbeau ne fasse pas de vagues. Si je lui permets d'aller et venir et qu'il essaie de s'envoler, je lui planterai un carreau dans le poitrail moi-même. C'est bien compris ?

Madrigal acquiesce. Rho plonge la main dans le sac et en ressort le corbeau battant des ailes. Une fois libéré, il plonge directement dans les bras de Madrigal et n'en bouge plus.

— Liez-les l'une à l'autre, ordonne Katharine. Laissez-lui juste assez de mou pour qu'il puisse sauter de ses mains à son épaule.

— Vous n'aurez jamais ma Jules, affirme Madrigal après qu'elle a été placée sur son cheval. Si c'est vraiment ce que vous cherchiez, vous auriez dû enlever quelqu'un d'autre. Ma fille ne m'aime pas. Elle ne va même pas se présenter.

SUNPOOL

— Est-ce que tu as choisi les guerriers qui vont t'accompagner ?

— Oui. Enfin, Émilia les a choisis.

Arsinoé et Jules sont assises devant le foyer, à regarder le feu crépiter et se consumer.

— C'était impressionnant…

Arsinoé arrache un morceau de pain et le trempe dans son reste de ragoût.

Quand elle s'est rendue à la porte de Jules après avoir été remerciée (ou plutôt qu'elle s'est remerciée elle-même) de la chambre qu'elle partageait avec Billy et Mirabella, Jules a immédiatement fait appeler davantage de nourriture.

— … d'observer Émilia ces derniers jours. Il est difficile de ne pas l'écouter.

— Elle sait comment se faire obéir.

Les commissures de la bouche de Jules se tendent vers le haut.

— Tu ne l'apprécies pas.

— Je n'ai pas confiance en elle, la corrige Arsinoé. Mais elle s'inquiète de ton sort.

Jules se penche en avant pour récupérer dans une louche ce qui reste du ragoût afin de le déposer dans l'assiette d'Arsinoé.

— Je suis désolée, il y en a pas beaucoup et il n'est pas empoisonné.

— Huh. Je ne suis pas encore assez empoisonneuse pour que cela me manque. Mais tu as raison pour la quantité.

La miche de pain était petite, et elle n'a pu avoir qu'une assiette et demie de ragoût, mais il était bon. Riche, plein de légumes racines et de viande.

— Merci de m'accompagner, souffle Jules.

— Ne me remercie pas, réplique Arsinoé. Remercie plutôt Mirabella et Billy. Moi, tu n'avais même pas besoin de poser la question.

— Je ne pensais pas te revoir un jour, avoue Jules, et Arsinoé sent la queue de Camden s'enrouler avec affection autour de sa cheville.

— J'ai toujours su que je te reverrais, moi.

Arsinoé avale une gorgée de vin coupé à l'eau.

— Je ne sais pas comment, mais je le savais.

Jules sourit et lève aussi son verre. Elles trinquent et boivent un peu, tout en observant le feu.

— Alors, qu'est-ce que tu penses trouver dans les montagnes ?

— J'en ai pas la moindre idée. Je vais simplement essayer d'y apprendre ce que je peux.

Elle jette un regard en coin à Jules.

— Tu n'as pas peur, pour demain ? Ou tu n'es pas inquiète, pour tout ça ?

— La seule chose qui m'inquiète, la seule que je regrette, est que je ne puisse pas m'en occuper seule, admet Jules. Que d'autres doivent risquer leur vie avec moi.

Arsinoé soupire.

— Il n'y a pas que tes cheveux qui ont changé, plaisante-t-elle ; Jules rit et lui donne une tape.

— Cette quête dans laquelle tu t'embarques, reprend Jules, elle n'est pas dangereuse, si ?

— Oh, ne commence pas. Tu es la reine légion, maintenant. Ce n'est pas ton travail de faire attention à moi, non pas que ça l'ait jamais été. Mais j'ai toujours apprécié que tu le fasses.

Elle pose son assiette par terre afin que Camden la lèche et elle se hisse péniblement hors de son siège.

— Où est-ce que tu vas ? demande Jules.

— Une grosse journée nous attend demain. Tu ne crois pas qu'on devrait aller se coucher ?

— Oui, j'imagine. Même si j'aimerais un jour que tu m'en dises plus. Sur la vie sur le continent.

Arsinoé sourit.

— Un jour.

Cette nuit-là, Arsinoé rêve de la reine bleue pour la première fois depuis qu'elle a décidé de revenir sur l'île. Mais ça n'a rien à voir avec les autres rêves.

Elle rêve du brouillard. Et des corps qu'il dissimule. Déchirés. Étouffés. Putréfiés. Ce rêve est comme une couverture blanche se refermant sur ses amis, englobant Jules et Camden, Billy et Mirabella, il recouvre l'île et découpe tout ce qu'il touche.

Il se termine par la vision de la reine ombre accroupie sur la poitrine d'Arsinoé, ses longs doigts froids posés contre sa tête. Elle ne parle pas. Elle n'en est toujours pas capable. Mais Arsinoé sait ce qu'elle veut dire.

VALLÉE D'INNISFUIL

L'armée de la reine établit son camp dans la partie orientale de la vallée, étalant des tentes, des chevaux et des soldats comme autant de fourmis noires dans un champ recouvert de neige, s'étendant même jusqu'aux falaises de la plage gelée. Antonin et Rho envoient des éclaireurs au sommet des falaises. Rien dans la vallée ne leur échappera, et aucune force rebelle sournoise ne pourra les surprendre en se faufilant par l'arrière.

— Il n'y a jamais eu une telle guerre, lance Pietyr en regardant les soldats, dont certains semblent à peine être plus âgés que des adolescents. Une rebelle contre une reine. Cela fait longtemps que nous n'avons pas vu de guerre tout court. Qui sait à quoi s'attendre ?

— Cela n'a rien d'une guerre, Pietyr, proteste Katharine. C'est un échange. Il n'y aura pas de combats.

— Tu sembles bien certaine de toi.

Il lui caresse la joue des doigts.

— Est-ce qu'être ici te convient, Kat ? Te retrouver si près du domaine Breccia ?

Sa bouche se tord.

— Je me suis posé cette même question. Cet endroit sombre et profond…

Ses yeux se fixent sur les bois au sud.

— Je sens cet abysse s'ouvrir et se refermer comme une bouche. Elles le ressentent elles aussi.

Il glisse ses mains dans les siennes et sent sa fraîcheur, malgré ses gants.

— Une partie d'elles se trouve toujours au fond de ce gouffre, Pietyr, et ce sera toujours le cas.

— Tu veux y aller ?

— Certainement pas. Je n'y retournerai jamais. Je ne pourrai jamais savoir… si je serais capable de me tenir debout ou si je plongerais directement à l'intérieur.

Elle soupire, et son corps se blottit contre le sien, sa terrible petite Kat dont il n'a jamais assez.

— Viens, chuchote-t-elle, son souffle chaud dans son oreille. Ferme le rabat de la tente et viens t'allonger avec moi pendant quelque temps. Personne ne remarquera notre absence. Personne n'osera nous interrompre quand ils entendront mes bruits.

— C'est impossible, ma douce.

Il s'écarte de son étreinte, même s'il préférerait de loin y succomber. Il doit faire attention, il est si proche de mettre ses plans à exécution. Quand Katharine est enroulée autour de lui, il en oublie de réfléchir, et la dernière fois qu'ils se sont retrouvés ensemble, il s'est si désespérément perdu en elle qu'il était certain d'avoir dévoilé ses craintes.

— Rho va hurler si je n'aide pas les soldats.

Il attrape sa main gantée et la retourne pour embrasser la peau nue de son poignet, sentant son pouls de ses lèvres. Elle affirme être à l'aise si près de Breccia, mais c'est un mensonge. Elles l'ont changée ; il devine leur influence qui lui a aiguisé l'esprit, comme durant l'Ascension lorsqu'elles voulaient se saisir de la couronne. Plus ils s'approchaient d'Innisfuil, plus elle aboyait sur les soldats, plus elle ingérait de poison durant les repas, plus elle chassait à cheval à l'arbalète. Il l'a vue abattre un faucon en plein vol, d'une visée guerrière parfaite. Il l'a vue dépecer un lapin comme si c'était un gant, et lécher le sang qui coulait sur ses doigts.

Il recule pour quitter la tente, laissant Katharine se reposer ou bouder, il pivote et heurte de plein fouet la grande prêtresse.

— Luca ! Pardonnez-moi.

— Ce n'est rien. Je suis plein de choses et surtout robuste. La reine est-elle à l'intérieur ?

— Oui, confirme-t-il en s'écartant pour qu'elle puisse entrer.

Mais Luca semble avoir changé d'avis.

— Voulez-vous bien marcher un peu avec moi, Pietyr ?

Alors qu'elle leur fait traverser le camp, elle s'arrête après quelques pas pour bénir la tête de telle ou telle personne, des soldats lui touchent la robe en passant ou mettent simplement un genou en terre.

— Que se passe-t-il, maître Arron ? Vous avez déjà vu ces bénédictions.

— Bien sûr. Elles… me rappellent juste qui vous êtes. J'imagine qu'à cause de notre proximité au Conseil noir vous m'êtes moins devenue la grande prêtresse que simplement Luca.

— J'ai perdu de mon aura, rit Luca. À la capitale, aucun de ces soldats ne ferait plus que s'écarter de mon chemin, mais tous retrouvent la foi à l'approche du combat.

— La reine Katharine est toujours persuadée qu'il n'y aura pas de combat.

— Et j'espère qu'elle a raison.

— Mais vous ne le croyez pas.

Luca se mord la lèvre inférieure et penche la tête d'un air songeur.

— Je pense que cette rébellion a pris bien trop d'ampleur pour se terminer sans effusion de sang.

Elle joint ses mains.

— Avez-vous trouvé la solution au problème dont nous avons parlé ? La question de possession spirituelle ?

— Cela n'avait rien d'un problème. C'était de la curiosité.

— Ah.

Ils passent devant la tente des prêtresses et croisent Bree et Elizabeth. Bree les salue de la tête en les voyant, mais quand ses yeux se posent sur Luca, ses lèvres se pincent pour ne former plus qu'une mince ligne.

— Est-ce que c'est…, commence Pietyr en pointant du doigt un petit pic noir et blanc voletant autour de la robe d'Elizabeth.

— Oui !

Elizabeth le saisit de ses mains et le tend joyeusement à Pietyr.

— Il nous a retrouvés ce matin, il m'a foncé dans la poitrine avec tant de force qu'il a bien failli me percer le cœur !

— Il semble bien… fier de lui-même.

L'oiseau, au niveau des genoux d'Elizabeth, monte et descend le long de ses jambes avec enthousiasme et émet de petits piaillements.

— Il est comme ça depuis qu'il est revenu, explique Bree. Nous lui avons donné à boire et à manger, mais il refuse de se calmer. Peut-être qu'il est effectivement fier.

— Non. Il essaie de me dire quelque chose.

Elizabeth se penche pour lui caresser le dos, et il lui donne un féroce coup de bec entre les doigts.

— Aïe ! Et que je ne comprenne pas ce qu'il veut me dire l'irrite beaucoup.

Pietyr regarde Luca, qui ne siffle mot en observant l'oiseau.

— Eh bien, je suis certain que vous finirez par comprendre.

SUNPOOL

Juste après l'aube, Jules et Arsinoé se rendent près des portes de la ville, la place étendue à leurs pieds. Les abords sont occupés par ce qui semble être la totalité de la rébellion, tous se sont levés tôt pour dire au revoir à leur meneuse.

— J'ai l'impression que je devrais me sentir plus fatiguée que ça, déclare Jules. On a à peine fermé l'œil hier.

— C'est la même chose pour moi, renchérit Arsinoé tandis que Camden bâille.

Bientôt, Émilia et Mathilde arriveront avec le petit groupe de guerriers ainsi que Mirabella et Billy, qui sont allés en leur compagnie aux écuries.

Jules laisse échapper un soupir frémissant et regarde Arsinoé de bas en haut. Arsinoé tire sur sa cape ainsi que son manteau au-dessous.

— Tu ressembles à une vraie continentale dans les vêtements de Billy.

— Ha. Tu te rends compte, ils sont presque à ma taille !

Arsinoé lève les bras, avant de froncer les sourcils.

— Écoute, Jules, je ne peux pas aller avec toi retrouver Madrigal.

— Comment ? Arsinoé…

— Je dois continuer mon chemin. Je dois aller dans les montagnes. Je ne peux pas l'expliquer, je dois simplement m'y rendre.

— Ça ne peut pas attendre quelques jours de plus ? Nous nous dépêcherons d'atteindre la vallée…

— Non, je suis désolée. S'il y avait plus de temps… Si je t'avais davantage parlé de ce que j'ai vu… de ce dont j'ai rêvé, peut-être que tu comprendrais.

Elle passe une main sur l'épaule de son amie.

— Mais tout ira bien, Jules. Tu n'as pas vraiment besoin de moi, de toute façon, Mira suffira amplement !

Jules fronce les sourcils.

— Ce serait simplement mieux que tu sois à mes côtés.

— Je sais. J'aimerais…, commence Arsinoé, sans terminer sa phrase.

— Tu es certaine ? Je n'ai pas le temps d'attendre que tu changes d'avis.

Des bruits de sabots claquent, et des guerriers entrent sur la place en trottinant, Émilia à leur tête, montée sur un cheval rouge comme le sang. Une dizaine de guerriers se trouvent derrière elle, et Mathilde et Billy sont l'un à côté de l'autre. Mirabella ferme la marche sur une monture grise tachetée, elle semble étrangement mal à l'aise en selle.

— Quinze, lance Arsinoé. Tu peux parier que Katharine sera accompagnée par quinze mille soldats.

— Nous n'avons pas besoin de ce nombre. C'est une embuscade, pas une bataille, tu te rappelles ?

Jules et Arsinoé s'avancent pour s'approcher du sublime hongre noir avec quatre jambes blanches et un croissant blanc sur le front que Jules montera.

— Ce n'est pas le cheval de Katharine ?

Jules saisit les rênes et fait un large sourire en sautant sur son dos.

— Celui que je lui ai volé le jour de la Chasse.

Elle lui flatte l'encolure.

— Et il est toujours aussi énergique que lorsqu'il t'a transportée à demi morte à travers les montagnes.

— C'est tout indiqué.

Arsinoé lui caresse le chanfrein.

— Tu devrais lui donner un nom.

— Ou je vais simplement le demander à Katharine.

Émilia s'approche d'elles.

— Un autre éclaireur vient de revenir. Katharine est arrivée à la vallée et a établi son camp. Elle a nommé la prêtresse guerrière Rho Murtra à la tête de son armée.

— La belle affaire, ajoute Mathilde avec sarcasme, remercier la guerrière du Conseil en la remplaçant par une prêtresse guerrière qui, selon les règles du Temple, ne peut pas reconnaître son don. Nous ne sommes pas les seuls à nous débarrasser des traditions.

Les chevaux remuent et Arsinoé est repoussée, écartée de Jules qui va saluer ses guerriers. Aux abords de la place, le reste de l'armée patiente en silence. Une armée unie, constituée de nombreux dons. Des soldats avec des faucons sur les épaules, d'autres avec des flammèches au niveau des doigts. Et beaucoup ont les yeux fixes des voyants et leurs tresses blanc vif.

— Elle devrait en emmener davantage, déclare Arsinoé tandis que Mirabella et Billy manœuvrent leurs chevaux pour s'arrêter près d'elle.

— Non, la voyante a raison, affirme Mirabella. Ils ne sont pas prêts et pas assez nombreux. S'ils devaient affronter la garde de la reine maintenant, la plupart d'entre eux mourraient.

Elle fait décrire des petits cercles à son cheval énervé. Avec ses cheveux recouverts d'une écharpe et sa capuche, ainsi que ses vêtements de continentale, elle pourrait vraiment être n'importe qui.

— Tu sais qu'ils parlent déjà de toi, maintenant que tu t'affiches aux côtés de la reine légion, remarque Billy. Ils se demandent qui tu es. Pourquoi ne pas abaisser ta capuche et leur montrer ?

Mirabella secoue la tête.

— Émilia est encore incertaine. Elle veut que je reste cachée à moins que je ne sois obligée de me montrer.

Elle lance un regard appuyé à Arsinoé.

— Et je suis d'accord avec elle.

— Arsinoé, est-ce que tu veux de l'aide pour monter en selle ? demande Billy.

— Je ne viens pas avec vous, grimace Arsinoé.

— Pardon ?

— Je suis désolée. Je suis désolée de vous avoir mêlés à tout ça, de me porter volontaire et ensuite de ne pas y aller, mais je dois me rendre dans la montagne. Elle m'est encore apparue hier soir, l'ombre. Elle m'a fait rêver du brouillard et m'a montré ce qu'il pouvait faire.

Mirabella et Billy échangent un regard, et Billy hausse les épaules en descendant de son cheval.

— Dans ce cas, je n'y vais pas non plus. Je t'accompagne.

Mirabella se pince les lèvres, et Arsinoé retient son souffle. Le plan de Jules tombera à l'eau sans elle.

— Je vais tout de même y aller, décide enfin Mirabella.

— Tu es sûre ? s'enquiert Arsinoé en soufflant.

— Oui. Allez vous occuper du brouillard. Je vais m'occuper de notre petite sœur.

Elle pose un regard doux sur Arsinoé.

— Et je ferai attention à Jules. Je le promets.

— Fais attention à toi aussi, lâche Arsinoé. Si notre sœur te voit…

— Je n'ai pas été empoisonnée, dans le cas présent. Si elle me voit, ce sera *bien* différent, cette fois-ci.

Émilia fait virer son cheval et lui fait encercler le groupe au petit galop ; les cavaliers enfoncent leurs talons dans les flancs de leurs montures et s'avancent vers les portes.

— Il est l'heure, annonce Mirabella en lançant un bruit de bouche gauche à l'intention de son cheval.

— J'ignorais que tu ne savais pas monter.

— Mais si, je le peux, contredit-elle par-dessus son épaule alors qu'elle est ballotée par sa monture. J'ai simplement passé plus de temps dans des carrosses !

Arsinoé grogne quand Camden pose ses pattes sur sa poitrine. Jules a opéré un demi-tour et revient vers Billy et elle avec une expression de regret.

— Ils vont te laisser derrière, la prévient Billy.

— Je suis la cheffe. Ils ne peuvent pas aller très loin sans moi.

Elle a peur, mais elle est aussi exaltée. Elle se donnera du mal pour les rattraper. Elle prendra le champ d'assaut. Elle est devenue une guerrière.

— Est-ce que vous êtes sûrs que vous vous en sortirez, tous les deux ? J'ai entendu dire que le mont Horn… est un endroit impitoyable.

— Est-ce que tu es sûre que *tu* vas t'en sortir ? interroge Arsinoé.

Mais au lieu de répondre, Jules se penche vers sa sacoche de selle et en sort un couteau. Elle le jette le manche le premier à Arsinoé.

— Emmène au moins ton ours avec toi, exige-t-elle en repartant.

Camden lui lèche une dernière fois la joue avant de suivre Jules.

Après que le groupe d'embuscade est parti, la place se vide. Les rebelles reprennent leur travail, préparant leurs armes et stockant de la nourriture, ou encore réparant la ville qui s'est abîmée après des siècles. Il est étrange de les voir retourner si rapidement à leurs tâches, alors qu'Arsinoé, elle, continue de regarder dans la direction de Jules et Mirabella même longtemps après qu'elles ont disparu. Enfin, Billy et elle saisissent leurs paquetages. Personne ne s'attarde sur eux, même quand son écharpe glisse et révèle les cicatrices d'Arsinoé.

Ils quittent la ville par la porte principale et gardent la montagne bien en vue. Billy fouille son paquetage et en sort une petite liasse de papiers.

— J'ai étudié quelques cartes, enfin, les cartes que j'ai pu trouver, et j'ai essayé de déterminer la meilleure route à emprunter. Une fille qui vit dans un village près des contreforts ouest dit qu'il y a des cavernes, dont une de belle taille au bout du chemin qui suit cette rivière.

Il parcourt les documents et soulève une carte du mont Horn.

— La dernière partie sera une ascension légèrement abrupte, mais je pense que c'est notre meilleure option. Est-ce que ce sera assez haut pour la reine bleue, tu crois ?

— Je n'en sais rien, répond Arsinoé en étudiant la route.

La caverne qu'il indique est plus haut dans la montagne que ce qu'elle avait envisagé.

— J'espère.

— Je n'arrive pas à croire que tu m'aies pratiquement laissé partir avec Jules et Mira. Pourquoi tu ne m'as pas demandé de rester ?

— Je n'y ai pas pensé. Et je me suis dit que tu étais toujours en colère.

— Ah bon ? Ou est-ce que tu n'essaies pas de poliment te débarrasser de moi ? Tu n'arrêtes pas d'essayer de me laisser en plan, est-ce qu'il y a un message subtil ?

— Non, je…

— Parce que je ne veux pas rester là où on ne veut pas de moi.

— Bien sûr que je…

Elle grogne de frustration, et ils réalisent tout à coup tous les deux qu'elle tient toujours le couteau que Jules lui a donné.

— Qu'est-ce que tu vas faire ? M'éviscérer ?

— Bien sûr que non. Je ne sais pas ce que je suis en train de faire. Je ne sais pas ce qu'on va trouver au sommet de cette montagne. Mais je sais que c'est dans l'espoir d'autre chose. D'un avenir ailleurs, ensemble. Et je suis désolée de ne pas pouvoir te dire ça sans te menacer d'un couteau. D'accord ?

— D'accord, dit-il avec un grand sourire.

Ce sourire se mue en grimace alors qu'elle se sert du couteau pour se trancher la paume de la main.

— Et maintenant, tu te découpes la main.

— J'appelle Braddock, comme l'a suggéré Jules.

Elle s'approche de l'arbre le plus proche et étale son sang sur l'écorce.

— Est-ce que ça fonctionnera après tout ce temps ?

Arsinoé sourit. Elle non plus n'en était pas certaine. Mais au moment où son sang entre en contact avec l'arbre, elle le sent. Quelque part, pas trop loin, sa grande tête brune se lève et commence à humer l'air.

VALLÉE D'INNISFUIL

Pietyr se met discrètement en route vers le domaine Breccia en début de soirée, quand le soleil prend une teinte orangée hivernale mais qu'il reste encore bien assez de lumière. Même là, il s'avance prudemment, méfiant face à ce fossé traître. On l'appelle le cœur de l'île, mais il ressemble en vérité plutôt à une bouche. Une fissure dans la terre constituée de bouches, d'yeux et d'oreilles qui entendent son approche.

Le domaine Breccia s'ouvre devant lui dans la clairière, il semble bien innocent, mais Pietyr n'est pas dupe.

— Tu as eu l'occasion de m'avaler lors de notre dernière rencontre, souffle-t-il en attachant une corde autour de sa taille. Cette fois, c'est moi qui vais me repaître de toi.

Il passe l'autre extrémité de la corde autour du plus gros arbre qu'il puisse trouver, puis il l'enroule autour d'un autre, par précaution.

Les outils glissés à sa ceinture devraient lui être utiles : une truelle et un marteau, un petit pic, et un sac pour transporter les pierres. Madrigal n'a pas précisé quelle taille devaient faire ces dernières, ni même celle du cercle. Une bien piètre professeure de magie basse.

Il pose ses pieds contre le bord et inspire profondément. Sa tête au-dessus du sol, il sent toujours l'air et la neige frais. Comme toujours, aucun oiseau ne chante. Il n'y a strictement aucun son, à l'exception de sa respiration nerveuse et de son cœur qui tambourine dans sa poitrine. Il passe trois fois sa corde de sécurité autour de son bras, et le Breccia semble béer encore davantage pour le recevoir.

— Pas cette fois, saleté de gouffre.

Pietyr se suspend au-dessus du vide, lié aux arbres, et il frappe la pierre de son marteau.

L'opération lui prend plus de temps qu'il ne l'avait espéré. Tant de temps même qu'il perd la lumière du jour et doit travailler dans l'obscurité. Les épaules tremblantes, il parvient à déloger la dernière pierre et la laisse tomber dans son sac. Il n'en a pas assez. Mais il n'est pas capable de plus.

Après avoir dissimulé les pierres dans sa tente, il traverse discrètement le camp, passe devant les feux de cuisine des soldats et se retrouve devant la tente où Madrigal est retenue.

— J'ai besoin de parler à la prisonnière.

Le garde acquiesce et sort de la tente.

— Donnez-nous un peu d'espace.

— Oui, maître Arron.

— Mais il ne s'appelle pas vraiment Arron, si ? hulule Madrigal depuis l'intérieur. C'est Renard.

Pietyr se penche pour entrer et lui lance une grimace à la lumière de la lampe.

— C'est le sang Arron en moi qui compte. J'ai besoin que vous m'expliquiez le reste du sortilège.

Elle tend ses mains, qui sont toujours liées.

— Je m'en fiche, s'énerve-t-il. Je vous le promets ; j'essaierai le moment venu. Mais au cas où quelque chose aille de travers, je dois connaître la suite. Je n'ai pu extraire que quelques pierres. Pas assez pour un cercle entier. Pas assez pour que les extrémités se touchent. Alors, qu'est-ce que je fais ?

— Allez en chercher plus ?

Madrigal hausse les sourcils en soupirant.

— Très bien. Fermez le cercle avec autre chose. Commencez par tacher une corde de votre sang. Placez les pierres dans cette corde et cela devrait suffire.

— Et ensuite ?

— Faites entrer la reine dans le cercle. Gravez cette rune – elle la trace légèrement dans la terre – dans votre main…

— Je ne m'en souviendrai jamais.

— Très bien. Donnez-moi un couteau.

Elle penche la tête d'exaspération quand elle le voit hésiter.

— Un petit seulement.

Il lui en tend un.

— Maintenant, votre paume.

Il s'exclame quand elle commence à découper la chair qui se remplit de rouge.

— Voilà. Contentez-vous de rouvrir ces croûtes quand il le faudra. Posez le sang contre sa peau. Effectuez la même marque sur elle, et renvoyez tous les fantômes jusqu'au dernier dans les pierres.

— Mais je ne veux pas l'inciser.

— Vous n'avez pas le choix. Le sang d'une reine est la clef. Il fait toute la différence, croyez-moi.

LES BOIS OCCIDENTAUX

Mirabella et Jules attendent ensemble au fond des bois qui bordent la vallée d'Innisfuil à l'ouest. Les guerriers et Mathilde sont partis en éclaireurs, disparaissant à pied entre les arbres d'hiver nus pour étudier et espionner l'armée de Katharine. Il ne leur reste rien à faire si ce n'est patienter et écouter les chevaux manger le grain se trouvant dans leurs musettes.

— Ils devraient déjà être revenus, lance Jules sur le dos du hongre noir de Katharine.

— Il y a une certaine distance entre l'endroit où nous sommes et la vallée, cela prend du temps à pied. D'autant plus quand on essaie de se déplacer en silence.

— Qu'est-ce que tu en sais ? demande Jules.

— Rien.

Mirabella hausse les épaules.

— J'essayais simplement de te rassurer.

— Je suis certaine que tu les prends tous pour des idiots de m'avoir suivie jusqu'ici, de m'appeler une reine sur la base de leur foi et d'une prophétie aussi trouble qu'une flaque de boue.

Mirabella choisit ses mots avec précaution. Jules Milone est aussi fougueuse qu'Arsinoé, mais ce n'est pas la même fougue. Elle est moins impulsive mais bien plus facilement offensée.

— Toutes les prophéties… sont ambigües.

— Ambigües. Troubles. « Redeviendra peut-être une reine. », grogne-t-elle. « Peut-être. » Ne peuvent-ils jamais affirmer quelque chose ?

Elle s'arrête pour tendre l'oreille.

— Ça doit vraiment te rester en travers de la gorge qu'ils m'appellent reine. Même si ce n'est qu'un titre.

Mirabella déglutit. Être une reine de Fennbirn signifie appartenir à une lignée. Une reine par le sang. C'est ce qui lui a toujours été répété, ce qui lui a été inculqué par le Temple.

— Moi aussi, ça me dérange, pour être honnête, reprend Jules en comprenant son silence. J'ai l'impression que la grande prêtresse va s'approcher pour me donner une tape à l'arrière du crâne.

Elle se tourne vers un son inaudible, aux oreilles de Mirabella en tout cas, tandis que le félin des montagnes se montre attentif lui aussi. Rapidement, les bruits de pas deviennent évidents. Six membres de leur groupe reviennent par les arbres, Émilia et Mathilde ouvrent la marche.

— Alors ? interroge Jules.

— Elle établit son camp à l'est de la vallée, contre les falaises et jusque sur la plage, explique Émilia. Il y a des éclaireurs en hauteur, le plus loin au nord et au sud que le permettent les falaises. Mais nous n'avons vu aucune trace de qui que ce soit dans les bois occidentaux. Ni même au-delà de la limite occidentale de la vallée. On dirait presque qu'elle veut vraiment faire un échange, c'est dommage pour elle.

Les guerriers derrière Émilia sourient. Ils sont équipés d'épées, de couteaux de lancer et d'arbalètes. Trois d'entre eux ont même des arcs longs, les plus grands que Mirabella ait jamais vus. Elle n'a pas besoin de demander pour savoir que les autres sont restés dans les bois, à l'affût et prêts à lancer l'assaut.

— Il n'y a pas de lieu tout indiqué pour une embuscade, continue Émilia. Nous devrons l'attirer en dehors de la clairière, dans les arbres, d'une façon ou d'une autre. Tu devras jouer l'appât, Jules.

— Ce n'est pas un problème.

— Je le sais. Et je t'accompagnerai.

— Est-ce que vous avez vu ma mère dans le camp ?

— Seulement la tente où elle est enfermée, répond Émilia. Et Mathilde pense avoir entendu le croassement d'un corbeau.

— Aria.

Jules regarde Mirabella et explique :

— Son familier.

— Et moi ? s'enquiert Mirabella.

— On a repéré un endroit au sud. En haut d'un arbre, si possible.

— J'ai déjà grimpé à des arbres.

Émilia hausse un sourcil.

— Il n'y aura pas de retraite rapide si quelque chose tourne au vinaigre.

— Ce ne sera pas nécessaire.

— Alors, vas-y. Nous avons une heure pour prendre nos positions avant d'envoyer un oiseau aux empoisonneurs pour leur indiquer que nous sommes là.

Mirabella regarde Jules. Malgré le groupe de guerriers et le puissant félin des montagnes à ses côtés, Jules est effrayée. Qu'elle soit maudite par la légion ou non, elle se trouve en infériorité numérique, et Katharine est une vraie reine. Une reine féroce même, si l'on en croit ce qui se raconte, qui ne se figera peut-être plus à la vue de Jules comme cela a été le cas dans l'arène le jour du duel.

En apercevant l'expression de Mirabella, Jules affiche un sourire courageux.

— Tout va bien se passer. Reste avec Mathilde.

— Prends soin de toi, Jules. Arsinoé me tranchera la gorge si je laisse quoi que ce soit arriver à Camden ou toi.

— Nous n'en arriverons pas là. Nous leur tendons une embuscade et prenons la fuite, comme prévu. Fais attention à toi aussi. Arsinoé me tranchera la gorge à moi aussi si tu ne reviens pas.

Mirabella acquiesce et suit Mathilde à travers les arbres. La voyante se déplace rapidement et si silencieusement qu'elle donne le sentiment à Mirabella d'être un troupeau de chèvres, faisant craquer des brindilles et écrasant des feuilles dans ses mouvements. Enfin, elles atteignent l'arbre. C'est un arbre facile à grimper, avec des branches épaisses et bien écartées.

— Si tu te places à la seconde fourche, tu auras la meilleure vue, suggère Mathilde.

Mirabella saisit la branche la plus basse.

— C'est trop loin. Je ne verrai pas bien.

— Émilia veut que tu restes cachée. Alors, reste cachée si possible. Elle pense que les guerriers sont assez rapides et furtifs pour secourir la mère de Jules sans ton aide.

Mirabella hausse les sourcils.

— Pour ce que ça vaut, reprend Mathilde, je ne suis pas d'accord. J'ai reniflé le vent aujourd'hui, et il empeste le sang.

— Bon, balbutie Mirabella, qu'est-ce que je fais ?

— Prépare-toi.

La voyante se détourne et disparaît entre les troncs. Mirabella hume l'air à son tour et n'y détecte rien d'autre que la neige froide et craquante.

— Les oracles, marmonne-t-elle, avant de grimper dans l'arbre.

LE MONT HORN

Braddock retrouve Arsinoé et Billy au pied de la montagne. Il émerge de broussailles en poussant un rugissement exubérant qui effraie tant Billy qu'il en tombe en arrière dans l'herbe.

— Braddock, couine-t-il. C'est lui ? C'est lui, non ?

Mais il n'a pas le temps de se poser la question que l'ours bondit par-dessus lui à toute vitesse et avance pesamment vers Arsinoé pour enfouir avec joie son nez dans sa paume encroûtée.

— Braddock !

Elle passe ses bras autour de son cou et le caresse entre les oreilles.

— Tu nous as retrouvés ! C'est pas trop tôt, je commençais à me sentir faible.

Elle a badigeonné de son sang tous les arbres à un intervalle d'un kilomètre environ depuis qu'ils ont quitté Sunpool.

— Est-ce qu'il se souvient de moi aussi ? demande Billy en s'essuyant.

— Il ne t'a pas dévoré, c'est plutôt bon signe.

Avec précaution, Billy s'approche et pose une main tremblante sur le dos de l'ours. C'est peut-être Braddock, mais il n'en reste pas un moins un grand ours brun aussi imposant qu'un cheval.

— Il est beau, non ?

Elle plonge son visage dans sa fourrure brillante.

— Caragh doit l'aider à pêcher et à se nourrir. C'est pas mal de manger avec une naturaliste à proximité, n'est-ce pas, mon grand ?

— Je suis heureux de le voir, admet Billy en levant le regard vers la montagne. Mais il ne pourra peut-être pas rester avec nous longtemps. Le chemin menant à la caverne est trop compliqué. Et… mais arrête ! ajoute-t-il en apercevant Arsinoé nourrir l'ours de plus d'une ration journalière de viande séchée.

— Il faut bien que je le récompense de nous avoir retrouvés. C'est l'hiver, tu sais, il préférerait de loin être dans son antre ou dans les étables chaudes du Cottage noir à dormir auprès de la mule.

— Très bien, mais pas plus. Il peut chasser pour se nourrir, mais nous avons besoin de nourriture pour rentrer à Sunpool.

Il attend une réponse, mais elle se contente de s'enfoncer encore dans la fourrure de l'ours.

— Arsinoé, nous retournerons bien à Sunpool, n'est-ce pas ? Tu ne m'as jamais vraiment dit ce qui nous attendait au sommet de cette montagne.

— Parce que je n'en sais rien. Je ne garde pas de grand secret. Tout ce que je sais, c'est que Daphné veut que je m'y rende. Qu'elle me parlera.

— Ce qui peut signifier tout et n'importe quoi.

— Tu regrettes de ne pas être allé avec Mira et Jules ?

— Non, bien sûr que non.

Ils reprennent l'ascension avec l'ours derrière eux, ils passent à travers les arbres, en montant et montant encore vers la limite des neiges. Le chemin à basse altitude n'est pas des plus compliqués, Braddock les suit sans peine et trouve beaucoup de baies gelées pour se nourrir. Cette nuit-là, ils s'arrêtent à une portion du chemin plus large et y font un petit feu. Braddock s'allonge et laisse Arsinoé et même Billy se coller contre ses flancs.

— Tout bien considéré, décide Billy, nous allons peut-être l'amener avec nous jusqu'au bout. Allumer un feu ne sera que de plus en plus difficile, et lui restera bien chaud en permanence.

Il glisse un bras autour d'elle, en prenant garde de ne pas trop déranger l'ours.

— Nous aurions aussi dû retenir Mira. Nous aurions alors été au sec et au chaud jusqu'à la caverne.

— Est-ce que tu penses qu'elle va bien ? Est-ce que tu penses qu'elles vont bien toutes les deux ?

— Je pense que si ce n'était pas le cas, nous aurions entendu la tempête de Mira résonner jusque dans la montagne.

Arsinoé lève les yeux vers le pic du mont Horn. Elle espère que la caverne suffira à Daphné et qu'ils n'auront pas besoin d'aller plus loin. S'ils se lèvent tôt et grimpent bien dans la journée, ils pourront peut-être y parvenir avant la nuit sans avoir besoin d'établir un camp sur le flanc abrupt de la montagne.

— Est-ce que tu sais ce qui m'inquiète ? demande-t-elle.

— Quoi donc ?

— J'ai peur d'atteindre cette caverne et de ne rien y trouver. Que tout ça n'aboutisse à rien. De constater que ce n'était qu'un stratagème pour nous obliger à revenir, ou que mon esprit me jouait un tour.

— C'est drôle – il lui embrasse la tête –, c'est exactement ce que j'aimerais, moi. Mais je n'y crois pas.

Arsinoé se blottit encore plus contre lui, nouant ses jambes aux siennes, et elle laisse ses mains s'aventurer sur son corps jusqu'à ce qu'il prenne une profonde inspiration.

— Arsinoé ! sourit-il. Pas devant l'ours.

Elle lui rend son sourire.

— L'ours s'en fiche.

Mais dès que leurs mouvements commencent à le déranger, Braddock se lève en grognant et va se rallonger ailleurs.

VALLÉE D'INNISFUIL

— Combien de cavaliers est-ce que tu peux faire tomber avec ton don ?

— Je ne sais pas, répond Jules. Et toi ?

Émilia hausse les épaules.

— Deux. Peut-être trois s'ils sont mal assis. Certainement pas cent, ce qui semble être le nombre de chevaux qu'elle a apportés.

Elles sont allongées dans la neige, à observer les nuages passer au-dessus de leurs têtes. C'est une journée calme et dégagée. Soit les soldats élémentaires sont rares dans l'armée de la reine, soit aucun d'eux n'est nerveux. Quant à Mirabella, perchée dans un arbre au sud-est, eh bien, elle sait comment dissimuler son don.

— Si ça tourne mal, Émilia, tu dois me promettre de me laisser faire l'échange.

Jules tourne la tête, mais Émilia refuse de la regarder.

— Je ne promettrai rien de pareil.

— C'est ma mère, et mon petit frère a besoin d'elle.

Émilia pivote pour scruter la vallée.

— Les autres devraient être en place, maintenant.

Camden grogne, et la guerrière lance un sourire carnassier, elle tend la main et lui gratte l'épaule.

— Même ton chat veut se battre. C'est comme si elle aussi avait été touchée par le don de la guerre. Si tu prends part à cet échange, qu'est-ce que je dois faire d'elle ?

— Retiens-la. Empêche-la de me suivre.

Émilia et le fauve se fixent l'une l'autre. Camden semble assez certaine qu'elle remporterait une telle confrontation.

— Il est temps, affirme Émilia. Envoie un oiseau à la reine. Informe-la que nous sommes arrivés.

Les rebelles envoient un faucon. Le message est évident, il plonge à travers le camp de l'armée, poussant régulièrement un cri strident. Quand Katharine sort de sa tente, il se pose directement sur son bras. Bête insolente.

Elle grince des dents et lui caresse les plumes du poitrail, tandis que ses serres pénètrent son gant. Elle le relance dans les airs et le voit prendre son envol vers la partie occidentale de la prairie.

— Les chevaux ? demande Pietyr alors qu'il s'approche derrière elle en reboutonnant sa chemise et en enfilant son manteau de garde de la reine. Ou y allons-nous à pied ?

— À cheval.

Les reines guerrières mortes lui permettent un grand accès à leur don aujourd'hui, elle sera prête pour toutes les situations.

Avec l'arrivée du faucon, sa garde s'agite, s'arme et se place en formation. Même si la majorité de ses soldats sont plus âgés qu'elle ne l'est – certains le sont même assez pour avoir servi sous les ordres de la reine précédente –, elle traverse leurs rangs avec une certaine fierté. Ils lui appartiennent désormais. Elle tend un bras et secoue une lance tenue par une fille dont la main tremble.

— Le courage est inutile aujourd'hui, sourit-elle. Vous escortez simplement la reine et une prisonnière.

Elle grimpe sur le dos de son cheval, qui semble deux fois plus imposant dans son armure légère, et prend un long bouclier qu'elle place à sa droite. Madrigal sera sur sa gauche et Pietyr de l'autre côté de celle-ci.

— Que l'armée reste en arrière, ordonne-t-elle à Rho, qui tient la bride de son cheval. Ne vous montrez pas menaçants. Nous ne voulons pas que Jules Milone fasse demi-tour et reparte la queue entre les jambes.

Elle saisit ses rênes et Pietyr s'approche, glissant un couteau aiguisé dans sa ceinture.

— Est-ce que tu vas bien, Kat ? Est-ce que tu es prête ?

— Oui, affirme-t-elle sans même se tourner vers lui.

Elle aurait peut-être dû lui demander de l'attendre au campement. À ses yeux, elle demeure Kat, la petite Katharine, rien de plus. Aujourd'hui, elle ne peut pas se le permettre, pas jusqu'à ce que l'échange ait eu lieu.

La foule s'écarte alors que la prisonnière est escortée. Madrigal Milone est assise à califourchon sur une vieille jument grise, ses mains liées dans son dos. Son familier corbeau est docilement perché sur son épaule, toujours attaché à son poignet.

— Êtes-vous pressée de revoir votre fille ? s'enquiert Katharine.

— Bien plus que vous ne devriez l'être.

Katharine se penche en avant et dégage une mèche des yeux de la femme. Elle la replace derrière une oreille et l'aplatit, révélant ainsi une partie de cette beauté endurante. Elle est indéniablement charmante, mais sans substance. Ce n'est qu'une femme d'une stature normale, elle n'a que cette beauté. Même si elles étaient d'une taille comparable, Natalia aurait surpassé Madrigal Milone et l'aurait recouverte de son ombre.

— N'ayez crainte, souffle-t-elle doucement quand Madrigal recule. Je ne vous ferai aucun mal. Je vous jure que ce n'est pas pour cela que nous sommes ici.

— Vous ne pouvez me faire aucun mal, murmure Madrigal.

Katharine lance un claquement de langue à l'intention de la jument et lui tire la bride, la gardant assez près pour que les orteils de Madrigal cognent parfois dans ses talons. Elle regarde par-dessus son épaule, où son armée se tient prête.

— Non.

Ainsi retournée, elle le distingue bien avant tout le monde : le brouillard, se levant sur l'eau de la baie de Long-Matin.

— Pas maintenant ! Pietyr !

Elle se tord sur sa selle, alors que les soldats les plus éloignés, sur la plage, se mettent à crier.

Le brouillard s'étend, lentement et en épaisses couches, sur le chemin qui relie les falaises à la prairie. Elle le voit remonter jusqu'au sommet des falaises, elle le regarde avaler tous ses guetteurs.

— Kat, que faisons-nous ?

— Cela n'a aucune importance, répond Katharine tandis que son armée rompt les rangs et se disperse.

Depuis son perchoir dans l'arbre, Mirabella suit le brouillard qui avance sur le sable de la plage et remonte le long des falaises. Elle pense tout d'abord que ce n'est qu'une tempête, une anomalie des éléments. Mais alors qu'il avale le premier soldat, et le suivant, et le suivant encore, elle commence à entendre les cris…

— Le brouillard, murmure-t-elle.

Elle serre si fort les branches que l'écorce glacée lui fend la peau des mains. Son cœur bat à tout rompre tandis que le brouillard enveloppe les soldats terrifiés. Pour les dissimuler ? Pour les protéger ?

Un hurlement perçant attire son attention alors que le brouillard se retire, révélant ainsi un corps écartelé. La neige près de son torse et ses jambes est recouverte d'entrailles et de longues traînées rouges.

Elle ne sait pas quoi faire. Le brouillard s'étend pratiquement sur la totalité de la vallée, épargnant certains, estropiant d'autres, causant panique et confusion. Il tourbillonne en direction de l'ouest, vers Katharine et Jules.

Si Mirabella ne réagit pas, toute cette situation peut se résoudre. La reine revenante et la reine légion détruites d'un seul coup. C'est peut-être cela que souhaite la reine bleue. Cela que souhaite même l'île. Elle n'a peut-être été attirée ici que pour servir de témoin.

— Non.

Mirabella descend le long du tronc. Elle saute de la branche la plus basse et grimace quand sa cheville se foule.

Tous ces soldats innocents, ces serviteurs, ces prêtresses dans leurs robes blanches. Elle ignore pourquoi le brouillard se comporte ainsi, mais elle sait que ce n'est pas normal.

Mirabella court aussi vite que possible en direction des hurlements, appelant dans son dos le vent et convoquant une tempête.

* * *

Katharine ne peut que regarder son armée se désagréger. Le brouillard se propage à travers leurs rangs comme des doigts élancés, il les massacre ou les avale tout rond.

Le camp entier est plongé dans le chaos : des tentes renversées, des chevaux se libérant pour piétiner les stocks ou les personnes tombées face au brouillard et horriblement déformées.

— Katharine ! Nous devons te mettre en sécurité ! crie Pietyr.

— Quelle sécurité ?

Elle tourne la tête au son de sabots.

Rho se trouve à la tête d'un groupe de cavaliers, ils galopent pour se placer sous le couvert des arbres. L'expression de la prêtresse est dure comme la pierre. Aussi furieuse que Katharine qu'il n'y ait rien à combattre. Le brouillard les a pratiquement rejoints, il les encercle presque. *Comment peut-il se déplacer si rapidement sans même donner l'impression de bouger ?*

— Allons-y ! lui lance Pietyr. Suivons Rho !

Il envoie un grand coup de talon à son cheval. Il ne voit pas le bras blanc voleter entre eux avant qu'il soit trop tard.

— Pietyr !

— Il nous empêche d'avancer ! hurle Madrigal. Vous ne voyez pas ? Nous devons fuir !

— Mais où ?

Katharine l'attire à elle ; les reines guerrières mortes l'imprègnent de la force nécessaire pour tirer Madrigal de son cheval et la poser sur son pommeau.

— En direction des bois occidentaux ? Directement dans les bras des rebelles ?

— Mais vous êtes folle ? Des gens sont en train de mourir !

— Mais pas nous !

Katharine abaisse son bouclier et tire son couteau de sa botte. Le brouillard les a encerclées. Elle ne discerne rien dans tout ce blanc. Pas même la silhouette d'un arbre. Les sabots de son cheval s'agitent et déplacent des fumeroles. Elles sont enfermées, elle n'a qu'à se contenter d'attendre que ce brouillard pénètre ses poumons. Le ressentira-t-elle alors, lui arrachera-t-il le cœur par la bouche ? Ou lui séparera-t-il les bras des épaules ?

— Madrigal ? Mère !

Katharine se tord alors que le brouillard autour d'elles se dissipe. Jules Milone et son couguar se trouvent à l'orée des arbres. Sa main est levée.

— Je suis là pour l'échange.

— Non ! hurle Madrigal. Non, Jules, va-t'en !

Elle essaie de se libérer de la prise de Katharine, mais les doigts de cette dernière sont farouchement serrés.

— Tu ne peux pas encore filer ! hurle Katharine. Pas encore !

— Lâchez-moi !

Dans une furie de plumes noires, Madrigal envoie son corbeau au visage de Katharine.

— Mère, arrête de te débattre ! crie Jules que Katharine regarde à travers la brume.

Elle n'est pas seule. Mirabella accourt derrière elle. Elle porte des habits du continent, bleu et gris, rien du noir des reines. Mais son visage royal est reconnaissable entre tous.

À la vue de Mirabella, les reines mortes se précipitent dans le sang de Katharine. Leur rage est si pure que la reine voit rouge, malgré tout le blanc du brouillard. Elle ne peut les apaiser ni même leur parler, et quand l'oiseau de Madrigal bat des ailes sur son visage, les reines mortes se déchaînent. Katharine ne se rappelle pas avoir sorti son couteau avant que la lame se retrouve profondément enfoncée dans le cou de Madrigal.

— Non, souffle-t-elle alors que le sang commence à s'écouler de la blessure.

Elle regarde dans les yeux surpris et écarquillés de Madrigal.

— Je ne voulais pas...

Elle presse sa main contre l'hémorragie, en vain. Les veines de la gorge de Madrigal ont été coupées, sectionnées. Horrifiée, Katharine la lâche, et le corps choit mollement au sol, son corbeau paniqué toujours attaché au poignet.

Puis Katharine entend un hurlement surnaturel. Elle se sent ensuite repoussée en arrière et retombe lourdement dans la neige ; son cheval s'effondre sur sa jambe.

Quand Madrigal chute, Mirabella dépasse Jules en courant pour tenter de la rattraper. Elle expédie sa tempête dans le brouillard devant elle, fait souffler le vent au sein des doigts blancs, ressent les nuages qui s'amassent dans la vallée.

Elle force encore davantage, et le brouillard est chassé, lui ouvrant un chemin direct jusqu'à Madrigal. Elle se trouve encore à quelques pas quand une force invisible la frappe dans le dos, la poussant avec violence vers l'avant et la projetant au sol. L'espace d'un instant, tout est noir, et sa tempête faiblit. Mais elle secoue la tête pour reprendre ses esprits et continue, se relevant péniblement sur ses mains et ses genoux.

Non loin devant, Katharine est elle aussi au sol, peinant sous son cheval. Le cheval est mort ou a été assommé. Mirabella l'ignore et se précipite vers la mère de Jules, étendue dans une mare de sang, le bras levé par un corbeau tentant désespérément de s'échapper.

Elle s'agenouille près de la femme et la retourne. Les yeux de Madrigal roulent pour se poser sur elle, ils sont blancs et paniqués alors que le sang s'écoule de son cou.

— Ce n'est rien, Madrigal. Ne bougez pas maintenant.

Ne sachant pas quoi faire d'autre, elle libère le corbeau pour le laisser s'envoler. Cela semble être un soulagement autant pour l'oiseau que Madrigal.

— Nous devons vous mettre à l'abri.

— Non. Elle...

Du sang vient éclore sur ses lèvres. Elle ajoute quelque chose, mais c'est presque impossible à comprendre :

— Elle en est remplie.

— Remplie de quoi ? Qui donc ?

— Remplie de mortes, gargouille Madrigal en saisissant l'épaule de Mirabella.

Elle crache du sang dans la neige et pose la main sur la tache rouge :

— Arrête-la... Jules...

— Calmez-vous.

La tempête au-dessus de leurs têtes gronde, et une pluie tombe dru, plaquant la neige au sol et la faisant fondre, tout comme elle fait disparaître une partie du brouillard. Son vent noie le bruit du tonnerre alors qu'il dégage tout le blanc de la vallée, dévoilant des soldats hébétés sur leurs mains et leurs genoux.

Alors que la vallée redevient visible, Mirabella se retourne vers Jules et les rebelles, pour découvrir s'ils ont été blessés par le souffle. Mais Jules va bien. Elle est seule, debout, ses mains formant des poings.

— Madrigal, nous devons nous en aller, lance Mirabella.

Mais quand elle tente de la soulever, son corps est lourd et sans vie dans ses bras.

Jules pousse un nouveau cri alors que son don de la guerre explose dans la prairie. Il envoie le cheval de Katharine voler et réattérir lourdement sur elle. Mirabella s'exclame. Cette force, ces deux souffles violents, émanait de Jules. Mirabella se lève et en appelle à son don pour repousser encore le brouillard quand elle entend le cri d'Émilia :

— Mirabella, attention !

Mirabella se tourne. Il est trop tard ; elle discerne le familier de Jules, mou à ses pieds, terrassé par l'attaque de sa maîtresse. Son don de la guerre n'est plus maîtrisé, il n'épargnera même pas ses proches.

— Cours ! hurle Émilia, mais pas avant que Mirabella ne soit projetée contre un arbre.

Sa vision s'obscurcit. Elle peine à se redresser sur ses coudes et plisse les yeux. Jules a été mise à terre. Émilia l'a renversée et lui frappe violemment l'arrière du crâne.

— Couvre-nous ! ordonne Émilia. Couvre-nous, l'élémentaire !

— Vous couvrir, grogne Mirabella, en clignant de ses yeux qui la font souffrir.

Comme elle a été secouée, la tempête a commencé à mourir, mais elle rassemble ses forces, son don afflue dans ses veines après tant de mois d'inactivité sur le continent. Sa foudre frappe la vallée, empêchant ainsi l'armée de la reine de suivre les rebelles qui se retirent. Il est impossible de croire que ce temps est naturel, et tous les yeux en cherchent la source.

Katharine et Mirabella se fixent l'une l'autre. Katharine ne ressent plus de douleur dans la jambe piégée sous son cheval. Elle se fiche désormais complètement du fait que le brouillard se soit retiré en mer. Elle ne voit même pas les guerriers et l'oracle vêtue de sa cape jaune subtiliser la naturaliste maudite par la légion et son couguar tombé. Tout ce qui compte est Mirabella.

— Viens.

Katharine tend la main.

— Viens à moi, ma sœur !

Mirabella recule parmi les arbres, jusqu'à être assez loin pour se retourner et courir. Mais cela n'est même pas nécessaire. Le brouillard et sa foudre ont passé toute envie de combattre aux gardes. Aucun d'eux n'est assez courageux pour la suivre. Pas même Rho.

— Kat !

Pietyr s'approche à dos de cheval et saute de sa selle, il lui saisit les épaules et pose son front contre le sien.

— Kat, Déesse merci. Je croyais t'avoir perdue. Je te croyais perdue dans le brouillard.

Il l'attire doucement à lui et elle gémit.

— Vous, là, aboie-t-il en pointant des soldats puis son cheval du doigt. Relevez-le ! Dégagez-le de la reine !

Ils le font rouler, et il bat des jambes avant, il n'est finalement pas mort, et Pietyr la tire en arrière.

— Que s'est-il passé ? Kat, est-ce que tout va bien ?

— Elles m'ont forcée à la tuer, souffle-t-elle alors qu'elle se plaque contre lui et peine à se relever. Les imbéciles. Elles ont utilisé ma main pour libérer la malédiction de la légion.

— Oh, Kat.

Pietyr la serre contre lui tandis que le choc s'efface doucement. Elle est glacée et est redevenue elle-même, les reines mortes se sont retirées, peut-être ont-elles honte ou sont-elles simplement rassasiées par le sang de Madrigal.

Katharine parcourt la prairie des yeux et tous ses soldats à terre. Certains sont morts, déchiquetés par le brouillard, et elle est certaine que beaucoup ont disparu. Mais la plupart semblent indemnes, tout comme Pietyr. Rho et vingt-cinq de ses cavaliers émergent des arbres.

Jules Milone et ses rebelles sont partis, tout comme le corps de Madrigal, traîné dans le chaos.

— Ma sœur est revenue, affirme Katharine, abasourdie. Mirabella est vivante.

LE MONT HORN

— Alors, tu n'es pas content qu'il soit avec nous, maintenant ? demande Arsinoé à Billy tandis qu'ils gravissent une pente abrupte de roche gelée, leurs mains enfouies dans la chaude fourrure de Braddock.

— Si.

Il tend le cou pour voir au-delà de l'ours.

— Tu ne penses pas que le chemin devient trop étroit ?

— Il nous le fera comprendre. Il s'arrêtera.

— Et dans ce cas, comment est-ce qu'on le contournera ? Comment descendra-t-il ?

Arsinoé plisse les yeux tandis que de gros flocons de neige tombent sur eux.

— Nous lui grimperons sur le dos pour lui passer devant et nous l'aiderons à reculer. C'est plus dur de respirer ? J'ai l'impression d'avoir du mal à reprendre mon souffle.

Elle inspire de l'air froid. Ils sont assez haut dans la montagne pour que l'air y soit effectivement plus rare, mais elle pense que ce n'est qu'une question de nerfs. Ils ont passé la majorité de la matinée au-dessus de la limite des neiges, avançant péniblement. La caverne ne peut plus être très loin.

— Je crois que je la vois.

Billy saute, et elle lui saisit le bras pour s'assurer qu'il ne perde pas l'équilibre et tombe dans la pente.

— Nous y sommes presque. Est-ce que tu vas bien ? Tu sembles bien verte.

— Je ne sais pas ce qu'il se passe ici. J'avais l'habitude de grimper les hautes collines de Wolf-Spring et de regarder au bas en permanence. Mais je pense que si je regardais en bas maintenant, je perdrais connaissance.

— Ne regarde pas en bas, alors.

Il la pousse contre la paroi de la falaise pour la protéger.

— Continue d'avancer et concentre-toi sur l'arrière-train de l'ours.

— C'est dur de le manquer, note Arsinoé, et Billy rit.

Ils continuent de progresser péniblement, et après ce qui leur semble être une éternité, Arsinoé lève la tête pour regarder par-dessus Braddock. Elle n'aperçoit aucune caverne, et la neige tombe de plus en plus dru, dissimulant tout.

— Je croyais que tu avais dit l'avoir vue !

— Je le croyais, oui !

Il enlève la glace qu'il a dans les yeux et tente de l'apercevoir à nouveau.

— Cette montagne refuse que nous… Oups !

Braddock s'engouffre dans la caverne avec tant de précipitation qu'ils chutent tous les deux par terre sur leurs mains. Mais ils ne perdent pas une minute avant de se relever et de courir à l'intérieur ; Billy sort leur bois à brûler de son paquetage et le laisse au sol. Ils s'installent profondément dans la caverne, là où le vent ne parvient pas à pénétrer. Il craque une allumette de ses doigts tremblotants et la pose sur le bois. Elle s'éteint.

— Oh, qu'est-ce que j'aimerais que Mira soit là, marmonne Billy, et Braddock semble acquiescer.

Ce dernier renifle dubitativement le feu et s'ébroue.

— Mais n'humidifie pas le bois, grand benêt !

— Billy !

— Tu sais bien que je l'adore, mais je suis frigorifié.

Il craque une allumette, puis une autre, jusqu'à ce que finalement les morceaux d'écorce et le petit bois commencent à prendre. La caverne s'illumine d'une lumière jaune et chaude, et ils peuvent en discerner sa longueur. L'ouverture est large, il y a bien assez de place pour qu'un ours et plusieurs personnes puissent y dormir. Elle devient plus étroite à l'arrière avant de disparaître dans les ombres, loin dans les profondeurs du mont Horn.

— Très bien, lance Billy alors qu'ils se resserrent autour du feu et se réchauffent les mains. Qu'est-ce qu'on fait, maintenant ?

Arsinoé s'enfonce dans la caverne. Elle écoute le bruit de ses bottes contre le sol. Elle écoute le silence, cette absence d'écho. Cette façon qu'a le vent de mourir et de disparaître. Cette caverne est similaire à l'ancienne clairière de l'arbre penché. Elle est comme l'abysse du domaine Breccia. L'un de ces endroits de Fennbirn où l'œil de la Déesse est toujours ouvert, même si celui-ci est peut-être le plus important : de la pierre s'érigeant haut dans le ciel et s'enfonçant profondément sous terre, pour venir s'appuyer contre le pouls de la Déesse.

— Nous sommes au bon endroit.

Après un temps, ils s'endorment auprès du feu, même l'ours. Avant qu'Arsinoé ne tombe complètement dans le sommeil, elle murmure :

— Je suis là, Daphné.

Daphné elle aussi est présente, et elle souhaite lui montrer quelque chose.

Dans le rêve, Daphné est debout devant un miroir, entièrement vêtue de noir. La lumière des bougies éclaire peu, et elle porte le voile de la reine Illiann sur le visage. Elle a deux coupes à la main, et derrière elle, dans le reflet, Arsinoé aperçoit le duc Branden assis sur le lit.

Je sais ce qu'il y a dans cette coupe. Daphné, qu'est-ce que tu fabriques ?

— Illy, qu'est-ce qui te prend tant de temps ? demande Branden, et Daphné manque de renverser le poison tellement ses mains tremblent.

Elles sont dans une chambre du Volroy qu'Arsinoé n'a jamais vue avant, et Daphné porte la tenue de la reine.

Tu prends les choses en main. Tu l'attires dans un endroit tranquille pour le tuer. C'est ainsi que Henry est devenu consort ? Tu en es la cause ?

Impatient, Branden se lève et vient l'enlacer à la taille.

— Nous serons bientôt mariés.

La peau d'Arsinoé se hérisse de chair de poule.

— Tu ne peux pas attendre ?

Heureusement, Daphné se libère de son étreinte. Elle s'écarte rapidement et se détourne, en tendant le vin empoisonné.

Eh bien, ce n'était pas évident du tout. Dire que les Arron rendent la chose si simple.

Branden hésite. Ce plan était idiot. Il doit se douter de quelque chose, avec cet étrange silence et ses poignets qui tremblent. Puis il soupire et saisit la coupe.

— Un moment seuls ensemble. Avant les cérémonies et les foules.

Il approche la coupe de ses lèvres, Daphné et Arsinoé retiennent leur souffle.

— Mais j'imagine que ce sera notre vie, reprend-il sans boire. Ou plutôt, ta vie à laquelle j'assisterai. Personne ne m'a dit quels seraient mes devoirs en tant que roi, après tout. Devrai-je m'occuper des serviteurs ? Gérer certains des comptes de la Couronne ? Ou ma seule fonction est-elle de te donner des enfants ? Même si cela ne peut pas m'être attribué non plus. Ce qui poussera dans ton ventre sera le fruit de votre… Déesse.

À ce dernier mot, son ton change, il la regarde en souriant.

Il sait.

— Ta première erreur a été de refuser de me toucher. Illiann ne peut pas s'empêcher de me tripoter comme une catin.

— Ne parle pas d'elle ainsi ! Ne dis jamais ça d'elle, grogne Daphné tandis qu'il tend la main pour lui arracher son voile.

Mais Branden ne répond rien. Il se contente de renifler la coupe.

— Quoi que ce soit, ça ne dégage aucune odeur. C'est de bien meilleure qualité que tout ce que vous les Centriens pourriez créer. Tu as donc dû l'obtenir auprès de l'un de ces païens.

Il s'approche.

— Quel aurait été le résultat ? Je me serais étouffé ? J'aurais saigné des yeux et du nez ?

Cours, Daphné.

— Pourquoi ne pas le découvrir ?

Daphné crie quand il lui agrippe l'arrière de la tête et appuie la coupe de vin contre ses lèvres. Elle le griffe tandis que le poison lui éclabousse le cou et le menton, et Arsinoé et elle se débattent de panique. C'est une sensation singulière d'avoir une telle peur du poison. Mais au sein du corps de Daphné, Arsinoé pourrait bien être la première empoisonneuse à découvrir ce que cela fait de mourir ainsi.

Est-ce donc là l'origine de la guerre entre l'île et la Salkade ? Le meurtre de la proche amie de la reine ?

Arsinoé fouille le regard de Branden et n'y trouve que jubilation, et quelque chose d'encore pire. Quelque chose qui se rapproche du désir. Cela ajoute de la honte à sa terreur. Un étrange mélange de honte et de rage, de le voir prendre tant de plaisir à infliger de la souffrance à Daphné.

Dans son rêve, Arsinoé bataille et hurle comme jamais auparavant, cherchant à se libérer. Elle ne veut rien en savoir. Elle ne veut pas le vivre. Le récipient racle contre les dents de Daphné et d'Arsinoé. Une main de Branden, autour de la gorge de Daphné, empêche Arsinoé de respirer.

— Tu vas le boire, aboie-t-il à son visage. Tu le boiras en entier !

Ses longs doigts lui écartent les lèvres, et il verse le poison dans sa bouche.

— Écarte-toi d'elle !

Le hurlement vient à l'unisson de Henry et d'Illiann. Surpris, Branden lâche sa prise, et Daphné tombe à genoux. Elle saisit un pichet d'eau sur la table de nuit et s'asperge le visage et le cou, elle se rince la bouche et crache au sol.

— Écarte-toi d'elle, ordonne Illiann tandis qu'Henry dégaine son épée.

— Est-ce que tu vas les laisser me traiter ainsi, Illy ? Je suis le roi que tu as choisi.

— Consort, le corrige-t-elle. Et ce n'est pas encore le cas.

— Illiann, tente-t-il, d'une voix douce se voulant cajoleuse. Tu ne comprends pas.

— Je comprends très bien. Je suis la reine.

Elle joint ses mains sur sa jupe.

— *Lord* Redville, veuillez escorter le duc de Bevanne aux cellules.

— Ne sois pas ridicule. Tu ne peux pas m'emprisonner ! Je ne suis pas l'un de tes sujets. Mon père et mon cousin le roi ne le permettront jamais.

— Je me fiche bien de ce que peut penser le roi de Salkade de ce que je fais sur mon île. Lord Redville, emmenez-le.

Daphné et Arsinoé regardent en silence Henry pointer son épée contre le torse de Branden.

— Ne vous débattez pas. Cela vaut mieux.

— Très bien.

Branden baisse la tête et passe à côté d'Henry, mais à la dernière seconde, il se tend vers le tisonnier près du feu. Il se tourne et le lance en avant, venant frapper la mâchoire d'Henry d'un coup oblique.

Henry !

Du sang s'écoule d'une coupure profonde, et Henry s'écroule à terre tandis que Branden soulève le fer pour lui frapper la tête.

— Non ! crient Daphné et Illiann, les mains tendues comme si elles cherchaient à arrêter l'attaque.

Arsinoé sent quelque chose en elle exploser. Un afflux de chaleur, une exaltation.

Un instant, Branden est sur le point d'enfoncer le crâne d'Henry, le suivant, il est prisonnier des flammes. Henry s'écarte gauchement, tandis que Branden s'effondre en hurlant et en se roulant sur le tapis. Le feu est rapidement éteint, peut-être grâce à l'aide d'Illiann, mais il est trop tard.

— Faites demander un guérisseur, ordonne Illiann.

Mais Branden peine à se relever, observe les brûlures sur son bras et son torse avec horreur. Il touche les cloques noires sur son visage.

— Écarte-toi de moi, sorcière ! Regarde ce que tu as fait ! Vous mourrez tous, Fennbirn autant que Centra brûleront pour ça !

Arsinoé se réveille en sursaut et inspire profondément. Elle est de nouveau elle-même, allongée sur le sol de la caverne froide et profonde. Le feu s'est consumé, mais il reste encore assez de lumière pour voir que Billy et Braddock dorment paisiblement l'un contre l'autre.

Elle se redresse et se frotte le visage, perturbée par ce rêve, par la sensation du poison coulant le long de son cou, par celle des mains de Branden autour de sa gorge. Elle se lève et fouille dans le sac de Billy à la recherche d'un autre morceau de bois sec pour le feu.

— Est-ce que c'est ce que tu avais besoin de me dire ? demande-t-elle à la caverne. Est-ce que c'est pour cela que tu m'as attirée ici ? Pour l'avouer ?

— Avouer quoi ? lance Billy d'une voix groggy sur un coude.

— C'était sa faute. C'est Daphné qui est la cause de la guerre entre Fennbirn et la Salkade.

Quelque chose au fond de la caverne se déplace dans l'obscurité, là où le passage se rétrécit avant de dégringoler dans les entrailles de la montagne.

Billy sursaute contre Braddock, qui se réveille en redressant la tête d'un grognement.

— Qu'est-ce que c'était ?

— Je n'en sais rien.

Seulement, elle le sait très bien. Elle distingue l'ombre de la reine bleue dans son esprit, grattant et se tirant le long des parois abruptes. Elle la voit si clairement qu'elle n'est même pas surprise lorsque le bras noir d'encre se glisse autour de la pierre.

L'ombre est tout aussi hideuse dans la montagne qu'elle l'était sur le continent. Des jambes allongées et des doigts osseux et fins. La grotesque couronne en argent et en pierres bleues posée sur sa tête dépourvue d'yeux.

— Est-ce que c'est elle ? demande Billy à bout de souffle. La reine bleue ?

— Non. Elle n'a jamais réellement été la reine bleue.

Elle s'approche d'un pas, c'est tout ce qu'elle parvient à faire sur ses jambes tremblantes.

— C'était ta faute, n'est-ce pas, Daphné ?

L'ombre se glisse en avant. Arsinoé ne recule pas tandis que sa mâchoire s'ouvre, séparant l'obscurité comme de la peau pourrissante.

— Oui, confirme l'ombre à travers ses lèvres ramollies, sa voix est grasse et s'exprime à l'aide d'une langue gonflée. C'était ma faute. Cela et tout ce qui a suivi. La guerre. Le brouillard.

L'ombre se regarde : de longs doigts noirs, une forme se déplaçant comme de la fumée. Elle lève les mains vers son visage, et Arsinoé et Billy grimacent tandis qu'elle tire sur sa peau, arrachant ainsi des bandes d'obscurité qui viennent tomber sur le sol de la caverne. Elle se gratte les bras, les passe sur sa poitrine, jusqu'à ce qu'un semblant de Daphné apparaisse dans un œil d'encre familier et une peau vivante.

— Cette nuit-là, reprend-elle, d'une voix plus claire qui ressemble davantage à celle qu'Arsinoé a entendue dans ses rêves, j'ai tout changé. J'ai fait du duc de Bevanne un véritable ennemi et ce faisant, je me suis fait un ennemi de la Salkade. Et j'ai découvert qui j'étais réellement.

— Une reine disparue, affirme Arsinoé. Une des sœurs d'Illiann.

— Oui. J'étais l'une de ses sœurs noyées, abandonnées ou étouffées par la sage-femme. Cette autre reine élémentaire, à qui il avait été donné un nom que je ne connaîtrai jamais. Mais cela n'a aucune importance. Aux yeux d'Illiann et d'Henry, je n'étais que Daphné.

Daphné s'approche du feu, s'arrachant des morceaux d'ombre comme si c'étaient des croûtes.

— Elle a gardé mon secret après que nous l'avons découvert cette nuit-là. Elle m'a aidée à développer mon don. Elle ne désirait pas me tuer comme le disent les vieilles histoires. Pas plus que toi tu ne le voulais. Je ne l'ai d'abord pas crue. En Centra, les rois se montraient parfois cléments, pour mieux changer ensuite d'avis sur un coup de tête et placer celles de leurs ennemis sur un billot. Mais Illiann était différente.

— Daphné, reprend Arsinoé. Pourquoi est-ce que tu voulais que nous venions ici ?

Daphné lance un regard grave dans le feu. Elle retire une longue bande d'obscurité de son cou et la lâche dans les flammes où elle se met à crépiter.

— Le brouillard se soulève contre l'île. Je veux te montrer comment l'arrêter. Car c'est ma faute s'il existe.

LE DESTIN DE LA REINE BLEUE

Il est étrange de voir Daphné en dehors des rêves, une reine morte à demi recouverte d'ombre. Elle est plus âgée. Cette Daphné-ci est une adulte. Elle a les cheveux longs et des rides froissent légèrement son visage.

— Ton garçon est beau, lance-t-elle en regardant Billy se placer de manière protectrice devant l'ours. Il me rappelle mon Henry.

— Henry Redville. Le consort de la reine Illiann.

— Le consort de la *reine bleue*, la corrige Daphné.

— Qu'est-ce que cela veut dire ? Que fait-on à propos du brouillard ? Comment l'empêcher de se lever ?

À chaque nouvelle question, Daphné secoue la tête :

— Non.

Arsinoé plisse les yeux. Elle doit se souvenir que la Daphné qui se trouve devant elle n'est pas la Daphné de ses rêves. Cette dernière est morte il y a longtemps, et Arsinoé ne la connaît pas du tout.

— Pourquoi me transmettre ces rêves ? Pourquoi me montrer ta vie ?

— Afin que tu nous connaisses. Que tu nous aimes. Que tu reviennes.

— Est-ce donc ce que tu cherches ? Que l'une d'entre nous revienne pour retirer la couronne à Katharine ?

— Une reine couronnée ne peut pas voir sa couronne lui être retirée, réplique Daphné.

Arsinoé lance un signe de tête en direction de l'argent et des pierres bleues.

— Dans ce cas, comment peux-tu porter celle d'Illiann ?

Daphné fait une grimace, montrant des dents toujours recouvertes d'ombre.

— Surtout, murmure Billy, surtout, ne la mets pas en colère.

— Je ferai ce que j'ai à faire pour apprendre ce que j'ai besoin d'apprendre. Des gens meurent. Le brouillard les tue, et si elle refuse de parler, autant parler directement à Illiann.

Daphné se tourne vers elle, et malgré son irritation, Arsinoé pousse une exclamation.

— Tu ne peux pas parler à Illiann, objecte Daphné, un doigt tordu contre la poitrine d'Arsinoé.

— Pourquoi pas ?

— Parce qu'Illiann n'est plus Illiann. Illiann est maintenant le brouillard.

— Tu veux dire qu'elle a créé le brouillard, la reprend Arsinoé.

— Non. Elle l'est *devenue.*

Elle est devenue le brouillard ? Arsinoé cligne des yeux.

— C'est impossible. Ce devait être une espèce de sort. Un truc d'élémentaire…

Daphné bondit en avant, ses doigts allongés de part et d'autre du crâne d'Arsinoé.

— Il n'y a pas de truc, siffle-t-elle en appuyant ses pouces sur les yeux d'Arsinoé.

— Laissez-la ! hurle Billy, et Braddock rugit en battant furieusement l'air de ses pattes.

Mais le feu s'étend comme un mur, les brûlant tous deux et les poussant à reculer jusque dans la neige. Même morte depuis des lustres, une élémentaire reste une élémentaire.

Arsinoé couine et se tortille. Mais la prise de Daphné est comme un étau.

— Vois, murmure Daphné.

Elle la secoue violemment et lance des vagues de choc dans le corps d'Arsinoé. Puis Arsinoé voit.

Daphné et Illiann sont debout au sommet des falaises qui surplombent le port Bardon sous une pluie battante. Il fait nuit, mais les vagues sont illuminées de couleurs orange et jaune vif à cause des bateaux en feu. Certains ont été incendiés, d'autres touchés par la foudre d'Illiann. Plus loin, la mer est noire, mais chaque éclair met en lumière une nouvelle scène de bataille horrible : les navires selkiens sont comme un essaim sur la houle.

— Ils sont trop nombreux ! hurle Daphné pour se faire entendre dans le tonnerre. Trop nombreux ici, trop nombreux à Rolanth.

La Salkade a assiégé la côte orientale de l'île. Fennbirn va être envahie.

Arsinoé absorbe tout cela sous forme de flashs. Alors qu'elle se débat contre la reine d'ombre, elle aperçoit les navires et sent la pluie lui cingler les joues.

— Je n'en ai pas encore terminé avec ma tempête, réplique Illiann. Je peux les noyer sous les vagues, je peux tous les noyer.

— Non, c'est impossible, crie Daphné. Henry est en mer !

Arsinoé place son bras sur la poitrine de Daphné et la pousse violemment, l'obligeant ainsi à lâcher sa prise.

— Arrête !

Arsinoé lance un coup de poing à l'aveugle.

— Ça suffit !

Mais Daphné lui saute à nouveau dessus, ses mains froides posées sur ses oreilles, recouvrant ses yeux, se répandant dans son esprit.

Illiann chute des falaises en hurlant, sa tempête fait toujours rage sur le port. Elle tombe et son corps va se briser sur les rochers, mais alors que ça aurait dû être le cas, elle est happée par une nappe blanche. Le brouillard émerge du pied des falaises et s'étend sur la mer, vers le nord et le sud, il étouffe les envahisseurs comme Illiann l'aurait fait de ses vagues.

— Il n'y a pas de place sur cette île pour des sœurs, reprend Daphné en la maintenant toujours. Nous avons essayé, elle et moi, mais nous avons échoué. Ma sœur élémentaire a dû mourir pour que le brouillard soit créé.

Elle relâche la tête d'Arsinoé et l'attire à elle par le col.

— Et la tienne doit mourir pour l'arrêter.

Arsinoé la repousse.

— Non. Tu mens. La reine Illiann a régné pendant plusieurs autres décennies. Elle a mis les triplées suivantes au monde.

— Les triplées suivantes étaient de *moi*, avoue Daphné, les yeux furieux. J'ai repris sa vie. J'ai repris sa couronne, avec Henry à mes côtés. « Daphné » est morte en mer durant le combat. Et par chagrin, la reine n'a pas été vue en public pendant longtemps. Ou pas sans voile, tout du moins.

— Non. Quelqu'un devait le savoir.

— Beaucoup le savaient. Mais Fennbirn avait besoin d'une reine. Et bientôt les secrets de l'île se sont perdus dans le temps. Comme mon vrai nom.

Arsinoé tremble, écœurée par cette vision d'Illiann plongeant vers sa mort, et à l'idée que Mirabella…

— Il doit y avoir un autre moyen.

Sauf qu'il n'y en a pas, et le désirer ardemment ne le fera pas apparaître pour autant.

— Tu comprends maintenant pourquoi je n'ai pas appelé Mirabella.

— Tu n'as pas le droit de prononcer son nom, grogne Arsinoé. Et ne m'approche plus ! Tu es une menteuse et une meurtrière !

— Une meurtrière ?

Arsinoé s'avance vers Daphné, sa rage prend le pas sur sa frayeur, et la reine bleue se retire plus loin dans la caverne. De plus en plus loin, et chaque ombre qu'elle croise s'attache à elle jusqu'à ce qu'elle retrouve la pénombre. Elle est redevenue grotesque.

— Nous ne sommes pas comme toi, ma sœur et moi ! Et que ce soit pour le bien de l'île ou non, je ne lui ferai jamais de mal !

— Arsinoé ? Est-ce que tu vas bien ?

Elle regarde derrière elle. Maintenant que Daphné s'en est allée, le feu s'est éteint, et Billy et Braddock la fixent depuis l'entrée de la caverne.

— Qu'est-ce que tu as entendu ?

— Tout.

— Tu sais alors que c'étaient des absurdités.

Elle se rapproche de leur feu et rassemble leurs affaires.

— Retournons à Sunpool.

VALLÉE D'INNISFUIL

— Mirabella est revenue, déclare Katharine, une fois que Pietyr et elle ont retrouvé la sécurité relative de sa tente. Et si elle est sur l'île, nous pouvons parier qu'Arsinoé aussi se tapit quelque part.

— Ce n'est pas important, Kat. Ce sont des fugitives, des traîtresses. Tu es la reine couronnée. Le peuple se battra pour toi, jamais il ne les suivra elles…

Katharine ricane.

— De la même façon qu'il ne suivrait jamais une naturaliste maudite par la légion ? Il suivra quiconque promet ma fin.

Au sein du camp, la garde de la reine recherche des survivants du brouillard. Ce sont des soldats loyaux et ils se débarrassent rapidement de leurs peurs, ils redressent les tentes et rattrapent les chevaux. Rho n'a eu de cesse d'aboyer des ordres depuis qu'elle a raccompagné la reine à ses quartiers.

Katharine lance un regard à travers du rabat de la tente.

— Tant de morts.

Elle passe ses bras autour d'elle et serre fort.

— Je voulais simplement être une bonne reine.

— Oh, Kat.

Pietyr l'enlace.

— Tu es une bonne reine. Tu n'as accompli que ton devoir, et ce n'est ni juste ni normal que tu sois détestée pour cela.

— Détestée, murmure-t-elle. Et crainte.

Doucement, elle retire ses gants de ses mains et plie les doigts. Ils sont bien vivants. Recouverts de cicatrices, mais bien vivants. Et ils lui appartiennent à nouveau.

— Ce sont les reines mortes qui tenaient le couteau qui a libéré la malédiction de la légion de Madrigal Milone. C'est autant leur faute que celle du brouillard.

Elle laisse tomber ses mains le long de ses flancs.

— Et c'est aussi la mienne, pour ne pas t'avoir écouté plus tôt. Pour ne pas avoir tenté de les maîtriser plus tôt.

Le rabat de la tente s'ouvre en grand pour révéler la grande prêtresse Luca. Le brouillard l'a laissée indemne et toujours aussi imperturbable.

— Puis-je avoir un peu du temps de la reine ?

— Bien évidemment, grande prêtresse.

Pietyr s'approche de la table pour une coupe de vin empoisonné.

— Nous sommes heureux de voir que vous avez survécu à l'avancée du brouillard.

La bouche de la vieille femme se tord ironiquement.

— Tout autant que d'autres survies vous ravissent, j'imagine.

— Que voulez-vous ? demande Katharine. Rendre votre siège au Conseil ? Changer à nouveau de camp et retrouver votre précieuse Mirabella ?

Luca fixe la couronne tatouée sur le front de Katharine. Elle doit amèrement regretter de l'avoir gravée là, mais c'est bien elle qui la lui a octroyée.

— Une reine couronnée, répond Luca, l'est à jamais.

— Vous comptez donc rester ? Vous ne voulez pas associer le Temple à la rébellion ?

— Le Temple ne prendrait jamais le parti d'une rébellion, s'emporte Luca. Certainement pas si elle est menée par une reine dévoyée et maudite par la légion de surcroît. Je servirai au Conseil noir aussi longtemps que cela plaira à la reine Katharine.

Elle joint les mains sur sa robe blanche.

— Mais je viens effectivement vous parler de Mirabella.

— Grande prêtresse, mon armée est en déroute, beaucoup sont blessés ou manquent toujours à l'appel. Nous combattons une guerre sur deux fronts, contre la naturaliste et contre le brouillard lui-même. Ainsi, pour autant que cela lui déplaise, ma sœur devra certainement attendre.

Luca soupire et regarde Pietyr.

— Est-ce qu'il y a dans cette tente du vin qui ne soit pas empoisonné ?

— Évidemment.

Il saisit une coupe et y verse de l'alcool provenant d'une bouteille verte.

— Voici.

— Je vous remercie.

Elle boit une gorgée et se tourne vers Katharine.

— Ne voyez pas votre sœur et les rebelles comme deux problèmes distincts. Ils n'en constituent bien qu'un seul et unique. Traîtresses ou non, avec les deux reines à ses côtés, Jules Milone et la rébellion de la reine légion sont bien trop puissantes. Elle obtiendra bien plus de soutien. Peut-être même assez pour s'emparer d'Indrid-Down.

— Dans ce cas, que faisons-nous ? Je les tuerai toutes les deux, car cela est mon droit. Mais quand ? Certainement pas maintenant, au milieu de….

— J'aimerais vous suggérer un autre plan d'action, l'interrompt Luca. Réfléchissez à pourquoi Mirabella viendrait en soutien à Jules Milone. C'est une reine par le sang. Elle, bien plus que d'autres, comprend que la couronne ne peut être portée par n'importe qui.

— Elle soutient la naturaliste parce qu'Arsinoé soutient la naturaliste, affirme Pietyr, et Luca acquiesce d'un regard entendu. Mais vous pensez qu'elle n'est pas acquise à la cause.

Luca avale une grande lampée de vin et s'approche d'eux pour se resservir.

— Je connais ma Mira, je l'ai élevée. Ce que Natalia Arron était pour vous, Katharine, je l'étais pour elle. Jamais, en bonne conscience, ne soutiendrait-elle un mouvement cherchant à arracher sa couronne à une reine légitime.

— Et à ses yeux, suis-je une reine légitime ?

— Arsinoé et elle ont fui. Elles ont abdiqué. Si ce n'est pas vous, qui reste-t-il ?

— Quand bien même ce serait ce qu'elle ressent, commente Pietyr. Et alors ? Elle est avec les rebelles.

Il plisse les yeux.

— Vous pensez qu'elle pourrait s'allier à nous.

— Non.

Katharine lui jette un regard noir.

— Jamais.

— Ne rejetez pas cette idée si rapidement, proteste Luca. J'ai fait ce que j'ai pu auprès du Temple, afin de restaurer la foi du peuple en la Déesse et sa reine légitime, mais cela ne suffit pas. Si Jules Milone s'affiche avec le soutien des autres reines, vous ne l'emporterez pas.

Katharine serre les dents. Elle saisit ses poignets et les masse à travers ses gants.

— J'ai ressenti le souffle du don de la malédiction. Je n'ai peut-être aucune chance de l'emporter tout court.

— Que suggérez-vous exactement, grande prêtresse ? demande Pietyr avec une mine dégoûtée. Que Katharine invite Mirabella ? Qu'elles règnent ensemble, côte à côte ?

— Évidemment que non. Je demande à la reine qu'elle permette à sa sœur de regagner sa cour et de se battre en son nom, en tant que loyale sujet et alliée.

— Jamais vous ne parviendrez à la soumettre ainsi, crache-t-il, mais la vieille Luca se contente de sourire.

— Bien sûr qu'elle acceptera. Mais il ne me reste pas beaucoup de temps. Je demande donc votre permission.

Elle regarde Katharine.

Mirabella revenue. Toujours aussi royale et arrogante dans ses vêtements de continentale. Jamais elle ne se montrera loyale. Jamais on ne pourra lui faire confiance. Mais le jeu en vaut la chandelle.

— J'accueillerai ma sœur à bras ouverts, certifie Katharine. En échange de son allégeance.

La grande prêtresse s'incline, elle prend la main de Katharine et la baise.

— Comment la retrouverez-vous ?

— Je sais m'y prendre, j'ai mes manières, affirme Luca. Mais je dois me dépêcher avant qu'elles soient trop éloignées pour que je puisse les rattraper.

Elle leur sourit à nouveau et se penche pour sortir de la tente.

— Pour quelqu'un de si âgé, elle ne manque pas de vivacité.

Pietyr repose sa coupe et se ressert une troisième fois.

— Peut-être nous ment-elle sur son âge.

Il boit une gorgée de vin et s'interrompt.

— Accueillir une autre reine à la capitale, sans menace de mort au-dessus de sa tête… Katharine, une telle chose n'a jamais été faite.

— Nous avons fait bien des choses inédites jusqu'à présent. Mais celle-ci me donne de l'espoir.

— De l'espoir ?

Katharine lève sa main scarifiée et la serre pour former un poing tremblant. Les reines mortes savent à quoi elle pense. Elle ressent leur peur, leur colère et leurs doigts putréfiés s'agripper à elle afin de l'apaiser et de l'implorer.

Vous m'avez obligée à tuer Madrigal Milone. Vous avez libéré la malédiction, ce que je voulais éviter à tout prix.

Elles lui présentent leurs excuses. Elles lui promettent de se tenir. Mais Katharine ne leur en veut pas. Elles ne peuvent combattre leur nature.

Vous trouverez le repos, mes sœurs trépassées. Vous avez accompli ce que vous désiriez. Et une fois que vous serez parties, peut-être que le brouillard s'apaisera. Une fois que vous ne serez plus, peut-être que tout rentrera dans l'ordre.

Katharine regarde Pietyr avec des yeux brillants.

— Si Mirabella se bat à mes côtés, je n'aurai besoin de l'aide de personne d'autre. Je peux confier les sœurs mortes au repos.

— Katharine. Est-ce que tu es certaine ?

— Oui.

Il sourit et libère un soupir qui le détend entièrement.

— Je suis fier de toi, Kat. Et je crois avoir trouvé un moyen d'y parvenir.

LES BOIS OCCIDENTAUX

Mirabella ne s'est enfoncée que de quelques kilomètres dans les bois, se retirant à la suite d'Émilia et des autres rebelles, qui se sont précipités en transportant une Jules inconsciente, quand Pepper la dépasse à tire-d'aile.

— Pepper, s'exclame-t-elle en s'arrêtant.

Le petit oiseau volette par-dessus son épaule, rejoint un arbre et revient, tout en émettant des cris aigus. Mirabella observe autour d'elle, juste à temps pour les voir s'approcher par la forêt, sur le dos d'un cheval sans selle.

— Bree ! Elizabeth ! s'écrie-t-elle alors qu'elles descendent de leur monture et accourent dans sa direction.

Quand elles se jettent contre elle, Mirabella en attrape une dans chaque bras et se met à pleurer.

— Qu'est-ce que vous faites ici ?

— J'ai un siège à son Conseil, s'exclame Bree en enfonçant son visage dans les cheveux de Mirabella.

La pauvre Elizabeth ne parvient même pas à parler. Elle n'arrive qu'à émettre de petits couinements entre deux gros sanglots, les couinements n'étant d'ailleurs pas sans rappeler ceux de son pic.

— Calme-toi, Elizabeth.

— Je ne peux pas. Mira ! fait-elle avec un grand sourire, le visage entièrement humide. Je vais peut-être même vomir.

Mirabella et Bree rient.

— Prends de profondes et lentes inspirations. Vous n'auriez pas dû me suivre.

— Comment faire autrement ? demande Bree. Quand nous t'avons vue… Tout le monde disait que tu étais morte, mais je savais que c'était impossible. Pas de cette façon-là. Pas dans une tempête.

— Ça a pourtant bien failli être le cas.

Elle repousse les cheveux de Bree de sa joue. Elle est toujours si belle. Et elle semble avoir grandi. La Bree qu'elle se rappelle n'avait pas des yeux si graves, elle n'avait pas non plus de robes gris-bleu si austères.

— Je sais maintenant ce que Pepper essayait si désespérément de me dire, comprend Elizabeth, respirant enfin mieux. Il t'a trouvée, n'est-ce pas ? Il t'a vue en apportant le message aux rebelles.

— Il m'a percutée si fort que son bec a perforé mes vêtements.

— Et quels vêtements, souligne Bree en s'écartant pour la regarder. Vraiment rien à voir avec le noir de l'île.

— On s'en fiche ! reprend Elizabeth. Nous en avons des coffres remplis qu'elle peut passer. Tu es de retour, n'est-ce pas, Mira ? Pour de bon ?

— En voilà une excellente question.

Bree et Elizabeth pivotent entre ses bras alors que Luca apparaît entre deux arbres sur une grande jument blanche.

— Elles avaient tellement hâte de te revoir, explique-t-elle, qu'elles ne se sont même pas retournées pour voir si quelqu'un les suivait.

— Excuse-moi, Mira.

Bree lui prend la main.

— Nous n'avons pas fait attention.

Elizabeth se place devant elle en écartant les bras.

— Ne l'approchez pas, grande prêtresse ! Je vous en prie !

Les sourcils de Luca se dressent.

— Comme c'est dramatique. Je ne lui veux aucun mal.

— Et pourquoi devrions-nous vous croire, grogne Bree, quand on sait que vous étiez prête à la laisser se faire exécuter ?

Mirabella s'essuie les joues et se force à fixer Luca. Cette femme qu'elle avait pendant un temps considérée comme sa plus grande protectrice. Les yeux de Luca adoptent une expression douce tandis qu'ils auscultent son visage. Ils en sont presque au point de larmoyer, et Mirabella ressent le même désir qu'avant : saisir les mains de Luca pour l'aider à se déplacer, lui trouver un endroit confortable pour qu'elle s'y mette à l'aise. Mais tout cela appartient au passé.

— Que voulez-vous, Luca ?

— Je souhaite te parler. Simplement te parler.

— Très bien.

Luca lance un petit signe de tête à Bree et Elizabeth.

— Les filles, vous feriez mieux de retourner au camp avant qu'on ne vous cherche.

— Non.

Elles s'agrippent aux manches de Mirabella.

— Nous ne pouvons pas repartir si rapidement, s'écrie Elizabeth. Est-ce qu'on te reverra ?

Mirabella leur caresse les joues.

— Je n'en sais rien. Je ne souhaite pas rester.

Elle les attire à elle et les serre fort.

— Mais elle a raison, vous devriez repartir, et faites attention à vous.

— Non, rétorque Bree. Nous l'attendrons juste derrière les arbres. Nous ne pourrons rien entendre, mais nous la verrons si elle tente quoi que ce soit. Viens, Elizabeth.

Elles s'en vont, mais avec réticence, leurs doigts s'attardent sur les mains de Mirabella et leurs regards ne quittent pas Luca.

— Ces filles t'aiment tant, soupire Luca quand elles sont à bonne distance.

— Ne me dites pas que vous m'aimez vous aussi. Ou je vous foudroie de la tête aux pieds.

— Je préférerais un esprit d'eau, si cela ne te fait rien. Comme lors de notre première rencontre.

— Arrêtez, Luca. Vous ne pouvez plus me manipuler. Que voulez-vous ?

— Je veux que tu rentres chez toi.

Elle prend ses rênes en main et se penche sur le pommeau de sa selle.

— J'ai parlé à la reine, et elle est prête à t'accueillir si tu te détournes de la rébellion et que tu soutiens la Couronne.

Mirabella cligne des yeux. Quelle est cette folie ? Elle ne parvient même pas à en rire.

— Il est impossible de laisser le peuple voir cette rébellion comme le soulèvement d'une reine contre une autre. Si tel est le cas, entre Arsinoé et toi d'un côté et Katharine de l'autre, la reine Katharine perdra. Mais si tu te places aux côtés de la Couronne, ils verront clairement ce que représente cette rébellion : une entreprise vouée à l'échec, menée par une abomination.

— Et qu'en sera-t-il d'Arsinoé ? demande Mirabella. Elle aussi est reine, et elle ne quittera jamais Jules.

— Avec Katharine et toi faisant front commun, Arsinoé n'aura aucune importance. Elle n'en a jamais eu.

— Elle est importante à mes yeux, réplique Mirabella, mais la grande prêtresse n'ajoute rien. Et vous la croyez ? Vous pensez que Katharine ne me fera pas exécuter ? Lors de notre dernière rencontre, elle ne semblait pas être le genre de reine à verser dans la clémence.

— C'était l'époque de l'Ascension.

Luca se redresse alors que son cheval tape des sabots, rendu anxieux par le courant qu'il y a dans l'air.

— Elle est désormais la reine couronnée, et elle est bonne dans ce rôle. Bree siège à son Conseil, tout comme Rho et moi.

— Un siège au Conseil. Est-ce là tout ce qu'il vous a fallu pour que vous la regardiez m'empoisonner devant la capitale tout entière ? C'est ce que vous désiriez ?

— Tu refusais de te battre, répond Luca, sa colère est évidente. Je considère que c'est de *ta* responsabilité. Même si te voir mourir sans être capable de te sauver m'aurait brisée. Mais je l'aurais fait pour l'île. Cela aurait été mon devoir, comme c'est toujours le tien.

Mirabella secoue la tête.

— Je ne suis plus une reine. Arsinoé non plus. Je vous promets que je n'interférai pas dans les affaires de l'île. Mais c'est tout ce que j'accorderai. Katharine devra mener ses batailles seule.

— Elle devra mener ses batailles seule ? Ce sont celles de Fennbirn. Tu as bien vu le brouillard, tu as vu ce qu'elle doit affronter. Tu as également vu la malédiction de la légion à l'œuvre. Ce monstre que les rebelles souhaitent placer sur le trône.

— Jules Milone n'a rien d'un monstre !

— Ses propres partisans ont dû l'assommer. Peut-être était-elle en mesure de maîtriser sa malédiction fut un temps. Mais elle est désormais déliée, son esprit n'en sortira pas indemne. Revenir ici était ton destin.

— C'est Arsinoé qui a été ramenée pour une raison. Et quand celle-ci sera connue, nous nous en irons. L'île nous a laissées partir. Elle ne veut plus de nous.

Elle pivote à demi.

— Repartez, Luca, et tentez de sauver votre reine.

— Tu ne peux pas rejeter tes responsabilités.

Luca observe ses vêtements de continentale.

— Tu ne peux pas enfiler un costume et devenir quelqu'un d'autre. Tu es une reine de l'île de Fennbirn. Une reine de la lignée, que tu aies abandonné ou non la Déesse.

Mirabella durcit son cœur et s'écarte d'elle. Même après tout ce qu'il s'est passé entre elles, elle éprouve des difficultés à lui tourner le dos. Elle passe devant un arbre, puis le suivant, elle s'éloigne encore et encore de Bree et d'Elizabeth. Une partie d'elle-même aimerait rester et prolonger cette discussion. Laisser Luca lui faire changer d'avis.

— Arsinoé ne reniera jamais Jules, crie-t-elle. Et je ne renierai jamais Arsinoé. Elle est ma sœur et je l'aime.

— Je le sais bien, lui répond Luca. Mais je crois que tu oublies que fut un temps, tu les aimais toutes les deux.

SUNPOOL

Arsinoé s'arrête le temps d'un bref repos en haut d'une colline moussue. Juste au-delà, pas plus loin d'une heure de marche énergique, se trouve Sunpool.

— Enfin.

Billy s'immobilise à côté d'elle et se penche en avant, les mains posées sur ses genoux.

— Je ne savais pas combien de temps j'aurais encore pu tenir à ce rythme.

Arsinoé place ses doigts en visière et regarde la ville, elle se demande si Jules et Mirabella sont de retour.

— Tout va bien, la rassure Billy. Je n'ai jamais connu quelqu'un d'aussi robuste que Jules, et en compagnie de Mira… Elles étaient bien plus en sécurité que nous sur cette montagne. Tu verras.

Arsinoé acquiesce et repart, leur progression est plus simple tandis qu'ils descendent la colline. Braddock n'est plus avec eux ; ils se sont fait leurs adieux à l'orée des bois.

Les portes de Sunpool sont ouvertes, car les rebelles continuent d'accueillir les nouveaux arrivants, mais l'affluence n'est plus ce qu'elle était. Dès l'instant où elle entre, elle sait que quelque chose a changé.

— Ils te fixent, note Billy alors qu'Arsinoé resserre son écharpe autour de ses cicatrices ; tous les yeux de la place semblent les observer avec une curiosité solennelle. Pourquoi ?

— J'en sais rien, répond-elle, et ils se dépêchent de prendre la direction du château. Mais je ne sais pas pourquoi, j'ai le sentiment que Braddock aurait pu nous accompagner.

Quand ils atteignent le château, on leur permet d'entrer sans escorte, et la boule de nervosité qui loge dans l'estomac d'Arsinoé depuis qu'elle a quitté la caverne ne fait que lui peser davantage. Quand elle entend les cris et les hurlements, elle se frigorifie.

— Qu'est-ce qui se passe ? interroge-t-elle en montant les escaliers quatre à quatre.

Elle retrouve Émilia et Mathilde dans l'une des pièces des étages, effectuant les cent pas devant une porte close. Camden est dressée contre le bois, miaulant piteusement.

— Émilia ? Que se passe-t-il ? Qu'est-ce qui ne va pas avec Camden ?

Arsinoé bondit dans la pièce, et Émilia lui plaque un doigt contre la poitrine. Mais avant même qu'elle puisse émettre autre chose qu'un grognement, Mathilde l'écarte.

— Mathilde, qui est là-dedans ?

— Jules.

— Pourquoi…

— La malédiction de la légion a été déliée. Madrigal est morte, tuée par Katharine. Et Jules…

Elle s'arrête et Arsinoé entend les bruits provenant de la pièce derrière la porte. Des cris, des hurlements gutturaux. L'impact d'objets cognant contre les murs avec assez de force pour les faire vibrer. Puis ce son terrible, celui d'ongles crissant contre la pierre.

— Vous devriez laisser le fauve entrer, lâche Arsinoé d'un ton hébété.

— Elle fera du mal au chat. Elles finiraient par se déchirer.

Cela ne peut pas être vrai. Doucement, Arsinoé s'approche du couguar. Jules et Camden sont liées, jamais elles ne…

Elle crie quand Camden se tourne et l'attaque, griffant profondément le dos de sa main. Le sang coule rapidement et éclabousse le sol.

Billy et Mathilde la tirent en arrière, et il sort un mouchoir pour le presser contre les coupures.

Arsinoé fixe le félin d'un air incrédule, tandis que Camden feule et crache.

— Qu'est-ce qui ne va pas chez elle ? demande Billy.

— La malédiction l'affecte elle aussi.

— Toi, l'empoisonneuse, s'emporte Émilia. Tu dois les calmer.

— Comment ?

— Il doit bien il y avoir une potion ou un sédatif. Fabrique-le !

— Je ne suis pas ce genre d'empoisonneuse, affirme Arsinoé, mais alors même que les mots quittent sa bouche, son esprit retourne aux pages du livre des poisons qu'elle avait emprunté à la librairie de Luke.

— Tu dois bien avoir une utilité ! hurle Émilia.

Billy s'interpose entre elles.

— Calme-toi. Si Arsinoé peut faire quoi que ce soit, elle le fera. Mais tes aboiements et tes menaces n'aident pas. Où est Mirabella ?

Émilia montre les dents. Elle pourrait embrocher Billy comme un vulgaire morceau de viande de chèvre, mais il ne bouge pas.

— Elle déambule certainement dans les rues, à se pavaner dans l'adoration du peuple. Elle s'est affichée durant l'attaque. Le secret des reines n'est plus si secret. Alors, autant enlever cette écharpe ridicule. Cela ne servait pas à grand-chose de toute façon.

Arsinoé se tourne vers Mathilde.

— Est-ce qu'il reste des stocks de guérisseur dans le château ?

— Non, mais il y a une échoppe sur le marché. Je t'y accompagne.

Celle-ci n'est pas loin. Mathilde y guide Arsinoé et Billy et fait doucement sortir le propriétaire âgé de derrière le comptoir. Autant Arsinoé qu'elle froncent les sourcils quand il s'incline.

— De vieilles habitudes, murmure Arsinoé.

Puis elle se met au travail, rassemble des bols et des ingrédients de sa main indemne ; son esprit est concentré et détendu, elle est si assurée dans ses mouvements qu'elle a presque le sentiment de voir quelqu'un d'autre utiliser son corps.

— Est-ce que tu sais ce que tu es en train de faire ? souffle Billy.

Arsinoé hausse les épaules.

— On dirait bien.

Elle ouvre un bocal et le renifle, de la fleur de sureau. Ce n'est pas ce qu'elle cherche, mais cela lui rappelle de laisser Billy à côté du propriétaire. La majorité de son stock est certes destiné à la guérison, mais certains bocaux contiendront certainement du poison.

Elle s'interrompt un instant pour se mordiller un ongle, elle réfléchit au meilleur moyen d'administrer le sédatif. Un baume peut-être. Quelque chose à faire pénétrer dans la peau. Cependant, qui peut affirmer qu'elle pourra s'approcher assez pour masser quoi que ce soit ? Un produit à mettre dans une fléchette ? Ou pouvant être enduit sur une lame ?

— Non, murmure-t-elle.

Peu importe l'état dans lequel se trouve Jules, l'idée de lui tirer dessus ou de la blesser rend Arsinoé malade.

— Par le gosier ! décide-t-elle avant de commencer.

Elle saisit une tige de scutellaire casquée pâle et en retire les pétales. Elle écrase des racines de valériane pour en faire une pâte. Elle fait passer le tout dans un tamis avec de l'huile de noix de bétel. Au dernier moment, elle forme un poing, laissant quelques gouttelettes de sang des griffures laissées par Camden tomber dans l'huile.

— J'ai besoin de le diluer avec de l'alcool.

— Une sédation ?

Le propriétaire opine du chef et va chercher une bouteille sur une étagère.

— Essayez ceci avec un peu de sucre. Ça aide à faire descendre.

Elle débouche la bouteille et la renifle. Cela dégage l'horrible odeur des gâteaux à l'anis de grand-mère Cait.

— Ça suffira.

Elle verse la concoction dans un bol et ajoute du sucre, puis elle transfère le tout dans une bouteille qu'elle rebouche.

— Êtes-vous empoisonneur, commerçant ?

— Non, ma reine. Je n'appartiens à aucun don en particulier. Où avez-vous appris ce savoir-faire, si je puis me permettre ? Il y a peu d'empoisonneurs à Wolf-Spring.

— Nulle part, j'imagine.

— Alors, vous êtes réellement une empoisonneuse. Il y avait une rumeur après l'Ascension, comme quoi vous étiez une empoisonneuse revêtant un costume de naturaliste.

Il acquiesce d'un air entendu.

— Nous l'espérions parmi les guérisseurs. Que quelque part une empoisonneuse se soit réveillée, qui puisse être autre chose que vile et corrompue.

— Je ne suis pas reine.

Arsinoé glisse la bouteille dans sa manche.

— Mais je vous remercie de m'avoir autorisée à utiliser votre échoppe.

Quand ils atteignent le château et retrouvent Émilia qui garde la porte verrouillée, ils sont à bout de souffle.

— Je pensais que tu ne reviendrais jamais.

— C'était si long que ça ? demande Arsinoé alors qu'Émilia saisit l'extrémité d'une corde reliée à un nœud coulant qu'elle a réussi à passer autour du cou de Camden. Cette opération n'a pas dû être simple.

— Ni même sûre, ajoute Billy.

— C'est maintenant que débute la partie la plus délicate, affirme Émilia, enroulant la corde autour de sa main. Tu es prête ?

— Est-ce que tu devrais…

Billy lui prend le bras.

— Est-ce que tu devrais vraiment y aller seule ? Je sais que c'est Jules, mais… mais ces bruits ne me rappellent pas Jules.

— Ce sera le cas dans quelques minutes.

Arsinoé sort la bouteille de liquide verdâtre.

— Allons-y, Émilia.

— Ne prête aucune attention à ses yeux, prévient Émilia avec gravité. Ce ne sont que des vaisseaux sanguins qui ont explosé.

Arsinoé se dirige vers la porte, et Émilia tire violemment sur la corde. La vision de la pauvre Camden se débattant au bout, grognant et chargeant, donnant des coups de griffes, lui donne envie de pleurer.

Elle tourne la clef dans la serrure et se glisse dans la pièce, refermant derrière elle avant de reverrouiller. Puis elle se fige et écoute.

— Jules, c'est moi.

Elle n'entend rien. Les hurlements, les bris d'objets, même les mouvements de lutte de Camden de l'autre côté de la porte se sont calmés. Elle ne perçoit même pas la respiration de Jules.

— Arsinoé.

— Oui.

Elle soupire et se retourne.

— Déesse merci, Jules…

La planche de bois se dirige droit vers sa gorge. Arsinoé plonge et vient frapper violemment le sol, se recouvrant la tête tout en rampant dans les débris. Chacun des meubles est brisé, réduit en miettes éparpillées partout. Ce qui reste est si minuscule qu'elle est incapable de dire si elle regarde les vestiges d'une chaise, d'une table ou d'un lit.

Pressée contre le mur opposé se trouve Jules. Ils ont réussi à lui lier les bras et les jambes avec de lourdes chaînes. Tordue au sol, toujours si petite, elle ne semble pas si menaçante. À l'exception de la haine qui se lit dans ses yeux injectés de sang.

Ce ne sont que des vaisseaux sanguins, se rappelle Arsinoé. Mais si c'est le cas, chacun d'entre eux a explosé. Ses yeux sont entièrement rouge vif, et ses jolis iris bleu et vert les parent comme des joyaux.

— Arsinoé, aide-moi.

— C'est pour ça que je suis là, Jules.

— Aide-moi ! hurle-t-elle, et Arsinoé est repoussée.

Sa tête heurte violemment les pierres avant de rebondir, et sa vision chancelle. Rassemblant tout le courage qu'elle peut trouver, elle progresse péniblement au sol et agrippe la nuque de Jules. Elle passe ses jambes autour d'elle et sort la bouteille.

— Le goût ne sera pas terrible, annonce-t-elle en forçant le goulot entre les dents de Jules, rosies par le sang.

Il faut un certain temps à Arsinoé pour comprendre que Jules s'est arraché une partie de la lèvre.

— Oh, Jules, souffle-t-elle en serrant davantage.

Quand la bouteille est vide, elle se cramponne à la poitrine de Jules de ses deux bras et la retient tandis qu'elle convulse. Quand sa crise se termine, Arsinoé pleure plus qu'elle n'a jamais pleuré de sa vie, mais les yeux de Jules sont fermés. Elle est endormie.

La porte de la chambre s'ouvre, et Camden bondit pour se coucher à côté de Jules et lui lécher le visage. Elle lape également la main d'Arsinoé, tout en lui lançant un petit grognement, comme par contrition.

— Ce n'est rien, le chat. Ça a fonctionné, annonce-t-elle à Billy qui attend à la porte entre Émilia et Mathilde.

— Nous le savons déjà. Camden a arrêté de se débattre. Tout à coup, elle a arrêté de résister à la corde.

Émilia entre à coups de coude, en essuyant les larmes sur son visage et son cou. Elle prend Jules des bras d'Arsinoé et la niche au creux des siens.

— Ne retire pas les chaînes, conseille Arsinoé.

Elle commence à se lever, et Émilia lui saisit le poignet.

— Merci, Arsinoé.

— Je t'en prie.

— Même si ce n'est pas pour toi qu'elle l'a fait, intervient Billy en passant un bras autour des épaules d'Arsinoé alors qu'ils sortent de la pièce. Est-ce que tu vas bien ? Elle ne t'a pas blessée ?

— Non.

Elle lui embrasse les doigts.

— Mais je dois retrouver ma sœur.

— Évidemment. Je… vais rester ici. Je vais surveiller Jules pour toi.

Elle retrouve Mirabella dans le cloître arrière, assise sur un banc de pierre avec un linge enveloppant du fromage et du pain. Les mots de Daphné se rappellent à son esprit. *Ma sœur élémentaire a dû mourir pour que le brouillard soit créé. Et la tienne doit mourir pour l'arrêter.*

— Arsinoé !

Mirabella la voit et s'approche à toute allure.

— Tu vas bien ! Et Billy ?

— Il va bien aussi, Braddock aussi. Il est venu avec nous.

— Il est à Sunpool ?

— Non. Dans les montagnes.

Elle pose une main contre sa tempe. Elle est épuisée, et il lui reste encore tant à faire. Trouver une façon d'apaiser la malédiction de la légion de Jules. Prévenir les habitants de Sunpool de ne pas chasser l'ours qui se balade dans les bois environnants. Et enfin, tuer sa sœur.

— Non, murmure-t-elle. Jamais. Pas même pour l'île tout entière.

— Quoi donc, pour l'île tout entière ?

Mirabella la guide vers le banc et elles s'assoient. Elle place le pain et le fromage entre les mains d'Arsinoé. Comme cette dernière aimerait lui répéter ce que Daphné lui a confié, ne serait-ce que pour lui promettre qu'elles découvriront une autre solution. Mais avant de l'avoir trouvée, elle préfère ne rien lui dire.

— Est-ce que tu as vu Jules ? demande Mirabella. Est-elle toujours…

— J'ai préparé une potion, un sédatif. Elle se repose.

— C'est bien. Je savais qu'elle s'en sortirait.

— Elle ne s'en est pas sortie, elle ne va pas mieux.

Arsinoé se remet à pleurer, et Mirabella l'attire contre elle.

— Je ne sais pas quoi faire, halète-t-elle. Elle n'est même plus Jules : ses yeux sont pleins de sang. Elle ne me reconnaît même plus.

Mirabella la berce doucement, et Arsinoé s'agrippe à elle.

— Tout va de travers, Mira, et je ne sais pas quoi faire.

— Non, non, non, lance Émilia à l'intention des gens regroupés dans la rue devant le château. Notre reine légion se porte bien. Elle a reçu une légère blessure infligée par Katharine la revenante durant l'attaque. Elle est recluse et porte le deuil de sa mère, assassinée par Katharine elle-même.

— Et l'élémentaire ? La naturaliste ?

— Elles sont des alliées de longue date de Juillenne Milone. Mais elles ont abdiqué, et cela ne change en rien. Soyez patients, mes amis, et préparez-vous. Continuez votre travail. Ils ont fait couler le premier sang, mais nous y répondrons bien assez tôt.

Mirabella regarde la scène par l'entrebâillement de la porte. Quand Émilia revient à l'intérieur, elle sursaute en l'apercevant dans les ombres.

— Ils nous refusent maintenant nos titres, lâche Mirabella. L'élémentaire ? La naturaliste ? Nous n'avons même plus de noms ?

— Aucun nom n'a d'importance, ni même aucun titre. N'est-ce que pas ce que tu souhaitais ?

Émilia s'enfonce d'un pas raide dans la forteresse, elle avance rapidement et avec légèreté, mais Mirabella la suit sans peine.

— Tout à fait. C'est simplement étrange de l'entendre. Tu es une bien bonne oratrice. C'est certainement le fait d'avoir diffusé cette légende ces derniers mois qui t'a fourni tant de pratique.

— Est-ce que tu veux quelque chose, Mirabella ? Comme tu peux le voir, je suis très occupée. J'ai des murs à fortifier, du grain à décharger. Et cet après-midi, je dois incinérer la mère de la reine.

— Mais Jules n'est même pas encore sortie de sa chambre. Vous allez incinérer Madrigal avant qu'elle se sente assez bien pour lui faire ses adieux ?

Émilia se fige. Elle se retourne et oblige Mirabella à reculer dans un couloir sombre, jusqu'à ce que son dos bute contre des pierres, sa main chauffe l'épaule de Mirabella.

— Allez, qu'est-ce que tu veux vraiment ? s'emporte Émilia.

— J'aimerais savoir ce que vous avez prévu maintenant.

— Maintenant que quoi ?

— Maintenant que tout a changé. Jules n'est pas… en forme. Je n'ai pas pu parler à ma sœur depuis des jours, parce qu'elle passe son temps à lui concocter des potions et des breuvages pour l'aider. Pourtant, tu affirmes à tous ces gens, qui risquent leur vie et qui ont quitté leur maison, qu'elle va bien et est endeuillée ?

— Jules s'en sortira, elle deviendra notre reine.

— Fut un temps peut-être, siffle Mirabella. Mais toi autant que moi avons vu ce qu'il s'est passé à Innisfuil. Personne ne peut placer *ça* sur un trône. Emmenons-la sur le continent. En l'écartant de l'île, la malédiction sera peut-être plus facile à supporter.

— Non.

Émilia appuie sur la poitrine de Mirabella d'un doigt.

— Ta sœur ne le permettra jamais.

— Arsinoé fera tout ce qui pourrait aider.

— Et le brouillard ? Depuis que le Temple t'a prise sous son aile, ils ont affirmé que tu appartenais à l'île. Que tu en étais la grande protectrice. Est-ce que tu vas nous abandonner à ce sort après ce que nous avons vu toutes les deux ?

— Mais quand est-ce que le brouillard a commencé à se lever, Émilia ? Est-ce que c'est quand Katharine a reçu la couronne ? Ou était-ce des semaines et des semaines plus tard, quand tu as cherché à octroyer un rôle plus important à Jules ?

Émilia montre les dents, et Mirabella se prépare à n'importe quoi : un coup à la tête ou une lame invisible glissée entre les côtes. Mais la guerrière se contente de cracher au sol et de s'en aller. Mirabella laisse un soupir lui échapper.

Il lui faut quelques instants pour retrouver ses esprits avant de remonter à la chambre qui lui a été assignée. Elle devait être partagée avec Arsinoé, mais depuis qu'elle est redescendue de la montagne, celle-ci n'y a pas dormi, si tant est qu'elle ait dormi depuis son retour.

Elle tourne la tête quand quelqu'un frappe à la porte, et Billy passe la tête.

— Est-ce que tu as vu Arsinoé ? Elle n'est pas avec Jules.

— Non. Et même quand je cherche à la voir, elle me fuit. Est-ce que… est-ce qu'elle m'en veut pour ce que j'ai laissé arriver à Jules ?

— Bien sûr que non. Ce qui est arrivé à Jules n'est pas ta faute. Elle est heureuse que tu sois saine et sauve. Tout ira mieux quand Jules se remettra.

Il sourit pour couvrir les mots qui résonnent dans leurs deux esprits.

Mais nous ne sommes pas près de partir.

— Tu as besoin de quoi que ce soit ? demande-t-il.

— Non, merci.

Il ferme la porte, et Mirabella entend un piaillement familier à la fenêtre.

— Pepper.

Le petit pic décolle du seuil de la fenêtre pour se poser sur son épaule et picore l'une de ses mèches de cheveux. Puis il tend une patte. Une autre note y a été attachée, cette fois-ci elle porte un M d'une écriture griffonnée qu'elle reconnaît. Elle la déroule et la lit :

Nous avons parlé à la reine, et nous pensons également qu'elle est digne de confiance. Nous avons repris la route d'Indrid-Down. La décision t'appartient, mais nous serons là si tu as besoin de nous.

B & E

Mirabella prend une profonde inspiration. Elle caresse les plumes du poitrail du pic. Puis elle pose le message sur la table.

MANOIR GREAVESDRAKE

Pietyr pose les pierres qu'il a extraites du domaine Breccia sur le sol de l'ancienne chambre de Katharine, au sein d'un cercle constitué d'une fine cordelette gorgée de son propre sang.

— La corde semble si fragile, commente Katharine tandis qu'une autre pierre sonne creux contre le plancher.

— Ça ne devrait pas avoir d'importance. Ce qui compte, c'est que les deux extrémités se rejoignent.

Il l'a imbibée petit à petit, jour après jour, jusqu'à ce que la longueur tout entière devienne rouge foncé et raide. Il lui reste encore un peu de sang, mais il doit le garder pour le moment où il va rouvrir la rune que Madrigal a gravée dans sa paume.

Katharine s'approche des fenêtres. Sa main glisse sur le dos du canapé, sur le bureau. Tous ces anciens objets de son enfance.

— Est-ce que tu crois que Mirabella est en chemin pour venir me retrouver ? demande-t-elle avec douceur.

— Je ne sais pas, Kat.

— Est-ce que tu crois que si elle vient, Arsinoé en fera autant ? Qu'elles se tiendront toutes deux à mes côtés, unies ?

— Je n'en sais rien, Kat.

Pietyr se recule pour observer son œuvre. Il souhaiterait, avec amertume, que Madrigal ne soit pas morte. Il ne sait pas ce qu'il fait.

Peut-être lui a-t-elle menti, et il ne fait rien du tout. Katharine penche la tête en regardant ce cercle grossier, pour l'instant les extrémités de la corde sont écartées pour leur permettre d'y pénétrer.

— C'est terminé ?

— J'en ai l'impression. Est-ce que tu ressens quelque chose ?

Katharine se frotte les bras et grimace.

— Vis-à-vis des pierres uniquement. Elles ne leur plaisent pas. Elles n'en veulent pas ici.

Il la scrute. Elle est charmante et tout à fait royale dans sa culotte de cheval noire et sa veste noire élégante, prête à exécuter ses instructions.

— Est-ce que tu me fais confiance, Kat ?

Elle lève la tête, surprise.

— Bien évidemment.

— Même après…, commence-t-il en baissant honteusement le regard.

— Oui, même après, sourit-elle.

C'est bien son sourire, pas celui des reines mortes. C'est par sa faute qu'elles sont présentes, c'est lui qui l'a poussée dans le gouffre et les a laissées pénétrer dans son corps, mais il va maintenant remettre les choses en ordre. Il tend une main et la fait entrer dans le cercle. Quand il joint les bouts de la corde, il a le sentiment que quelque chose frémit dans la pièce. Un léger changement dans l'atmosphère. Puis cela disparaît et il n'en est plus certain.

Il aurait peut-être dû choisir un autre lieu pour ce rituel. Le temple, peut-être, devant la pierre de la Déesse. Ou quelque part sur le domaine du Volroy. Des espaces sacrés. Mais Madrigal n'a jamais mentionné d'endroit en particulier, et Greavesdrake est privé, un lieu où ils ne seront pas interrompus. Le lieu où ils se sont rencontrés. Enfin, pour Katharine, c'est ce qui se rapproche le plus d'un foyer. Greavesdrake est le siège du pouvoir des Arron depuis plus d'un siècle. Cela doit suffire.

— Est-ce que ce sera douloureux, Pietyr ? murmure-t-elle.

— Je pense, oui.

Il lui montre la rune dans sa main.

— Ça ne te fait pas peur ?

Elle secoue la tête, mais ses yeux luisent de frayeur, même si le ton de sa voix est résolu.

— Après ce garçon au port, reprend-elle à voix basse. Après Madrigal. Nous n'avons pas d'autre choix.

Il se penche pour lui embrasser la main et dégaine la lame de sa ceinture.

La première incision est la plus difficile. Voir sa peau pâle se fissurer et le rouge se déverser sur ses doigts. Mais il est rapide et elle n'émet aucun bruit, la pièce est si calme qu'il peut même entendre les premières gouttes toucher le sol.

Sa rune désormais terminée, il lâche son poignet et rouvre la sienne. Il perce les croûtes en se mordant la lèvre, mais même s'il incise sa peau, il n'y a pas assez de sang qui jaillit. La puissance de son don d'empoisonneur l'a trop bien fait cicatriser, et il va devoir l'entailler plus profondément encore.

— Pietyr, lance Katharine. Je me sens bizarre.

— Bizarre ? répète-t-il, et elle chute à genoux. Katharine !

Il se laisse tomber à côté d'elle et lui soulève le bras. Des veines noires apparaissent sous sa peau, et le sang qui s'écoule d'elle est plus bordeaux que rouge.

— Elles ont peur. Elles ne veulent pas me quitter.

— Ne les écoute pas.

Il touche sa joue et manque de reculer en voyant la pourriture grise s'emparer de son visage.

— Elles ne font que se défendre, assure-t-il, mais dans son esprit résonne l'avertissement de Madrigal.

Vous avez certainement pris en considération que si elle est encore vivante, c'est grâce à elles. Elle est peut-être réellement une revenante, et à l'instant où la dernière reine la quittera, son corps se brisera et se flétrira. Comme cela se serait passé si elles n'étaient pas intervenues initialement.

— Je suis là, Kat. Tout va bien se passer.

Katharine crie et se penche en avant, il pose sa rune contre la sienne, nouant leurs mains l'une à l'autre. Le choc qui le traverse le renverse sur son dos, et l'une des pierres de Breccia roule en dehors du cercle.

— Pietyr, j'ai mal.

— Tiens bon, Kat.

Il serre les dents. Le sang de la reine asperge les pierres, les rendant plus foncées, et ses hurlements emplissent la pièce. Un autre choc le transperce tandis que les reines tentent de s'agripper aux entrailles de Katharine, et les jambes de Pietyr ont un mouvement sec, repoussant ainsi une autre pierre. Il ferme les yeux de toutes ses forces.

— Si froid, gémit Katharine.

— Tu n'as pas besoin d'elles. Tiens bon.

— Je ne peux pas.

— Bien sûr que si.

— Non, je ne le ferai pas.

Il ouvre les yeux et elle lui lâche la main.

— Katharine ?

Chaque parcelle de sa peau en contact avec l'air libre est grise et mouchetée de noir : les reines mortes sont remontées à la surface. Il se redresse sur ses coudes, tandis qu'elle se lèche et nettoie les coupures de sa main ; elle dégage les autres pierres à coups de pied, les faisant claquer les unes contre les autres comme des billes. Peut-être ne maîtrisait-il pas assez la magie basse. Peut-être avait-il été idiot de s'y essayer. Ou peut-être que rien de tout cela n'aurait fonctionné, même si Madrigal l'avait fait elle-même.

— Je le devais, souffle-t-il tandis que les reines mortes s'approchent de lui en portant le corps de Katharine comme un déguisement. Je le devais, pour elle.

— Tu le devais, répètent-elles en le soulevant.

Il les regarde dans les yeux, il les sonde, et ce qu'il voit lui donne envie de hurler. Mais son cri se meurt quand elles pressent leurs lèvres contre les siennes, le remplissant d'obscurité et de froid, le remplissant d'elles, jusqu'à ce que son sang n'ait plus d'autre endroit où s'écouler que par ses oreilles et ses yeux.

LES MONTS MARINS

Au bord d'une route qui vire en direction de l'est par les montagnes, Mirabella lève un bras et hèle une calèche de passage.

— Est-ce qu'il vous reste de la place pour un passager de plus ? J'ai assez de pièces.

Elle tend une petite bourse, et la conductrice la soupèse avant d'acquiescer.

— Vous êtes naturaliste ? demande-t-elle d'un signe de tête vers la capuche de Mirabella.

Elle sourit et repousse le pic plus profondément dans son col.

— Non. Je ne fais que l'emprunter.

— Très bien. Grimpez donc. Nous allons jusqu'à la capitale, si ça vous convient.

— Cela me convient parfaitement, fait-elle en ouvrant la porte. J'y suis attendue.

Suite et fin au prochain tome…

Remerciements

Nous y voici, à la fin du troisième tome. Plus qu'un dernier, et ce sentiment doux-amer se fera sentir. J'ai immédiatement envie de remercier les lecteurs de cette série ainsi que toute l'équipe de HarperTeen pour m'avoir donné l'opportunité d'écrire le dernier chapitre de l'histoire des reines (même si je risque de regretter ce qui les attend !). Sans vous tous, l'histoire de Mirabella, d'Arsinoé et de Katharine se serait conclue à la fin de *One Dark Throne*, leurs destins scellés mais leurs avenirs incertains. Et maintenant, pour le meilleur ou pour le pire, je connaîtrai le dénouement. Je vous remercie donc, merci pour cette chance.

Des remerciements encore plus importants que d'habitude à mon éditrice, Alexandra Cooper. Son travail était incroyable (comme toujours, en fait !), mais je te suis particulièrement reconnaissante de ton engagement envers cette série, et ce livre. Merci de t'être surpassée.

Merci également à mon agente devant l'éternel, Adriann Ranta-Zurhellen, qui n'a de cesse d'être géniale et qui a toujours été de bons conseils. Je t'en prie, ne me quitte jamais. Il va me falloir un groupe de soutien. Je voudrais également remercier toute l'équipe de Foundry Media, avec une salutation des plus chaleureuses à Richie Kern !

Merci à Olivia Russo, jeune prodige de la publicité, je n'ai jamais rencontré qui que ce soit répondant à mes emails si rapidement. Merci également à toute l'équipe de publicité de BookSparks : Crystal Patriarche, Liane Worthington et Savannah Harrelson. Vous êtes des merveilles qui déchirent.

Merci aux équipes marketing et artistique de HarperCollins : les incroyables Audrey Diestelkamp, Bess Braswell (une nouvelle fois, je suis désolée d'avoir planté une flèche dans un personnage portant ton nom, Bess), Aurora Parlagreco, John Dismukes et Virginia Allyn. Ces livres sont magnifiques et tout ce travail artistique et marketing qui les accompagne… WOW.

Alyssa Miele, merci d'avoir touché un peu à tout ! Merci à Jon Howard, pour son soutien et les touches finales. Merci à Robin Roy pour ses révisions méticuleuses.

Merci à Allison Devereux et Kirsten Wolf de l'agence Mackenzie Wolf.

Comme toujours, merci à mes parents, qui achètent des exemplaires pour tous mes proches, et à mon frère, qui a collé un autocollant *Three Dark Crowns* sur sa guitare. Merci à Susan Murray, qui fait partie de la team Camden.

Enfin, merci à Dylan Zoerb, pour la chance.

Suivez-nous !
www.editions-leha.com
facebook / twitter : @EditionsLEHA
Instagram : leha.editions
editionslehajeunesseya

Première édition

Achevé d'imprimer en octobre 2022
par L.E.G.O. S.p.A. en Italie.